9
1
2
3
4
5
6
7
8
本能
フィーリング
思考

The Wisdom of the Enneagram

Don Richard Riso
Russ Hudson

エニアグラム【実践編】　人生を変える9つのタイプ活用法

ドン・リチャード・リソ＆ラス・ハドソン　高岡よし子＋ティム・マクリーン　訳

角川書店

エニアグラム【実践編】
人生を変える９つのタイプ活用法

THE WISDOM OF THE ENNEAGRAM :
The Complete Guide to Psychological and Spiritual Growth
for the Nine Personality Types
by Don Richard Riso and Russ Hudson

訳者まえがき

本書は、エニアグラムの理論と実践における世界的第一人者であるドン・リソ、ラス・ハドソン著の『新版　エニアグラム【基礎編】　自分を知る9つのタイプ』に続く、「実践編」です（原書では、分冊ではなく一冊にまとめられています）。

著者が紹介しているエニアグラムは、九つの性格タイプ別に、驚異的なまでの自己理解と他者理解を可能にします。それにより、人の可能性を広げ、成長を助け、人間関係を楽にするとともに、お互いを活《い》かし合うかかわり方を指し示してくれるのです。それは真に人と人との違いを乗り越え、平和や主体的・創造的な取り組みを可能にするものでもあります。

「基礎編」は、エニアグラムの基本的な考え方や各タイプについての基本説明が主でしたが、この「実践編」では、各タイプについての非常に詳細な説明に加え、豊富なエクササイズを通じて体験的理解を促し、実際にどのように自分自身の成長に取り組み、人間関係に活かしていけるかを、具体的に明らかにしてくれます。エニアグラムが私たちをたんに九つの性格タイプに分類するものではなく、むしろ性格の奥にある私たち一人ひとりの存在を輝かせてくれるものであることが、本書によってはっきりするでしょう。

「基礎編」の刊行後、「実践編」の刊行までに相当な時間が経ってしまい、申し訳ない限りですが、多くの読者の方々に待ちつづけていただいたこと、時代を超えて読み継がれるであろうこの良書の翻訳を世に送り出すことができましたことに、心からの感謝を捧《ささ》げます。

二〇一九年三月

高岡よし子
ティム・マクリーン

※リソとハドソンについての情報や、エニアグラムについてのお問い合わせは、左記へ。

エニアグラム研究所〈日本〉
有限会社シープラスエフ研究所内
〒413-0233　静岡県伊東市赤沢168-14
TEL&FAX：0557（54）7522　e-mail：cf@transpersonal.co.jp
ホームページ：http://www.enneagram-japan.com

【本書の活用法】

エニアグラムを役立てるには、自分自身に正直である必要があります。したがってエニアグラムは（本書もそうですが）、自己観察や自己探求のガイドとして使うのがベストです。読者にそうした使い方をしていただくため、「基礎編」に続き、本書は多くの実用的な特長を備えています。

本書のエクササイズを行う際には、ノートやバインダー付きのルーズリーフを用意することをお勧めします。「インナー・ワーク・ジャーナル（内面の取り組みの記録）」として、自分の性格タイプはもちろん、ほかの八つのタイプについても、読んでいるうちに気づいたことを記録しましょう。大半の人は、こうした情報が、あらゆる関連した問題や記憶、創造的インスピレーションをもたらすことを発見します。

基礎編では、「インナー・ワーク・ジャーナル」の最初のエクササイズとして、自分自身についての伝記を書くことをお勧めしています（くわしいやり方は、基礎編17ページをご参照ください）。基礎編に引き続きこの実践編でも、何か付け加えたいと思ったり、本書を読み進めているうちに、自分自身についての洞察をさらに得たら、いつでも自分の伝記に戻ってください。自分自身をより深く理解するにつれ、話はさらに豊かで意味あるものとなるでしょう。

序

私たちはみな、心の奥底で落ちつかない気持ちにさいなまれています。この落ちつきのなさは、欠落感ともいえるものでしょう。ただし通常は、それが何かを明確にいうことはむずかしいのです。私たちは自分が何を必要とし、欲しているか、わかったつもりになっています。もっといい恋人や仕事、体のプロポーション、車、等々。完璧《かんぺき》な恋人や仕事、新しい「おもちゃ」が手に入れば、落ちつかない感覚は消え失《う》せ、自分は心満ち足りるだろうと。けれどもこれまでの体験からわかるように、新車はほんのわずかな間しかいい気持ちにさせてくれません。新しい恋人は素晴らしくても、思ったほど心が満たされません。それでは私たちは本当のところ、何を求めているのでしょうか。

少しの間、自分の内面を探ってみたら、心《ハート》が欲しているものは、自分とは何者か、そしてなぜここにいるかを知ることだと気づくかもしれません。けれども私たちの文化において、こうした重要な問いに対する答えを求めることは、ほとんど奨励されません。人生の質は、おもに物質的財産が増えることによって向上するのだと教えられているのです。けれども遅かれ早かれ、外的なものはそれ自体に価値があったところで、私たちの魂の深いところにある落ちつかない感覚に対応できないことがわかります。

それでは、答えをどこに求めればいいのでしょうか。こころの成長《トランスフォメーション》＊訳注1に関し、現在手に入る本の多くが、誰もがこうなれたらと思うような人について、感動的に語っています。思いやりやコミュニティ、コミュニケーション、創造性といったものの重要性について認識しています。けれどもそうした資質がどんなに素晴らしく、魅力的に思えたとしても、日常生活において維持したり実践したりすることは、きわめてむずかしいのです。心《ハート》は飛翔《ひしょう》しようとしますが、ほとんどいつも、恐れや自滅的習慣、無知の岩に無惨にも叩《たた》きつけられてしまいます。往々にして善意や高い望みは、たんに新たな失望の源となってしまうのです。私たちは自分のことをあきらめ、なじみの気晴らしに戻り、全部忘れてしまおうとします。

それでは、一般向けの心理学本の大多数は、間違っているのでしょうか。人間は本当に、より充足した人生を送ることができないのでしょうか。歴史を通じて、偉大な精神的指導者はつねに、私たちは偉大な達成を遂げることができると語ってきました——実際、私たちは本当の意味で神聖な存在である、と。それでは、そうした状態に目覚め、それにふさわしく生きることが、なぜかくもむずかしいのでしょうか。

自己変革に関する大半の本は必ずしも間違っていませんが、不完全なのです。たとえばダイエットといった基本的なテーマにしても、なぜ体重や食物の問題を抱えているかについては、多くの理由が考えられます。糖分に対する感受性、脂肪の取りすぎ、不安による過食症など、さまざまな情緒的問題。問題を起こしている中心的課題を特定しなければ、どんなに努力したところで、解決は望めません。

自己変革についての本の助言は、通常、著者自身にとって効果のあった方法に基づいており、その人の心理構造や個人的プロセスを反映しています。読者がたまたま同様の心理構造をもっているなら、著者の方法は効果的かもしれません。けれどもあまり類似していない場合は、読者を助けるよりも、迷わせてしまうのです。

したがって、成長への効果的なアプローチというのは、異なる種類の人がいる、すなわち、さまざまな性格《パーソナリティ》タイプの人がいるという事実を考慮に入れなければなりません。歴史的に見ても、多くの心理学的・精神的体系が、この重要な気づきに応《こた》えようとしてきました。占星術、数秘術、四つの古典的気質（粘液質、胆汁質、憂鬱《ゆううつ》質、多血質）、ユングの心理タイプ（外向性・内向性のそれぞれに、感覚型、直観型、感情型、思考型のそれぞれが組み合わされる）など多数あります。さらに、幼児の発達や脳科学に関する最近の研究によれば、異なるタイプに属する人々の根本的な気質の違いには、生物学的根拠があるということが示唆されています。

こうした多様性により、ある人にとってよい助言が、なぜほかの人にとって害があるのかがわかります。あるタイプの人に、もっと自分の気持ちを感じるよう勧めることは、おぼれかけている人に水をかけるようなものです。また別のタイプに、もっと自己主張するようにいうことは、拒食症の人にダイエットさせるのと同じくらい、愚かなことです。自分自身や人間関係、こころ《スピリチュアル》の成長といった多くの重要なテーマを理解するうえで、性別や文化、世代の違いではなく、タイプというものが決定的要素となっていることがわかります。

私たちは、性格タイプについての認識が、多くの分野で必要とされていると信じています。教育や科学、ビジネス、人文、セラピー。そして何よりも、スピリチュアリティや変容の取り組み《トランスフォメーショナル・ワーク》において。落ちつかない、心焦がれるような気持ちは普遍的であっても、その表現のしかたは、人により、きわめて独特です。実際、こうした表現方法は、私たちが人生のあらゆることに臨む際の「フィルター」となっているともいえます。自分自身や周りの世界を理解し、自己表現し、自らを守り、過去に対応し、これからを予期し、学び、喜び、恋をするうえで用いるおもなフィルターは、性格タイプなのです。

自分自身やほかの人たちについて、より多くの気づきを与えてくれるシステム——それがエニアグラムです。自分がもっているフィルターを明確に見きわめ、適切に考慮する助けとなってくれます。また、おもな心理的問題に加え、対人関係における自分の強みや弱点を明らかにします。専門家や精神的指導者の意見、誕生日、きょうだいの順番などではなく、自らの性格パターンや自分自身を誠実に探求しようとする意欲を頼りにするものなのです。エニアグラムはおもな課題だけではなく、効果的な対応のしかたを示してくれます。そして魂の深みに私たちを向かわせてくれるのです。

◉ 光の存在

数年前、ニューヨーク州北部で一週間の精神修養《スピリチュアル・リトリート》をしていたとき、私（ドン）の人生において、もっとも重要なできごとのひとつが起きました。私たち約五十名のグループは、指導者が所有していた、二十世紀初頭に建てられたホテルに滞在していました。この古い建物の内外は、つねにメンテナンスを必要としていたので、へとへとになるような肉体労働をするには、うってつけの場でした。それはまた、働きながら、自分の中から出てくる抵抗や反応を観察する機会でもあったのです。夏の暑さは強烈で、シャワーの数は少なく、男女共用トイレには長い列ができていました。しかもほとんど休憩時間がありません。こうした肉体労働を伴う共同生活のすべてが、私たちの性格的「特徴」を引き出すよう、指導者が工夫したものであることは、みな知っていました。この強烈な生きた実験室において、自分自身をより明確に観察するのです。

ある日の午後、私たちは作業の合間に、珍しくも四十五分間の昼寝時間を与えられました。私は、この古いホテルの外壁のペンキをはがす作業を割り当てられていたのですが、すぐに頭のてっぺんから足のつま先まで、乾いたペンキの小片にまみれてしまいました。作業時間が終わる頃にはひどく疲れ、汗びっしょりで、自分がどんなに汚かろうが気にならず、昼寝が必要でした。そこで作業から解放されるやいなや、私はまっさきに上の階へ行って、ベッドにもぐりこみました。じきに同じ寮部屋に泊まっていた男たちの大半が、重い足をひきずりながら、戻ってきました。

それから五分も経たないうちに、みな、眠りにつこうとしていたのですが、ちょうどそのとき、アランが勢いよく部屋に入ってきました。彼は、グループの子どもたちの面倒を見る仕事を割り当てられていましたが、いろんなものを乱暴に放り投げている様子から、もっと早い時間に仕事から離れて昼寝できなかったことで怒っていることは、明らかでした。騒々しい音を立てて、ほかの人たちも休めないようにするだけの暇はあったのですが。

しかしアランが騒々しく部屋に入ってきてまもなく、驚くべきことが自分に起こりました。彼に対する自分の否定的反応が、まるで電車が駅に入ってくるように、体の中でわきあがってくるのが見えましたが、私は電車に乗らなかったのです。一瞬のうちに、アランの怒りと不満がクリアに見えました。私は、彼の行動をあるがままに見たのです――それ以上に展開することなく。そして、彼に向かってぶつけたくなる自分の怒りが増大してくるのも見えました――しかし自分は、そのどれにも反応しなかったのです。

感情をそのまま外に出すのではなく、ただ、自分の怒りと自己正当化の反応を観察していると、まるで突然目を覆っていたヴェールが取り除かれ、目覚めたようでした。通常、自分の認識の邪魔をしている何かが瞬間的に消失し、世界が完全に生き生きとしたものになったのです。アランは突然、愛すべき存在となり、ほかの男たちのどんな反応も完璧でした。驚きながら、頭の向きを変えて窓の外を見ると、周りのすべてが内側から輝いていました。木々に降り注ぐ陽の光や風に揺れる葉、古い窓枠にはめられたガラスがかすかに鳴る音などが、言葉でいい尽くせぬほどの美しさでした。私は、すべてのものがいかに奇跡的かに、魅せられていました。まったくあらゆるものが、美しかったのです。

夕方の瞑想《めいそう》のためにグループに加わったとき、私はまだこの驚異的な恍惚《こうこつ》感の中にいました。瞑想が深まったとき、私は目を開け、部屋の中を見渡しました。そして、「内なる《インナー》ヴィジョン」としかいいようのないものに入っていったのです。そのときの印象は、何年も私の中に残っています。

私が見たものは、そこにいるみなが「光の存在」であるというものでした。すべての人が光からできているのが、はっきりと見えました。私たちは光の形をしているようなものですが、タールのような黒くて硬いものが覆っています。そのため、すべての人の真の内的自己である内なる光が、曇って見えます。タールの一部は非常に厚いのですが、もっと薄く、透けて見える部分もあります。自らの内面に長く取り組んでいる人たちのタールは少なく、内なる光をもっと放射しています。個人的背景により、より多くのタールで覆われており、それから自由になるためには、多くの内面の取り組みが必要な人もいます。

約一時間後、ヴィジョンは弱まり、ついに終わってしまいました。瞑想が終了すると、さらなる仕事が待っていました。私は急いで、もっとも敬遠される作業のひとつである、湯気の立ちこめた台所の皿洗いを引き受けました。しかし恍惚感の余韻がまだ感じられたため、その作業も祝福の時間でした。

この話をするのは、私個人にとって重要であるからだけではなく、本書で筆者が述べていることがリアルなものであることを、生き生きと示しているからです。自分自身を正直に、なおかつ善し悪しを裁くことなく観察し、性格のメカニズムの働きを見るなら、私たちは目覚めることができ、美と喜びが奇跡的に開花する人生となるでしょう。

訳注1：「トランスフォメーション」とは、自然に起きる変化とは異なり、意識的選択の結果であり、質の変化を伴う。本書においては、文脈に応じて「成長」ないし「変容」と訳している。

The Wisdom of the Enneagram

INDEX

目次

第三部　こころの成長（トランスフォメーション）のための方法

Tools for Transformation

第一部
内へと向かう、さらなる旅

The Inward Journey Continues

第一章　気づきを育てる

私たちはどのようにしたら、自らの本性（true nature）――一人ひとりの中にある神聖な光――に触れることができるのでしょうか。どうしたら、自分そのものと思いこんでいる、防衛やアイデンティティの層をはがして、本質の支えと導きを信頼することを学べるのでしょうか。しかもそれを、ワークショップや平和な山腹の修養の場だけでなく、日常生活で実践するには？　何が本当であるかについて、ただ頭で理解することから、瞬間瞬間の真実を「生きる」ことへ、どのように移行できるのでしょうか。どうしたら、人生そのものを実践の場にできるのでしょうか。

エニアグラムは、制限をもたらす性格のメカニズムを手放し、本来の自分をより深く体験するための助けになってくれます。けれどもこれは、自動的に起きることではありません。性格タイプを深く明確に理解することは必要条件ですが、情報だけでは、自分を解放するのに十分ではありません。意志や思考、「テクニック」によっては、成長《トランスフォメーション》できないのです。自分自身の関与なくして成長することはできません。それでは自分自身の成長において、私たちはどのような役割を果たすのでしょうか？

◉「その瞬間の自分をキャッチする」

世界中の聖なる伝統は、「自らの変容《トランスフォメーション》に立ち会う」ことの重要性を強調する点で、一致しています。私たちは注意深く自らを観察し、自分自身や自分がやっていることについて意識《マインドフルネス》を向ける必要があります。もしエニアグラムという魂の地図から恩恵を得たいのであれば、気づき《アウェアネス》＊訳注1を育てなければなりません。善し悪しの判断を下したり、いい訳することなく、瞬間瞬間の自分にもっと目覚めることを学ぶのです。私たちは、性格の指図に従って行動する、「その瞬間の自分をキャッチする」ことを習得する必要があります。瞬間瞬間に、いかに自分が機械的かつ不自由に行動しているかを見るのです。今していることに気づき、自らの状態を善し悪しの判断なく体験しきれば、古いパターンが外れていくでしょう。

気づきは変容の作業において、きわめて重要です。なぜなら私たちの性格の習慣的パターンは、それが起きつつあるときに気づけば、完全になくなるからです。過去の行動を分析することは役立ちますが、今、この瞬間の自分を観察することほど力をもちません。たとえば、なぜ自分が配偶者とひどい口論をしたのか、あるいは、なぜ同僚や子どもにイライラしたのか理解することは、確かに意味のあることです。けれども、私たちが口論をしていたり、イライラしている「その瞬間の自分をキャッチする」なら、驚くべきことが起きます。その気づきの瞬間、ほんの少し前にはまりこんでいた問題ある行動について、本当はそうしたくないのだと悟るかもしれません。また、自分の状況について、より深い真実がわかるかもしれません。たとえば、一生懸命主張していた「重要なポイント」が、実際には自分自身を正当化しようとしていたにすぎなかったり、もっと悪いことに、誰かに仕返ししようとする密《ひそ》かな試みだったかもしれません。もしくは、自分では面白いと思っていった「ウィットに富んだ言葉」は、実際には、悲しみや孤独を感じないようにしていたのかもしれません。

もし私たちがこうした気持ちとともにいることができるなら、気づきが広がりつづけます。最初は困惑したり、恥ずかしさを覚えるかもしれません。心を閉ざしたり、さまざまな方法を使って気を逸《そ》らしたいという衝動を感じるかもしれません。けれども不快な気持ちとともにいられれば、それとは違うことが起きてくるのも感じるでしょう。もっとリアルで繊細で、自分自身や身の回りに絶妙に気づき、可能性をはらんでいるもの。この「何か」は、慈しみに満ち、寛容。強く、賢明で、不屈。大きな価値をもつものに感じます。それは本来の自分。名前を超え、性格をもたない「自分」、すなわち本性なのです。

◉目覚める

気づきは、人生を変えるだけでなく、救うこともできます。数年前、州間幹線道路橋が激しい嵐の夜に崩壊したことがありました。橋の中央付近のいくつかの個所が川の中に落ち、こんなことは思いもよらないドライバーたちが、暴風雨の混乱の中、生命の危機にさらされることになったのです。

そのとき、あるドライバーが何が起こったかを察知し、橋からわずか一メートル弱のところで、車を止めることができました。そうでなければ、十メートル余り下の川の中に飛び込んで、確実に死んでいたでしょう。彼は生命の危険を冒して、後続してくる車に向かって走り、必死でほかのドライバーに危険を知らせようとしました。すると間髪をいれずに、五人の若者でいっぱいになった車がやってきました。男が必死になって彼らを止めようとしているのがわかりましたが、動かなくなった自分の車の助けを求めているだけだと思ったのでしょう。笑いながら、下品なしぐさを彼に向け、アクセルを踏み込みました。数秒後、彼らの車は橋に開いた穴から下の川に飛び込み、全員が死んでしまったのです。

私たちの視点からするならば、性格が彼らを殺したのだということもできます。傲慢《ごうまん》さや敵意、虚勢、聞く耳をもたないこと、思いやりの欠如、誇示――関連する多くの衝動のいずれかを原因として、ドライバーは車を止めないことにしたのかもしれません。何らかの習慣、何らかの性格の特徴が、危機的瞬間において優勢を占め、悲劇的結果をもたらしたのです。

私たちが自分の性格のメカニズムにどれだけ人生を預けているか、またそうするとき、どのような危険の中にいるかを十分に認識すると、大きな突破口になります。往々にして、三歳児が多くの重要な人生の決断を自分のためにしているようなものなのです。性格のメカニズムの性質をいったん理解したなら、それと「同一化（一体化）」するか否かを選択することができます。こうしたメカニズムに気づかなければ、選択肢がないことは明らかです。けれどもタイプの傾向性を自分の中に見出《みいだ》せば、その衝動のままに動かないことが可能となります。

グルジェフほかの精神的指導者たちは、往々にして次のように断言しています。私たちの通常の意識状態は、ある種の「眠り」である、と。奇妙に聞こえるかもしれませんが、通常の意識状態は、本来可能な「気づき」の程度に比べると、現実の直接体験からかなり離れているのです。それは睡眠状態と覚醒《かくせい》した意識の違いに匹敵するほどです。睡眠中、夢がとてもリアルに思えますが、目覚めて、自分が夢を見ていたことに気づくと、現実とのつながりがシフトします。自己感覚が別の焦点を結ぶのです。

性格というトランス状態からの目覚めは、これと非常に似た感じで起きます。ハッとして自らに問いかけるのです。「あれは一体何だったんだ？　ほんの少し前、自分はどこにいたんだ？」と。いかに自分を見失っていたか、驚く場合もあります。前の状態にいたときには、見失っていると感じていなかったのに……。もし誰かに、「今、ここ」に意識をもち、目覚めているかと聞かれていたなら、そうだといったでしょう。けれどもこの新しい視点からするならば、そうではなかったことがわかります。人生全体が、実際には、「眠り」に費やされていたことに気づくかもしれません。

エクササイズ　意識的に見る

少しの間、今、自分がいる部屋を見回してください。前に気づかなかったことは、何でしょう？　見ていなかったところがあるでしょうか？　よく見てください。そこにあるすべてを知っていると思いこまないでください。見回しながら、自分の体を感じることができますか？　見ながら、体の姿勢に気づくことができますか？　そうしながら、今の自己感覚と通常の自己感覚との違いに気づきますか？

◉気づきとは何か

筆者は「気づき《アウエアネス》」という言葉をよく使いますが、心の成長へのさまざまなアプローチにおいて、重要な用語です。とはいえ、この言葉の適切な定義を見つけることは、至難の業です。気づきが「何であるか」よりも、「何でないか」のほうが定義しやすいかもしれません。たとえば気づきは、思考、感情、行動、直感、本能のいずれでもないといえます。ただ、これらのうちのどれか、あるいはすべてを含むこともあるのです。

思考がきわめて活発で集中していたとしても、それは気づきと同じものではありません。たとえば筆者は、この章で何を書こうかと集中して考えているかもしれません。それと同時に、自らの思考プロセスに気づいていることもできます。また別のときには、散歩しながら、来るビジネスの会合について考えていたり、頭の中で、ある人との間でありそうな会話をあらかじめ練習していたりする自分に気づくかもしれません。通常、私たちの気づきの意識は、あまりにも内なるおしゃべり《インナー・トーク》によって占められてしまい、自分をそこから区別することができないのです。けれども、より気づきをもつことで、想像上の会話から一歩引いて、観察することができます。

同様に、私たちは自分の気持ちに、もっと気づくことができます。自分がイライラや退屈、孤独にとらわれる状態をキャッチするのです。気づきが少ないと、気持ちと同一化（一体化）し、「私は不満だ」、「私は落ち込んでいる」となってしまいます。気持ちは一過性のものであることがわからず、それが自分なのだと思いこんでしまうのです。嵐が過ぎたあとになって、実はその気持ちは一時的なものだったと気づきます。渦中にいたときは、それが現実のすべてだったのです。逆に、自らの気持ちに気づいているときには、それが浮上し、自分に影響を与え、去っていくのを明確に観察することができます。

私たちはまた、自分がしていることにもっと気づくことができます。自分の体が動いているとき、あるいは休んでいるときの実際の感覚についてです。よかれあしかれ私たちの体は、多くのことを自動的に行うことを学んでいます。たとえば車を運転しながら、同時に会話をすることができます。次にいうことを考えながら、目的地に着くか心配するとともに、車を運転するのに必要な、あらゆる複雑なことを体がやっています。こうしたことはすべて、あまり気づきをもたないまま、自動的に起き得ます。もしくは部分的に、あるいはすべてに対して気づきをもつこともできるのです。

一瞬一瞬が、私たちの気づきを拡げる可能性を提示してくれます。それは次のように、自分自身に対する多くの恩恵を伴います。

・リラックスし、気づきの意識が拡がるに任せると、自分の関心を引いたものが何であれ、それに対するとらわれが少なくなります。それまで恐れや不安を抱いたり、夢想や空想の中で自分を見失っていたとしても、自分がしていることについて、客観性や展望を得ることができるでしょう。その結果、苦しみが減ります。

・気づきの意識の拡がりにより、私たちはいかなる問題や困難に直面しても、自分自身の力をもっと引き出すことができます。性格のメカニズムによって習慣的に反応するのではなく、新鮮な解決方法が見つかるのです。

・気づきの意識の拡がりにより、私たちは人や周囲の世界との関係がリアルに開かれます。一瞬一瞬がもつ喜びと驚異に満たされ、豊かな気持ちになります。私たちが通常、不快な体験と見なしているものも、気づきをもって体験すれば、きわめて異なる質のものになります。

筆者はまた、「見る（see）」という言葉をよく使います。「私たちの性格のメカニズムを見ることは、重要だ」というように。けれども気づきについてと同様、何を意味しているのかを、明確にしておく必要があります。より具体的にいうと、私たちの中にある、何が「見ること（seeing）」をしているのか、理解しておくことがきわめて重要です。私たちはみな、自分自身について論評したり、自分の体験に評価を下すことに慣れています。このような場合、性格の一部が別の部分について、批判したり論評を下しているのです。それはあたかも、次のようにいっているかのようです。「自分のあいうところは好きではない」、「今自分が発したコメントは素晴らしかった」等々。この内なる論評は通常、肥大し、空虚で不毛となる一方の自我構造――ひいては内なる戦争――に至るだけです。これは、私たちが育てたいと願うような「見ること（seeing）」ではありません。

「見ること（seeing）」は、たんなる知的理解でもありません。確かに私たちの知性は一翼を担っています。変容のプロセスにおいて、思考は不要であるなどという気もありません。ただし私たちの中にある、「見ている」部分は、遍在しながらもつかまえどころのないものです。ときに、内なる《インナー》観察者《オブザーバー》や立会人《ウイットネス》と呼ばれることもあります。また、それは全体的《トータル》な気づきであり、生き生きと「今、ここ」に在り、さまざまなレベルで体験を把握することができます。

◉「観察し、手放す」ことを学ぶ

内なる旅に出かけるときに習得しなければならない、もっとも重要なスキルのひとつは、私たちを陥れている性格の習慣とメカニズムを「観察し、手放す」ことです。

この原則は一見シンプルに見えますが、自己観察し、一瞬一瞬に自らの内に現れるものを見るとともに、何が「今、ここ」から気を逸らすのかを見なければいけないのです。何を見つけたにせよ、快・不快を問わず、ただ観察します。それを変えようとしたり、見つけたことについて、自己批判しません。自分自身の内に見つけるものが何であれ、それとともにしっかりと在ることができれば、性格の収縮がゆるみはじめるのです。そして私たちの本質が、より完全に現れはじめます。

自我が何を信じようと、自分自身をよい状態に回復したり、変容させるのは、自分の役割ではありません。実際、変容のおもな障害となるもののひとつは、自分を「直す」ことができると思っていることです。むろん、こうした考えは、いくつかの興味深い問いを投げかけます。私たちの中にある何を直す必要があると思っているのでしょう。そして私たちのどの部分が、別の部分を直す権限があると主張しているのでしょう。どの部分が裁判官、陪審員、被告なのでしょうか。懲罰や更生の手段は何でしょうか。そしてその手段を、私たちのどの部分が、どの部分に対して用いるのでしょうか。

　私たちは幼いときから、よりよくなければいけない、もっとがんばらなければいけない、自分自身について、別の部分から同意を得ていない部分を否定しなければいけないと信じ込まされています。何らかの方法で自分が変わりさえすれば、いかにもっと成功し、人に好ましく思われ、安心していられるか、あるいは「スピリチュアルになる」かを、私たちの文化や教育全体が、たえず私たちに想起させます。つまり、私たちは頭で受け取った何らかの公式にしたがって、あるがままの自分とは違う必要があることを学んだのです。ただあるがままの自分を見つけ、受け入れる必要があるという考え方は、私たちが教わったことのほとんどすべてに反します。

　当然ながら、自分自身を傷つけるようなこと——薬物やアルコールの乱用、有害な人間関係や犯罪行為へのかかわりなど——をしているなら、そうした行動をやめて初めて、意味ある変容の取り《ワー》組《ク》みをすることができます。けれども通常、私たちが変わることができるのは、自分自身に対して長々とお説教したり、罰を下すことによるのではありません。何が自分自身を傷つけるよう駆り立てているのか見ることができるように、静かで、中心の定まった気づきを育てることによってなのです。自分の悪い習慣と、「それを取り除きたいと思っている部分」の両方に気づきを向けるとき、まったく新しい何かが浮上します。

　私たちが自分の生とともに在り、この瞬間に心を開くことを学ぶにつれ、奇跡が起こりはじめます。もっとも素晴らしい奇跡のひとつは、長年悩みの種となってきた習慣をすぐにでもやめることができるということです。私たちが「今、ここ」の瞬間にしっかりと在るとき、古い習慣が消え失せ、私たちはもはや同じではなくなります。気づきの行為を通じて、もっとも古く、深い傷を癒《いや》すことは、私たちみなにとって確かな奇跡です。エニアグラムという、この魂の地図をたどって、心《ハート》の深みに入っていけば、憎しみが慈しみに、拒絶が受容に、恐れが驚異に変わるでしょう。

いつも覚えていてください。賢明で気高く、愛情に満ち、寛容で、自他を尊重し、創造的で、たえず自己刷新し、畏怖《いふ》の念と深みをもって世界にかかわり、勇気をもち、自分を頼りにし、喜びあふれ、苦もなく達成し、強くて有能で、心の平和を享受し、人生の神秘的展開とともに在ること―それはあなたの生まれながらの権利であり、自然な状態なのです。

◉こころの成長を進めるために

どのタイプであれ、こころの成長を進めるために、具体的にできることがあります。以下は、そのタイプ独特の問題領域ですが、誰でもときどき、陥ることがあります。したがって、内面《インナー》の取り組《ワーク》みを進めたいと思うのなら、できるだけ十分な気づきを、以下のパターンに向けてください。

・善し悪しの価値判断を下し、自分と他者を責める（タイプ1）
・自分の価値を人に委《ゆだ》ねてしまう（タイプ2）

・本当の自分でないものになろうとする（タイプ3）
・否定的比較をする（タイプ4）
・自分が体験していることを過剰に解釈する（タイプ5）
・支えを求めて、自分の外にあるものに依存する（タイプ6）
・次にすることに期待をもつ（タイプ7）
・自分の人生を力ずくで押し進めたり、コントロールしようとする（タイプ8）
・自分が体験していることが心に影響しないよう、抵抗する（タイプ9）

◉同一化と内なる観察者

「今、ここ」に存在し、自分自身を観察する体験を積むにつれ、気づきの新しい側面とおぼしきものが発達してくるのがわかります。それは自分が体験していることに対して、より客観的に「立ち会う」、深い力です。前述したように、この気づきの質は、内なる観察者《インナー・オブザーバー》と呼ばれてきました。内なる観察者により、私たちは内面および自分の周りで何が起きているかを、同時に観察することができます。論評したり、善し悪しの価値判断を下すことなく。

内なる観察者が変容のために必要であるのは、グルジェフが同一化《アイデンティフィケーション》と呼んだ、心理的メカニズムゆえです。同一化は、私たちの性格構造が独自の現実《リアリティ》をつくりだし、維持する、おもな方法のひとつです。

性格《パーソナリティ》は、ほとんどどんなものとも同一化（一体化）できます。考えや自分の体、痒《かゆ》み、日没、子ども、歌などと。すなわち、いかなる瞬間においても、十分に「今、ここ」において目覚めていないと、私たちのアイデンティティの感覚は、何であれ、自分が注意を向けているものからくるのです。たとえば自分が思い悩んでおり、これからの会合のことをもっぱら考えていたら、今実際に起きていることよりも、その会合（想像上のものでも）を体験しているようなものです。もしくは、私たちが感情的反応と同一化（一体化）したなら――たとえば誰かに惹《ひ》かれるなど――、自分が、惹かれる感覚と同一化したかのようになるのです。もしくは、頭の中で批判的な声にひどく叱りつけられていると感じるなら、自分自身とその声を分けることができません。

　思考をほんの少しでも静めたなら、自分の状態がいかに瞬間瞬間に変動するかに気づきます。自分の仕事のことを考えていたと思うと、次の瞬間、数年前にデートした相手に似た人が通りを渡るのに気づきます。また次の瞬間には、学生時代の歌を思い出していたら、水たまりを通った車がはねた水を浴びてしまいます。即座に、愚かなドライバーに対する激しい怒りでいっぱいになり、ほかのことは何も考えられません。そのうち、チョコレート菓子があれば気分がよくなることに気づきます……といったように続くのです。唯一、一貫しているのは、それぞれの状態と順次、同一化してしまう、性格の傾向性です。

　気づきの意識は、風船のように拡がったり、収縮したりします。けれども同一化はつねに、気づきを小さくしてしまいます。何かと同一化すると、身近な周囲についての気づきが著しく減少することは、おわかりでしょう。他者や周囲、自分自身の内面の状態について、自覚が少なくなります。

単純にいえば、私たちが同一化していればいるほど、気づきが収縮し、現実から離れてしまうのです。

時間が経過するうちに、特定の資質（力、共感、平和、自然体など）との同一化が固定化され、自分のタイプの特徴的自己感覚が確立されます。私たちの自己感覚を構成する気持ちや状態は、「根元的欲求」*訳注2 を満たすために必要だと考えているものです。

たとえばタイプ８の根元的恐れは、他者あるいは人生によって傷つけられ、コントロールされることです。そして根元的欲求は、自分自身を守ることです。自己防衛も独立心も人間の普遍的ニーズであり、タイプ８でなくても、自分自身を身体的にも精神的にも守る必要があります。けれどもタイプ８は幼いときから、自分自身を守る助けとなる内側の資質に焦点を合わせることを始めます。彼らは、自らの力や意志、忍耐、自己主張を見出し、これらの能力を使って、自我のアイデンティティを発達させ、強化するのです。

そして自己感覚との同一化が進むにつれ、その中で身動きがとれなくなり、ほかの選択や存在のしかたが可能であるということを忘れてしまいます。自分イコールこのパターンだと信じはじめるのです。人間としての全体的可能性のうち、特定の資質にのみ焦点を合わせます。次のようにいっているかのようです。「これらの資質は自分だが、それらは違う。自分はこうで、ああではない」。このように、私たちは自己イメージや自己認識を発達させ、性格タイプを形成していきます。

エクササイズ

「気づき」の連続体

このエクササイズのためには、時計が必要です。できれば録音機材もあったほうがいいでしょう。居心地よく座れる場所を見つけてください。そして自分がいるところ——部屋など、なんらかの場所——を観察してください。五分間、自分の注意が向かうところをできるだけ追っていき、特定します。たとえば、このようにいいます。「私は、光が壁に当たる様子に気づいている。私は、なぜあの壁を見たんだろうと思っていることに気づいている。私は、右肩を緊張させていることに気づいている。私は、緊張を感じていることに気づいている」といったように。自分が観察していることを録音してもよいですし、ペアを組んで行っても結構です。録音機がなかったり、ペアの相手がいない場合でも、気づきの動きの中に何らかのパターンがないか、見つけてみましょう。自分の考えに焦点を合わせますか？　それとも環境？　自分の感覚？　自分の気持ちや反応？　何らかのテーマが浮上してきますか？

◉「今、ここに在る」ことへの恐れ

一定の時間、自分自身に対して心を開いているとき、何か心地よくないことが起きるのではと直感し、不安を覚えるのは避けがたいことです。これは、性格の限界を超えようとするからです。変

各タイプの「中心的同一化」

タイプ	強力に同一化する対象	いかなる自己イメージを維持するか
1	超自我[*訳注3]。体験やものごとを評価・比較・判定・識別する能力。 怒りを基とする緊張を認めることに抵抗する。	良識的 良い 堅実 客観的 節度がある 分別がある 合理的 道徳的
2	人への共感、そして人についての気持ち。人の自分への反応についての気持ち。 自己や自分のニーズについての気持ちを認めることに抵抗する。	愛情がある 親切 心が温かい 私心がない 心がこもっている 思いやりがある 慈愛のある 気にかける
3	人からの称賛と認識するものに反応して発達した自己イメージ。 空虚さや自己拒絶の気持ちを認めることに抵抗する。	称賛に値する 無限の可能性をもつ うまく適応している 有能な 傑出している 望まれる 魅了する
4	「自分は他の人と違う」、欠陥があるという感覚。感情的反応。 自己の中にある真正で肯定的な資質を認め、他の人のようになることに抵抗する。	繊細 静か、深い 優しい 独特 自分に気づいている 異なる 自分に正直 直感的
5	世界に所属せず、超然と世界を外から観察している感覚。 自分の身体的存在や状態、気持ち、ニーズを認めることに抵抗する。	鋭い 注意力がある 洞察力がある 好奇心がある 自己充足的 頭がいい 客観的 独自
6	支えがないと思えることについての内面の不安に反応する必要性。 すでにある支えや、自分自身の内なる導きを認めることに抵抗する。	頼りになる 先見性がある 規則正しい 注意深い 好ましい 当てにできる 信頼できる 問いかける
7	これから起きる肯定的な体験に期待することからくる興奮。 自分の痛みや不安を認めることに抵抗する。	熱中する エネルギッシュ 熱心 自然体 快活 自由な精神 肯定的 外向的
8	人や周囲に抵抗したり、挑戦することからくる、強烈な感覚。 自分の弱さやケアの必要性を認めることに抵抗する。	強い たくましい 行動志向 直接的 才覚がある 自己主張する 独立した 頑強な
9	強烈な衝動や感覚から離れた、内面の安定感。 自分自身の力や能力を認めることに抵抗する。	平和的 気楽 優しい 揺るぎがない 安定している リラックスしている フレンドリー 自然な

容の取り組みをしていて、ある程度の不安を覚えたとしても、それはよい兆しです。長い間身につけてきた防衛反応を超えれば、これまでずっと自分を守るために感じないようにしてきた気持ちそのものに触れはじめます。

それにより、なぜ心満たすスピリチュアルな体験をしても、すぐに恐れを抱き、反応的になり、否定的な状態に戻ってしまうのかがわかります。成長のプロセスの中には、長い間自分を阻害してきたものを手放し、自分自身の中の新しい可能性に身を開き、さらにより深いレベルで阻害していたものに出会っていくというサイクルの繰り返しがあります。私たちは、こころ《スピリチュアル》の成長がもっと直線的であり、一度か二度の大きな突破口を経て達成できることを願うかもしれませんが、現実には、こころ《サイキ》全体が再編成されるまで、幾度もさまざまな領域を通過しなければならないプロセスなのです。

こころの成長は、自分自身に優しく、辛抱強くあることを必要とするプロセスでもあります。フラストレーションや自らの成長についての特定の期待、こころの発達についての見込み、期待したとおりにできないときの自己批判といったことはいずれもよくある反応ですが、そんなことをしても助けになりません。自己防衛を築くには何年もかかったわけですから、一夜にして解体することは期待できません。私たちの魂は、それ自体の知恵をもっていて、真に準備ができるまで、自分自身について何かを解放させてくれるどころか、気づかせてもくれません。

このような内面の取り組みを始めるとき、「今、ここに在る」とは、ただ座って瞑想《めいそう》することを意味するのではないかという恐れもよくありがちです。私たちは、もっと「今、ここ」にいるようになると、人生の重要な問題に対応できなくなると考えてしまいます。現実離れし、非実際的になり、役に立たない、と。実際はその逆です。私たちは、より注意を払うようになり、判断や洞察がより正確になります。

同様に、私たちの多くは、もっと「今、ここに在る」ならば、やっと手にした成熟さや専門技能をすべて失ってしまうと信じてしまいます。これもまた、実際に起きることとまったく反対です。私たちが「今、ここ」に在るとき、ものごとをこれまでよりもうまく、首尾一貫して行うことができます。また、集中力が高まるため、新しい技能をはるかにたやすく習得できるのです。私たちが「今、ここ」に意識を向けて《マインドフル》いるときに、知性は驚くような作用のしかたをします。身近な問題を解決するのに、まさに必要な情報や能力を呼び起こしてくれるのです。

そしてさらに深いレベルにおいては、私たちは「今、ここ」に留《とど》まって人生を本当に生きることを恐れています。そうすると子ども時代の心の傷をすべて再体験するのではと恐れるからです。私たちがあえて自らの本性を明らかにしても、それに気づいてもらえたり、愛されることはないかもしれません。拒絶され、屈辱を覚えるかもしれません。自分の繊細さを感じさせられたり、人が自分を恐れ、裏切ることになるかもしれません。私たちは自分が見捨てられるだろうと恐れます。自らの魂の尊さが再び無視され、傷つけられるだろうと恐れを抱きます。

けれども私たちが人生をもっとフルに生きるとき、限りない空間や平和、静かな活力を体験します。自分がしっかりしており、とてつもなく生き生きしていて、周囲の世界とつながっていることを発見します。このように生きてはいけない理由があるとしたら、それは私たちの性格がもたらす、偏りのある、自己本位の理由にほかなりません。

◉気づきからプレゼンスへ

私たちがこのプロセスに留まり、リアルなもの――つまり、たった今起きていること――に注意を向けるなら、微妙なプレゼンス（在ること）を体験しはじめます。それは、私たちの内面にも周囲の環境にも広がっているものです。軽やかで絶妙で、心浮き立つ感じであり、さまざまな資質を表せます。したがって、「今、ここ」の瞬間、実際に体験していることに気づきを向ければ、プレゼンスに満たされはじめます。実際、このプレゼンスというものが、本来の自分であると気づくかもしれません。

驚くべきことに、プレゼンスというものはつねに、私たちの中にある何が、より「今、ここ」に在ることを妨げているのかを明らかにしてくれます。「今、ここ」にもっといることができると、自分自身のリラックスしていない部分に気づきます。それは、自分がフルに存在していない部分です。そしてリラックスできればできるほど、自分を満たし、包んでいるプレゼンスの微妙な動きに気づきます。レッテルを貼ったり、考えすぎることのないようにしながら、ただその感覚とともに在りつづけることが、助けになるかもしれません。やがて自らの「存在《ビイング》」の新しい層が姿を現すにつれ、微妙で曖昧《あいまい》だったものがよりはっきりするでしょう。

プレゼンスは始終、私たちの空想や同一化の中にも入り込んできます。けれども私たちは性格構造ゆえに、「今、ここ」に留まることができません。自我のトランス状態に入っていけばいくほど、私たちの性格メカニズムはエネルギーを帯びます。それはまるで、激しいエネルギーを発している電磁石のようです。けれども、プレゼンスの生き生きとした性質に同調し、私たちの生命力が性格の「プロジェクト」に途方もなく費やされていることがわかると、出口がもたらされます。たんに「今、ここ」にいることを決めればすむということではありませんが、そもそも「今、ここ」にいようと思わなければ、プレゼンスは不可能なのです。それでは、いかにしてトランス状態にある人が、自分自身のトランスから抜け出せるのでしょうか？

明らかにこのような果敢な試みは、適切な手段や支えなくしてはほとんど不可能です。本書では、いかにエニアグラムのような深遠な知恵の体系や（さらにはもっとも重要なこととして）、気づきとプレゼンスを育てる毎日の実践などが、目覚めのプロセスにおける助けをもたらし得るのかを見ていきます。それに加え、トランス状態から目覚めさせてくれる「目覚まし時計」の働きをしてくれる多くの手段や支えについて提案しています。こうした「目覚めの注意信号」に注意すればするほど、さらなるプレゼンスがもたらされるのです（そして自分自身を目覚めさせることが、より可能になります）。けれども、これには多くの実践が必要です。

このことが一生を通じての作業であることには間違いありません。ただし、目覚めの瞬間が増えれば増えるほど、それらがまとまり、目覚めのプロセスにさらなるはずみをつけてくれます。真珠の核のような何かが私たちの中で蓄積します。私たちが通常の状態に戻っても、それはなくなりません。自分が目覚めているときとはどのようなものか、わかる助けとして、次のような三つの特徴を見ていきましょう。

1　私たちは、「今、ここ」に生きているものとして、プレゼンスをフルに体験します。誰かがここにいることを私たちは知っています。自分が実在していることを感じます。また、その結果として、「今、ここ」の瞬間に根ざします。さらに、これが起きるのは、外から自分自身をイメージすることによるのではなく、体験の「中に」いて、頭のてっぺんから足の爪先《つまさき》まで、体の生命感覚にフルにつながっているからです。今この瞬間の現実《リアリティ》に対する抵抗感がありません。

2　私たちは善し悪しの価値判断を下したり、感情的に反応することなく、内面および外の環境についての印象を完全に取り入れます。気づきの意識を通る、たくさんの考えや気持ちを、そのいずれにも執着することなく、観察することができます。不安やあせりよりも、内面の安らかさと静けさから、人生にかかわります。私たちの関心は、今起きていることにあり、過去について夢想したり、将来を予測したり、何かほかのことについて空想することではありません。

3　私たちはフルに「今、ここ」の瞬間にかかわっています。周囲についての印象に心動かされ、人生の豊かさと微妙さを十分に味わい、体験することを自分に許します。私たちは徹底して誠実であり、ごまかしや自意識がありません。瞬間瞬間において、自らのアイデンティティをまったく新鮮なものとして体験します。

私たちはつねに、うまくいく公式やルール、祈りを求めていますが、プレゼンスに代わるものはありません。プレゼンスがなければ、世界中の祈りや瞑想、指導者、テクニックをもってしても、私たちを変容させることはできません。だからこそ、何年にもわたって宗教的実践を遵守しても、信じている考えを一貫して体現することができないのです。私たちは並外れた体験をしたり、性格の拘束から自由になる瞬間を味わうことができますが、遅かれ早かれ——通常は、望んだよりもはるかに早く——古いやり方に戻ってしまいます。これは、プレゼンスというものの、決定的重要度を理解していないからです。それは、性格やそのシナリオの一部たることはあり得ません。

朗報としては、プレゼンスはすでにここにあります。それについての私たちの気づきの意識が、性格の狭い関心事に夢中になって制限されているとしても。気づきを尊重し、育て、それを強める実践にかかわることを始めれば、私たちの本質のより深い資質がますますはっきりと現れるのです。

訳注1：「アウェアネス」とは、自分の内面や周囲で瞬間瞬間に起きていることへの気づきを伴う意識状態。「気づき」、「自覚」、「意識」など、文脈によって訳し分けている。

訳注2：根源的欲求については、『新版　エニアグラム【基礎編】　自分を知る9つのタイプ』（以下「基礎編」と略す）63ページを参照。

訳注3：「超自我」とは、「〜すべき」「〜してはいけない」と検閲し、抑制する心の中の声。基礎編102ページ参照。

豊かさへの招待

エニアグラムは、全体的存在としての人を構成するさまざまな要素や資質について気づかせてくれます。以下の各項目の招待は、九つのタイプに象徴される「強み」に基づいています。自分がどのタイプでも、すべての招待に応《こた》えることができます。

招待 1	**高次の目的のために生きる:** 賢明で眼識があるのは、あなたの本質であることを覚えていてください。
招待 2	**自分自身と人を大切にする:** 自分自身に優しくし、人に善意と慈愛の気持ちをもつことは、あなたの本質であることを覚えていてください。
招待 3	**自分自身を成長させ、人の手本となる:** 自分の存在を楽しみ、人を尊重し、評価するのは、あなたの本質であることを覚えていてください。
招待 4	**過去を手放し、体験によって刷新する:** 赦《ゆる》すこと、そして成長と刷新のために人生のあらゆるものを活用することは、あなたの本質であることを覚えていてください。
招待 5	**善し悪しの価値判断を下したり、期待をもつことなく、自己と他者を観察する:** 現実《リアリティ》にかかわり、世界の限りない豊かさを見つめることは、あなたの本質であることを覚えていてください。
招待 6	**自分自身を、そして、人生が良いものであることを信頼する:** 勇気をもち、いかなる状況下でも人生に対応できることは、あなたの本質であることを覚えていてください。
招待 7	**喜びに満ちて存在を祝い、幸福を分かち合う:** 幸福で、みなの体験をさらに豊かにすることは、あなたの本質であることを覚えていてください。
招待 8	**自分自身のために立ち上がり、信じていることを、率直に話す:** 強いこと、さまざまな肯定的な方法で世界に影響を与えることができるのは、あなたの本質であることを覚えていてください。
招待 9	**世界に平和と癒しをもたらす:** 世界において、静穏、受容、親切といったものの尽きることのない泉であることが、あなたの本質であることを覚えていてください。

第二章　対応方法の違いによる三分類

筆者は九つのタイプを三分類する、重要な三番目の方法[*訳注1]を見つけ、「ハーモニクス（the Harmonic Groups）」と名付けました。プライマリー・タイプ（正三角形上に位置するタイプ3・タイプ6・タイプ9）のそれぞれに対し、多くの点で非常に類似しているように見える二つのセカンダリー・タイプ（プライマリー・タイプ以外のタイプ）があるのです。こうした三つのタイプ間の類似により、タイプの誤認がたびたび起きます。たとえばタイプ9の人は、自分をタイプ2やタイプ7と誤認することがよくあります。タイプ3の人は、タイプ1やタイプ5に間違えることがありますし、タイプ6の人がタイプ4やタイプ8と誤認することはよく知られています。

こうしたタイプどうしは、エニアグラム図において線でつながっていなくても、共通のテーマや課題によって結ばれています。ハーモニクスは、そのタイプがおもなニーズを満たすことができなかったとき、どのような態度を取るか、教えてくれます。つまりハーモニクスは、私たちが葛藤《かっとう》や困難にどう対処するかを示してくれるのです。自分が欲しているものを得られなかったときに、どのように反応するかを。

「ハーモニクスによる三分類」という考え方は、変容の取り組み《トランスフォメーショナル・ワーク》のために役立ちます。なぜなら、自分が欲しているもの（本能センターのタイプは自立、フィーリング・センターのタイプは関心、思考センターのタイプは安全）を得られなかったとき、どのように対処するかを指し示しているからです。*訳注2　それにより、私たちの性格構造《パーソナリティ》が喪失や失望から自分を守る基本的な方法がわかります。

◉楽観的（POSITIVE OUTLOOK）グループ（タイプ9・2・7）

これらのタイプは、葛藤や困難に対し、できるだけ「楽観的（positive）」な態度を取ります。失望したことを、前向きにとらえ直します。人生の肯定的な側面を強調し、ものごとの明るい面に目を向けたいのです。これら三つのタイプは、周囲の士気を高めます。人がいい気分になる助けをすることが楽しいのは、自分自身もいい気分のままでいたいからです（「私には問題はない」というように）。

これらのタイプは、自分自身の暗黒面に向き合うことが困難です。自分自身の中にある、痛みを伴ったり、否定的であるものは見たくないのです。また、自分自身のニーズと人のニーズとの間のバランスをとるのがむずかしく、タイプ2はおもに、人のニーズに意識が集中します。タイプ7は、おもに自分自身のニーズに集中します。タイプ9は、両方のニーズに集中しようとしますが、往々にして、どちらも適切に満たすことがむずかしくなります。

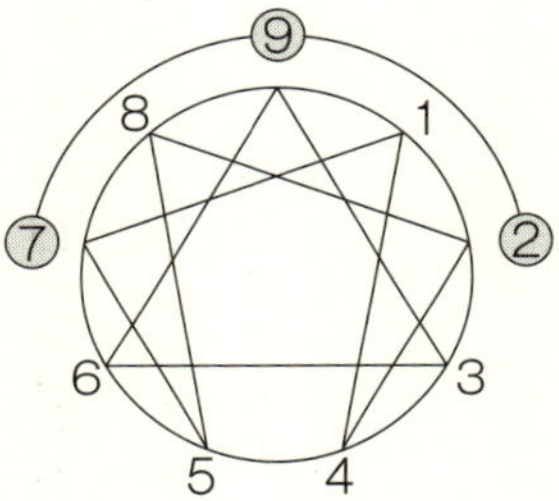

タイプ9・2・7の
ハーモニック・パターン：
楽観的グループ

楽観的グループのおもなテーマ

タイプ	重点を置くこと	見ることを避けるもの	ニーズについての問題
2	ポジティヴ（肯定的）な自己イメージ：「私は思いやりがあり、愛することができる人間だ」 自らの善意に意識が集中する。	自分自身の欲求や失望、怒り。	相手のニーズを過大視し、自分自身のニーズを顧みない。
7	ポジティヴな体験、喜び、活動、興奮させること、楽しいこと。	心の痛みや空虚感。自分自身や人に苦しみを生み出していること。	自分自身のニーズを過大視し、人のニーズを重荷に感じやすい。
9	人や周囲についてのポジティヴな資質。自分の世界を理想化する。	愛する人たちや周囲との問題。自分自身が成長していないこと。	自分自身のニーズと人のニーズに圧倒される。どちらにも対応したくない。

◉合理的（COMPETENCY）グループ（タイプ3・1・5）

これらのタイプは個人的感情を脇に置き、客観的で効果的で有能であろうとすることによって困難に対処することを学びました。主観的ニーズや気持ちを後回しにするのです。問題を論理的に解決しようとし、人にも同じことを期待します。

これら三つのタイプは、何らかの構造やシステムの制約の中で機能することに関する課題を抱えます（「システムの中で、自分はどう機能するか？　自分にとってプラスになるようにシステムを使えるか？　そのシステムは、自分がやりたいことの妨げになるか？」）。

システムに対する各タイプの態度は、家族との関係から発達しました。そのシステムの価値観に自分をどれだけ合わせたらいいのか、逆に、どれだけ距離を置いたほうがいいのか、確信がもてません。タイプ1は、ルールの中で機能します。ルールをよく守ることで、誰からも自らの潔白を疑われないのです。一方、タイプ5は、ルールの外で機能しがちです。タイプ3は、ルールの外でも内でもプレーしたい。ルールや仕組みのメリットを享受しつつ、制約されたくないのです。

◉反応的（REACTIVE）グループ（タイプ6・4・8）

これらのタイプは、葛藤や問題に対して感情的に反応します。人をどれだけ信頼できるか、なかなかわかりません。自分がどのように感じているか、相手に知ってほしい。問題が起きたときに、

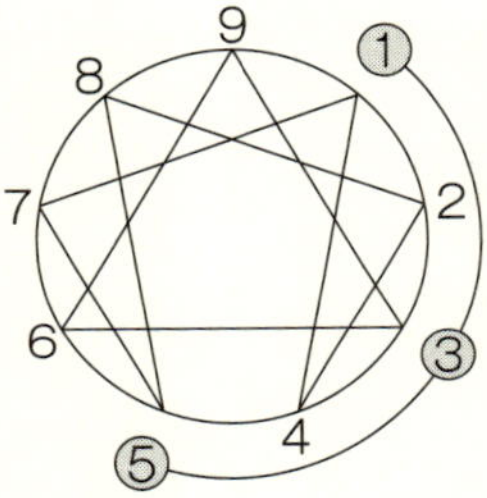

タイプ1・3・5の
ハーモニック・パターン：
合理的グループ

合理的グループのおもなテーマ

タイプ	重点を置くこと	気持ちの対処	システムとの関係
1	正しく、きちんとしていて、分別があること。基準や自己向上、ルールを知ることに集中する。	抑圧し、否認することによって。気持ちは、行動や完璧《かんぺき》に物事を仕上げることに変換される。また、気持ちは、体の硬直としてためこまれる。	タイプ1は、システムと連動したい。「いい子」であろうとし、ルールを軽視する人々にイライラする。
3	効率的で、有能で、傑出していること。目標や、実際的であること、自分をどう見せるかを知るということに集中する。	抑圧し、課題に注意を集中し、活動的であり続けることによって。達成することによって、痛みを伴う気持ちを埋め合わせる。自分がどう感じるべきかという気持ちの手がかりを、人の表情から得る。	システムと連動したいが、その外にもいたい。ルールを曲げ、抜け道を探す。
5	専門家であること、くわしい情報をもっていること。プロセスや客観的事実、明晰《めいせき》さや超然とした態度を保つことに集中する。	気持ちを切り離し、概念化することによって。自分の気持ちが、あたかも第三者に生じているかのように、頭の中の世界に没頭する。	システムを拒絶し、その外でひとりでやっていきたい。ルールや手順について、あまり忍耐強くない。

自分の懸念に見合った感情的反応を相手に求めます。

「これは私にとって大変なことなんです！　あなたにもですよね！」と。

これらのタイプは、好き嫌いがはっきりしています。問題があれば、人にいわずにいられません。問題が発生したときには、まず自分の気持ちに対処する必要があります。いったん発散できれば、かなり速やかに治まるのが通常ですが、気持ちを発散できなければ、怒りや恨みが増大する可能性があります。

反応的タイプもニーズのバランスがむずかしく、自立し、自己決定したい一方で、人にケアされ、サポートされたいのです。人を信頼すると同時に、信頼しない。人からの愛情やサポートを受けたいという深い願いがありますが、実際にそうすることは、自分自身や周囲の状況をコントロールできなくなることのように感じます。

裏切られることを恐れ、相手がどう考え、感じているかを知るために、相手からのフィードバックを欲します。これらのタイプは、アドバイスや指示（「親であること」）を求めるか、逆らったり、反抗します。

無意識のレベルで、タイプ４は親を求めます。一方、タイプ８は、親や扶養者の立場に立ちたい。タイプ６は両方を求めます。時には親になり、時には誰かに親になってもらいたいのです。

訳注１：ほかの三分類については、基礎編の70～99ページ参照。

訳注２：基礎編の73～86ページ参照。

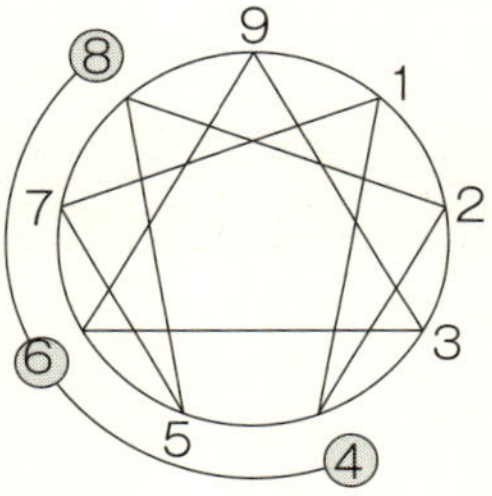

タイプ4・6・8のハーモニック・パターン：反応的グループ

反応的グループのおもなテーマ

タイプ	求めること	恐れること	人への対処法
4	自分を救ってくれる人。自分を理解し、人生や夢をサポートしてくれる人。自分の存在を見てほしい。	見捨てられること——誰も自分のことを気にかけてくれないこと。自分自身を見つけ、自分になるための十分なサポートが得られないこと。	近寄りがたく、気のないふりをしたり、自分を支えてくれる人にしがみつくことによって、関心を引く。
6	自分が自立することと、サポートされることの両方。頼りにできる人がほしいが、自分が「強い人」である必要もある。	見捨てられ、支えがないこと。しかし同時に、人に依存的になりすぎること。	コミットし、頼りになる存在でありつつ、自立を保とうとする。かかわるが、同時に自己防衛している。
8	自立と独立独歩。できるだけ人を必要としていたくない。自分自身でありたい。	人からコントロールされ、支配されること。そのため、親密さを恐れる。また、人を信頼し、気にかけすぎることによって自分が弱くなることを恐れる。	隙を見せず、人が近づきすぎないようにし、自分の心の傷や人を求める気持ちを感じないようにタフになる。

ハーモニック・グループ一覧

楽観的グループ：自分が問題をもっていることを認めない	
タイプ9	「何の問題？　問題ないと思うけど」
タイプ2	「あなたには問題があります。私はあなたを助けるためにいます」
タイプ7	「問題あるかもしれないけれど、私は大丈夫」
合理的グループ：気持ちを切り離し、論理的に問題を解決する	
タイプ3	「これには有効な解決方法がある。取りかかりさえすればいい」
タイプ1	「分別ある落ち着いた大人として、これは解決できるはず」
タイプ5	「ここには課題がたくさん潜んでいる。考えさせてください」
反応的グループ：強く反応し、人からの反応を必要とする	
タイプ6	「とてもプレッシャーを感じる。発散しないとだめ！」
タイプ4	「とても傷ついている。思いを表現しないと」
タイプ8	「このことに怒っている。なぜか、教えてあげよう」

第三章　各タイプにおける三つの本能型

基礎編の第五章で述べたように、各性格タイプは、さらに分類することができます。基礎編で説明したウィングという二つのサブタイプとは別に、三種類の「本能型（Instinctual Variant）」というものもあるのです。

「本能型」というのは、人の行動の動機となる三つの基本的本能である、「自己保存的本能」、「性的本能」、「社会的本能」に基づいたものです。私たちの中で、九つのタイプすべてが作用しているように、これら三種類の本能もすべて作用しています。ただし、基本タイプがあるように、人によって三つの本能のうち、どれかが優勢しているのです。

これはケーキの層のように、階層化して考えることができます。もっとも優勢する本能が一番上の層、二番目が真ん中の層、そしてもっとも力をもたない本能が一番下の層というように。こうした階層化は、人のタイプを知らなくても可能です。本能というのは、タイプとは独立したものとして明確に規定でき、観察できます。タイプに属する「サブタイプ」ではないのです。

したがって、エニアグラムの各タイプには、どの本能が優勢するかによって、三つの本能型があることになります。たとえば、タイプ6の中にも自己保存的6、性的6、社会的6がいて、それぞれの関心事が著しく異なるのです。

この本能型は、その人にとって幼いときから、どの本能が性格の影響によってもっとも屈折し、タイプ全体を通じて独特のこだわりや行動を生み出しているかを示しています。どの本能型であるかにより、その性格タイプならではの関心事が集中的に現れ、課題がもっとも頻繁に展開する領域が異なるのです。

したがって、基本タイプ、ウィング、優勢する本能型の組み合わせによって人を描写することができます。たとえば、自己保存的タイプ1で、ウィングが2。性的タイプ8で、ウィングが9というように。

本能型とウィングは直接関係していないため、通常、タイプを見る際には、ウィングの「レンズ」を使うか、優勢する本能型の「レンズ」を使うか、使い分けるほうがやりやすいです。

ただし、これら二つの個別の基準を組み合わせることで、各タイプにつき、六通りのヴァリエーションが生まれます。九つのタイプ合計で、五十四種類となります。性格構造をここまで細かく考慮することは、大半の人にとって不要かもしれませんが、変容の取り組み《トランスフォメーショナル・ワーク》のために本能型は重要です。また、人間関係においてもきわめて重要な役割を果たすため、注目に値します。

同じ本能型をもつ人どうしは、同じ価値観を共有し、お互いを理解できる傾向があります。それに対し、異なる本能型の組み合わせ（たとえば自己保存的本能型と性的本能型）は、より問題を抱える傾向があります。根本的な価値観がかなり違うからです。

◉自己保存的本能型

大半の人は、この自己保存的本能型をたやすく判別できます。自己保存的本能型の人は、物質的な安全や快適さを得、維持することに没頭します。それは往々にして、食べ物や衣類、お金、住居、健康についての関心として表れます。こうした関心事をおもな優先事項として求める中で、ほかの領域が犠牲となります。たとえば、部屋の中に入ってくるときにまず何に気づくかを観察することによって、この自己保存的本能型を自分自身やほかの人の中に見出《みいだ》すかもしれません。

この本能型は、周囲の環境が快適かどうかに焦点を当てる傾向があります。この環境は自分がいい状態でいるための助けになるだろうか？　部屋に入ってすぐに、照明が暗いとか椅子の座り心地がよくないことに気づき反応します。もしくは部屋の温度に不満を感じます。そしてたえずこうしたことを調整するのです。次の食事や休憩はいつだろうと思うかもしれません。十分な食べ物はあるだろうか、自分が好むものだろうか、食事制限に適《かな》ったものだろうかと心配するかもしれません。

この本能が性格タイプと調和的に機能していれば、人は現実的で実際的です。人生の基本的な事柄に対処することに、自分のエネルギーを注ぎます。たとえば、安全な環境をつくったり、買い物をしたり、家や職場を維持したり、支払いをしたり、役に立つスキルを習得したりするなど。人生の整然とした流れが妨げられないようにするのです。しかし性格が健全でなくなると、本能を歪《ゆが》め、自分自身のケアがうまくできなくなります。摂食障害や睡眠障害になることもあります。物をストックしすぎたり、買いすぎたり、食べすぎたり、あらゆる不要な「お荷物」を過剰なまでに一掃したりします。健全度が下がった自己保存的本能型は、体をうまくケアできないか、健康や食べ物のことに強迫的にとりつかれます。もしくはその両方です。

さらに、通常の現実性や経済観念が歪み、お金や実務的なことをこなすのに問題が生じます。自己保存的本能が性格の問題に完全に凌駕《りょうが》されると、人は故意に自己破壊的行動に出るかもしれません。そうなると、本能が自らを傷つけるような結果をもたらします。

一方、ほかの二つの本能が優勢し、自己保存的本能がもっとも発達していない場合、生活の基本的な事柄に対応することは自然にはできません。適切に食べたり眠ったりする必要があることに、いつも気づくわけではないのです。身の回りの環境についての要因は比較的重要ではありません。また、富や財産を築きたいという衝動が欠ける傾向があります。こうしたことを気にかけさえしないかもしれません。時間や資源の管理が通常、なおざりにされます。多くの場合、自分自身のキャリアや社会生活、物質的幸福に対して、深刻なほど有害な結果をもたらすことになるのです。

◉社会的本能型

私たちの大半は、自分に社会的な部分があることを意識し、それは人と交流したり、パーティやミーティングに出たり、グループに所属することへの欲求だと見なしがちです。けれども社会的本能というのは、実際にははるかに根本的なことなのです。どんな人の中にもありますが、人から好かれたい、承認されたい、人といて安全であると感じたいという強い欲求です。私たちは、自力ではどちらかというと弱くてもろい存在であり、すぐに敵対的な環境の餌食《えじき》になってしまいます。私たち人間には、ほかの動物がもっているような爪や牙《きば》、毛皮がありません。団結してお互いに協力しなければ、私たちは種として、あるいは個体として、生存することがむずかしくなります。人に合わせることができ、好ましく思われるということは、根本的な生存本能なのです。

社会的本能型の人は、自分の世界で受け入れられ、必要とされることに専心します。家族やグループ、地域、国、世界といったいずれの規模であれ、人との活動に参加することから得た価値観を維持することに関心があります。社会的本能型は、かかわっている感覚を好みます。また、共通の目的のために人と交流することを楽しみます。

社会的本能型の人が部屋に入ると、すぐにさまざまな人たちやグループの間の権力構造や微妙な駆け引きに気づきます。無意識のうちに、自分に対する人の反応――とくに自分が受け入れられているかどうか――に注目しています。階層的な社会構造の中で、自分や人の役割がどこにあるかに敏感です。このことは、注目や成功、名声、評価、名誉、リーダーシップ、感謝、さらには自分よりも大きなものの一部であることによる安心といったさまざまなことを追求することに表れます。すべての本能型の中で、社会的本能型は、自分の世界で何が起きているかを知りたがります。自分が安全で生き生きしていて、エネルギーにあふれていると感じるためには、人がどうなっているかを知る必要があるのです。これは、社内の駆け引きや近所の噂話への関心から、世界のニュースや国際外交にまで及びます。社会的本能は、一種の「文脈を読む知性」ともいえるでしょう。より広い文脈の中で、私たちの試みやその効果を見る力を与えてくれるのです。

一般的に、社会的本能型は人との交流を楽しみますが、皮肉なことに、親密さを避ける傾向があります。そしてすべての本能がそうであるように、人が不健全になれば、その本能が逆に表れます。不健全な社会的本能型は、きわめて反社会的になり得ます。人を忌み嫌い、社会を憎みます。その結果、社会的能力があまり発達しないかもしれません。彼らは他者を恐れ、疑い、人と仲良くつきあうことができません。そうでありながら同時に、社会的なつきあいを断つことができないのです。要約するなら、社会的本能型は、自らの個人的価値や達成感、安心できる人間関係を築けるように、人とかかわることに集中します。

ほかの二つの本能が優勢し、社会的本能がもっとも未発達な人の場合、社会的な取り組みや責任に関心を向けることは、自然にはできません。こうした人々は、社会的つながりをつくり、維持する意味を理解しにくいのです。往々にして、人の意見の重要性を軽視してしまいます。どのような規模であれ、自分が所属しているコミュニティとかかわる感覚は、最小限かもしれません。多くの場合、人とのつながりがあまりなく、ほかの人を必要としていないし、ほかの人も自分を必要としていないと感じます。したがって、友人や家族だけでなく、協力してくれたり、支えてくれる人たちとの間に、頻繁に誤解が生じるかもしれません。

◉ 性的本能型

性的本能型というのは、セクシーだとか、セックスが好きということだろうと考え、自分はこの本能型だと多くの人が初めは思いやすいのです。もちろん、性的魅力というのはきわめて主観的なものであり、三つの本能型のいずれにも「セクシー」な人たちはいます。自分が特定の本能型になりたいとしたら、「性格は、優勢する本能を妨げたり、歪める傾向がある」ということを覚えておくとよいでしょう。したがって、性的本能型の人たちは、親密な関係において同じ問題を繰り返す傾向があります。

性的本能型はつながりをたえず求め、強烈な体験に惹《ひ》かれます。性的体験に限らず、同様の刺激を期待させる、いかなる状況に対しても。あらゆるものにおいて、性的本能型は強烈な接点を求めます。スキージャンプや深い会話、エキサイティングな映画などに強烈さを見出すかもしれません。三つの本能型の中で、もっとも「親密さに中毒」しているのです。プラス面として、性的本能型は、人生に対して広範囲の探求心をもって取り組みます。マイナス面としては、自分自身の真のニーズや優先順位に集中することがむずかしいのです。

性的本能型は、部屋に入ってくるとすぐさま、どこにもっとも興味深い人がいるかを見つけることに集中します。自分を惹きつけるものを追う傾向があります（一方、社会的本能型は、誰が主催者と話しているか、誰が力や評判を得ているか、誰が自分を助けてくれそうかということに気づきます。自己保存的本能型であれば、部屋の温度や飲食物コーナー、快適に座れそうな場所に注意が行きます）。性的本能型は、相手が自分をどれだけ助けてくれそうかとか相手の地位には関係なく、自分を魅了する人たちに引き寄せられます。「この部屋でエネルギーがあるのはどこ？　誰のエネルギーが一番強烈？」と尋ねているようなものです。

性的本能型が自分自身のプロジェクトを追求したり、自分自身について適切なケアをすることがむずかしい傾向にあるのは、自分を満たしてくれる誰かや状況を、無意識につねに探しているからです。電源プラグがコンセントを求めているようなものです。自分にとってぴったりの相手を見つけたと感じると、執着する可能性があります。心を奪われた誰かや何かに夢中になると、重要な責務や自分自身の基本的な生活の事柄ですら、怠るかもしれません。

性的本能型は、不健全になると、注意が散漫になり、集中力が相当欠如します。性的放縦になるか、セックスや親密な関係に対する恐れやぎこちなさに陥ります。後者の方向であれば、避け方も強烈になります。

ほかの二つの本能型が優勢的で、性的本能型がもっとも発達していない場合、親密さや刺激的なこと——知的なことであれ、感情的なことであれ——に関心を向けることは、自然にはやりにくいといえます。自分が何を好むかはわかっていますが、多くの場合、何に対しても、非常にエキサイティングな感じになったり、熱中するといったことにはなりにくいのです。彼らは、人と親密になるのもむずかしい傾向があります。親密な関係を完全に避けることもあります。また、ルーティーンに陥りやすい傾向があります。生活の中で慣れ親しんでいないことが多すぎると、心地がよくありません。人と社会的にかかわっていると感じるかもしれませんが、不思議と配偶者などの家族や友人であっても、分離しているのです。

第二部
九つの性格タイプの深層

The Nine Personality Types in Depth

第四章　タイプ1・改革する人

◉子ども時代のパターン＊訳注1

タイプ1は子どものとき、「いい子」であろうと一生懸命でした。「子ども時代に、自分の存在を正当化する必要があると感じた」ということがよくあります。子どものままでいることは受け入れ難く、幼いときからある種真面目で、大人としての責任感をもつようになった人が多いのです。親の期待が大きいことを理解し、往々にしてタイプ3のように、「ファミリー・ヒーロー」という役割を担いました。タイプ1の子どもは一般的に、このような期待に真剣に応《こた》えるのです。

タイプ1はさまざまな理由により、父親的存在（必ずとはいえないが、通常は生物学的父親）と「つながっていない」感覚をもちます。＊訳注2　そもそも子どもは、母親とは別の安定した大人である「父親的存在」に同一化し、その存在を目指すことにより、母親に対する依存から脱し、自分自身の個性と自立を実感できることが増えるのです。

ところが「父親的存在」が適切にその役割を果たしていないと、子どものタイプ1は根本的つながりが欠如していると感じます。そして父親的存在は、自分の気質やニーズに応えてくれないと気づきます。必ずしも父親的存在が悪いとか、ひどい扱いをするということではなく、理由はどうあれ、ある種の自然な「絆《きずな》づくり」が起きにくいということなのです。

その結果、タイプ1の子どもはフラストレーションを感じ、自分が自分の「父親」にならねばと感じます。時に子どものタイプ1は、周囲の無秩序な状況に対し、過剰なまでに責任感を感じて対応します。家族の中の「分別の声」となるのです。彼らはこのようにして、自分の「自立」と「境界」（タイプ1の重要なテーマ）の感覚を構築することができます。

実際、こうした子どもは、次のようにいっているようなものです。「自分が自分を導くんだ。自分が自分自身の父親になり、倫理的手本となるんだ。ほかの誰にも規制されないように、自分を規制する。誰も自分を罰することのないように、自分が自分を罰する」。

タイプ1は、誰からも間違いを指摘されないよう、ルールを厳格に守ることで、自分に期待された以上のことをしようとします。それによって自立した立場を確保するのです。

ビジネス・コンサルタントとして成功しているレオは、子ども時代に周囲に適応する中で迫られた困難なことについて、次のように振り返っています。

子ども時代の僕は、物事の正しいやり方はたったひとつ、父のやり方であることをすぐに教わった。だけど父のやり方は時に変わることがあり、一貫性がなかった。だから父の一貫性のなさに対して、僕は良心に従い、僕自身が同意できる、「真の」正しい方法を求めはじめたんだ。

ある意味でタイプ1は、父親的存在からの期待以上のことをする必要があると感じます。自分でよりよいルールを見つけなければと感じるのです。「自分が」正しいか間違っているかを決めるのです。

しかし子どものタイプ1は、自分の父親的存在の善し悪しを判断（暗に非難）することに罪悪感を感じます。それで罪悪感から逃れるために、自分はいい子で責任感があるが、ほかの人は怠惰で、いい加減で、少なくとも自分より間違っている、未熟であると見なすアイデンティティを築きます。

このような自己正当化は、タイプ1のアイデンティティ、そして人生を通じて再現する感情的パターンの基盤となります。

◉自己保存的タイプ1

「自己抑制《セルフコントロール》」　健全度に関して通常の段階における自己保存的タイプ1は、物質的幸福――財政と健康の両方――について気にする傾向があります。そして「もっと一生懸命働けるのに」と、自己批判することがよくあります（通常の段階のタイプ6のように）。

また、自己保存的本能には、欲求を満たしたい強い衝動もありますが、タイプ1の超自我が厳しくいさめます。その結果起きる内的葛藤《かっとう》が、たえざるストレスや身体的緊張、快楽や欲求に対する、オール・オア・ナッシングの態度（欲望のままに耽《ふけ》るか、欲望を極力抑える、禁欲的な時期をもつ）の源となります。

超自我の命令と同一化（一体化）すればするほど、間違いを冒すことを非常に恐れます。破滅的なように思われるのです。どんな誤った行動も、自分の幸せを台無しにしかねないと感じます。周囲の環境に対して、きわめて細かく、潔癖になり得ます。清潔さや秩序、衛生、美学を重んじ、健康や食事に対してよく気を遣い、たとえばビタミン、マクロビオティック、ホメオパシーといった考えを厳格に守ることがあります。

また、自分について気になっていることについては、人にも過保護的になります。たとえば、自分が病気になることを心配しているなら、ほかの人に対し、健康に気を遣っていないと叱ります。自分がお金の心配をしていたら、貯金をするように強く勧めます。通常の段階の下のレベルになると、超自我の厳しさにより、いかなる快適さや報いも自分にはふさわしくないと感じるようになります。

不健全な段階になると、欲求を厳しく抑制する時期と、過度に野放図にする時期との間を揺れ動きます。往々にして健康――とくに食べ物について――にこだわります。自分が食事や健康に関する制限を守らなかったことについては、正当化したり、埋め合わせしようとすることがよくあります。たとえば甘いものを好きなだけ食べたり、暴飲したあとに、急激なダイエットをするなど。フライド・ポテトを食べ、ミルクセーキを飲んだあとに、たくさんビタミン剤を取る場合もあります。

自己保存的タイプ1は、摂食障害になったり、自分の本能的衝動を抑制するための極端な実践をしがちな傾向があります。たとえば禁欲主義、極端な断食、過食と嘔吐《おうと》など。

◉社会的タイプ1

「改革者」 通常の段階における社会的タイプ1は、自分が客観的な価値や社会的基準を代表していること、人の代弁者であることを信じています。教えたり、擁護したり、道を説いたりといったことをします。

ただし大半は、社会問題やルール、手順についてです。往々にして、政治や時事、ジャーナリズムに関心をもち、不正を明らかにしたり、不公正なことに反対して声を上げることに長《た》けています。またその一方で、必要と感じる改革をもたらすため、地道に取り組みます。たとえば地域の学校の状況を改善するとか、生協をリサイクル活動に巻き込むなど。

社会的タイプ1は、はっきりした意見や確信をもち、自分の視点を主張することで、生き生きとした自己感覚を得ます。人の意見や確信も尊重しますが、健全度がさらに下がると、自分につねに同意することを期待します。それにより、思考や行動が硬直化します。物の見方が壁となり、世界に対する防御ともなり得ます。タイプ1は、自分に対してもっとも厳しくルールを適用するため、自分が表明した意見や信念と行動が違うという矛盾を突かれることを恐れます。

人に対する批判や意見は、その人個人についてではないと主張するのに、自分自身がいわれる立場になると、自分個人に向けられたものと感じます。公共政策に対しても、個人的に侮辱された、もしくは勝ったかのように反応することがよくあります。

不健全な段階における社会的タイプ1は、非現実的な基準や期待を自分自身や他者、社会全体に対してもちます。極端な政治的見解や厳格な宗教的教義に関与するかもしれません。暴言を吐いたり、非難しつづけることもあり得ます。たえず人類の欠点に激しい憤りを感じるのです。

◉性的タイプ１

「基準の共有」　通常の段階における性的タイプ１は、理想的なパートナーと完璧《かんぺき》な関係をもつことを望みます。揺るぎない安定感をもたらす、完璧なパートナーを求めるのです。この点において、タイプ４と混同されることもあります。パートナーだけでなく、家族や親しい友人に対しても高い期待を抱き、相手と同じ基準を共有していると信じたいのです。

性的タイプ１は、相手が基準に達しないことによって、その関係の調和と完璧さが壊れることを恐れます。そのため、愛する相手が基準を満たすようにプレッシャーをかけなければと感じることになります。また、自分の基準に合った人生のパートナーを見つけることがむずかしい場合もあります。いろいろな人と付き合っても、つねに失望感を味わいます。

性的タイプ１は、相手が忠実であることを重視します。自分が必要とすることを相手にほしがるようには見えませんが、うまく隠された、見捨てられるのではという恐れや慢性的孤独感に悩まされることが多々あります。相手への高い期待と見捨てられることへの恐れが結びつくことが、パートナーへの批判的で支配的態度をもたらします。通常の段階の下のレベルにおいては、相手の行動や所在を始終確認したがるかもしれません。自分にとり、わずかなご褒美のひとつであるよい関係や喜びを得たのにもかかわらず、それが失われる可能性に脅かされているのです。批判やコントロールを使って相手のバランスや自信を崩し、見捨てられる可能性を先延ばしするかもしれません。不健全な段階においては、性的本能により、強い欲求を抱きますが、超自我に対して正当化しにくいのです。強い欲求と、それを拒絶したいという欲求が交互に生まれます。それにより、性的衝動とその抑圧につながるかもしれません。同時に、自分が執着しているのは相手のせいだと考え、二人の関係のバランスが回復できるよう、相手をコントロールしたがります。

不健全なタイプ1は、強烈な嫉妬《しっと》にとりつかれます。恐れが強いあまり、相手をたえず問いつめるのです。極端な場合、自己や他者を罰することで自分の欲望を一掃しようとするかもしれません。

◉成長へのチャレンジ*訳注3

以下は、人生のどこかの時点で大半のタイプ1が遭遇する課題です。これらのパターンに気づき、「その瞬間の自分をキャッチ」し、人生のできごとに対する自分の根底にある習慣的反応をただ理解するだけで、性格タイプのマイナス面から自分を解放するための大きな助けとなるでしょう。

タイプ1にとっての「目覚めの注意信号」*訳注4：強い個人的責任感

タイプ1は、自分がどのような「目覚めの注意信号」をもっているかに気づき、意識するだけで、大きな成長を遂げることができます。「たえざる、重い、個人的責任感」を感じるときが、注意信号です。どんなゴタゴタに遭遇したときでも、それを解決するのは自分にかかっていると考えはじめることなのです（「私がしなければ、ほかの誰もやってくれない！」）。

さらにタイプ1は、ほかの人が問題に対応してくれるとしても、自分ほど徹底してやってくれないと思っています。したがって、周囲の環境を正し、整え、コントロールすることに執着するようになります。また、緊張をはらみ、深刻になり、物事の問題点に自動的に焦点を合わせるようになります。

世界の重荷が自分の肩にかかっていると感じはじめるときは、通常の段階のタイプ1が性格特有のトランス（催眠状態）に陥りつつあることを強く示唆しています。

本書の基礎編に登場したセラピストのカッサンドラは、自分の中にあるこうした傾向性を手放すことがいかにむずかしいか、次のように語っています。


タイプ1であるということは、大半の時間、重荷を背負っている感じなんです。重荷というのは、どんな状況でも正しいことをし、自分の考えや気持ちが外に出てしまわないように注意するか、出てしまうとしても適切かつ適度に表現しなければいけないということなんです。私は今でも、人が私のいうことに耳を貸さないとか、もっと悪いことに、本人やほかの人に害となるようなひどい間違いを冒してからようやく私と同じ結論に至ることに、憤慨します。こういうことに関して、自分はまだうまくバランスが取れません。

エクササイズ＊訳注5　**孤独な責任感**

通常の段階のタイプ1は、「正しいことをする」だけでなく、他人の不注意や愚かさを補ってあげなければいけないと感じます。このパターンがあなたの中にあることがわかりますか？　とくにどのような状況でこういったことが起きやすいですか？　このパターンになるとき、あなたは人に対して、どのような意見をもちますか？　そういう意見をもつことで、その人たちに対してどう感じますか？　自分に対しては？

社会的役割＊訳注6：教育する人

「物事をどのようにすべきか、私は知っている」

通常の段階のタイプ1は、「教育する人」または「教える人」という「社会的役割」を担います。それは、無知な人に知恵を授け、落伍《らくご》した人を手助けし、いかにして有用で生産的な人生が送れるかを示す人です。タイプ1は、物事を達成するための最善の方法を人に教えずにはいられません。皿の洗い方とか、読んだ新聞の畳み方といった単純なことですらも。＊原注1

通常の段階のタイプ1は、無意識のうちに、自分は成熟した責任ある大人であり、周りは道理のわからない、不注意な子どもたちばかりだと見なします。こうした態度は往々にして、微妙あるいは明らかに人に伝わります。人は通常、タイプ1のこのような人を見下す姿勢ゆえに、その助けやものの見方に対し、原則的には同意したとしても抵抗します。こうした抵抗により、タイプ1がさらにフラストレーションを感じることがよくあります。

また、「教える人」という役割により、タイプ1は人からの反応にもどかしさを覚えます。人が努力していることはわかっても、それが「十分」かどうか疑うのです。またタイプ1は、自分のやり方に人が疑問を投げかけることによって、貴重な時間を無駄にしていることにいらだちます。ほかの人のいい加減さを埋め合わせるために自分が残業しなければいけないと感じるため、自分自身についての適切なケアができないことがよくあります。けれどもイライラや短気により、人に脅威を与えずに自分の提案を伝えることがきわめてむずかしくなります。幸いにもまさにこの資質が、問題に巻き込まれるときの警告となるのです。

カッサンドラは、フラストレーションを感じるときは、自分の性格により囚《とら》われつつある兆候であるということを学びました。

怒りっぽくなるというのは、自分の状態が悪化しているという確かな兆候です。自分がイライラしているときは、満たされていないニーズがあることを学びました。おなかが空《す》いたというように単純なものから、友だちとの間の気づいていない問題について対処する必要があるといったように複雑なものまで。イライラしている自分を「責める」よりも、辛辣《しんらつ》になったり、ふさぎ込む前に手を打つようにしています。

健全度が下がるにつれ、タイプ1はほかの人の、自分とは違う——自分からすると、ゆるい——基準にかなりいらだちがちになります（「なぜここのオフィスの人たちは、私みたいにきちんとしていないんだ？」、「子どもだって部屋を片づけることぐらい、簡単だろう」というように）。通常の段階のタイプ1がわかっていないようなのは、自分自身の習慣や方法というものは、本人には非常に効果的でも、ほかの人には適切ではないかもしれないということです。ほかの人は、時間やエネルギーを別のプロジェクトや関心事に費やしたいかもしれないということを理解していないように見えます（スパイスの棚がアルファベット順に整理されていることを、誰もが気にするわけではないのです）。

エクササイズ

「大人対子ども」のコミュニケーション

「交流分析」という心理学の分野は、他者との間でほとんど無意識に起きる、四通りのコミュニケーションについて明らかにしています。「大人対大人」、「子ども対大人」、「子ども対子ども」、「大人対子ども」です。タイプ1は往々にして、最後の方法、つまり「大人対子ども（自分は大人で相手は子ども）」を選択することによって、対人関係の問題を起こします。心理学者は、この最後の方法が、他者とのコミュニケーションにおいてもっとも効果が低いとしています。自分が無意識にこのパターンに陥るとき、気づいてください。相手からどのような反応が返ってきますか？　このやり方をしているとき、自分はどのような気持ちになりますか？　このように人と接することで、何が得られますか？

理想を追求する

通常の段階のタイプ1が理想を追求するのは、そうすることによって自分が価値ある人間だと感じ、自分の中の否定的な超自我の声を抑えることができるからです。

けれども理想を求めれば求めるほど、現実に対してフラストレーションを感じるようになります。そして目の前にあるもの――人間関係であれ、同僚の仕事のできばえであれ、子どもの行動であれ――のよいところを認めることができにくくなります。理想があるからこそ、自分自身の仕事のできばえや満足感に影が差しはじめます。つまり、オフィスで働くことから、子どもの宿題を見てあげたり、手紙を書いたりすることに至るまですべて、できるだけ完璧にしなければいけないため、気が重くなるのです。

すべてのタイプと同様、タイプ1は、その性格構造の中心にもともと矛盾を抱えています。一貫性や全体性の感覚を感じたいと願っているにもかかわらず、心の中の超自我の声がたえず白黒の判断を下し、「いい」自分と「悪い」自分に分けるのです。それによって求めている一貫性や全体性を失ってしまいます。内面の戦争が、自分の中のさまざまな部分どうし、自分と他者の間、自分と世界の間で勃発《ぼっぱつ》します。

たとえタイプ1が自分自身の基準を満たすことをしても、活発な超自我が基準を引き上げます（定義上、理想は達成し得ないものであり、タイプ1は理想を新たに定め、もっとがんばらなければならないのです）。たえず完璧を求めるということは、自分自身に対して非常に厳しいということであり、当然のことながらたえずピリピリとした緊張とフラストレーションの状態に陥ります。

エクササイズ　失望

一日に何回、自分自身や他人に失望するか、観察してみましょう。インナー・ワーク・ジャーナルを使って、数日間、記録してみてください。どのような基準ですべてのものを判断しているでしょうか。こうした基準がどのような性質のものか、また、それがあなたや周囲の人たちにどのような影響をもたらすか、問いかけ、検討してください。

目的意識と進歩

「すべてのことに分別ある対応ができるはずだ」

健全なタイプ1の崇高なまでの真剣さと目的意識は、自分の存在を正当化するためにたえずがんばらなければと感じるにつれ、やむにやまれぬものへと変わります。そうすると、健全でバランスのとれた自己節制が、厳格な決意になってしまいます。それは仕事中毒にもなり、タイプ1が休みを取ることはますますむずかしくなります。リラクセーションや遊びといったものは、つねに努力のあとに得られるものとなります。無目的で軽いことをしている暇はあまりないと感じるのです。休暇ですら責任感を帯び、あまり無駄に過ごさないということになり得ます。無為に過ごすことに罪悪感があり、何らかの方法で自己や身の回りの状況を改善していなければ、時間を無駄にしていると感じます。

タイプ1には進歩というものが非常に重要であるため、効率性に加え、メソッドやシステム、予定表に従って働くということも大切です。たえず手順を開発し、改善し、最小限の時間でもっとも効果的なやり方を求めます。タイプ6同様、フローチャートや方式、ルールを使って問題にアプローチします。

タイプ6は、確立された枠の範囲内で仕事をすることを好み、予期しなかったことや自分が理解していた「システム」が乱されることに対して、往々にして怒りを覚えます。それに対しタイプ1は、自分自身の判断基準に従うのであって、取り決められた指針に対しては、待ったをかけるかもしれません。それは、自分自身のやり方のほうが効果的であると感じるからです。誰が自分に賛同してくれるか、自分の考えが慣例どおりかといったことは気にしません。

エクササイズ

到達できない基準

自ら設定した目標に必死になっている自分に気づいたら、立ち止まって、実際にどれだけのことが懸かっているのかを自分に問いかけてください。あなたが今感じているフラストレーションに見合うほど、対応している問題は大きなものですか？　とくに自分自身の独り言に気づいてください。自分自身に対して何をいっていますか？　誰を納得させようとしていますか？

「正しくあること」、問題の指摘

「正しいものは正しく、間違っているものは間違っている。例外はない」

タイプ1は、愛されるためにはよい子でなければならないことを学びました。そしてよい子であるには、正しくなければならないのです。

このような態度は、間違いやよりよいやり方を指摘する必要性に表れます。通常の段階のタイプ1は、さまざまなこと——政治的・宗教的視点から、最善の勉強のしかたや非常に格調の高い音楽や美術の例まで——に関し、他人と論争したい衝動に駆られます。

タイプ1はもっともな意見をもっているかもしれませんが、ほかの人からすると、こうした行動を通じて無意識に我を強めていると感じられるかもしれません。微妙に自己正当化しているのです。あたかも、タイプ1が自らの内にある超自我に対し、たえず自分自身の価値を証明しているかのようです（「私がどれだけ一生懸命働いているか、わかる？　私がその問題に気づいたでしょう？　あの人たちよりも私のほうが有能だったでしょう？」と）。さらなる問題というのは、耳を傾けるに値する意見を通常の段階のタイプ1がもっていたとしても、押しつけがましい（きついことすらある）いい方になるため、ほかの人はそのメッセージを受け入れることができないということです。

正しくあることは、超自我の機嫌を取ろうとする、もうひとつの試みでもあります。超自我と同一化することで、その攻撃とそれがつくりだす苦しみを減らそうとするのです。

けれどもこうした戦略のコストは高くつき、疎外感や緊張を生み出します。また、自分の内と外の両方の環境とのつながりが、深刻なまでに欠如することとなります。善悪という単純な二元論は、満足のゆく結果や不和に対する恒久的解決にはめったに至らないのです。

エクササイズ　視野を広げる

エクササイズとして、自分の通常の意見とは逆の立場を取り、説得力をもって論じてください。たとえば、大半の民放のテレビ番組がひどいものだと思ったら、民放の長所について説得力のある主張ができるか、やってみましょう。それができたら、自分がよりはっきりした意見をもっているむずかしいトピックにチャレンジしてみてもいいでしょう。たとえば道徳観、性に関すること、宗教など。少なくとも、相手の見方をもっと理解するようになり、より思いやりをもち、寛容になることにつながるでしょう。最初はむずかしいかもしれませんが、結局はとても楽しめるものであることがわかるでしょう。このちょっとしたゲームが、あなたを超自我の声から解放するために大きく役立ってくれます。

秩序、一貫性、時間厳守

タイプ1の中には、強迫的なほどきれい好きな人もいれば、細かく予定を決める必要がある人もいます。また、自分の健康や食事について注意深くチェックする必要がある人もいます。また、そんなにきれい好きでなくても、職場での手順に関し、非常に細かい人もいます。通常の段階のタイプ1は、「内面の無秩序」が気になれば気になるほど、外的秩序を気にかけるようです。

通常の段階のタイプ1は、自分自身や他者の中に感じる一貫性のなさがとりわけ気になります。したがって、すべての行動が一貫性と分別をもち、筋の通ったものとなるようにします（タイプ1の子どもが、高いレベルの一貫性を模範として示すことで、親からも同じことを引き出そうとしていたかのように）。このことにより、過去にうまくいった方法や手順への執着をさらに強めることになります。そして、ほかの解決方法や視点もあり得ることが見えなくなってしまうのです。

タイプ1は概して、一日の時間ないし人生は限られているため、すべての時間が自分の「使命」を達成するために必要だと感じます。もちろんほかの分野と同じく、時間管理について有効な考えをもっているかもしれませんが、タイプ1の健全度が下がると、時間厳守に対するこだわりが、ピリピリとした緊張とストレスをつねに生むことになりかねません。

タイプ1は、仕事や約束に少しでも遅れると自分に厳しく当たりやすいのですが、一方、職務を果たすために進んで残業しても、自分をとくに評価することはありません。

エクササイズ

秩序にとりつかれる

インナー・ワーク・ジャーナルを使います。あなたの日常において秩序を保ち、コントロールすべきだと思う分野とそうでない分野のリストを作成してください。所用時間は十五分です。自分に正直であってください。どちらの分野でも、思った以上の項目があるかもしれません。あなたは人や物事に対して秩序を期待していませんか？　家庭や職場などの状況において、いかがでしょうか。どのような無秩序にもっともイライラさせられますか？　そのイライラは、どのように表れますか？

　最後に、秩序を保ち、コントロールすべき分野において、きちんとしようとすることのプラス面とマイナス面を二列に分けて書き出してください。あなたにとって秩序や予測可能性は、人間関係よりも大事なものですか？　自分自身や人を無意識に物や機械のように冷たく扱うことがありませんか？

自制心と自己抑制

「自分をコントロールしなければ」

　タイプ1は、内面において一貫性をもつため、そして周囲から影響を受けないように、細心の注意を払って自分をコントロールしなければならないと信じています。そのため、人からの抵抗のみならず、自らの内にある抵抗とも闘わなければならなくなります。自分の中に、自分自身を向上させることにまったく興味がない部分があることに気づくのです。自分が宣言した基準に沿うことができないと、強烈な罪悪感に苦しむことになります。

　潜在意識のレベルにおいて、通常の段階のタイプ1は、自分の体や身体機能について問題（罪悪感、恥、不安）をもっていることがよくあります。体の欲求や本能は汚らしく、恥ずべきものと学びました。彼らはきわめて清潔で、注意深く、きちょうめんでなければならないのです。多くのタイプ1において、このことは過度の遠慮だったり、食事・排泄《はいせつ》・セックスなどについて神経質だったりすることに表れます。

自制心《セルフコントロール》を要求する超自我の声に反応し、タイプ1は自らに、私たち筆者が「緊急避難口（escape hatch)」と呼んでいる秘密の逃げ道を提供しはじめます。秘密の行動や無節制が増えますが、自分が安全であると感じ、正当化できる方法で、好きなようにするのです。彼らの「緊急避難口」は、超自我に対する部分的反抗を表しています。完全に超自我を振り払うのではなく、息抜きなのです。したがって、きちんとしている仕事中毒の事務長が、週末に密《ひそ》かにラスベガスに出かけていくとか、神を信じない人間至上主義を非難する牧師がポルノにこっそり執心するとか、人権擁護の活動家が陰で恋人を虐待するというようなことが起きるのです。

エクササイズ

自分の「緊急避難口」を知る

あなたには「緊急避難口」がありますか？　どのようなものですか？　何から逃れるためですか？　それ（ら）は、あなたの超自我が禁じていることと、どういう関係があると思いますか？

批判的であること、裁くこと

通常の段階のタイプ1が自分自身にさらに厳しくなり、自らの間違いを許せなくなると、至らないところばかりを考えるようになります。ただし、直面できないほどの痛みを伴う欠点は、すぐさま抑圧されます。ほかのもっと小さな問題に気を取られるようになるのです。そしてこうした問題について、批判的な内なる裁判官から少しでも逃れることはめったにありません。唯一できることは、さらにがんばって「いい人」になるということなのです。彼らは、人に対してもさらに批判的になるかもしれません。

性格構造における「善し悪しを裁く（judgment）」という働きを調べると、それが裁く対象から自分を分離することで自己感覚を強化するのに役立つことがわかります。「裁く」ということは、人が境界線を引き、そのとき自分に起きていることとの直接的なつながりを断ってしまうための、もっとも強力な方法のひとつです。

私たちは自らを裁くとき、内側に戦争状態をつくりだします。戦争のように、裁くことはエネルギーや時間、労力がきわめて高くつきます。自分を解放したり、可能性を広げるのではなく、消耗させ、制限してしまうのです。

本質的自己は、ものごとを見きわめ、差異に気づき、どうしたらいいかを決定しますが、それに対して自我《エゴ》に基づいて「裁くこと」は、つねに否定的な感情エネルギーを抱えています。そのおもな機能は見きわめることではなく、距離（もしくは境界）をつくることです。「裁くこと」の顕著な特徴は、「本質的に知る」ということではなく、分裂を生み出すということなのです。

自我による「裁き」はまた、裁かれる対象「よりも（自分のほうが）よい」という要素を含みます。自分の一部を裁いているときも、ある一部が別の一部のことを、「私はそれよりもいいよ！」といっているのです。このような立場は矛盾しています。一人の人間の中で、誰が誰を裁くのでしょうか？　テッドは大工で、優れた職人技に誇りをもっていますが、自らの厳しい基準がもたらす代価について認識しています。

僕が自分の仕事に入り込んでいると、人に対してかなり厳しくなることがあるのはわかっています。最悪なのは、僕が人にどんなに厳しかったとしても、自分自身にはつねにその十倍もきついということなんです。自分が自分にいっていることを実際に聞いたら、信じられないですよ。最悪の敵にだって、そんな話し方しませんよ！

エクササイズ

たえまない論評

インナー・ワーク・ジャーナルを使います。過去三時間ぐらいで、ほかの人たちに対してあなたが善し悪しの判断（よいことも悪いことも）を下したあらゆることをリストアップしてください。朝起きたばかりだとしたら、起きてからほかの人たちに関して下した価値判断のすべてを書き出しましょう。ラジオやテレビで聞いた人たちのことについて。あるいは家の中やマンションのビル内、もしくは職場に行く途上で会った人たちについて。

今度は自分自身についても同じことをしてください。過去三時間、自分自身についてどのような価値判断を下したでしょうか。それらに共通のテーマはありますか？

「内なる批判者」と完璧主義

通常の段階のタイプ1は、批判にきわめて敏感です。それは、彼らがたえず自己批判を繰り返しているという背景を考えると、とくに驚くことではありません。人からさらなる否定的フィードバックが来るというのは、かなりの脅威に感じることです。タイプ1は、自らの「内なる批判者」の過酷な基準に見合うために、力と集中力をふりしぼる必要があるかのように感じます。そのため、人からのほんのわずかな批判であっても、対処する余裕があまりないのです。

タイプ1が自己批判から逃れられる唯一の方法は、「完璧」であることによってです。むろんこれはほとんど無理なのですが、通常の段階のタイプ1は、完璧に及ばないものは自分自身にとっても、（自分に失望するであろう）人にとっても受け入れがたいと感じるため、ベストを尽くすのです。したがって彼らは、過酷な「内なる裁判官」からの攻撃の的にならないよう、一日の休みの余裕もありません。建築家として成功しているモートンは、こうした体験について共感しています。

数年前、私は国際的な審査員団から、名の通った建築賞を受賞しました。ただ問題だったのは、二等に終わったということです。「一等賞」が欲しかったのに勝てなかったというよりも、デザインの間違いに対して自分を責めたんです。何日も眠れないほど悩み、頭の中でプランを練り直しました。自分に対してとても批判的で否定的だったため、二等を取ったという事実を楽しめませんでした。学校を出たばかりの人間としては、悪くない結果だったんですが、自分の超自我にとっては、十分ではないんだと思います。

内なる批判者がいかに批判的で破壊的で自信を喪失させるものだとしても、通常の段階のタイプ1は、その批判者が唯一の理性の声であると信じています。救済へと導く星なのです。超自我の声が、実際には自らの一貫性を損ない、自分や人間関係を傷つけていると気がつくことは、大きな助けとなります。

けれどもいったん内なる批判者と同一化してしまうと、確かな（だが当てにならない）自信が生まれます。内なる批判者がどれだけ破壊的になり得るかわかるまでは、タイプ1がそうした自信を疑ったり、改めたりすることはできにくくなります。

◉ 警告信号[*訳注7]：苦境に陥ったタイプ1

タイプ1が対応能力をもたず、適切なサポートも受けずに深刻な危機に陥ったり、子ども時代に慢性的な虐待を受けていたとしたら、ショック・ポイント[*訳注8]を越え、不健全な段階に突入するかもしれません。自分の見方や立場、方法が、実際は間違っているかもしれない、もしくは少なくとも限界や欠陥をもっており、これまでは実際よりも誇張されていたという恐ろしい認識に至るかもしれないのです。タイプ1はまた、声高に高い基準を主張してきたため、自分の間違いについて人が容赦なく責任を追及するだろうと恐れるかもしれません。こうした恐れの中には、それなりの事実に基づいたものもあるでしょう。

このような気づきは、タイプ1の人生におけるターニング・ポイントともなり得ます。タイプ1がこうした恐れの中に潜む真実に気づいたなら、健全で解放された状態に向かいはじめるかもしれません。もしくは、より一層自己正当化を強め、頑《かたく》なになるかもしれません。「正しいものは正しく、間違っているものは間違っている。例外はない」、「彼らが私に賛成しないのは、堕落しているからだ」というように。

タイプ1がこうした態度に固執しつづければ、不健全な段階に入っていくかもしれません。あなた自身もしくは知っている人が、二～三週間以上の長きにわたって次のような兆候を示していたら、カウンセリングやセラピーなどのサポートを得ることを強くお勧めします。

警告となる兆候

▼徹底して頑固な態度を取る
▼きわめて独善的で決めつける
▼自分自身の行動を正当化する
▼強烈な幻滅やうつ

考えられる病理：

強迫性障害
抑うつ性パーソナリティ障害
摂食障害

▼激怒、狭量、非難からくる爆発	病的罪悪感
▼強迫観念と強迫的行動	自己破壊的行動
▼自虐的自己懲罰	

◉タイプ1の強みを生かす

タイプを問わず、誰もが困難な課題に直面するとはいえ、多くの強みももち合わせているのですが、必ずしもそうした強みについて認識していません。このようなプラスの資質は、これから獲得したり追加したりする必要はなく、すでに存在し、いつでも呼び覚ますことができるということを覚えておくことが重要です。

どんなタイプであれ、健全であれば、真実でないことについては心地よく感じないものですが、とくにタイプ1はすべてのことに関し、正直でありたいという動機を強くもっています。それも、ただ正直に話すことでは十分ではありません。タイプ1はできる限り、自らの言葉と行動が一致していることを望みます。誰かを騙《だま》すとか、自分にありもしない能力を標榜《ひょうぼう》することは考えられません。本気で語り、有言実行します。こうした一貫性は、人の心を深く動かします。こうした卓越さが可能であることを示し、ほとんどの人に影響を与えずにはいられません。

健全なタイプ1は、生きるよすがとする明確な原則を確立することによって、首尾一貫した感覚を強めます。そうした原則の中でも中心となるのは、公明正大であり、人が公平に扱われることを望むという感覚です。こうした原則は、タイプ1にとり、自分が体験していることを見定め、賢明な行動を選択したいがための客観的基準です。ただし健全であれば柔軟な基準を用い、それをつねに改善しようとします。

また健全なタイプ1は、個人的利益を動機としません。かかわっているみなの長期的利益のために、個人的な快適さや計画を脇に置くことができます。

たとえば、地域の学校制度が崩壊しつつあることを認識し、学校のために税を徴収することに票を投じるかもしれません。いうまでもなく、タイプ1はほかの誰もと同じように税金を払いたくありませんが、地域にとって長期的利益となるなら、倹約することを厭《いと》いません。

さらに健全なタイプ1は、下調べをしたうえで、学校が改善されなかった場合に直面することになる問題について、ほかの人にも納得してもらおうとするでしょう（また、健全なタイプ1は自分の立場について柔軟であるため、人が聞く耳をもつように自分の考えを伝えることができます）。

こうした先見の明や犠牲的行為がなかったとしたら、世界ははるかに不十分な場所となるに違いありません。実際、現行の大量消費やサウンドバイト（印象的で簡潔なフレーズ）、週単位あるいは日単位の収支といったような「使い捨て」文化において、タイプ1の才能《ギフト》の重要性はかつてないほど高まっています。

健全なタイプ1は、特定の課題について熱心であり、遭遇した問題には理性的に対処できると感じますが、自分の原則や方法、倫理的基準はあくまでも自分自身の指針のためにあります。必ずしも人を正そうとするわけではありません。人に説教したり、考えを変えさせようとしたりするよりも、自分自身が並外れた手本となることで、人に訴えかけます。だから人は喜んで彼らの考えに耳を傾けるのです。

さらにタイプ1は、自分自身の人間らしさを大概受け入れ、人の弱さに理解があるため、自らの考え方の中にある真実味や知恵を説得力をもって伝えることができます。

健全なタイプ1は、目標の多くを達成することができます。なぜなら、バランスのとれた自己節制を保つからです。彼らはよく働き、時間を有効に使いますが、「もう十分」とわかっているときは、休息や遊びに使います。自分が能力高くあるための重要な点は、疲労の極限まで働くよりも、自分自身をよくケアし、十分な休息をとることから得られることを理解しています。

ただし彼らは遊びであっても内容を吟味し、楽しいだけではなく、心豊かになる休暇や気分転換、レジャーを求める傾向があります（健全なタイプ1は、通常の段階のタイプ1と違い、かなりユーモア感覚があり、時にばかなこともできます）。

タイプ1は、自分にとって自己節制は「すべてのものにおける節度」という考えに基づいているというかもしれません。

カッサンドラは、「完全」よりも「バランス」こそが必要であると気づきました。

ようやく自分がとても好きなことを見つけたんです。それは踊ることです。今、よく踊るんですが、その中で自分のことを完全に忘れることができると気づきました。踊ると、自分の中の遊びっ気が出てきたり、官能的になったり、人の気を引いたりするんです。それが大好きです！　踊りによって、もっと自由に健全な形で表現することを自分に許すことができます。踊りは、私の真面目すぎるタイプ1的部分に対して、素晴らしいバランスを取ってくれていると感じます。

かいつまんでいうと、タイプ1はよき人間でありたいと心から願い、身近な問題を何とかしたいという思いに駆られて行動を起こします。世界の忌まわしい、そして不当な状況の多くに甘んじる必要はないことを人に示したいのです。健全なタイプ8のように、タイプ1は変化をもたらすことは可能だと固く信じ、チャレンジに背を向けることはなかなかできないのです。

ホームレスや自分の職業における腐敗、教育制度の問題、健康と食事に関すること、すぐ身近な環境における倫理的行動の欠如など、いずれにかかわっているにせよ、タイプ1は、変化は可能であり、解決にかかわりたいと強く感じます。

したがって、高度に機能するタイプ1は、不明瞭《ふめいりよう》な世界における知恵と見識の源泉です。とくに倫理的価値観について、どのようにしたら正しいことができるかを知っているという、並外れた能力をもっています。すばらしい現実主義と客観性により、彼らは自分自身の感情や好みを脇に置くことができます——自分自身の過去の体験や教育すらも。それは、そのときの状況における最良の選択を見きわめるためなのです。

◉性格（パーソナリティ）から本質（エッセンス）へ

タイプ1にとってのチャレンジは、内面の戦争に平和をもたらすことです。それは、自分自身のあらゆる部分を裁くことなく、ありのままに受け入れることによってのみ可能です。人間性のいかなる部分も、目的があって存在しているのです（おそらくは聖なる目的があって）。

人間には、ものごとを認識したり善悪を判断する力に加え、性的衝動や快楽への欲求、感情、非合理的衝動といったものがあるとしても、それらを非難することにはほとんど意味がありません。人間はそのようにできているのですから。人間をつくりだした者に文句をいい、別の型《モデル》を手に入れようとすることもできますが、すでにあるものを活用することを学んでもよいのです。

タイプ1が実際に求めているのは、「善し悪しを裁く（judgment）」ことではなく、「見きわめ（discernment）」の質です。「見きわめ」とは、ものごとにはさまざまな質《クオリティ》のものがあることに気づくことです。それに対し「善し悪しを裁く」とは、感情的反応を含むもので、実際には見きわめを妨げます。「カーペットは壁とは違う色だ」ということと、一方がもっとよい、もっと重要だ、より正しいということとは、違うのです。立会人《ウイットネス》と裁判官の違いといってもいいでしょう。見きわめるためには、立会人である必要があります。

これは状況や事実が変化するにつれ、何が最良の結果として期待されるかも変わるということを理解する能力についての話なのです。知恵というものは、現実を願望としてではなく、ありのままに見ることを可能にしてくれます。知恵は、正否を無視することもなければ、より「よい」あるいは「悪い」選択があったかもしれないことを否定することもありません。すでになされた選択や自分が今いる状況に目を向け、何をすることがベストかを考えるのです。知恵というものはつねに、何が真に必要で、最良かを見きわめます。

ただし、それは今、この瞬間にのみ、既成の価値観や意見、善し悪しの判断から自由である中で出てきます。自らに対してひどい苦しみをつくり出してしまったとしても、自分が何をすべきか、どう反応しなければならないかということに関する善し悪しの判断を保留する気があるなら、知恵は出口を示してくれます。私たちは、正しくあることにとらわれないことによって、真の正しさを見つけることができます。それは結局のところ、真のバランスを見つけることなのです。

タイプ1が自らの癒《いや》しのために必要とするキーワードは、「受容すること（acceptance）」です。それは「大目に見ること（permissiveness）」ではありません。もし自分が本当によいことをしたいのなら、あるがままの現実に取り組む必要があるということなのです。タイプ1が現実を受容するということは、自分自身をも受容するということです。

そのためには、「許す（allowing）」ということがどのような質のものかを学ぶ必要があります。それは、（自分自身も含め）人があるがままであることを許すということです。誰もが独力で自分に必要な時間をかけ、自分なりの方法で真実を学ぶことを許すのです。受容することは、賢明な行動を見きわめたり、選択する能力を低下させるものではありません。逆にそうした能力を無限に高めるものなのです。

受容することは、内と外への扉を開きます。人が健全なタイプ1に本能的に反応するのは、まさに自分の関心事を理解し、受けとめてくれたと感じるからです。依存症からの回復に使われる「12ステップ」による会合の多くが、以下のような「平安の祈り」によって最後を締めくくります。心の成長を求めるタイプ1の人は、じっくり味わってみるといいでしょう。

神様、私にお与えください
自分に変えられないものを受け入れる落ち着きを
変えられるものは変えていく勇気を
そして二つのものを見分ける賢さを

◉本質（エッセンス）の浮上

タイプ1は深いところで、「完全」というものの本質的資質を覚えています。深遠なレベルにおいて、宇宙はまさにあるべき状態で展開しているのだと知っているのです。こうした完全という感覚は、タイプ8やタイプ9の全体性や完全性に通じます。タイプ1はこのような完全な一体感《ワンネス》を、「一貫性（integrity）」として体験するのです。

一貫した状態においては、全体のあらゆる部分が途切れなく合わさり、部分の総和以上のものを生み出します。私たちは深い安らぎを覚え、生きることを受け入れます。それにより、それぞれの状況やそのときどきに必要とされていることがはっきりとわかるのです。窓を磨くことであれ、自分が気づいたことを人と分かち合うことであれ、物事を成し遂げるのに必要とするエネルギーがどのくらいか、的確にわかります。私たちは、ある種の軽やかさをもって人生を歩んでいくのです。体を緊張させておくよりもはるかに多くのことを達成できます。私たちは自らが、自我意識の中にあるいかなるものをもはるかに超えたものの完璧な展開の一部であることを直接知ることによって、力を得ます。

気づきを保ちつづけることは、自分がかかわるすべてのものに光を当てる、きわめて賢明で洞察力のある知性を解放させます。タイプ1が辛抱強く自分を受け入れ、心を開き、十分リラックスすることで、このような知性をこれまで同様、いつでも得ることができるのだと気づけば、自らが望んでいたとおり、宇宙の摂理の真の体現者となります。

訳注1：リソ&ハドソンの考え方によれば、人には生まれもった独特の気質があり、自我の発達とともに、それが特定の性格タイプとして確立していく。こうした気質に応じて、子ども時代の親（もしくは親代わり）との関係において、特定のパターンを形成しやすい。そしてこのパターンは、大人になってからの人間関係においても繰り返されるのである。したがって、子ども時代のパターンが性格タイプを形成するわけではないことに注意されたい。

訳注2：原書では、一般的に子どもを守り、導く役割である父親あるいは父親的存在（女性の場合もある）として「保護者（protective-figure）」、愛情を与え、ケアする母親あるいは母親的存在（男性の場合もある）として「養育者（nurturing-figure）」という言葉を使っている。この訳書では、読みやすく、理解しやすいように、「保護者」を「父親的存在」、「養育者」を「母親的存在」と訳している。また、本書において「親とつながっている、つながっていない」という感覚は、気質からくる、深層にある意識であり、実際に親との関係がよい悪い、ということとは関係

ない。たとえば日常的には母親と仲がよくても、深層ではつながりを感じにくい。逆に日常的には父親と問題があっても、深層では父親的存在（理想的父親像）を求める気持ちが強い。

訳注3：基礎編150ページ「怒り、憤慨、フラストレーション」の項も、成長のためのチャレンジとして、自分のパターンに気づくために重要である。

訳注4：「目覚めの注意信号」とは、自分のタイプの「健全な段階」から、「通常の段階」への移行を示す指標。自我との同一化が進み、葛藤などが必ず生じることを教えてくれる。くわしくは、基礎編112〜114ページ参照。

訳注5：エクササイズのやり方は、5ページ、［本書の活用法］を参照のこと。タイプ毎のエクササイズは、たとえそのタイプでなくとも、自分の中にもあるテーマとして取り組むことができる。

訳注6：「社会的役割」とは、通常の段階にいったん入ると担う特定の役割。くわしくは、基礎編114〜116ページを参照。

訳注7：「警告信号」とは、もともとグルジェフの考えに由来するものであるが、ここでは、リソとハドソンは、不健全な段階に入る前に出てくる恐れであり、警告となるものとして説明している。くわしくは、基礎編118〜120ページ参照。

訳注8：「ショック・ポイント」とは、通常の段階と不健全な段階の間の境界のこと。くわしくは、基礎編120ページ参照。

原注1：タイプ5も、自分の専門分野について熱心に語ることで「教える」とはいえる。だが、タイプ1が行動の人であるのに対し、頭の人であるタイプ5は一般的に、自分の考えを実際に活用することにはタイプ1ほど興味をもたない。

第五章　タイプ２・助ける人

◉子ども時代のパターン

タイプ２は子ども時代に、三つのことを信じるようになります。まず、自分自身のニーズ（必要としていること）よりも人のニーズを優先しなければならないこと。二番目に、何かを得るためには、与えなければならないこと。そして三番目として、愛がただ与えられることはないため、自分が相手にとって愛される対象となるよう、努力しなければならないこと。

彼らは、愛されるには、自分自身のニーズを抑圧し、人のニーズに応《こた》えなければと感じました。好かれ、求められるために、みなにふんだんに関心を注ぐのです。子ども時代の家庭環境がうまく機能していなければいないほど、自分自身のニーズを認めることは利己的であり、超自我が決して許さないことを学びます（「いい人には、ニーズがない。自分自身のために時間を取りすぎることは、利己的だ」というように）。

かくしてタイプ2は、生まれ育った家庭やそれ以降のあらゆる関係の中で、「助ける人」「無私の友」「人を喜ばせる人」「みなに関心を注ぎ、面倒を見る人」として機能することを学びました。幼いタイプ2はきょうだいの世話をしたり、家事をしたりと、さまざまな形で親を助けることで、家族の中の自分の居場所を確立したかもしれません。自分自身を犠牲にすることで、家族の中で愛されているもの――それがいかなるものであれ――が返ってくると深く信じ込むのです。

ロイスはベテランの教育者であり管理者ですが、タイプ2の子どもたちが感じる重荷について、次のように語ってくれました。

私の記憶では、家族みんなの面倒を見ることは自分の役目だと感じていました。自分が助けることで、両親のストレスを減らす必要があると。私は六人の子どものうち二番目で、自分より十一歳下の双子の妹たちの面倒を見ていました。すべてが自分にかかっていると感じたときがよくあったのを覚えています。私の子ども時代の大半は、人生の定めにいつも圧倒されているように見えた母親を助けるために、料理や掃除、洗濯をすることに費やされました。

しかしながらこうした志向性は、タイプ2にとって大きな問題を生みます。面倒を見る人という役割に完全に同一化し、その役割が生み出す前向きな気持ちを維持するには、自分自身のニーズや心の痛み、自信喪失といった感情を深く抑圧しなければならないのです。

こうした抑圧がいったん起きると、タイプ2は自分自身のニーズや心の痛みを認めることがどんどんむずかしくなり、他者の中に見えるニーズや痛みに自動的に引き寄せられます。深い心理的レベルにおいては、タイプ２は人を通じて、自分の中に十分認めることのできない心の痛みを癒《いや》そうとしているのです。

マギーは有能なセラピストであり、クライアントが子ども時代の傷を癒す助けとなることに人生を捧《ささ》げてきました。子ども時代に自分の気持ちをないがしろにしたことについて、彼女は次のように克明に語っています。

> 私が小学校に入学した日、たくさんの子どもたちが運動場で遊んでいるのが見えました。その子たちはワーワーキャーキャーいったり、押し合いへし合いしたり、走り回っています。私はほかの子たちが周りにいる環境に慣れていなかったので、修羅場のように感じました。その子たちはまったく手に負えない感じだったんです。どうしたらいいの、というところで、校庭の反対側に女の子が見えました。激しく泣いていました。服装が乱れていて、髪の毛がくしゃくしゃです。靴紐《くつひも》も結ばれていませんでした。助けが必要だ！　ということで、私はその女の子のところに直行しました。両腕で抱きしめ、心配しないで、面倒見てあげるから、といったのです。即座の共依存関係*訳注1でした。自分に自信がもて、必要とされていると感じたのですが、どれだけ自分がそのとき怯《おび》えていたかということ、その女の子が実は自分自身の姿であったことに気づいたのは、何年も経ったあとのことでした。

こうした内なる原動力があるため、タイプ２は人に焦点を合わせ、一生懸命喜ばせ助けようとすることで、自分の否定的な気持ちに対処することを覚えます。

そして、子ども時代の家庭環境がうまく機能していなければいないほど、自分が拒絶されるだろうと思い、必死になって好意的反応を引き出そうとするのです。ついには、自分が愛されているという何らかのしるしや証拠を得るために、ほとんど何でもすることになります。

◉自己保存的タイプ2

「当然の権利」 通常の段階の自己保存的タイプ2は、自らの自己保存的本能を抑圧し、人のニーズの面倒を見ることに集中します。自分自身のニーズを無視し、十分な休息や時間がなかなか取れないため、人のために疲弊してしまいがちです。料理や娯楽を楽しむこともよくありますが、ひとりでは適切な食事を取らなかったり、自分が主催するイベントを楽しめないかもしれません。無意識のうちに、ほかの人が自分自身の自己保存的ニーズの面倒を見てくれることを期待しますが、直接的にお願いすることはめったにできません。

したがって、自己犠牲をしている気持ちに陥りやすく、自分がしてあげたことに対し、相手は自分に恩があると感じます。「みんなのためにこれだけやってあげたのだから、私は自分が必要としていることは何でもしてもらえる権利がある」というように。

不安が増すにつれ、自己保存的タイプ2は自分のニーズを満たすため、相手に対してより間接的なない方をしなければならなくなります。同時に、自分の気持ちや衝動を抑圧する傾向によって、自己保存的本能が歪《ゆが》むのです。

そのうえさらに、自己犠牲を払ったことにプライドをもち、自分の苦しみを埋め合わせてくれると感じるなら何であれ、それに浸る権利があるという思いが強まり、尊大になります。自己犠牲に対する特別な待遇や恩返しを求めるとともに、攻撃的な気持ちを抑圧するため、過食をしたり、薬に頼ります。自分が抱えている問題を認めないか、文句をいいます。「私には助けはいらない」か、「私が何を必要としているか、誰も気づいてくれない」なのです。自分のニーズを満たすために、人を感情的に操作する（罪悪感に訴える）ことが増えます。

不健全な段階において自己保存的タイプ2は、妄想的なまでの尊大さに陥り、自分自身の身体的健康をかなり軽視したり、損ないます。食べ物や病気の症状に強迫観念をもち、身体化障害（原因となる体の異常が見当たらないにもかかわらず、さまざまな身体症状による慢性障害があること）や心気症（客観的に身体の異常が認められないにもかかわらず、自覚症状にとらわれ、ノイローゼになる）を患うことがよくあります。ただし、感情面のニーズや攻撃性を抑圧することは、実際の健康問題を生む可能性があります。

◉ 社会的タイプ2

「みんな友だち」　通常の段階における社会的本能は、タイプ2において、つきあいのある人たちみんなから好意をもたれたいという強い欲求として表れます。タイプ7同様、彼らは通常、つきあいの予定がいっぱいで、人を紹介したり、ネットワーキングしたり、集まりを主催することを楽しみます。ほかの人は、彼らがほぼすべての人たちとかなり親しい関係であるように見えることに感心します。

社会的タイプ2は、つきあいの範囲において、ハブ、すなわち中心であることを好みます。自分について気づいてほしい、覚えていてほしいという強いニーズをもっています。そして自分がのけ者にされたり、見すごされるのではという恐れに駆り立てられます。

愛や関心を求めるニーズが高まるにつれ、彼らはつきあいがある人たちに対して受けをよくする、あるいは成功していたり、とくに高く評価されている人ともっと親密になることで、自分の価値を認めてもらおうとしはじめます。

社会的タイプ2は、自分自身の目標をもっていたとしても、ほとんど意識していなかったり、間接的にしか表現しません。したがって、自分が成功していると見なしている人に対する、欠くことのできないサポート役を射止めることもよくあります。持ちつ持たれつということになるのです。

自分が人からよく思われているかどうか自信がなければ、自分の価値を高め、より提供できるものがあるように、何らかの才能を伸ばすかもしれません。スピリチュアルなことであれ、経済的なことであれ、医療上のことであれ、アドバイスすることで、また自分が知っている有名人の名を口にすることで、いい印象を与えようとします。

後者の場合、往々にしてタイプ2がトラブルに見舞われることになります。なぜなら、重要な人たちと友だちであることをほかの人に知らせたいという欲求により、思慮に欠け、秘密を漏らすことがよくあるからです。通常の段階の下のレベルにおいては、タイプ2が大切な人たちに不満をもたらすこともあります。なぜなら、つきあいが広すぎて、誰に対してもしっかり関心を向けることができないからです。少しでも自分に好意をもち、関心をもってくれる人であれば、誰でも追いかけてしまうかもしれないのです。

不健全な段階において社会的タイプ2は、きわめて恩着せがましくなり得、たえず自分の「善行」に相手の関心を向けさせ、好意をもってもらおうとします。「私がいなければ、あなたは今頃どうなっていたか」というように。同様に、典型的なイネーブラー（相手から依存されることに依存する人）になります。大事な相手を自分に借りがある状態で留《とど》めるため、問題行動をかばい立てするかもしれません。

◉性的タイプ2

「親密さへの渇望」　通常の段階における性的タイプ2は、九つのタイプの中でもとりわけ親密であることに中毒しています。心身ともに人に近づきたいという気持ちに駆られます。性的タイプ2は、魅力的な人に自分のことを大事に思ってほしいのです。とくにハードルが高かったり、最初興味をもってもらえていないように見える場合に。

社会的タイプ2がみんなの友だちになりたいとしたら、性的タイプ2は、特定の誰かの親友になりたい。つまり、少数の人に関心を集中し、自分のことを彼らの無二の親友と思ってほしいのです。

性的タイプ2は、プライベートな時間を相手と過ごし、秘密を分かち合い、お互いの関係について話すことを楽しみます。相手が大切にしていることは何であれ知りたい。そして相手との距離を縮めるため、その内容について調べるということもするかもしれません。たとえば、「えーっ、私も四〇年代のシナトラの歌を聴いているの！」と相手にいえるように。

「魅惑的（seductive）」という言葉は、タイプ２一般と関連づけられることが多いですが、性的タイプ2にもっとも当てはまります。九つすべてのタイプがそれぞれに魅惑的になり得ますが、性的タイプ2は、おもに相手に多くの関心を注ぐことによって、魅惑します。自分に近づけるために、相手の悩みの相談に乗るということもあります。場合によって明らかに性的なふるまいであっても、必ずしも自覚しているわけではありません。

自分がどれだけ相手に好まれているだろうかと不安が高まるにつれ、相手を追いかけはじめます。もっと努力して相手を追い求めないと、自分と一緒にいてくれないのではという恐れに屈します。通常の段階の下のレベルにおいて性的タイプ2は、ますます押しつけがましく、要求が多くなり、「ノー」を受け入れません。相手の愛情を受けていても、親密さが十分ではないと感じます。

社会的タイプ2はネットワーキングし、人と人をつなぐことを好みますが、性的タイプ2は、友人どうしがお互いに知り合って自分を仲間外れにしないよう、引き合わせないようにします。

不健全な段階になると、きわめて嫉妬《しっと》深くなり、所有欲が強く、相手につきまといます。自分が求めている相手が、目の届かないところや電話で連絡の取れないところにいることを恐れます。相手のことが気になり、衝動的にどうなっているかを確認します。求めている相手から拒絶されるのみならず、不十分な反応を受けることも受け入れられません。恋のとりこになっている相手につきまとったり、相手が自分の申し出を断れないことに付け込みます。

◉成長へのチャレンジ[＊訳注2]

大半のタイプ2は、人生のどこかの時点で以下の課題に遭遇します。これらのパターンに気づき、「その瞬間の自分をキャッチ」し、人生のできごとに対する自分の根底にある習慣的反応をただ理解するだけで、性格タイプのマイナス面から自分を解放するための大きな助けとなるでしょう。

タイプ2にとっての「目覚めの注意信号」：へつらう
「誰であっても、私を好きにならせることができる」

これまで見てきたように、タイプ2はたいへん気前がいい傾向がありますが、人からの愛情に対する不安に悩まされやすいということもあります。人によかれと思ってやってきたことが何であれ、十分ではなかったのではと恐れはじめると、「へつらい」にとらわれるかもしれません。相手が自分を好きになってくれるような言動を探し求めます。このような動き方をしているタイプ2が人に近づくのを我慢したり、人が自分なりの感じ方や体験をするのに任せることは、とてもむずかしいのです。タイプ2は突進し、ほとんど相手を飲み込む傾向があります。

へつらうということには、さまざまな形があります。わざとらしい親しさから、相手の幸せを過度に気にかけたり、気前がよすぎたり、臆面《おくめん》もなく人を褒めそやすことまで。

さらにタイプ2は、見境なく人とつながりたいという気持ちに駆られます。自己評価が人とどれだけ親しいかにかかっているため、郵便配達の人と仲良しになったり、近所中の子どもたちの実質的な親代わりになったりします。

タイプ2は、自分自身の心に開いた穴を人からの好意的感情によって埋めようとします。けれどもたいがいの自我《エゴ》の企てと同じく、こうしたやり方は破綻《はたん》することになります。

タイプ2は、自分がかなり気前よく、支えになるということをやめたとしても、はたして人が親しくしてくれるか、心の奥底では定かでありません。そのため、人が自分の思いやりある行動を認めてくれたとしても、タイプ2の心は動かされないのです。感謝されても、水面下にある「自分には価値がない」という気持ちが癒されることはありません。

また、人はどこかで、通常の段階のタイプ2の「気前のよさ」には隠された計画があるということを知っています。このためやがて人は遠ざかり、ついにはタイプ2のアプローチを拒絶することにもなり得ます。

エクササイズ　相手を取り込む

インナー・ワーク・ジャーナルの1ページ分を使って、自分自身がどのように相手に気に入られるようにふるまうか、書き出してみましょう。自分を好きになってもらうために、人にお世辞をいう傾向がありますか？　お金をあげるのですか、それとも特別なことをしてあげるのですか？　どれだけさりげなくしていると自分が思っていたにせよ、相手にしてあげていることをどうアピールしているでしょう？　自分がどれだけ気に入られるようにふるまっているかを否定したり、正当化しますか？　そのようなふるまいはあなたにとって誇りですか、恥ですか？　それを人に指摘されたら、どう反応しますか？　こうしたことを考えると、どのように感じますか？　立場が逆で、人があなたに気に入られるようにふるまったり、あなたの機嫌をとろうとしたら、どのように感じますか？

社会的役割：特別な友

「私たちがこんなにも親密なんて、素晴らしいと思わない？」

通常の段階のタイプ2は、自分を「特別な友」や「何でも打ち明けられる友」と見なします。人に自分のことを親友だと思ってほしい、そして自分にアドバイスを求め、特別な秘密を打ち明け、親密になってほしいと思います。

家族や友人の人生の中で自分が特別な場所を占め、彼らに関する特別な情報——ほかの誰も知らない、ちょっとしたこと——を知っていることが、親しさの「証《あかし》」となるのです。通常の段階のタイプ2は、新しい友人をつくり、古い友人とのつながりを保つことにかなりの時間を使います。あらゆることについて情報を知らせてほしいと思い、重要な決断に関しては、すべて相談してほしいのです。

タイプ2はまた、自分が友人とどれだけ親しい関係にあるか、第三者に知ってほしいと思います。したがって親密さを示すための噂話をすることがよくあり、ちょっとした特別な情報を漏らすかもしれません。噂話は、タイプ2がどれだけ人のことを気にかけているかを示すものともいえます（「ジャックとメリーはまた、夫婦関係に問題を抱えている。そしてジャックは可哀想に、職場でもうまくいっていない」というように）。

それからタイプ2は、人により多くのものを提供する方法を見つけることにかなりのエネルギーを注ぎます。たとえばタロット・リーディング、マッサージ、ヒーリング、栄養についての知識、料理、子どもの養育についての情報、手工芸といったものはすべて、人の役に立ち、相手がいい気分になるのです（タイプ2の自分に対しても）。

また、もし自分に何らかのスピリチュアルな力や才能（たとえばオーラを読むなど）があれば、人は自分のことをつねに求めてくれるだろうと感じます。

エクササイズ　**あの人たちは本当に自分のことが好き？**

人とのつながりを確かなものとするために、自分が個人的に何をすべきか、気づきましょう。特別なサービスをしますか？　おたがいの関係について、たくさん話しますか？

相手がたくさん安心させてくれることを必要としますか？　誰かにもっと近づく必要を感じる自分に気づいたら、ストップして、三回深呼吸してください。自分の姿勢に気づいてください。そのうえで引き続き相手に話しましょう。

親愛の表現

タイプ2は、自分が愛される存在ではないと感じれば感じるほど、愛されている証である特定のことに関心が集中します。彼らが注目する愛のしるしは、人によって違います。ハグや特定の声のトーン、自分がしてあげたことに対してすぐにお礼が返ってくること、電話をもらうこと、性的反応などさまざまです。

筆者はこうした特定の反応を「親愛の表現」と呼んでいます。相手が「愛している」といったような特定の言葉をいうのでなければ――しかも独特の声のトーンと目つきで――、通常の段階のタイプ2は自分が愛されていると感じません。相手が、タイプ2にとっての「親愛の表現」以外の方法で愛を表現したとしても、通じないのです。実際、タイプ2は無意識のうちに相手の反応に善し悪しの価値判断を下します。わずかな厳選された行動しか、タイプ2の超自我（内なる裁判官）のフィルターを通過できないのです（「ジェフは私にあいさつして、その日どうだったか尋ねたけれど、本当に心配してくれているなら、足を止めて、一緒にお茶を飲んでくれたでしょうに」というように）。もちろん、タイプ2が不安であればあるほど、明らかな愛情のしるしであっても、愛の証として受け取りにくいのです。

求めているとおりの「親愛の表現」を得るために、通常の段階のタイプ2は、どうしたら自分が愛されていると感じるか、ヒントをほのめかします（「あなたの誕生日は一月十六日でしょう？　私の誕生日ももうすぐ」）。愛というものが花を受け取ることだとするなら、タイプ2は相手の誕生日に花を贈るでしょう。そして、相手も自分の誕生日を覚えていて、お返ししてくれるだろうと願います。残念なことに、「得るために与える」という紛れもない要素がここにかかわってくるのです。「親愛の表現」を必要とすることにとらわれればとらわれるほど、実際に与えられている愛の多くを見逃してしまうことになりかねません。

そしてタイプ2にとっての「親愛の表現」は、子ども時代に愛として体験したものによっておもに形成されているため、「愛」とされたことは、さまざまな形の虐待によってひどく歪んでいることもあります。

さらに子ども時代の問題の結果として、タイプ2が拒絶されていると感じれば感じるほど、本当に自分を愛している人がいることを信じるのがむずかしくなります。ひいては、人からの純粋な愛情表現ですら、不十分あるいは否定的に受け止められてしまいます。

エクササイズ　愛に気づく

「どのようにして自分が愛されているとわかるか」という問いを探ってみてください。あなたの人生の中で、愛といえるものは何でしょうか。誰の愛を求めていますか？　その人

（たち）が愛を与えてくれているというしるしは何ですか？　自分が愛されていることはどのようにしてわかりますか？

親密さ、境界の喪失

賛辞や称賛、お世辞といったものは、人にとって魅惑的なものとなり得ます。通常の段階のタイプ2は、そのことを知っています。好意的な関心というものがもつ力について、そして大半の人がそれにいかに飢えているかについて知っているのです。

タイプ2は人に関心を向け、相手に対する興味を表現することに積極的であるため、たいていの人にとって予期しない、なじみのないほどの親密さにすぐ至ることもあります。人は多くの場合、何の前触れもなくタイプ2との「関係に入って」しまっていて、反応を求められていることに気づくのです。タイプ2が健全であれば、相手はどんな反応をしようが自由です。けれどもタイプ2は相手に求めることが強まるにつれ、特定の反応を期待します。

通常の段階のタイプ2は、親密さを求める相手と身体的距離を縮めることを望みます。取り立てて意識することなく抱擁したり、キスします。相手の肩に腕を回したり、相手の腕を感謝を込めながらぎゅっとつかみます。タイプ2はボディー・ランゲージや話し方、態度が馴《な》れ馴れしすぎるというリスクを冒しがちで、オフィスなどの社会的な場では、誤解されやすくなります。

「ノーという答えは受け付けません」

人間関係を成立させるのに熱心になればなるほど、タイプ2は相手との境界を認識しにくくなります。つまり誰かの経済状況や健康、性生活など、きわめて個人的なことについて質問するかもしれません。

また、求められていないのに助言や意見をいうかもしれません（「メリーはあなたにふさわしい子ではない」といったように）。人がとくに必要としているものはなく、困っていなかったとしても、タイプ2は往々にして不必要なおせっかいをし、相手のニーズをつくりだしてしまうかもしれません（「土曜日に来るから、食料品店に連れていってあげますね。あなたの家に戻ったら、一緒に掃除しましょう。それから映画に行きましょうね」というように）。もし立ち入られたと感じて尻込《しりご》みしてしまう人がいたら、タイプ2は相手からの反応を引き出す努力を倍加させます。

彼らの過干渉は、性的な意味合いをもつこともあります。社会的および性的本能型の場合、相手がそうしたかかわりを望む望まないにかかわらず、感情的・性的ニーズがかなりはっきり出ることになります。こうしたことについてのより無邪気な側面は（とはいえなお問題をつくりだしますが）、彼らが相手につきまとう傾向があるということです。そうすると当然のことながら通常、人をかえって遠ざけるという、意図しない結果を生むことになります。

エクササイズ　ニーズを満たす～バランスを見つける

大切な人たちに対して、あなたから何を必要とし、何を必要としないか、尋ねてください。その人たちの話を聞くことを厭《いと》わず、彼らの限度を受け入れましょう。また、人のために尽くしすぎて、自分のためにできないことがあるときに気づいてください。自分自身のためにする必要があることの日々のリストを作成し、それをやり遂げましょう。このリストは、目に付くところに置いてください。

隠された欲求

「こっちに来て、ハグを受けて」

タイプ2は、自分のニーズや要望を直接に伝えてはいけないと学びました。間接的でなければならないのですが、それとなくほのめかしたことに人が気づき、さまざまな形でお返ししてくれることを願います。

タイプ1と同様、タイプ2は強い超自我をもっています。この超自我は、愛されるためには何をすべきか、人からの愛といえるものは何か、どれくらいの自己犠牲をしているかといったことへの判断にかかわっています。ニーズをもち、それらを（自己主張タイプのように）あからさまに追求することは、通常の段階のタイプ2には利己的に思えます。

マリアは教育者であり、長年にわたって自分のタイプ2としての問題に取り組んできました。

私は人に対してはっきりものをいう練習をしなければなりませんでした。学び直さなければいけないスキルなのです。こうしたことに関して本当に問題となるのは、私がここまでという限界を設けたり、頼まれたことを断ったり、大事な相手に面倒な頼みごとをしなければいけないときです。断ったり、相当な理由なく頼みごとをするのは、大変な勇気がいります。答えを待つのは、本当に恐ろしいんです。

大半のタイプ2は、自分自身の問題やニーズを抱えていると、人を遠ざけてしまうだけだろうと恐れます。実際、自分にはニーズはなく、人の役に立つためにのみ存在するのだと自己納得するかもしれません。

ルイーズは牧師であり、すでに多くの人から頼られているにもかかわらず、まだ「必要とされる必要がある」のです。

ひとつ私が気づいているのは、朝目覚めると、大切な人たちが今日、自分から何を必要とするだろうかと考えるということです。子どもたちにも、大学のために家を離れるまで、同じことをやっていました。必要とされるときに備え、自分の居場所をいつも教えていたんです。

「あなたのためにしてあげましょう」

こうした行動がいったん習慣化すると、タイプ2の与え方は、強迫性を伴ってきます。助けずにはいられないのです。介入して人を救うことは、義務になります。それにより、人は「助けが必要な子ども」の役割を担わされ、タイプ2は「強く、有能な親」の立場にまつり上げられます。

　このように人を救うということは、相手が自分自身の問題を解決し、尊厳を高め、自尊心を築く機会を奪うことになりかねません。認知されていない未解決の憤りが、双方に蓄積されるかもしれません。

　つまり助けを受ける側が子ども扱いされることに腹を立てる一方、タイプ２は報いられることなく、多くのエネルギーをその人につぎこんだことに憤りを覚えはじめるのです。うまく相手を助けられたとしても、その人は癒されれば、今よりもよいところへ移っていくことが往々にしてあり、タイプ２の心は再び傷つくのです。

　さらに健全度が下がると、人を妥協したり困惑したりする立場に導いて、自分の隠れたニーズを満たそうとするかもしれません。

　たとえば、タイプ２はお金（そしてそれ以外のあらゆる形の返済について）が課題となることが多く、家族や友だちから十万円借りるかもしれません。そのうちに八万円は返すかもしれませんが、残額は返済するといったまま、時が流れます。

　貸した側は、タイプ２の人に催促するか、あきらめるかのどちらかの立場に置かれます。タイプ２の高姿勢により、相手はその問題を持ち出す自分がけちくさいのではと思ってしまいます。けれども問題について語らなければ、その関係に暗雲を投げかけるか、関係を断ってしまうことになりがちです。

　これは大きな賭《か》けですが、タイプ２は往々にして、次の二つの理由から賭けに乗ります。まず、相手がお金の話を持ち出さないのであれば、自分が相手にしてあげたことへのお返しと思えます。

二番目の理由としては、相手からその話をしてこなければ、自分のことをそれだけ必要としているからあえて語らないのだと自己納得することができます。自分がまだ相手から必要とされていると感じることができるのです。

エクササイズ　ニーズを認める

誰かのために何かをする必要を感じたときはいつでもそれをやめ、心静かになり、今、自分は心から何を必要としているだろう、と問いかけてください。

救済者となり、困っている人を集める

タイプ2のプラス面としては、人との気持ちのつながりにより、苦しんでいる人に対してできることは何でもしてあげたいという純粋な気持ちになることです。心が広く、エネルギーにあふれているため、具体的な形で物事をやり抜くことができます。けれどもマイナス面としては、人を救うことで、逆により満ち足りた関係をもつことができなくなるということです。

タイプ2は救済者の立場を取ることで、より助けを求めている人々——大変な状況にある人々さえも——に関心と努力を向けるようになります。そうした人々をうまく助けることによって得られる評価により、感謝され、自尊心をもつことができます。さらに、助けを受ける人が求めていればいるほど、タイプ2には私心がないように見えます——少なくとも自分自身の超自我にとって。

しかしながらこの状況には本来、問題があります。極端な場合、タイプ2は文字どおり、昏睡《こんすい》状態に陥っている人の看病をするかもしれません。昏睡状態の人からは十分な反応が返ってこないため、タイプ2はその人の家族のニーズにも応えようとするかもしれません。さらにやり過ぎになるのです。彼らは仕事として、幼児や老人、孤児、薬物依存者、アルコール依存者、末期の患者の面倒を見るかもしれません。こういった人々はみな、助けを必要としていますが、タイプ2の愛や関心に十分応えることができません。

重い障害を負った人たちに成熟した気持ちの反応を求めても、わざわざ失敗するようなものです。けれども密《ひそ》かに求めている気持ちがあるタイプ2は、そうした人たちのところに行ってしまいます。必要とされたいというニーズをもっているために、お返しできない人たちに助けの手を差し伸べるのです。「12ステップ」のよく知られた言葉を借りれば、タイプ2は「金物屋でオレンジを求めてしまう」のです。*訳注3

エクササイズ　ちょうどいい境界を見つける

誰かとかかわりをもつとき、あなたがその人から何を望んだり期待したりするのかを相手との間で明確にしましょう。自分を何らかの形で必要としていると感じる人たちとかかわりをもつときに意識的になりましょう。深い問題を抱える人たちに夢中にならないようにしましょう（「彼はとてもキュートなの。自分が薬物中毒で、最後につき合っていた恋人を殴ったと私に告白するぐらい正直なの。私が十分愛してあげさえすれば……」)。人を助けるのはよいことですが、将来のお返しへの期待をもたない限りにおいて、ということになります。

所有欲とコントロール

「私がいなかったら、あなたはどうなっていると思う？」

通常の段階のタイプ2が人に時間やエネルギーを費やせば費やすほど、彼らに賭けているという気持ちが強まります。相手はこれを所有欲の強さと感じます。こうした問題が認識されなければ、関連する性質のものとして、嫉妬心が浮上する可能性があります。

通常の段階のタイプ2が所有欲を強めるとしたら、相手がほかの誰かのせいで自分への興味をなくしている、あるいは去っていこうとしているのではと恐れはじめた確かなしるしです。その結果、不安に駆られ、結局は相手との関係を破壊しかねないようなことをしてしまうのです。ただし、こうしたやり方は、彼ら自身にとって短期的に見るとその関係を救い、自らの献身をさらに示す方法であるように見えます。所有欲は、相手に対する心配として、またあらゆる無自覚な隠れた動機に基づく行動となって表れます。

さらにコントロールの問題もあります。通常の段階のタイプ2は、相手の未発達の資質を引き出すよりも、自分自身が気持ちのうえで必要としていることを満たしてくれるような人物像に相手をはめこもうとすることがあります。タイプ2は、相手が自分に依存することに依存し、長期的には害があるとはいえ、自分を見捨てないことを保証するも同然の相手の行動を大目に見る、あるいは助長さえするリスクを冒します。

自分が感謝されていないという気持ちを埋め合わせるために、通常の段階とはいえ不健全な段階に近いタイプ2は、人に対して恩着せがましい態度も示すかもしれません。自分がどれだけ多くのことをしてあげたか、どれだけの費用をかけたか、愚痴をこぼすかもしれません。自分がなくてはならない人間だと感じ、相手は自分なしには生きていけないと固く信じます。なぜ相手が自分に対し、直ちに心からの愛を返さないのか、理解できません。通常、自分の存在が当たり前と思われていると感じます。また、もしかしたら遠ざけられているのではと感じます。

エクササイズ　対人関係を育てる余裕

インナー・ワーク・ジャーナルを使い、あなたが自分の家族や友人に対してどう所有欲を抱いてきたか探ってみましょう。どういう点で、手放すことがむずかしいのでしょう。あなたはどのように人にしがみつこうとしてきたでしょうか。あなたの人間関係において、嫉妬が起きるときに気づきますか？　子ども時代のいつ、このような感情に気づきはじめましたか？　当時、嫉妬にどう対応しましたか？　子ども時代に誰かが嫉妬心や所有欲をあおって、あなたを操作しようとすることがありましたか？　誰かがあなたに所有欲を抱いていると、どんな気持ちになりますか？

健康と「苦しみ」

タイプ2が人に対して無理をしつづけると、心身ともに、また経済的にも疲弊します。体調を崩すことが避けがたいのは、気持ちを「ためこむ」（ストレスを身体症状として訴える）からであり、摂食障害や体重増加、心身症（ストレスが原因で体にさまざまな症状が出る病気）、アルコールや薬物の乱用などを引き起こします。

彼らは確かな（そして誇張された）苦しみを味わうことにより、自らが殉教者であるかのように感じます。人への自己犠牲の重荷を背負っているのです。ただし、人への自分の努力を過大評価するかもしれません。

健全なタイプ2は、自分自身の問題についてあまり語りません。通常の段階の下のレベルから不健全な段階にかけてのタイプ2は、自分以外の話はほとんどしません。自分に対する気遣いや愛のしるしを得ようとして、過去の手術や傷、心の傷《トラウマ》となった体験、あらゆる健康上の不安といったものが次から次へと人前で披露されます。

また感謝や共感を得ようとするさらなるアピールとして、心気症にもなります。発疹《ほっしん》や腸の問題、関節炎など、ストレス性の病気になるかもしれません。

不健全な段階に近い通常の段階のタイプ2にとり、健康問題は彼らがつねに主張してきたとおり、人のために実際に疲弊していることの「証拠」となります。さらに、病人であることは往々にして、自らの責任や超自我の要求から息抜きできる唯一の手段なのです。

エクササイズ　**自分自身もいたわる**

自分の体の声を聴くようにしてください――とくに休息ということについて。空腹というよりも感情的理由で食べているときに気づいてください。愛する人にどうしてもしてあげたいいたわりを、あなた自身にしてあげてください。

◉ 警告信号：苦境に陥ったタイプ２

タイプ２が対応能力をもたず、適切なサポートも受けずに深刻な危機に陥ったり、子ども時代に慢性的な虐待を受けていたとしたら、ショック・ポイントを越え、不健全な段階に突入するかもしれません。人に近づこうとする自分の努力が、実際には人を遠ざけているのだという恐ろしい認識に至るかもしれないのです。実際、このような恐れの一部は、事実に基づいているかもしれません。

もしタイプ２がこのような恐れの中に潜む真実に気づくことができれば、人生を変え、健全で解放された状態に向かうかもしれません。

もしくは逆に、自己欺瞞《ぎまん》がさらに強まり、人を操作し、自分は何も間違ったことや自己中心的なことをしていないという考えを必死で守ろうとする可能性もあります。

自分の行動を正当化し、何としてでも人にしがみつこうとするかもしれません。「あなたのためを思ってこうしているんです」「仕事のためにここを離れたいのはわかるけど、私はどうなるの？」

というように。

タイプ2がこうした態度に固執しつづければ、不健全な段階に入っていくかもしれません。あなた自身もしくは知っている人が、二〜三週間以上の長きにわたって次のような兆候を示していたら、カウンセリングやセラピーなどのサポートを得ることを強くお勧めします。

警告となる兆候

▼自己欺瞞への極端な志向性
▼妄想性の権利意識から行動する
▼人を操作し、支配する
▼年齢や立場にそぐわない、とりつかれた愛
▼抑圧された攻撃性が不適切に表現される
▼感情的な問題が身体症状として表れる（身体化）

考えられる病理：
演技性パーソナリティ障害
心気症
身体化
摂食障害
強制的性的行動
「ストーキング」

◉タイプ2の強みを生かす

「私の才能を人に役立てられるのは、うれしいです」

健全なタイプ２はできる限り、人のためによいことをします。夜遅くまで子どもやお年寄りの面倒を見たり、町の反対側まで行って食物を届けたり、人が病気の治療を受けられるよう取り計らったりします。人のために実際的な作業が必要なとき、健全なタイプ２がそばにいて、身も心も捧げてくれます。

真摯《しんし》な善行がもたらす恩恵は、彼らのどんな言葉よりもはるかに雄弁です。したがってタイプ２は、人のことを思いやるだけでなく、実際に意味あることをする、傑出した能力に恵まれています。

健全なタイプ２は、健全なタイプ７の「生きる喜び」にも似た、喜びあふれる自然体の資質を見せます。タイプ２にはすぐにこぼれる心からの笑いがあり、深刻になり過ぎることはありません。自分が気にかける人々とともに、人生の豊かさを享受しているだけなのです。彼らは人生に対して子どものような熱意をもち、世界や人々、自分自身について新しいことを発見するのを楽しみます。

むろん、こうした自由をどのくらい体験できるかは、タイプ２がどれだけ適切な境界を維持できるかに大いに関係しています。つまり、必要なときは相手に「ノー」をいい、そのときどきで自分の真の動機をはっきりわかっているということです。健全なタイプ２は、自分自身のニーズと人のニーズを区別するとともに、その二つの間で健全なバランスを取ることができます。

ルイーズは、次のように語っています。

私は、自分が平和で満ち足りているときが一番いい状態です。自分にとって何が必要かを感じ、それを率直に表現できます。自分の内面に気づいています。穏やかで、誰かの面倒を見なければとは思いません。それはとても解放的な感覚です。人をあるがままに任せることができ、コントロールしたり操作しようとしません。そうすると私は憤慨することなく、人に役立ったり、提供することができるのです。

健全な境界があることで、タイプ2は自分自身のためにもよいことができます。自分自身の人生を意味あるように展開させることができるのです。人を助け、干渉することによって横道に逸《そ》れることがありません。自分自身の人生があるため、愛する者の人生にばかり気を取られる必要はありません。自立し、自分自身の気持ちを大切にすることは、タイプ2にとって大きな達成です。タイプ2は、適切な境界ならびに感情のバランスを保つことで、人からの反応にあまり左右されなくなります。

健全なタイプ2は、相手のさまざまな行動を肯定的で愛情あるものと受けとめます。誰かに「おはよう」といったとき、相手も「おはよう」と返すものの、抱きしめるなど何らかのポジティヴな反応を返してくれなくても、すぐ失望することはありません。否定的な反応が返ってきたときですら、めったにバランスを失うことはないのです。もし誰かが、「今朝はいい感じではないんです。

ほっといてください」といったとしても、健全なタイプ2は相手をなんとかしなければとは考えません。好意的反応を求めて相手に迫るよりも、退くことができます。つまり健全なタイプ2は自分を十分評価し、大切にしているために、人の反応が自分自身の価値を決めるとは見なさないのです。

また、健全なタイプ2は、人の自立心を育てます。人が自力で成長していけるように、自信や力、新しいスキルを育《はぐく》むのです。相手の人生がうまくいってほしいと本当に願い、物質的にも精神的にも自分に頼ってほしくありません。心からの励ましを送り、人がもつ才能や力をきわめて高く評価します。タイプ2のこのような資質は、自分にあまり自信がもてない人たちにとり、とくに助けとなるものです。

◉性格（パーソナリティ）から本質（エッセンス）へ

真の愛は不足していませんが、私たちは性格《パーソナリティ》レベルではそのことがわかりません。私たちはさまざまなねじれの中に自らを投じ、人から「愛を得」ようとするか、「愛が生じる」ようにします。悲しいのに無理に微笑みを浮かべたり、空しいのに寛大であろうとし、自分がいたわりを必要としているのに人の面倒を見ようとします――あたかももう一回自分を犠牲にすれば、愛が得られるかのように。けれども誰が私たちに対し、こうしたすべての努力に応える愛し方をしてくれるというのでしょう？

タイプ2にとり、自己犠牲をどれだけ払っても自分の心《ハート》を癒すことはないと気づくことが大きな癒しです。その代わりに、充足感につながる唯一の源を頼りにすることができます。それは自分自身の「本質（Essential nature）」です。自分をいかなる状況においてもたえず深く愛することができるのは唯一、自分自身です。私たち自身の本質《エッセンス》こそが、求めている愛の源です。なぜならそれは聖なる愛の表現であり、それゆえに条件付きではなく、抑えられたり減らされることがないからです。

タイプ2が自分自身をいたわり、自分自身のニーズを満たすことを学ぶと、バランスが保たれ、愛ある充足的な関係がたんに可能であるのみならず、日が昇るがごとく確実となります。自由に人を愛し、見返りを期待することなく与えることができます。タイプ2はまったく私心なく利他的で、進んでよいことを行い、人の人生がうまくいって世の中でよいことが行われるのを喜びます。人の人生にかかわれることはありがたいことだとわかり、真の謙虚さを身につけ、自分自身や自分の善行に人の目を向けさせる必要がありません。

さらにタイプ2は深いレベルにおいて、愛というものは誰かが獲得したり要求したり授けたりする「物」ではなく、誰かに与えられるものでもないことに気づくと、飛躍的に成長します。なぜなら愛は、そのもっとも崇高で真正な形において、自我の働きではないからです。愛というものは、カジノ・チップやいいものが詰まった袋のように与えたり与えなかったりできるものではありません。私たちが求める「愛」にそうした資質があるのなら、それは真の愛ではありません。

二人の人間が真に向き合うとき、愛は自然に起きます。一生の友であろうが、出会ったばかりであろうが、同じです。愛はまた、おもに感情ということでもありません――愛があるとさまざまな感情が起きることもありますが。そして愛は獲得したり、喪失するものではありません。いつでもあるからです――ただし、私たちがどれだけ「今、ここ」にいて、愛に対してオープンであるかにかかっています。

私たちは意志の力で自分自身や人を愛することはできません。唯一できることは、逆説的ですが、自分自身や人の中にある愛に気づくことです。これまで見てきたように、私たちの本質は愛のほとばしりです。唯一の問題というのは、それが性格構造による習慣や思いこみによって遮られているということです。私たちにできることは、そのように遮っているものに気がつくということです。

それにより、私たちの中に本質的にある愛の性質が再び感じられ、人生に癒しをもたらします。このような状態で私たちが体験する愛は、リアルで深く、静かです。こうした愛は、関心を引こうとしません。要求することもなく、貸し借りを記録するわけでもありません。

愛が持続するのは、性格構造という変化しやすい状態に依存していないからです。それは喜びに満ちています。なぜなら、何ものによっても失望し、不満を感じることがないからです。真の愛が働いているときは、止めようがありません。

◉本質（エッセンス）の浮上

きわめて深いレベルにおいて、タイプ2は無条件の愛、愛の遍在といった本質的資質を覚えています。自らの本質的性質とそれが映し出す聖なる状態を思い出すとき、健全なタイプ2は、身の回りのあらゆるところに愛が存在することに気づきます。したがって、誰かから得る必要があったり、あげられるものは本当に何もないのです。

タイプ2は、愛は誰のものでもないこと、そして決して性格の範疇《はんちゅう》にあるものではないことを私たちみなが理解する助けとなってくれます。人生における私たちの役目は、「いいことをする」とか、誰かに愛を「与える」ことではなく、愛の働きに心を開いていることだといえるでしょう。

この本質的な愛は、甘く溶けるような質のものとして体験されます。タイプ2は流れるような柔らかな感じ、周りのあらゆるものとひとつになった感じを抱きます。ただし、こうした愛を体験するために、誰かが一緒にいる必要はありません。そして誰かとともにいてこのような愛を体験するとき、自分らしさ《アイデンティティ》を失うことはありません。こうした愛はバランスがとれていて、純粋で、心を潤します。深いレベルにおいて魂がくつろぐことを可能にします。

愛の真の性質に気づくことは、とてつもない解放感をもたらします。愛はもはや物ではなく、私たちの真の性質の一部であり、失いようがないことが理解されれば、途方もない軽やかさを感じます。私たちは愛や価値をもっているだけでなく、魂のレベルにおいては、愛や価値そのものであると気づくとき、必死に関心を得ようとすることがなくなります。

訳注1：「共依存関係」とは、「依存する人」と「依存させる人」との相互に依存し合う関係。
訳注2：基礎編170ページ「プライド、へつらい、自己満足」の項も、成長のためのチャレンジとして、自分のパターンに気づくために重要である。
訳注3：日本では、「八百屋で魚を求める」という表現がある。

第六章　タイプ３・達成する人

◉子ども時代のパターン

タイプ３は子ども時代に、あるがままの自分の価値を認めてもらえませんでした——私たちのほとんどがそうだったように。特定のあり方に対し、また特定のことをきわめてうまくこなすことに対し、価値が認められたのです。彼らは、達成や能力によって自分の価値が認められることを学びました。けれどもそうしたところで、あまり満足することはありません。なぜなら自分自身が認められたからではなく、自分がしたことやなろうとしたことが評価されたからです。

タイプ３は、家族の中で母親的存在と非常に深い気持ちのつながりをもっています。通常、母親的存在とは母親ですが、違う場合もあります。タイプ３の子どもはこの母親的存在が、実際に次のようにいってくれることを期待しました。「あなたは素晴らしい！　あなたのような子でうれしい！　あなたがいてくれてよかった！」と。

タイプ３の子どもは、母親的存在からずっと認められたいために、適応することを無意識のうちに学び、相手を喜ばせるような行動やあり方を心がけます。

多くの場合、母親的存在の期待は直接的には述べられません。タイプ3は、こうした潜在意識の期待を内面化（自分のものにすること）し、そのことに気づかないまま実現します。

たとえば、教師の母親が本当は女優になりたかったのだとすると、タイプ3の子どもは演劇に引きつけられる可能性があるのです。それは必ずしも演劇が好きだからではなく、自分がしなければならないものと感じるからです。青年になってもタイプ3は、なぜ自分がある職業を求めているのか、まったくわからないかもしれません。ただ家族（とくに母親）が自分のことを誇りと感じることをやっているに過ぎないのです。

このようにしてタイプ3は、「ファミリー・ヒーロー」という役割を演じることを学びます。子どもの頃、「大丈夫でないことは大丈夫ではない」という微妙なメッセージを受け取るのです。なぜなら深層心理において、家族の傷や恥を贖《あがな》おうとするなら、自分が傷や恥を感じてはいられないからです。少なくともうまくこなしているように見える必要があります。

きわめて不健全な家庭環境に育った場合、タイプ3はうっ積した激しい怒りや敵意に苦しむことになります。なぜならほぼ何をしても、不健全な母親的存在を喜ばせるに十分ではないからです。本来の自分とは違う自分になって母親的存在に認められ、受け入れられるようなことをしても、通常は何も功を奏しません。ついには自分自身から解離し――純粋な欲求や内面を葬り去り――、関心を得るためにもっと極端なことをするのです。そうすると結果的に何らかの世俗的成功を達成したとしても、深い孤独感や欲求不満に満ちた人生となるかもしれません。

◉自己保存的タイプ3

「仕事中毒」　通常の段階における自己保存的タイプ3は、タイプ6のように、安全や安定のためにつねに働かなくてはいけないと感じます。また、タイプ8のように物質的幸福の基盤を築きたいのです。

ただタイプ6とは違い、安全は会社や信条、人物に対して忠実であることからくるのではなく、資産や安定した家からもたらされます。効率を追求し、できるだけ生活を合理化します。目標達成のために最大限のエネルギーを注ごうとします。セックスアピールや社会的地位によってではなく、安定性や物質的幸福によって好印象を与えようとするのです。

彼らはまた、タイプ1のように細部にこだわり、特定の事業や仕事のあらゆる側面を把握します。意欲的に責任を引き受け、犠牲を払い、長時間働きますが、自己保存的タイプ3は、昇進の可能性によって意欲が湧きます。昇給や昇進、肯定的評価など、成果に対する目に見える報酬を求めるのです。

自己保存的タイプ3は、自分のキャリアに過度に集中することがあります。人生のほかの側面は二の次になってしまう傾向があるのです。非現実的なまでのスケジュールのため、健康や人間関係をおろそかにするかもしれません。なかなかリラックスできず、休暇の時間すらもプロジェクトのことを考えたり、「宿題」をしているかもしれないのです。

通常の段階の下のレベルにおける自己保存的タイプ3は、働いていないときはいつも不安が募り、親密な関係を維持することがむずかしくなるかもしれません。自分の安全を支える物質的基盤はいつ失われてもおかしくないと信じ、たえず泳いでいないと沈んでしまうと思っています。きわめてストレスの多い仕事のやり方であっても、それをやめることは災難を招くように感じるのです。休みを取っていると、自分が無能だったり病気であるかのように感じます。「私はどうしちゃったんだろう」「なぜもっと生産的になれないんだろう」と。そのため、身体的なものであれ、精神的なものであれ、実際に病気になることは能力や生産性を低下させてしまうため、きわめて恐ろしいものであるように感じます。二～三日休みを取っただけで、すべてが崩壊してしまうかのように。

不健全な段階において自己保存的タイプ3は、有能でありつづけようとしてとてつもない努力を払います。仕事の安定やお金のために人間関係や健康を犠牲にするのです。燃え尽きや神経衰弱に陥る可能性が高くなります。もはやうまく機能できないときでも、実際の心身の問題を必死に隠そうとします。「私は大丈夫です」と。

◉社会的タイプ3

「地位を求める人」　通常の段階において社会的タイプ3は、自分が向上し出世していることを認められ、保証されることを必要とします。このことはむろん文化によって、かなり違う表れ方をしますが、社会的タイプ3であれば誰でも、仲間から高く評価されているというしるしが必要です（タイの僧院にいる社会的タイプ3であれば、自分の瞑想《めいそう》がよい評価を受けていることを知りたいのです。模範的な仏教僧として！）。学位や職務記述書、経歴書、よい成績、賞といったものが彼らに重要なのは、社会的役割に強く同一化しているからです（「自分イコール自分がやっていること」）。まっとうな経歴や資格をもちたいのです。

この本能は、プロフェッショナルとしての専門用語や服装を身につけたり、ブランド名や高価な車をひけらかすという形で表れることもあります。ただし、そのタイプ3が社会的価値の指標として何を重要と考えるかは、やはり文化によって、また個人によって異なります。

社会的タイプ3は不安が増大するにつれ、自分の価値を証明する必要性に駆られます。出世したいという野心に強く突き動かされ、たえずネットワーキングし、名刺を配り、つながりをつくるのです。また、幼い頃の自己愛的《ナルシスティック》傷つき（自己愛が強い人の自尊心の脆弱《ぜいじゃく》さで、批判などによる「傷」に非常に敏感）を埋め合わせるため、名声を切望するかもしれません。「百万人がCDを買ってくれたら、私はかなり素晴らしいに違いない！」というように。自己愛はまた、強迫的な社会的比較（他者と比べることにより、自分の意見や能力を評価すること）や競争にもつながります。不安が高まるにつれ、自慢したり執拗《しつよう》に自分を売り込んだり、自分の能力を誇張しがちです。とくに自分が成功と考えることを実現していないときに。

不健全な段階において社会的タイプ3は、自分が注目されることを切望し、認められたいがために不誠実にもなります。仕事を得たり、人に好印象を与えるために、実績や経歴を偽るかもしれません。「ピーターの法則」（人は能力に見合わない地位において活躍できない）のよい例で、対応する能力がない状況に陥るのです。精神的苦悩により、かなり機能しなくなっても、できるだけ魅力的であったり、自分を売り込むことで、人が自分の実態を見ないようにします。

◉性的タイプ3

「いい男（女）」　通常の段階における性的タイプ3は、相手に自分を求めてもらいたいという強い欲求をもっています。これは性的な意味で求めてほしいということだけではなく、評価され、望まれたいという全般的な欲求です。人を引きつけ、魅惑するようなイメージをつくりだし、女性なら理想的な女性、男性なら理想的な男性、そして自分の文化における理想的存在を目指します。自分は、恋愛中の相手が友だちに自慢したいような人でありたいのです。

タイプ3は男性であれ女性であれ、人の関心を引くと感じた個人的資質を磨く傾向があります。まばゆいばかりに魅力的であることで、好印象を与えたいと強く願います。往々にして、人が最大限に魅力を高める手伝いをすることも楽しみます。誘惑的にもなりますが、相手に惜しみなく関心を注ぐことで誘惑するタイプ2とは異なり、自分自身の並外れた資質に対し、相手の関心を引きつけるのです。場合によっては、映画スターや十代のアイドル、ファッション・モデルになりたいという大望につながる場合もあります。現代のアメリカ文化において性的タイプ3は、多くのエネルギーや時間をジムでのワークアウトや念入りな身だしなみ、かっこよく決めることに費やすことがよくあります。

性的タイプ3は、パートナーをどう惹《ひ》きつけたらいいか知っていることが多いですが、関係をどう維持したらいいかはわからないかもしれません。自分が打ち出しているイメージに見合うことができないのではと、たえず恐れを抱いています。性的タイプとして、親密さを強く望みますが、タイプ3としては深い気持ちのつながりを恐れます。性的つながりを通じて気持ちを近づけようとするかもしれませんが、通常の段階の下のレベルになると、自分が望まれていないのではという恐れにより、深く思いを寄せる相手すら拒絶してしまいます。場合によっては、多くの性的関係をもつことによって、自分が魅力的でないかもしれないという恐れを打ち消します。また、自己顕示欲が強くなる傾向があります。人を魅惑するか、自分が魅力的で価値があることを自分自身に説得するために誇示するのです。

不健全な段階において性的タイプ3は、不特定多数との性的関係にはまりこむこともあります。水面下では非常に傷つきやすい状態にもかかわらず、何らかの形で自分の価値に疑問を投げかける相手を攻撃する傾向があります。自己愛を傷つけた（事実であれ、想像であれ）相手に報復心や性行為における怒り、嫉妬を抱き、実際の失望感よりもはるかに大げさになることが多くなります。

◉成長へのチャレンジ*訳注1

大半のタイプ3は、人生のどこかの時点で以下の課題に遭遇します。これらのパターンに気づき、「その瞬間の自分をキャッチ」し、人生のできごとに対する自分の根底にある習慣的反応をただ理解するだけで、性格タイプのマイナス面から自分を解放するための大きな助けとなるでしょう。

タイプ3にとっての「目覚めの注意信号」:私の価値は、成功することにある

私たちの大半は、時に次のように考えます。「～さえ達成したなら、～の資格さえもっていたら、この人と結婚できれば、医学部に行ければ、自分に価値があることがわかるだろう。そうしたら自分のことが大丈夫だと思えるだろう」と。

タイプ3にとっては、こうしたことが人生を駆り立てる力となっています。タイプ3は、自分個人の価値と成功の度合を同等にみなしはじめるのです。これが注意信号です。

成功とは、さまざまなことを意味します。お金という意味では、何億円という年収のこともあれば、新しく乾燥機付きの洗濯機を買うために十分なお金があるということかもしれません。

通常の段階のタイプ3は、成功することに非常に強い関心を抱き、仕事上の達成やさまざまなステイタス・シンボルをもつことを通じて名を上げることを決意しています。それには、聞こえのよい住所から一流大学の学位、運動競技のトロフィー、高級な時計や車、魅力的で優秀な子どもに至るまで、広範囲に及びます。「自分は優れた人間だ」といえることなら、何でもいいのです。

依存症の回復プログラムのいい回しを借りるならば、タイプ3は、「人間=存在する人(ヒューマン・ビイング)」ではなく、「行う人(ヒューマン・ドゥーイング)」になってしまう危険をつねに抱えています。

彼らがなぜ強迫的に行動するのかというと、ほんのわずかでも恥を感じたなら、否認して抑圧する必要性を抱えているからです。どんな形や規模であれ、敗北することは、自分に価値がないという堪えがたい感情の引き金となる可能性があります。

　したがって、タイプ3が恥を感じれば感じるほど、自分を価値あるもの、成功者にしてくれると信じる目標を達成することに駆られるでしょう。

エクササイズ　**誰の目標？　誰の成功？**

　あなたにとって、成功とは何を意味しますか？　自分の両親にとっては何を意味しましたか？　自分の仲間には何を意味しますか？　これらの間に何かつながりはありますか？

社会的役割：ザ・ベスト（最高）

「自分はこれが誰よりもうまくできる」

　タイプ3は、自分の価値は人の目に留まるほどまばゆく輝くことにかかっていると感じ、つねに輝き、つねに秀でていなければならないのだと信じはじめます。それゆえ「ザ・ベスト」ないしは「将来性ある青年」という社会的役割を演じることになります。そしてついには、こうした役割においてのみ、人と心地よくかかわれるようになります。自らを「ザ・ベスト」と見なすことで、自分の価値についての隠れた不安を埋め合わせすることができるのです。

　通常の段階のタイプ3は、自己イメージを守るだけでなく、ほかのタイプ同様、さまざまな方法でそれを強化しようとし、人に支えてもらえるようにします。当然ながら、タイプ3は「ザ・ベスト」である必要性により、平均的である余裕はありません。そして自らをいかなる意味においても失敗者と見なす（もしくは人にそう思わせる）ことは問題外なのです。

トーニーは頭脳明晰《めいせき》で、才能ある女性です。幸福な結婚生活を送っていて、子どももいます。彼女は自分の実際の資質の多くを受け入れることを学びました。けれども自分の「社会的役割」につき動かされるのがどのような感じだったか、今でも思い出します。

自分が「ベスト」である必要性を感じなかったときが人生であったことをほとんど覚えていません。一番美しくあること、一番いい服を着ていること、一番立派な家に住むこと、といったようにいくらでも列挙できます。「ベスト」を追求する中で毎日直面した問題は、自分がかかわる相手によってそれが変化したということ。一番いい自分を見せたかった。相手がもっとも好ましく思う人間であろうという私なりの解釈です。それは疲弊困憊《こんぱい》するプロセスでした。自分が「大丈夫」である確認をいつも外に求めていたんです。

「ザ・ベスト」という「社会的役割」は、タイプ3の「ファミリー・ヒーロー」という役割と関係しています。人の期待や必要性――たとえはっきり口に出していなくても――に応《こた》えることによって、自尊心を見出《みいだ》すのです。けれども必要性は急に変わる可能性があるため、結局は必ず負け試合となります。成功や美の基準は流行遅れになり得ますし、何らかの偶発的なできごとが、勝者と敗者を完全にひっくり返すこともあります。こうした観点から見ると、心臓発作や脳卒中によって、

「成功者」が一晩にして「敗者」になることもあるのです。

エクササイズ　いつ自分を休ませる？

人生において、自分がベストでなければならないとは感じない五つの分野をリストアップしてください。そして今度は、自分がベストでなければならないと感じる五つの分野をリストアップしてください。二つのリストを読みながら、それぞれどう感じるか探ってみましょう。それぞれのリストに対し、自分の状態はどう変わるでしょうか。緊張とリラックスの違いを感じるでしょうか。穏やかさと不安の違いを感じるでしょうか。

自分がもっとリラックスし、ありのままでいられる五つの分野をさらにリストアップしてください。

パフォーマンス、そして自分の気持ちから離れること

「自分の気持ちを感じるとスピードダウンしてしまう」

タイプ３は人よりも抜きん出ていたいため、仕事や身体的なこと、学業、社会的なことのいずれを問わず、あらゆる意味での自分の「パフォーマンス」に多くの関心を払います。人に対し、自分がこともなげにうまくやっているかのように装います。

問題となるのは、自己イメージとの同一化（一体化）が進むにつれ、通常の段階のタイプ3は、個人的感情を抑圧しなければならないということです。なぜなら気持ちは、よどみないパフォーマンスを妨げるからです。彼らは機能することによって報いられるため、気持ち——とくに痛みを伴うもの——を抑える必要があります。

典型的な成り行きとしてタイプ3は、「達成マシーン」と化します。ただし心からやりたいことではないため、やればやるほど喜びがなく、真実味がありません。

タイプ3は通常物事をうまくやってのけますが、仕事自体にあまり個人的満足を得ることができません。それでもやめることができないのは、人から好意的関心を得、自分に価値があると思えるおもな手段だからです。仕事中毒に駆られ、わずかに残された解放感と喜びを貪《むさぼ》るかもしれません。

より健全度の低いタイプ3が自分の中に見出し得る唯一の欲求は、何らかの「スター」になることです。彼らは世間が認める大成功を求めているために、次から次へとチャンスに飛びつき、どんなに真の才能があったとしても無駄にしてしまうかもしれません。彼らの活動の根底にある自己愛的欲求は「困惑させるもので、悲しい」、もしくは「疑わしく、不愉快」という印象を人に与えることがよくあります。それはタイプ3がどれだけ自分を執拗に売り込んでいるかによります。いずれにせよ、自分自身や自分の気持ちとのつながりを失うあまり、さまざまな形で裏目に出ることになります。

エクササイズ

再び心に目覚める

胸の上に手を置いてください。ちょうどハートのあたりです。二〜三回深呼吸してください。体のこの部分に意識を向けてみましょう。さらにこの空間《スペース》の中に意識を向けます。何を感じますか？　正しい答えというものはありません。こう感じるべきというものはないのです。何か気づいたにせよそうでなかったにせよ、それはあなたの体験です。ハートの「空間《スペース》」で感じる感覚がどんなものであれ、味わいつづけてください。そして時間が経つにつれ、どう変化するか注意を向けてください。少なくとも一日一回は、この実践を行いましょう。

競争、そして自分を駆り立てること

通常の段階のタイプ3は、あらゆる類《たぐい》の微妙な競争を始めるかもしれません。誰が職場で一番成功を収めているか？　一番ルックスのよい相手と結婚しているか？　一番頭のよい子どもに恵まれているか？　一番スポーツやコンピュータ、チェスに秀でているか等々。

彼らの自己評価が上がるおもな方法というのは、比較（そして場合によっては明白な競争）に勝つことです。残念ながらタイプ3にとって優越を求めるのは疲弊することで、まさに自分が達成したいもの自体を台無しにすることになりかねません。

タイプ3が競争に入っていくのは、本当にそうしたいからというよりも、自分が人に見劣りすることを恐れるからです。後れをとり、自分よりもほかの人がもっと関心の的となり、必要とされることを恐れます。そうするともっとやろうとして自分を駆り立てますが、時間とエネルギーをかなり無駄にすることになります。「私はピアノのリサイタルのために一生懸命やってきたけど、メリー・ルウのあのショパンの曲の演奏が素晴らしい。私はもっとむずかしい曲を演奏しなくては」というように。

通常の段階のタイプ3は、同等の者どうしで競争するだけではありません。親しい関係にも競争をもちこみだすかもしれません。しかし人間関係には競争というのはなじまず、きわめて破壊的にすらなる可能性があります。たとえば親子や配偶者どうしの競争です。皮肉なことに、タイプ3は競争心をもつにもかかわらず、自分が勝ちたい当の相手から認められ、肯定されることを求める傾向があります。

エクササイズ　自分を駆り立てる

インナー・ワーク・ジャーナルを使って、次の質問を探求してみてください。自分はどのように成功志向で、競争心が強いと思いますか？　自分が追求している目標は何のためですか？　自分が秀でたり競争する必要があったため、あまり関心がなかったにもかかわらずプロジェクトに取り組むようになったことはありますか？　アクセルから少し足を離したら、何が起きると思いますか？　自分自身を誰かと比較したときに出てくる、恐れや不安にどう対応しますか？　自分の競争相手に対し、どう感じますか？　自分自身の失敗に対して、どう対処したりとらえ直したりしてきましたか？

イメージとセルフ・プレゼンテーション（自己呈示）＊訳注2

タイプ3はかなり幼いときから、魅力的なイメージを呈示するよう、人に適応する能力をもっています。通常の段階において、このことは見せかけの熱意、もしくは「自分はうまくやっている」というメッセージを提示しているかのようなプロフェッショナルな冷静さとなります。広告やマーケティング、セールス、ファッションといった世界は、しばしばこのようなイメージを促進します。

こうした世界は、タイプ3の人が多いようです。多くの政治家やコーチ、人間性開発運動の指導者、ビジネスパーソンが、タイプ3の性格スタイルのこのような側面に焦点を合わせてきました。とくに、状況を読み、本能的に何が期待されているかを見つけだすという、タイプ3のもって生まれた才能に。タイプ3は部屋に入ってくると、人が集まっている場の水面下にあるものを感じ取り、どう行動したらいいかがすぐにわかります。

タイプ3はこうした能力に対して何度も褒賞されるため、適応するのに熟練するあまり、本当の自分とのつながりを失います。したがって、私的な自己感覚が未発達のままとなり、ほとんどアクセスできなくなります。それにより、通常の段階から不健全な段階にかけてのタイプ3は往々にして、自分が何者か、自分のイメージを除いて自分が何を感じているか、わかりません。実際に考えたり感じていることを表現するよりも、受け入れてもらえると感じることをいったり行ったりします。

自分の成功したイメージを人が称賛すると、まったく新しく、はるかに危険な状態が生じます。成功したイメージをもつことで認められるのは、タイプ3のパフォーマンスであり、自分自身の核となるアイデンティティではないからです。自分が成功したイメージであればあるほど、タイプ3は自分自身よりもそのイメージをずっと頼りにし、発達させたくなります。その結果、彼ら自身の心《ハート》が押しやられ、忘れ去られます。本当の自分はますます未知の領域となり、そこに焦点を合わせたくはありません。なぜなら、自分の内面に目を向けたら、空虚さや大きなブラックホールがあることを感じるからです。

エクササイズ　期待に応える

たった今、あなたは人に、自分についてのどのようなイメージを醸し出していますか？自分自身に対しては？　職場においては？　社会的なつきあいの相手には？　親には？　子どもには？　ペットには？　同じイメージでしょうか、違うでしょうか。自分が見ている自分と、人がこう見ているだろうという自分とでは、どう違いますか？　具体的にどのようにあなたの自己イメージは、あなたが人に見せているイメージと違うと思いますか？　それはどのようにしてわかりますか？　その相違点が、何らかの形で人との葛藤《かっとう》を起こしたり、あなたに問題を引き起こしたことがありますか？

「自分がなりたいものに何だってなれる」

自分を商品としてパッケージ化する

タイプ3が不安を感じると、自分のイメージをさらに入念に操ることで、自分自身を守ります。彼らの行動の大半は、広報活動のゲームになり、自分がどう見られるかがすべてだと感じはじめます。真の才能を開発することにエネルギーを注ぐよりも、自分についての人の印象を操ることにお金や時間などの資源を配分します。勝利の方程式を発見しようとし、自分が目指していることを推進するものであれば何であれ、行動や言葉にしたり、自ら体現したりします。

もしくは、自分が辱められないようにします。（偽りの）謙虚さや、融和的な態度を伴う見かけ上の同意を見せるにしても、その逆に傲慢《ごうまん》であるにしても。

つねにできるだけよい印象を与えねばならないと感じることは、とてつもない重圧です。果てしなく就職面接を受けているようなものです。タイプ3が機能しつづけるために抑圧しなければいけない不安や自信喪失は、いかばかりかと思われます。彼らは間違ったことをいったり行ったりすることをたえず恐れています。無防備な時が一瞬もありません。笑われたり、疑問を投げかけられたり、好意的とはいいがたい見方をされないよう、真に自然体だったり、自己開示することができないのです。

問題は、タイプ3が自分自身を商品として扱うということなのです。「私は自分自身を人に『売り込む』必要がある」というように。前述したように、子ども時代のタイプ3は、往々にして誰か

（親的存在）の自己愛的なニーズの影響を受け、自分の本当の気持ちやニーズは重要ではないことを学びました。称賛され、切望される対象としてのみ存在するのです。このことの痛みは大きく、タイプ３は自分自身の心とのつながりを断たなければなりません。けれども私たちが真実を見分けることができるのは、心のみによるのです。

ですから、心から切り離されてしまうと、真実とのつながりからも切り離されてしまいます。そうすると真実もまた、そのときどきにうまくいきさえすれば何でもよいという、変動する商品になってしまうのです。

こうしたたえまなく続く自己適応と分離は、タイプ３とその親しい人たちに多くの苦しみを引き起こします。ハードに働く牧師であるアーサーは、次のように語っています。

私は仕事でとても競争意識があり、自分が人よりも優れていると思い、傲慢でよそよそしいという印象を与えてきました。家では妻が自分を支えてくれないと思ってイライラするか、気持ちが離れ、目の前の彼女の存在が目に入らないかになります。「あの人たち」が自分をどう思うか、過剰に気にしながら、「あの人たち」が誰かも明確にしていないのです。数年前に気づいたのですが、朝、仕事に行くために着る服は、中心街の漠然としたプロフェッショナル集団によい印象をもってもらうためでした。でも彼らがどういう人たちかも知らないのです！

エクササイズ　自分を適応させる

周囲に自分を適応させるときに、気づいてください。一日に何度適応しますか？　友人や同僚、家族などに対してセルフ・プレゼンテーションをしているとき、それぞれ違いがありますか？

自分の話し方のパターンに特定のイントネーションやリズムが潜り込むときに気をつけてください。こうした順応に気づくとき、それらが自分自身の地に足のついた感覚にどのような影響をもたらしますか？　また、心とのつながりにはどのような影響があるでしょう。自分を適応させるとき、自分にもっと価値を感じますか？　感じにくくなりますか？

親密さへの恐れ

タイプ3が、自分はうまくやっていると自分自身にも人にも説得しようとしている限り、人が自分に対してあまり親密になることを許容できません。親しくすると、実際にはうまくやっているわけではないこと、外見とは異なる人間であることを人に気づかれてしまいます。通常の段階のタイプ3は内心では、実際の自分と世間に見せている自分との間に相違があることに気づいています。

けれども、誰かにこのギャップを知られることをひどく恐れているのです。自分が本当はどれだけ孤独で空虚で価値がないと感じているか、誰かが気づくことを。そうした恐れにより、自分自身についての隠された不安を強化してしまいます。

人が近づけば近くほど、タイプ3は自分のうわべが見透かされ、拒絶されることを恐れます。拒絶されるリスクを冒すよりも、通常、しっかりしてさらなる達成を遂げようとします。それにより、人が（イメージとしての）自分に満足し、お互いの関係を疑問視したり脅かすことがないように。

人を安全な距離に置いておくと同時に、自分に対する関心や好感も保つため、通常の段階のタイプ3は、真の親密さやつながりに代わるものとして、ある種のプロフェッショナルな親近感やエネルギッシュな元気さを培います。彼らは親密さへの恐れがあるため、配偶者からも一定の距離を置くかもしれません。外から見ると、彼らの結婚生活は完璧に見えるかもしれませんが、配偶者にとっては真の親密さと気持ちのつながりを欠いているのです。

タイプ3は通常、現実の関係の実体よりも、うまくいっている関係のイメージを欲します。とくに親密さというものが、自らの弱さを見せたり、自分が相手から必要とするものがあるというリスク、そして相手のニーズを満たさないことに対して拒絶されるリスクを冒すことを意味する場合に。

エクササイズ　人に自分を見せる

あなたが信頼している誰かに対し、自分自身の弱さについて語ってください。そうしながら、実際に感じている弱さに焦点を当てましょう。それは不快な感じですか？　どのような感じですか？　相手との関係の中で、どう感じますか？　自分を見られることで、何を恐れていますか？

自己愛と自己顕示
「あなたにいい印象を与えるには、私は何をしなければいけない?」

タイプ3の子ども時代の環境が不健全なものであればあるほど、彼らの自己価値は傷つけられ、本当の自尊心を見つけ、持ちつづけることがむずかしくなります。彼らはそうした自尊心を、人からの評価や受容の中で探すことを余儀なくさせられます。けれども承認や受容をされたからといって、自分が評価されているとか、価値があると感じることはありません。自己愛的な傷は通常、過補償(過剰な埋め合わせ)、すなわち自己顕示に表れます。

自己愛的な傷の深さによりますが、通常の段階のタイプ3は、自分自身について壮大な期待をふくらませるかもしれません。ただし、ただ成功しているだけでは十分ではないのです。なんらかの形で有名になったり、重要な存在となる必要があるのです。何かで有名な「ビッグスター」のように。もちろんそのようなことをしていると、頻繁に失望したり、恥をかく羽目になるだけです。

タイプ3はまた、魅惑的になって、自尊心を高めるために多くの性的関係を探し求めるかもしれません。注目されるような身なりをすることがよくありますが、誰かに実際に称賛されたり、求めてこられたりすると、敵意を向けたり、無関心のふりをします。「私のことは見てほしいけど、あなたは私にふさわしい人と認めない」というように。自分についての評判に加え、人生でかかわる人たちがどう自分にふさわしいかを気にするのです。自分が魅力的で好ましいのはもちろん、配偶者や子どもたち、友人たち、ペットですら同様でなければいけないのです。ただし理想的には、自分よりも魅力的であったり、好ましくあってはいけないのですが。

エクササイズ　**人に自分を発見してもらう**

あなたが社交的な場で人と一緒にいるとき、まず彼らのことに焦点を当ててかかわりましょう。その人たちについて、興味深いことを探してください。これにより、あなたが直接よい印象を与える必要なしに、あなたに興味をもつ機会を彼らにどのように提供することになるか、気づきましょう。まず最初にあなたがよい印象を与えなくても、人があなたを好きになるかもしれないということを考えてみてください。その可能性を考えると、どんな気持ちになりますか？

◉警告信号：苦境に陥ったタイプ3

タイプ3が対応能力をもたず、適切なサポートも受けずに深刻な危機に陥ったり、子ども時代に慢性的な虐待を受けていたとしたら、ショック・ポイントを越え、不健全な段階に突入するかもしれません。

タイプ3の自信をひどく損なうような挫折《ざせつ》は、自分の人生が脆弱な、あるいは偽りでさえある基盤の上に築かれていたという恐ろしい認識に至るかもしれません。自分が実際には失敗しつつあるということ、自分の成功が意味をもたないこと、自分自身について主張していることが偽りであるということを恐れるかもしれないのです。

こうした恐れの一部は、事実に基づいている可能性があります。タイプ3がこうした恐れの中に潜む真実に気づくことができれば、人生を変え、健全で解放された状態に向かうかもしれません。もしくは逆に、自分が優越しているという幻想にさらにしがみつこうとするかもしれません。そして自分が苦しんでいること、あるいは問題があることさえ否定しようとするかもしれないのです。「ここには問題ないよ！　私はうまくやっている」「成功するためには、何としてもやるよ」というように。タイプ3がこうした態度に固執しつづければ、不健全な段階に入っていくかもしれません。あなた自身もしくは知っている人が、二〜三週間以上の長きにわたって次のような兆候を示していたら、カウンセリングやセラピーなどのサポートを得ることを強くお勧めします。

警告となる兆候	考えられる病理：
▼過酷な仕事中毒による身体的疲労と燃え尽き ▼増大する偽りの自己イメージや不誠実さ、虚偽性 ▼感情の欠如と内面の空虚感 ▼精神的苦痛の程度を隠蔽《いんぺい》 ▼嫉妬《しっと》、成功についての非現実的期待	自己愛性パーソナリティ障害 うつ病（快感喪失が多い） 自己愛性憤怒*訳注3と執念深さ 精神病質的《サイコパシック》行動

▼利己的利用と日和見主義
▼激怒と敵意の強度な表出

◉タイプ3の強みを生かす

「自分であることを楽しむ」

健全なタイプ3は、肥大化した自己愛とは対照的に、真の自尊心に恵まれています。自分自身や人生に対し、現実的であると同時に深い感謝の気持ちをもっています。それにより、自信や自らの可能性についての健全な感覚を得られます。

健全なタイプ3は、バランスのとれた自己愛をもっているといえるでしょう。それはまた、人を自由に計画なく愛することを可能にします。この自己愛は、たやすく乱されたり、脅かされることはありません。なぜなら、自らの本当の能力についての真実の評価、そして自分の限界を尊重することに基づいているからです。人がこうした立派な資質をもつ相手とのつきあいをおおいに楽しみ、恩恵を受けることは、まずいうまでもありません。

タイプ3は真の自尊心ゆえに、自分自身と自己成長に賭《か》けることの価値を理解しています。大望をもち自信があり、粘り強く、体を大事にします。そして自分自身について、また人生のさまざまな事柄にどのようにしたらもっとうまく対応できるかについて知るよう心がけています。彼らはつねに人生をよりよくする方法を見つけ、人にもどのように自らを成長させればよいかを教えようとしています。

「自己投資」というのは、自己中心的であったり自己愛的であることなく、文字どおり自分自身にお金や時間、エネルギーを費やすことになり得ます。人生で価値あるものを達成しようとするなら、健全な自己投資は必要です。よい教育を得、自分自身の優先事項を決め、目標から逸《そ》れないようにしなければならないのです。タイプ3は自分がもっている資質が何であれ、向上させることに本当に打ち込みます。

健全なタイプ3は、自分自身の才能に賭けるだけでなく、ほかの人たちもベストの状態になれるよう手助けします。自分の能力を使って、人が自分にできると考えたことを上回る達成ができるよう刺激し、意欲を引き出します。看護師や医師、教師、セラピストといったタイプ3は、自分の生徒やクライアントに対し自分自身が模範を示すことで、劇的な効果を及ぼすことができます。理学療法士であれば、ほかの人がもう歩くことはないだろうとあきらめた、身体に障害をもっている子どもの意欲を引き出すことができます。音楽の教師であれば、生徒が限界を超えたいという気持ちになれます。また、コーチであれば、最高の結果を出したことを知る喜びを自分のチームに与えることができます。

健全なタイプ3はさらに、自分の才能やプレゼンテーション・スキルを使って、価値ある大義を推進します。その結果、自分が取り組んでいる分野で傑出した模範《ロール・モデル》となることがよくあります。

多くの法人や組織は、健全なタイプ3を代表としています。彼らは優れたコミュニケーターであり推進者で、何かを魅力的に、そして心を動かすように提示する方法を知っています。意欲やコミュニティ意識を高める能力がきわめて高いかもしれません。

高度に機能するタイプ3は、自己を受け入れ、内面の声に導かれます。彼らは見かけと実際がすべて一致しています。彼らは誠実であったり、飾らず真正であることの手本となります。それにより、ほかの人はきわめて深い感銘を受けます。高度に機能するタイプ3は、自分自身を現実的に見、限界を受け入れ、自分の才能をありがたく思いつつも過大視することはありません。彼らは優しく、心を打つほど正直で、愛情がこもっています。真に立派な人たちです。褒められることを楽しんだとしても、それを必要とするわけではないのです。

パーソナル・コーチとして、またビジネス・コンサルタントとして成功しているリンは、子ども時代の自己愛的傷つきの多くを克服することで、自分自身や人に対する感じ方がまったく変わったと述べています。

私の中にプレゼンス、つまり内なる光があり、それは周囲の人たちにも届きます。私がパフォーマンスしたり達成しなくても、人は自然と引き寄せられるのです。最近、ある人が私にこう尋ねました。「あなたはいつもこんなに輝いているの?」と。私は超越的な感じがしながらも、同時にとても人間的で地に足が着いているように感じます。

◉性格（パーソナリティ）から本質（エッセンス）へ

タイプ3は自分自身を解放するために、自分の価値は人からよく思われることにあるという思いこみ《ビリーフ》を手放さなければなりません。そうして初めて彼らは、内面の声に導かれ、真正になりはじめるのです。

タイプ3にとっては、困難であるとはいえ、非常にまっすぐな道です。まずは、ハートの空間《スペース》でからっぽな感覚に遭遇するだけでしょう。けれども辛抱強さや思いやりとともに、徐々にその下にある傷や恥に心を開いていくことができます。この苦しみが気づかれ、癒《いや》され、解放されるにつれ、彼らは次第に、自分というものが想像していたのとはきわめて異なる人間であることを実感します。しかも、いつどのようにして変化が起きたかに気づくことなく。人の期待に応える重荷から解放され、自分自身の心の望みを追求するという、とてつもない自由と軽やかさを見出します。

タイプ3は、仮面を取る必要があることを明確に理解しなければなりません。そして癒しが起きるには、内側の空虚感を認めなければいけないのです。救いになることは当然ながら、本質的自己には真の内面の空虚さというものはないということです。仮面が外れるとき、空虚さに見えるものは内側から満たされます。それはまるで仮面自体が、真の自己を抑える圧力をかけていたかのようです。仮面が外されれば、真の自己は姿を現さずにはいられません。自分が空虚で価値がないことに気づくというよりも、ただたんに特定の領域においては、すでに高度に発達しているほかの多くの領域よりも未発達であるにすぎないことを知るでしょう。

タイプ3が自己開示の旅に出かけるには、勇気に加え、理想的には配偶者やよき友、セラピスト、聖職者といった人たちのサポートが必要です。

トーニーは、自己開示の旅がどれだけの違いを生むかについて語っています。

今違うことというのは、自分をもっと「好ましく」するものではなく、自分が本当に必要としていることに基づいて自分自身のために選択するということ。自分以外のすべての人にとって「ベスト」である必要があるということをやめました。人が自分のことをどう思うか気にせずに、自由に感情を表現できます。そして自分自身を裁くことなく、どう見られようがいいと自分自身に許可を与えることができます。私はなぜか以前よりも柔らかくなっている感じがします。人生の大半において、私はバリバリのタイプ3でした。今は、私があるのみです。

タイプ3が自分自身の心《ハート》にしたがうために人からの好意的意見を失うリスクを冒すとき、つねにこうありたいと願っていたとおりの傑出した人になることができます。どのような愛や称賛が与えられたとしても、それは彼らの魂を深く貫きます。そして新しい、美しい庭を出現させるのです。基礎編に登場したセラピストのマリーは晩年、この重要な秘訣《ひけつ》について学びました。

私の全アイデンティティは、為すこと、そしてもちろん成功することに囚《とら》われていました。ただ在るということを学ぶまでは、正直であることや誠実であることは望み薄でした……。私はいつも速く動き、有能でした。今も変わりませんが、うまくやることは私にとってそれほど重要ではありません。自分にとって本当の価値をもつものに背かないことのほうが大切なのです。

ひとたび彼らの存在の中心が自分の外から内面へと移ったなら、自分の心に真に導かれる感覚は、それまで体験したことのないものです。一度それを味わったら、いかなるものとも引き換えにすることはもうないでしょう。

◉本質（エッセンス）の浮上

自らの心と再びつながることができると、健全なタイプ3はほかのどのタイプとも異なる、「真正（本物）」という本質的資質の手本となります。彼らの行動は心からのものとなり、自分以上にも自分以下にもなろうとしません。彼らは飾らず、近づきやすくなります。誠実さや謙虚さとともに、本当の自分を明らかにします。

真正とは、バカ正直になることではありません。今、この瞬間の自分を示すということです。タイプ3が「今、ここ」に在るとき、飾ることなく、心からまっすぐに真実を語りかけることができます。一見してそれは大した達成に見えないかもしれませんが、考えてみると、私たちがこのように自分を人に示すことは稀《まれ》であることに気づきます。

タイプ3が自分の真正さを受け入れることを学ぶと、彼らの本質が浮上してきます。それについて語るのがむずかしいのは、難解だからではなく、私たちの存在にとってあまりに基本的であるがゆえに気づきにくいからなのです。おそらくその本質に対してぴったりくる言葉は、「価値」ということでしょう。つまり、「私たちは存在するだけで価値がある」という事実です。

こうした考えは、「私たちはある程度の収入を得たり、身体的特徴を備えたり、特定の年齢だったり、職歴があって初めて価値をもつ」と主張する大衆文化に逆行するものです。けれども価値についてのこうしたより表面的な理解のすべては、あらゆる真の価値の源である「存在《ビイング》」の基盤から離れている性格構造によってつくられた代替物なのです。

立ち止まって考えてみたら、私たちが価値あるとしているものは、私たち自身が価値づけているのです。もしかしたら俳優であることが自尊心を与えてくれるかもしれませんが、ほかの人にとっては、無意味だったり、取るに足らないことかもしれません。銀行に一定の預金額があることに自尊心がかかっているかもしれません。

人によって何が価値をもつかが違うだけでなく、ひとりの人の中でも、人生の流れの中で違ってきます。

明らかにこうしたことすべてに共通する要素は、「自分」です。実際のところ、私たちは自分自身の本質的価値を仕事や人や物、活動に投影してから自分のものにすることで価値の感覚を取り戻そうとしますが、なかなかうまくいきません。

しかしながら私たちが自らの本質的価値に触れるとき、それは私たちの本性にもともと備わっていることがわかります。私たちは価値なしにはいられないのです。ただ、価値が存在することを忘れるだけなのです。いかなる痛みや恥、人生の問題も人の本質的価値を損なうことはありません。人を変え、さらなる広がりや受容、理解の機会を提供するのです。

したがって、タイプ3が自らの本質的価値を直接的に感じることができるとき、達成を通じての自我の容赦ない自尊心の追求から解放されます。それにより、彼らは寛大さ、愛ある人生、豊かさ、驚異といったものとともに生きる時間と空間を得ることができるのです。

訳注1：基礎編188ページ「欺き、虚栄、価値を認められること」の項も、成長のためのチャレンジとして、自分のパターンに気づくために重要である。
訳注2：「セルフ・プレゼンテーション（自己呈示）」とは、自分について特定のイメージや印象を与えるよう、意図的・操作的にふるまうこと。
訳注3：「自己愛的憤怒」とは、自尊心や自己価値感への脅威となる自己愛的傷つきへの反応として起きる激しい怒りのこと。

第七章　タイプ4・個性的な人

◉子ども時代のパターン

タイプ4は、自分は親とは違うと感じます。多くのタイプ4によれば、赤ん坊のときに病院で取り違えられたとか、自分は孤児だったとか、何らかの形で取り替えられたと空想するとのことです。タイプ4は往々にして、親は自分のことをわかっていないとか、自分の側あるいは親の側から十分なつながりを感じなかったというように表現します。心理学的表現をするなら、タイプ4は、適切なミラーリング（自分に対する親の反応により、自分はどのような存在かを知る）*訳注1がなかったか、少なくとも自らの発達していくアイデンティティの一部となるような実際の資質や才能について、ミラーリングがなかったということなのです（家族システム論において、タイプ4は「ロスト・チャイルド」の役割に同一化する傾向があります）。

その結果、タイプ4は自分には何か大きな欠点があるに違いないと信じ、生涯にわたる自分探しの旅を始めます。「自分が親とは違うとしたら、彼らの中に自分についての手がかりは得られない。

自分は何者なのだろう？」と。またこのことにより、タイプ4は自分に欠けているもの、自分自身や人生、人間関係の中にないものに集中しがちです。彼らは親（のちには人生において重要な人たち）に見捨てられ、誤解されているという気持ちを抱きます。

ハンナは、大学で管理者として働いています。とても愛されている妻であり母親ですが、自分がタイプ4であることからくる疎外感に今でも時折悩まされています。

私はかなり幼い頃から、母親に頼らず、ひとりで遊び、自分で問題の解決方法を探すことを覚えました。父はそもそも、子どもをもつこと自体に相反する感情を抱いていたのですが、私が小学校のとき、頻繁に出張をするようになりました。それでさらに見捨てられた気持ちになりました。

このパターンの結果、タイプ4はミラーリングへの欲求、すなわち自分のことを理解し、あるがままの自分のよさをわかってほしいという気持ちをかき立てる人に強く反応します。

もっとも深いレベルにおいて、タイプ4は自分にはいなかったと感じる父親と母親をつねに探しているのです。彼らはこうした人たちのことを、苦境から救ってくれる「救済者」として理想化するかもしれません。けれども期待を裏切ったり、自分の奮闘や苦しみを十分わかってくれないことに失望したり、激高したりもするのです。

相手は愛や善性、美しさの源であるように見えますが、そのような資質は、タイプ4が通常、自分にないと思っているものです。それにより、相手が自分にないものを補ってくれるという期待と同時に、見捨てられる恐怖も招くことになります。こうしたシナリオのどれにも当てはまらない人たちについては、通常の段階のタイプ4はあまり関心をもたない傾向があります。強い感情的反応を自分の中に呼び起こさない人たちについては、現実味が薄くなるかのようです。

タイプ4は自分のアイデンティティについて疑いを抱いているため、人と「かくれんぼ」をする傾向があります。つまり、人から隠れながらも、自分がいないことに気づいてほしいのです。タイプ4は、自分のことに気づいてくれる人を惹《ひ》きつけ、愛で埋め合わせてくれるよう、ミステリアスで興味をかき立てる存在のままであろうとします。けれども自分のことを隠すこと、開示することが交互に起き、強烈さやニーズが極端に表現されることがあるため、タイプ4はうかつにも待望の相手を追い払ってしまいます。彼らがこうしたパターンに気づき、親密な相手への非現実的な期待を理解するまで、自分の感情的要求により、相手を遠ざけてしまうリスクを冒します。

◉自己保存的タイプ4

「官能的な人」 通常の段階における自己保存的タイプ4は、同じタイプ4の中でも、もっとも実際的で「物」を志向する傾向があります。洗練されたものを愛し、美しい物の中に身を置きたいのです。物質世界の官能性に強い親しみを感じます。そして美的魅力があるとともに感情を喚起するものであふれた「巣」をつくることを楽しみます。

したがって自己保存的タイプ4は、ギフトの贈り方や象徴的な意味に心動かされることがよくあり、たとえば愛する人にバラといったような贈り物をすることを楽しみます。また、もっとも内向的な傾向のあるタイプ4でもあります。心地よく、美しいものに囲まれていることが、社会からの孤立の時期を支えてくれます。周囲の物質的環境について非常にこだわりが強く、とりつかれているとさえいえる傾向があります。心地よい手触りのものやムード照明、快適な温度などを欲します。最終的には、感情的強烈さへの欲求が、基本的な生活能力を妨げはじめます。往々にして、何らかの一時的な感情の高揚から、無謀な言動に出ます。一方、気分の落ち込みを和らげようとして、自己放縦になりがちです。どちらにせよ、気まぐれによって行動を決めがちです。

自己保存的タイプ4は、安全や健康を犠牲にしてでも、洗練されたライフスタイルを維持しようとするかもしれません（家賃も賄えないのに高価なものを買うなど）。

彼らはタイプ7のように、いら立った「歌姫」にもなり得、高額な食べ物や贅沢《ぜいたく》を渇望します。不健康な食習慣や不規則な生活に陥りがちで、夜遅くまで起きて映画を見たり、音楽を聴いたり、飲酒したり、暴食したりします。「それがどうだというの？」といわんばかりに。自己放縦的習慣は、空疎な人生の埋め合わせになります。

不健全な段階において自己保存的タイプ4は、アルコール依存や薬物乱用の誘惑にきわめて弱くなります。危険なまでに生活の安定を揺るがす状況に惹きつけられ、不適切な恋愛などの破壊的関係に入りこみます。同様にきわめて無責任になり、暮らしをまったく省みなくなります。その必要性さえ。感情的に圧倒され、職場に姿を見せなかったり、支払いが滞ったりするかもしれません。薬物の乱用や自己放棄を通じ、長期間にわたって自己破壊的行動を続けることがよくあります。

◉ 社会的タイプ4

「アウトサイダー」 通常の段階において社会的タイプ4は、ほかの二つの本能型よりもさらに自分のことを人とは違う、まったくユニークであるとみなしがちです。そのことは、ほかの人に提供できる才能であると同時に、自分が背負う重荷としても感じます。驚くには当たりませんが、社会的タイプ4はまた、タイプ4の中でもっとも社会的に活発で積極的に関与する傾向があります。人とかかわり、社会の一部であることを切望しますが、どうすればいいかわからないと感じることがよくあります。

タイプ3同様、たえず自分と人を比べますが、いつも自分は相手に及ばないという気持ちを抱くのです。美しく、グラマラスでエリートである人たちの仲間入りをしたいと強く望みますが、自分が確かにそのレベルであるとは思えません。

社会的領域における恥の感覚により、普通の人たちのようにふるまうにはどうしたらいいかわからないと思ってしまいます。彼らは人の幸せを妬《ねた》みながらも、粗雑で無神経だとして拒絶するのです。社会的なことへの不安感を覆い隠すために、グラマラスでエキゾチックなイメージをまとうことがよくあります。多くの社会的タイプ4が、そうした不安を埋め合わせるために、主流から外れた《オルタナティヴ》ライフスタイルのグループに惹かれます（「ほかのアウトサイダーから慰めを得よう」と。一九五〇年代のビートニクスや一九八〇〜九〇年代のゴシック・ロック・サブカルチャーは、こうした例です）。

社会的タイプ4の中には、自分は十分ではないという、たえず苦しめられる感覚に対する埋め合わせとして、積極的に成功を求める人もいます（「これでもう笑いものにされることはない！」と）。彼らは自分自身についていわれたことは何であれ、強く反応します。

往々にして、過去に交わされた会話の中から、軽視された可能性をふるいにかけるのです。皮肉なことに、自分の欠陥を擁護しようとするとともに、そうした欠陥により自分は不利だと感じます（「もちろん自分にはそういう下品さや自己中心性はないけど、それでも誰かが私を愛してくれればいいのに！」と）。

不健全な段階において社会的タイプ４は、拒絶されることを恐れ、人とほとんどかかわらなくなる可能性があります。恥の感覚や屈辱を受ける予想がふくらみ、人に自分を見透かされるリスクを冒したくないのです。同時に、不安をもっているために、一貫性のある働き方ができなくなります。その結果、社会的タイプ４は多くの場合、家族や友人、大切な人たちに極度に依存してしまいます。孤立しながらも達成した空想に耽《ふけ》ることで、不健全なタイプ４は、人生をむだに過ごしてしまうかもしれません。

◉ 性的タイプ４

「夢中」　通常の段階における性的タイプ４は、このタイプの特徴となっているロマンティシズムや強烈さ、自分を救ってくれる人への切望といったことの典型例となっています。甘えるような弱さを見せたり、感受性が強い反面、とくに自己表現において強烈でダイナミックです。

性的タイプ４には、自己主張が強く、外交的に見える要素があります。そしてほかの二つの本能型と異なり、ロマンティックな空想を長く空想のままに留《とど》めておく可能性が少ないです。自分が惹きつけられる相手をめぐって、感情が激しく揺れ動くことがよくあります。欲求の対象に対する強烈な賛美、切望、憎悪といったものが共存し得ます。

官能的で魅惑的であり、タイプ２のように嫉妬《しっと》したり所有欲が強くなることもあります。相手の人生において、唯一大切な人でありたいのです。自分が相手から本当に望まれているかかなり疑うことが多く、そのため、好ましく思われるよう達成を追い求めます――素晴らしいアーティストやスターになることなど。一方、そうしたことを達成する人に怒りを感じます。

タイプ４の中で妬みがもっとも明白に表れるのも、この性的本能型です。親密な関係で問題が生じるのは、性的タイプ４が往々にして、自分がこうありたいとあこがれたり望んだりしている資質をもつ相手と恋愛関係に陥りながら、まさにそうした資質をもつがゆえに、愛する相手に妬みや怒りを覚えることになるからです。相手を理想化したかと思うとすぐにちょっとした欠点を拒絶します。

同時に性的タイプ４によくあるのは、何らかの理由でつき合うことのできない人に魅《ひ》かれるということです。好ましい相手を自分だけのものにしたいと焦がれることに多くの時間を割き、その相手の関心を得る人は誰であれ、嫌悪するかもしれません。

不健全な段階においては、人に対する強烈な妬みにより、復讐《ふくしゅう》のために邪魔をしたいという欲求に駆られる可能性があります。不健全な性的タイプ４は、無意識に「不幸は仲間をほしがる（私が苦しむことになるなら、あなたも）」という格言を生きるようすがにします。

性的タイプ4は、競争やライバル関係をつくりだし、相手を破滅させたり、自分を失望させた人を傷つけることを完全に正当化するかもしれません（たとえば映画「アマデウス」でのサリエリのモーツァルトへの妬みが思い浮かびます）。

そして人に対する気持ちが変わりやすいのです。守ってくれる人や自分が愛する人に対しても。気持ちの混乱により、自分自身に対して、あるいは自分の気持ちのニーズにうまく応《こた》えてくれないということで不満を感じる相手に対し、短絡的な暴力行為を冒すかもしれません。

◉成長へのチャレンジ＊訳注2

大半のタイプ4は、人生のどこかの時点で以下の課題に遭遇します。これらのパターンに気づき、「その瞬間の自分をキャッチ」し、人生のできごとに対する自分の根底にある習慣的反応をただ理解するだけで、性格タイプのマイナス面から自分を解放するための大きな助けとなるでしょう。

タイプ4にとっての「目覚めの注意信号」：想像力を通じて、気持ちを強める

タイプ4のアイデンティティは、自分の心の中で感じることをベースにしています（「自分とは、自分が感じることだ」というように）。そのため、ほかのタイプよりも自分の気持ちを確認します（通常タイプ4は、体験そのものよりも、それについての自分の感情的反応に波長を合わせています）。

けれども気持ちについてひとつ確実にいえることは、つねに移り変わるということであり、それは問題を起こします。彼らのアイデンティティが気持ちをベースにしており、気持ちがつねに移り変わっているとしたら、アイデンティティもつねに移り変わっていることになるからです。

タイプ4がこの問題をどう解決するかというと、自分が同一化する特定の気持ちを強める一方、なじみがなかったり「本当」ではない気持ちを拒絶するのです。

瞬間的に浮かんできた気持ちが自然に浮上するに任せるよりも、タイプ4は自分のアイデンティティを反映していると感じる感情をかき立てる人やできごと、シナリオについて空想を巡らします。湧いてくる感情がたとえ否定的だったり、痛みを伴うものであっても。タイプ4は自己感覚を高めるために、その感情がどのようなものであっても、強めようとするのです。

たとえば、自分にとってパワフルなつながりを想起させる曲——別れた恋人を思い出させるような歌など——を選ぶかもしれません。かなり前の感情もしくは少なくとも強烈な感情の状態を継続させるように、繰り返し何度もそうした曲をかけるのです。

タイプ4が特定のムードをつくりだしたり、維持しようとしはじめるとき——それはある意味、自分の気持ちを操ろうとするのですが——、彼らは間違った方向に行っています。こうしたことはすべて、現実の世界よりも想像の世界に生きるという自己敗北的習慣に、タイプ4を陥らせてしまうのです。

ビヴァリーは、若いときに航空会社の美しい客室乗務員でした。空の旅をする中で、多くの男性との出会いがありましたが、誰であれ、深入りすることを拒んでいました。

私はパリ行き大西洋《たいせいよう》航路を飛んでいたので、多くの男性と知り合うことはたやすいことだったでしょう。食事の提供時間が終了すると、お客様と話をする時間があり、気をもたせることは暇つぶしの役に立ちました。ただ、私はそれよりも飛行機の後ろのほうでひとりになって、機上の人か空港で見かけた人について思いを巡らしていたかったのです。おそらくはどうせ私を失望させるだけの人と話をするよりも。自分が恋に落ち、相手とセックスし、結婚し、家や子どもたちをもつといったことをフライト中にすべて想像するのです。それなら失望したり、相手との関係が破綻《はたん》することに対応しなくてもすみますから。

エクササイズ

空想の「セイレーンの呼びかけ」*訳注3に気づく

タイプ4は、自分の感情が十分激しいものでなければ、自らの創造性のみならずアイデンティティすら失われると恐れます。それでは、次のように自分自身を観察してみましょう。日常において、自分の想像力を使って気持ちをかき立てるというこのプロセスをしているときの自分を感じられますか？　自分の空想や夢想、ひとりごとに注意を払いましょう。それらは何を強化していますか？　どのような目的を果たしていますか？　特定の気持ちは、ほかの気持ちよりも自分らしいと思っていますか？　あなた個人が大半過ごしている「基本的な気分《ムード》」は、どのようなものですか？　自然な状態でそのムードでないとき、どのように反応しますか？　あたかも自分に対して、「この体験は私についてどういう意味があるんだろう」と尋ねているような、自分の気持ちや体験についてひとりごとを加える傾向に気づいてください。自分がいつの間にか空想——とくに発展しそうな恋や性的関係について、もしくは「理想的な」自分になっているなど——に耽っているときはいつでも、タイプ４特有のトランスにより深く入っていることになります。

「誰も私のことをわかってくれない」

社会的役割：特別な人

通常の段階におけるタイプ４は、自分らしくあること、あらゆるものに自分の刻印を打つことを強く求めます。そうすると次第に自己イメージが、いかに人と異なっているかに基づくことになるのです（性格のトランス状態に陥れば陥るほど、彼らの超自我の声、「自分に正直であるべきだ」は強くなります）。同様に、タイプ４が陥る気分は多くの場合、周囲とは正反対です（「人が幸せであれば、自分は悲しい」「人が悲しければ、自分はクスクス笑いたくなる」というように）。人とは異なる気持ちを維持することが、タイプ４のアイデンティティを強化します。したがって、タイプ４の特徴的な「社会的役割」というのは、「特別な人」や「謎めいた《ミステリアス》アウトサイダー」です。そしてこの役割以外で人とかかわるのは、落ち着かないのです。

皮肉なことに、タイプ４が人と違うことにこだわればこだわるほど、自分で自分を追い込み、心満たす多くの可能性を失うことになるのです。

タイプ４が理解する必要があるのは、自分が独特で人とは異なることにこだわればこだわるほど、たんに人（とくに家族）と共通しているというだけで自分の肯定的な資質の多くを見逃したり、拒絶する可能性が高くなるということです。

したがって、タイプ４は無意識のうちに否定的なアイデンティティをつくりだします。たとえば、「私はあんなじゃない」「私には事務仕事はできない」「ポリエステルの服なんて着れない」「Ｋマートには絶対行きたくない」というように。

タイプ４が理解していないのは、「自分らしくある」ための取り組みは必要ないということです。なぜなら、自分以外になりようがないのですから。タイプ４が「自分らしく」あろうとあまりにも無理をするのをやめるとき、自分が本当に提供できる美しさを発見する自由を得ます。リーヴァは才能ある視覚芸術のアーティストですが、この問題について子ども時代にさかのぼりました。

子どものとき、私の世界はかなり閉鎖的でした。自分についてあまりうまく話せなかったし、自分からアプローチすることもありませんでした。自分がアウトサイダーで拒絶されているように感じました。自分の見かけや話し方、あるいは賢くてユダヤ系だったという事実によってだったのかもしれません。わかりません。自分のある部分は、「普通」でありたい、楽しみたいと望む一方、自分が「特別」でより繊細で成熟していて、鋭く、物事を深く理解していると誇るようになりました。自分が周りの子どもたちよりも大人びているような気になったのです。ですから、早い時期から劣等感と優越感を二重にもつようになりました。

「自分らしくありたい」という欲求が行きすぎることで、タイプ4は、普通の生活におけるルールや期待されることは自分には当てはまらないと感じかねません（「私は自分がやりたいことを自分がやりたいようにやりたいときにする」というように）。

そのため、彼らは内心、尊大になり、自分は隠れた優れた才能により、普通の人よりもよい扱われ方をされるに値すると思うかもしれません。自分には社会的規範は免除されると感じ、ルールや規制を軽く見、とくに自分の気持ちにかかわる制約に軽蔑《けいべつ》的になります。

その結果、タイプ4は人生の多くの一般的な側面、たとえば生活費を稼いだり、規則正しい仕事習慣などを、自分探しの妨げとして見るようになります。彼らは、自分の気分や想像力にどこへであろうが自由にしたがっていきたいのです。ただし往々にして、何カ月も（もしくは何年も）インスピレーションが湧くのを待つことになります。実のところ、人生を無駄にしているのかもしれません。リーヴァは、次のように続けています。

自分には特別な権利があるという意識は、自分のことを優れていて、並外れて繊細だと考えることからきています。ですから、普通の人たちがしなければいけないことを自分がすることは求められていないはずです。とくに美学に反する不快なことは。ただし自分に特別な権利があるという感覚は、自分自身についての正反対の気持ちとも関係しています。つまり、自分は何らかの意味で劣っていて、能力がないということ。

大半の人にとって当たり前の日常的な能力がまったく断たれているのです。たとえば定職に就いているとか、安定し、充足したパートナーシップに恵まれているとか。

エクササイズ

自分が人と違うこと vs. つながること

私たちはみな個々の人間として、それぞれが生まれながらかけがえのない存在でありながら、お互いにかなり共通している点もあります。自分が人と違う点に自動的に焦点を合わせる傾向に気づきましょう。このことは、人とのつながりにおいてどのような代償をもたらしますか？　そうした傾向性は、自分にとって有益かもしれない活動を始めることを妨げますか？

美学と官能性により、気分を強める

「自分がやりたいときにやりたいことをする」

タイプ4は、自分が一体化（同一化）している感情を支える環境を培うことによって気分《ムード》を維持します。したがって、彼らは多くの場合、美的でエキゾチックなものに惹かれるのです。美しいものや音楽、照明、生地、芳香に囲まれますが、それらは自分の個性を反映するとともに、自分の気持ちを強めます。雰囲気やスタイル、そして「テイストがよいこと」が最重要になります。

身の回りや自分が使う物について、強いこだわりがあります。ペンや寝室の塗料の色、カーテン

の布地とその吊《つ》るし方についても、ぴったりでなければいけないのです。そうでなければ、通常の段階のタイプ4は落ち着かず、バランスが崩れているように感じます。さらなる気分——否定的なものですら——を維持したい欲求がそのままにされたなら、タイプ4はやめることがむずかしい破壊的習慣を頼りにするかもしれません。

たとえば安定した意味あるパートナーシップを得ることへの希望を失っていたら、代替としての快楽で気を紛らわせるかもしれません。身元を明かさないセックスやポルノへの執心、アルコールや薬物への依存、夜どおしテレビで古い映画を見るなど。多くの身勝手さや自分自身に与える免罪符により、タイプ4はさらに力を失います。

エクササイズ 「インテリア・デコレーション」

ある程度時間を取って、自分の家や職場、洋服ダンスを調べてみてください。あなたのお気に入りの「小道具」は何ですか？　何を使って「雰囲気づくり」をしますか？　あなたはその雰囲気にどのように執着していますか？　仕事のために「あるムードになろう」としてあなたは何か特定のことをしますか？　人と話すためには？　リラックスするためには？　運動したり瞑想《めいそう》するには？

「空想の自己」に引きこもる

「私には、誰も知らない秘めた自己がある」

フィーリング・センターのタイプはみな、自らの真の自己より望ましいと信じる自己イメージをつくりだします。より表に表現されるタイプ2とタイプ3の自己イメージに比べ、タイプ4は内在化された自己イメージをつくりだします。筆者はそれを「空想の自己《ファンタジー・セルフ》」と呼んでいます。

前述したように、通常の段階のタイプ4は、実際の技能を磨くよりも、自分の才能やこれからつくりだす傑作について夢想にふけることに時間を費やします。もちろん、通常の段階のタイプ4の必ずしもすべての自己イメージが想像の世界に存在するわけではありません。信頼できる人たちに提示してみる部分もあるでしょう。けれどもタイプ4が内なるアイデンティティのある側面を開示するときですら、大半の「空想の自己」は自分だけに秘めておくのです。「空想の自己」は、タイプ4に時折の仮面《ペルソナ》を与えますが、通常、大体において彼らの実際の才能とは無関係であるため、冷笑や拒絶の対象になりやすいのです。「空想の自己」は、タイプ4の感情的ダメージの深さに比して、尊大となる傾向があります。彼らは自らをほとんどマジカルな存在として見、一方で他者をきわめて平凡で劣っているとすら見なすかもしれません。彼らの「空想の自己」は通常、ハードワークや自制心をもってしてもほとんど実現不可能な理想化された資質に根ざしています。このように「空想の自己」は、まさにその性質からして実現不可能なものであり、タイプ4が自分自身の真の資質や能力を拒絶することに密接に関連しているのです。

タイプ4が「空想の自己」と深く一体化すると、自分のライフスタイル上の選択へのいかなる干渉も拒絶する傾向があり、人からの提案を、歓迎できない介入や高圧的プレッシャーと解釈します。実際、行動を求められるとその気になれず、社会的接触や仕事の締め切りをできるだけ長く引き延ばしたり避けたりしがちです。自分の行動に対するいかなる疑問に対しても、軽蔑や怒り、「傷ついた気持ち」で反応します。もっと関心やサポートを得たいと切望しますが、実際に可能な関心やサポートを受け取ることは非常に困難です。

エクササイズ

自分の本当の才能を発揮する

どのような資質を自分がもちたいと夢想しますか？　そうした資質の中で、どれを実際に発達させることができるか気づきましょう。たとえば音楽については、ある程度の才能が必要だというのは本当です。けれどもそうした才能はすべて、練習や鍛錬を通じて伸ばしていかなくては実現できません。同様に、体型を保つには、運動やバランスのとれた食事を必要とします。あなたが望んでいるどの資質が、何をしても実現不可能でしょうか？　たとえばもっと背が高くなりたい、違う経歴がほしいといったように。こうした資質の何に惹きつけられるのでしょうか？　そうしたものになりたいと願う中に、自己否定を感じられますか？　あなたが実際にもっている資質に価値を感じることができますか？

「人は私に対して、とても残酷で無神経だ」

過感受性

たえざる夢想や自己陶酔、否定的比較により、タイプ4は現実に根ざした行動から離れ、感情や気分を高めます。その結果、過敏になったり、気難しくなったりし、ちょっとしたできごとや人からの何気ない言葉でも、大きな感情的反応を引き起こすかもしれません。

　タイプ4がより自己陶酔的になるにつれ、人の発言のみならず、自分の感情的反応一つひとつの中にある隠れた意味を探します。前日や前年にさかのぼり、想像の世界で会話を再生することで、ほかの人が本当は何をいおうとしていたか理解しようとするのです。罪のない言葉を、密《ひそ》かな侮辱であると感じるかもしれません。たとえば、「痩《や》せたね！」という言葉は、「彼女は私のことを太っていると思っていたということね」となってしまいます。もしくは、「弟さんは、才能ある若者ですね」といわれたとしたら、彼に比して自分がいかに才能に恵まれず、不十分かをいわれている気になるのです。

　こうした考え方をする通常のタイプ4は、きわめて非協力的で怒りに満ちています。そのため、友だちをつくりにくかったり、人間関係がむずかしくなります。それでもこうした資質は、タイプ4の「繊細」「人とは違う」という自己イメージと一致しているため、本人にとって過感受《ハイパーセンシティ》性《ヴィティ》は、否定的なものや厄介なこととしてはなかなか認識されません。

エクササイズ

現実確認する

人があなたを批判しているとか拒絶していると感じているとき、その人に「現実確認《リアリティ・チェック》」しましょう。相手がどういうつもりでいっているのか、明確にすることをお願いしてください。そして相手がただ感じたままにいっている可能性を認めましょう。人のしぐさや意見の一つひとつに対して「過剰解釈」したり、「読みすぎ」になることを避けてください。あなたのことをそれほど細かくチェックしているわけではない可能性が高いでしょう。それから、あなたがどれほど人に関心があるか、またあなたがその人たちに対してどのような性質の意見や考えをもつかにも気づいてください。もし彼らがあなたに対してそうした意見をもっていたとしたら、あなたは受け入れられますか？

自己陶酔と自己愛

自意識や社会的不適応、そして関心を得ようとする微妙なやり方というものは、フィーリング・センターの三つのタイプすべてに見られる自己愛に関連しています。タイプ２とタイプ３における自己愛《ナルシシズム》というものは、人から認められたい、関心を引きたいという衝動に直接的に表れます。タイプ４の自己愛は、自己陶酔において、また自分の気持ちの一つひとつに見出《みいだ》す多大な重要性において、間接的に表現されます。こうした精神状態は、壊滅的な影響を与えるような自意識につながる可能性があります。

タイプ4はあまりにも自分の繊細な気持ちに意識を向けすぎ、自らのあらゆる感情的ニーズをサポートするよう要求することを、完全に正当化します。それと同時に、人の気持ちについては驚くほど気づかないことがあります。彼らは自分の気持ちや夢、問題についてこと細かなことを際限なく語りますが、人の気持ちや問題について知ることに関心がないことが多いのです。実際、自己陶酔的なタイプ4は、自分の気持ちのうえでの差し迫った関心事に直接関係ないことには、注目しにくいのです。自分自身の苦しみに耐えるだけで精一杯であると感じます。

タイプ4が自己陶酔的になっている確かな兆候というのは、嫌な気分にずっととどまる傾向性です。共感を求めて、自分が傷ついた感情をさらけだす（さまざまな表し方で不機嫌になったり、落ち込む）傾向があり、人生において不当に扱われていると強く感じます。とくに親や現在、自分に対応している人たちに対して。タイプ4にとっては、自分が与えられるべきものを誰も与えてくれない、もしくは自分の特別な状態やニーズ、苦しみに気づいてくれないように思えるのです。誰も自分の深みや繊細さをわかってくれないと。したがって彼らは、自分を憐《あわ》れむ気持ちに浸り、自分には人生を軌道に乗せる力がないのではという恐れを強めがちです。

通常の段階のタイプ4は、自分の気分や感情的反応からいったん抜け出せなくなると、一般的に人から離れます。それはさらに人に自分をさらすことから、そして侮辱されたり拒絶されたり、見捨てられるリスクを冒すことから自分を守るためです。けれども距離を置くことで「現実確認」が少なくなり、自分の感情的反応についてどう思うかを人に尋ねることがむずかしくなります。タイプ4がコミュニケーションをとりたいと望む少数の人たちは、彼らが本来かかわる必要がある、腹立ちを覚えたり、気持ちの問題を抱える相手と同じであることはほとんどないのです。

エクササイズ　**なぜ距離を置くのか**

あなたがいつ、どのように人やイベントから身を引き、不必要にも自分自身をアウトサイダーにし、しようと思えばできるのに社会的・対人的催しに参加しないか、気づきを向けてください。それが落ち着いた心からもたらされるまっとうな選択であるときと、おそらくは子ども時代の問題からくる感情的反応であるときを区別できますか？　あなたは、自分の感情的反応を行動に表すのではなく、その根底に何があるかを見ることができるだけの時間をかけて、その反応とともにいることができますか？

「問題をもつこと」、「気むずかしいこと」にエネルギーをつぎ込む

奇妙に思えるかもしれませんが、タイプ４は実際のところ、困難を抱えることに無意識に執着します。通常の段階から不健全な段階にかけて、辛い気持ちや自己憐憫《れんびん》を手放すことにはかなり気乗りしない可能性があります。そうした気持ちがたえざる苦しみをもたらしているとしても。

ただし、その根源を理解することはむずかしくありません。子どもの頃のタイプ４は、情緒面の問題を抱えることによって、あるいは気むずかしかったり、不機嫌であることによって、家族の関心を引くことを学びました。多くのタイプ４は、自分が気むずかしくても相手が対応しようと努力

してくれるかを知ることによって、人からの愛を確認できることを学びます。
ただし、癇癪《かんしゃく》を起こすよりも、すねて数日間口を利かなかったり、家族旅行に行くことを拒否したり、まる一週間、黒一色の服を着るといったようなことが多いのです。不機嫌になることで、自分が何かに不満であることをみなに知らせます。それが何かをいう必要はなく、実際、タイプ４自身にもわかっていないかもしれません。突然に思える、暗くて厄介な気分に圧倒されることが多いのですから。

往々にして、こうした気分とあまりにも同一化しているため、まず気持ちに対処しなければ、ほかのことは何もできないと感じます。困ったことにタイプ４は、ほかの人に対しても、まず自分のケアをしてくれることを期待するのです。

才能あるミュージシャンであり、ウェブデザイナーでもあるウィリアムは、キャリアや対人関係において困難を生じさせた自分の感情の激しさについて、次のように語っています。

僕は、安定した自己感覚をもつことがめったにないんです。感情のバランスを保とうとするのに、多くの時間を費やします。感情面でバランスを欠いているというのは、苦しみのおもなもとになっています。自分がどのような感情面のニーズを感じているにせよ、人とつながりたい欲求とか落ち込みというのは、すぐに対応しなければならず、脇に置いておけないんです。自分がタイプ４であるのは好きですが、とても手間がかかる状況です。

しかしながら、助けが必要な人間として自分を示すことは、自分を助けたいと思ってくれる人の関心を得られることにもなります。その人が実際的なことの面倒を見てくれるおかげで、タイプ4は自分を見つける時間や空間を得るのです。残念ながらそのことは、彼らを個人としての責任感や、自分の価値やアイデンティティについての実感を与えてくれる体験から遠ざけてしまうだけです。こうしたパターンも子ども時代にルーツがあることは、すぐに見てとれます。

「誰もが自分を失望させる」

ウィリアムは、さらに次のようにいっています。

幼い頃、自分の部屋で毛布の上に寝ていたのを覚えています。眠っているふりをしながら、両親がドアを開けてきてくれることを願っていたんです。自分のことをとても可愛いと思い、愛を注いでくれることを空想しながら。私は気持ちのつながりを求めていました。それが私の食物なんです。自分が親に愛されていることはいつもわかっていましたが、私の中の一番深くて大切な部分を親が受けとめてくれることはあまりありませんでした。

通常の段階のタイプ4は、人から離れたり、激しい感情を表現したりすることによって人を追い払いますが、まさにこうした行動を通じて関心を強く求めているのです。タイプ4はさまざまな方法で、特定のかかわり方のルールに固執し、周囲の人に薄氷を踏む思いをさせます。「その話題は避けたほうがいい。またメリッサの機嫌を損ないたくはないから」というようになるのです。自分を放っておいてとドラマティックに要求すること自体が、関心を求め、自分を追ってほしいと誘っているのです。人から離れるタイプ4は、誰かが自分の孤独の巣にまで追ってくることを密かに願っています。

エクササイズ　**ドラマの代償**

多くのタイプ4は、人と激しく衝突し、それから仲直りして再びつながるというパターンに陥ります。重要な関係において、自分がドラマをつくりだす傾向に気づいてください。あなたが本当にフラストレーションを感じているのは、何に対してでしょうか。相手からどのような行動を引き出そうとしていますか？　このパターンにより、あなたが愛している人を真に遠ざけることにどれだけ近づいていますか？

◉警告信号：苦境に陥ったタイプ4

タイプ4が対応能力をもたず、適切なサポートも受けずに深刻な危機に陥ったり、子ども時代に慢性的な虐待を受けていたとしたら、ショック・ポイントを越え、不健全な段階に突入するかもしれません。それにより、自分の空想や感情への耽溺《たんでき》が人生をだめにし、せっかくの機会をむだにしているのではないかという恐ろしい認識に至るかもしれません。

タイプ4がこうした恐れの中に潜む真実に気づくことができれば、人生を変え、健全で解放された状態に向かうかもしれません。もしくは逆に、自分自身についての空想や幻想にもっとしがみつこうとするかもしれません。

そして、自分の感情面のニーズを支えてくれないのであれば、誰であれ何であれ拒絶しようとするかもしれません。「あの人たちはみな、雑で利己的だ──誰も私を理解してくれない」「仕事を見つける必要があるのはわかっている。ただ気が進まないんだ」というように。

タイプ4がこうした態度に固執しつづければ、不健全な段階に入っていくかもしれません。あなた自身もしくは知っている人が、二～三週間以上の長きにわたって次のような兆候を示していたら、カウンセリングやセラピーなどのサポートを得ることを強くお勧めします。

警告となる兆候

▼自己や他者からの抑圧的疎外感
▼極端な感情的不安定さと敏感さ（躁《そう》的反応ではない）
▼不安定な関係による一～二人への依存
▼怒り、敵意、憎悪の噴出

考えられる病理：

深刻なうつ病
自己愛性パーソナリティ障害
回避性パーソナリティ障害

▼長期的・慢性的抑うつと絶望 ▼自己破壊的行為および肯定的影響の拒絶 ▼死や病的状態、自己嫌悪への執着	激情犯罪——殺人と自殺

◉タイプ４の強みを生かす

「私は私でなければ」

タイプ４は、魂の海を深く潜るダイバーです。魂の内界を探索したあと浮上し、見つけたものを報告します。人間のありようについて、鋭い真実を伝えることができます。その伝え方は深遠で美しく、心を打つものです。

タイプ４は根本的な方法で、人間のもっとも深い部分——それはわれわれについて、きわめて個人的で密やかで尊いものでありながら、逆説的にもっとも普遍的——を想起させます。自らの内面の状態、すなわち意識下の気持ちや衝動に同調することにより、タイプ４は通常、きわめて直感的です。それは自己発見や創造性を養う態度です。知的才能に恵まれるかもしれませんが、瞬間瞬間に自分自身や周囲について直感的に感じることをおもな頼りとする傾向があります。

往々にして、タイプ４は自分がどのようにして洞察を得られるのか、よくわかっていません。自分の意識の内なる動きは、神秘的で驚くべきものであると知ります。

同時に、健全なタイプ４は、自分のことを深刻に受け止めすぎることがありません。往々にして皮肉となる、鋭いユーモア感覚があり、自分自身の弱点を優雅さや軽やかさをもって見ることができます。彼らの人を動かす表現力やユーモア感覚は、人と仕事をするうえでも、自分自身を癒《いや》すうえでも、強力な利点となり得ます。

タイプ４は、唯一のクリエイティヴなタイプというわけではありません。どのタイプも創造的になり得ます。ただしタイプ４は、特有の創造性をもっているのです。それは「個人的創造性」というもので、基本的に自伝的なものです。タイプ４の創造性は概して、自らの歴史、そしてとくに自分の家族や愛する人、過去のさまざまなできごとが彼らにどう影響を与えたかについて、自分が感じる世界を探求するというものです。だからこそ多くの脚本家や詩人、小説家がタイプ４なのです。

健全なタイプ４は、自らの魂の深みを分かち合うことによって、探し求めているミラーリング（自分のことを理解してくれて、あるがままの自分のよさをわかってもらえること）を受け取るのです。そうすることで、自らの本性はその根底において、ほかの人と変わりがないことをほっとする思いとともに発見します。自らの内面とのつながりは、疎外の源ではなく、人とつながり、建設的にかかわる方法なのです。

◉性格（パーソナリティ）から本質（エッセンス）へ

変容のプロセスにおいて、タイプ4は特定の自己イメージ――人よりも本来的に欠陥があり、人がもっているものが欠如している――を手放します。彼らはまた、自分は何も悪くないことを理解します。ほかの人とおなじくらいよい存在なのです。そして悪いところがなければ、誰も彼らを救う必要はありません。彼らは自分自身を支え、自分自身の人生を創造することができるのです。真実の自己は、それをつくりだしたり、維持するようなことは一切していないときにもっとも明らかであることを、タイプ4は発見します。いい換えるならば、「自分である」ために特別な取り組みを必要としないのです。

この段階において、タイプ4はもはや自分が人とは違うとか、特別であると感じる必要はありません。宇宙は、唯一の存在を創造したのです。そして彼らはほかのあらゆるものの一部。孤立していたり、ひとりではないのです。人生はもはや重荷だったり、耐えるべきものではありません。彼らはまた、おそらく初めて、過去の痛みや苦しみのすべてをありがたく感じます。なぜなら、そうしたものはそれなりの方法で、今の自分になることを可能にしたからです。「自分が何者であるか」は依然として謎です。おそらくこれまで以上に謎でしょう。けれども解放されたタイプ4は、自分のアイデンティティについての先入観にしがみつくよりも、瞬間瞬間に対して心を開き、その瞬間がもたらす自己の刷新を体験します。

ひとたび根元的恐れから解放されたなら、タイプ4は自らがアート作品となります。そして自分自身の中に豊かに存在する美の代替としてのアートはもはや必要ではなくなります。

自らの本質的自己に気づき、感情的反応に巻き込まれることから解放されているため、現実のたえまなく変わる本性により深くつながることからインスピレーションを得、喜びを感じます。

◉本質（エッセンス）の浮上

タイプ4が明らかにしてくれる根本的真実は何かというと、私たちの真の自己は固定的特質ではなく、つねに変容し、刷新しているプロセスであるということです。私たちの本性の現れは、たえず生起し、別のものに変容しています。それは驚異的で予想もつかないものです。マジカルな万華鏡のように。タイプ4のこころ《スピリチュアル》の取り組みは、万華鏡的自己をスナップ写真にし、額に入れて壁に飾ることにあるのではありません。本当の自分というのは、自らが想像するいかなるものよりもはるかに美しく、豊かで心満たす体験の流れであることを、タイプ4は発見します。

この流れとの親密なつながりの体験は、私たちを人との、そしてスピリチュアル・リアリティのより微妙な側面とのさらに深いつながりに開きます。こうしたつながりには、つねに個人的な感覚があります。つまりかけがえのないものであり、その瞬間のものなのです。ある意味でタイプ4は、個人的自己と、私たちの本性についてのより普遍的な側面との一体性に気づかせてくれるのです。

したがって、タイプ4の特別な本質的資質は、聖なるものの個人的要素の体現です。私たちの中にある永遠なるものは、個人的体験を通じて世界を体験します。私たちの魂の根本的な側面は、

「深く心に感じる力《インプレッショナビリティ》」です。つまり心動かされ、体験から成長する力のことです。

私たちがオープンで、「今、ここ」に在るとき、私たちの心は自らの体験に影響を受け、変容させられます。実際のところ、人生に真に心動かされることを自分自身に許す度に、私たちは深遠な方法で変化させせられます。そして最終的には、心を動かし、変容させることこそ、あらゆる創造的自己表現がねらいとしていることではないでしょうか。

タイプ4が自らの本性に留まるとき、本質のダイナミクスの一部であるたえまない創造性や変容とひとつです。タイプ4は根本的には、創造を象徴しています。それは永遠の今において、変化する宇宙のたえざる現れ。この象徴であること、ほかの性格タイプにも聖なる創造性に参加していることを思い出させることは、タイプ4のもっとも深遠な才能です。

訳注1：「ミラーリング」とは、心理学用語である。子どもに対する母親あるいは父親、ないしは周囲の大人の反応が、子どものありようを鏡のように映し出すと考える。たとえば子どもに対して母親が微笑みかけるという肯定的な反応をするとしたら、それは子どもが肯定的な状態あるいは存在であることを示す。母親が温かく、受容的に鏡となって「映し返し」を行うことで、子どもは自分が大丈夫であり、自分らしくいられると感じる。とくに幼いとき、自立していく過程の中で、こうした肯定的なミラーリングが重要となる。

訳注2：基礎編208ページ「妬みと否定的比較」の項も、成長のためのチャレンジとして、自分のパターンに気づくために重要である。

訳注3：ギリシャ神話に出てくるセイレーンは、上半身が人間の女性で下半身は鳥という海の妖精《ようせい》である。海の航路上の岩礁にいて、近くを航行中の船の船員を甘美な歌声で誘惑し、遭難させてしまうとされる。

第八章　タイプ5・調べる人

◉子ども時代のパターン

タイプ5は、子ども時代に家族の中で安心感を得られなかったと説明することがよくあります。親から圧倒される危険があると感じ、自分が安心していられ、自信をもてる方法を探しはじめました。まずは家族から離れ、自分自身の個人的空間に（身も心も）退きます。二番目としては、自分の個人的・感情的ニーズから「客観的」なものへと注意をシフトします。

典型的なタイプ5の子どもは、ひとりで多くの時間を過ごします。静かな子どもで、ほかの子たちと遊ぶのを避け、代わりに読書や楽器の練習、コンピュータ、昆虫や植物の採取、ボードゲーム、化学実験キットで思考や創造の世界を満たします。

特定の分野（スペリングや数学など）において並外れている子どものタイプ5が、ほかの基本的な活動（たとえば自転車に乗る、釣りに行くなど）をやってみさえしないことは、よくあります。彼らの家族、とくにタイプ5の子どもにもっと「普通《ノーマル》」であってほしいと望む気がかりな親は、社会活動に参加させるべくプレッシャーをかけようとするのが常です。そうした努力は通常、強い抵抗を受けます。

マイケルは優秀でしたが、子ども時代に孤立していました。そして親からですら、自分の知的才能に対してさまざまに戒められたのです。

子どものときの自分にはアレルギーや多くの呼吸器感染があり、八歳以前には学校に行けずに家にいました。その結果、じっとしていたり本を読んだりし、ほかの子どもたちと遊ぶ時間はあまりありませんでした。私は不器用だったのですが、そもそも大半の子たちがやりたいと思うことを自分はやりたくなかったのです。そのため私は、鼻をたらしたオタクの本の虫として知られるようになりました。

タイプ5の想像力は、創造性や自尊心の源になり得ますが、ほとんどいつもその中に生きていることは、自分自身や世界についての不安をかき立てます。幼いタイプ5は、たんに周囲の世界を驚異的なほどの明晰《めいせき》さをもって見るということではありません。頭の中でさらに複雑化するのです。それは善くも悪くも、のちに甚大な影響を及ぼす能力です。

メイスンは建築家であり、コミュニティ・プランナーですが、最終的に頭の中の世界に引っ込んでしまうことになった困難なできごとについて、次のように思い起こしています。

私は五人兄弟の末っ子で、盲目の父と愛情あふれる母がいました。母は子どもたちと夫の面倒を見るのに忙しく、私と過ごす時間はあまりありませんでした。私には焼きもちを焼く姉がいて、たえず私に対し、「お前は間違って生まれてきた。誰もお前を望んでも愛してもいない。お前は死ぬか、いなくなるべきだ」といっていました。あたかもそれが真実であるかのように私は自分の人生を生き、親やきょうだいに対しては、相反する感情のある関係でした。私はただ耐え、自分自身の現実世界を創り、自分が自分でつくりだした世界のリーダーであるかのように空想しました。

したがってタイプ5は、自分の関心事を誰かの要求やニーズ（とくに感情面のニーズ）によって妨げられることなく追求できるよう放っておいてもらいたい以外には、人に何も期待しません。それはまるでこういっているかのようです。「私にあまり求めなければ、私もあなたにあまり求めません」。したがって、タイプ5が自立――あるいはおそらくより正確には、「立ち入られないこと」――を求めるのは、安全、そして自分が自分の人生をコントロールしているという感覚を得る方法としてなのです。

また、タイプ5は立ち入られないことによって、いずれ人とつながる準備ができたと感じるときに提供できるものを発達させる時間を得ることができます。たとえばピアノを学ぶのはおもに楽しく、自分ひとりの時間がもてるからかもしれませんが、さらにピアノは自信を与え、家族の中の居場所を提供してくれます。音楽は人との架け橋になり得ますが、それはまた人から姿を消す方法でもあります。つまり、誰かと話す代わりに演奏するということができるのです。

心理学的にいうとタイプ5は、子ども時代の分離期から抜け出せずにいます。この分離期というのは二～三歳半頃で、子どもが母親から自立して活動することを学んでいる時期です。理由はどうあれ、幼いタイプ5は、自立する唯一の方法とは自分が母親のケアや気持ちのつながりを欲しないことであると感じました。したがって幼くしてタイプ5は、自分の頭の世界に留《とど》まることで、自分にニーズや切望があるという痛みを伴う感覚を切り離すことを覚えたのです。

ケアを受けることから自分自身を切り離すことを学ぶ——欲求があることすらも——ということは、さらに傷ついたり、フラストレーションを抱くことから自分自身を守る方法となります。このことは大人のタイプ5にとって、重要課題になります。また、人ともっと気持ちのかかわりをもつことに気が進まない理由の説明にもなっています。自分の頭の中という安全から離れ、体と気持ちに再び根ざすことは、幼い自分の原初のフラストレーションや苦痛を再体験することになります。こうした気持ちは、タイプ5の自信の礎である思考を集中的に使う能力を完全に圧倒してしまうことになるため、感じないように自分を強く防衛するのです。普通のことを欲しすぎるのさえ、彼らの内面の安全を揺るがしかねません。

したがって大人のタイプ5は、自分がもっとも欲することを避けながら人生を歩みます。自分が切望するものを抑圧し、関心事や趣味、創造性の中に、代わりの楽しみを見出《みいだ》します。

◉自己保存的タイプ5

「孤立と蓄え」　通常の段階における自己保存的タイプ5は、自分のニーズを削ることによって、自立と分離を実現しようとします。自分のエネルギーの使い方を非常に気にし、どのような活動や関心事を行うかをよく考え、それに見合うだけの十分なエネルギーが自分にあるだろうかと疑問を投げかけます。ないのであれば、その活動はやめます。

自己保存的タイプ5はまた、人をあまり必要としないように、エネルギーや資源を節約します。できるだけ周囲の環境から得るものを少なくしようとするのです。したがって、彼らは自分の世界を非常に大切にし、自宅や仕事をする空間を守るのです。

自己保存的タイプ5は、すべてのタイプの中でも真にひとりを好むタイプです。孤独を愛し、概して社会的接触を避けます。人に圧倒されやすく、とくにグループにおいてそうといえます。フレンドリーで饒舌《じょうぜつ》にもなりますが、人となかなかかかわらず、社会的かかわりによって疲弊したと感じることがよくあります。そうすると、充電するために自宅の空間で過ごす時間が必要となります。自分に期待がかかることに非常に怒りを覚えることもあります。往々にして、自分のニーズを最小限に抑える方法を見つけます。より少ないお金で生きていくためであり、それにより、自らの自立とプライバシーが妨害されないようにします。彼らはまた、タイプ5の中でもっともクールです。友人や親しい人たちに対して温かくもなりますが、概してドライな傾向があり、人に対して自分の気持ちを表現することがとてもむずかしいのです。

不健全な段階において自己保存的タイプ5は、エキセントリックな引きこもりになり、社会的接触を避けるためには、どんなことも厭《いと》いません。孤立することで、思考の歪《ゆが》みや妄想にも至ります。とくにウィングが6であれば、パラノイア的傾向を示すこともあります。

◉社会的タイプ５

「専門家《スペシャリスト》」　通常の段階において社会的タイプ５は、人とかかわりをもち、知識やスキルによって、自分自身のための社会的ニッチを見つけます。自分のことを「知恵のマスター」であるとみなし、特定の専門分野において欠くことのできない存在になりたいのです（たとえば職場で唯一、コンピュータの問題を解決する方法を知っているなど）。

社会的タイプ５は、タイプ５の中でもっとも知的で、アカデミックな世界や科学技術そのほかの専門性の高い分野に魅力を感じることがよくあります。彼らはシャーマンがもつ社会的役割を果たし、部族社会の境界に住む賢者で、秘められた知識を持ち帰ってくるのです。社会的タイプ５は、重みのあるテーマや複雑な理論について語ることを好みますが、通常、世間話には興味がありません。討論したり、社会を批評したり、トレンドを分析することで人と交流します。

健全度がさらに下がると、専門家としての役割でしか人とかかわることができません。自分が集めた情報を、力を行使する方法として取引の材料にします。知的ないしアーティスティックなエリートの一部たらんとして、社会的な野心を抱くこともあります。自分の仕事を理解できない人たちに対して「時間を浪費」したくありません。

不健全な段階において社会的タイプ５は、極端で挑発的な見解を表現する傾向があります。往々にしてアナーキーで反社会的。烏合《うごう》の衆にすぎないと思しき人類に冷笑を浴《あ》びせます。社会や現実について奇妙な理論を発展させることもあります。ただし、自己保存的タイプ５とは異なり、そうした理論を人に提案しなければ気がすみません。

◉ 性的タイプ5

「これが私の世界」　通常の段階において、タイプ5の分離と回避の特徴は、強烈なつながりを求める性的本能の欲求と矛盾することになります。

性的タイプ5は、親密な相手と秘密の情報を共有することを好みます。「これについては、誰にも話したことがないんだ」というように。ただし彼らは、自分が魅《ひ》かれる相手を追いかけることと、社会的スキルにおける自信のなさとの間に、つねに一定の緊張を感じます。したがって性的タイプ5は、人と強烈にかかわりたいという衝動に駆られる一方で、不安をもち、即座に引こうとする傾向があります。ほかの二つの本能型よりも親しみやすく、話し好きですが、突然いなくなり、一定期間姿を見せず、ほかの人に驚きや狼狽《ろうばい》を与えることもあります。

誰かに恋愛感情を抱くとき、タイプ9のように、非常にオープンで相手に溶け込みます。一方、自分がないがしろにされている、誤解されていると感じると、すぐによそよそしくなることもあります。人と強くつながったかと思うと、長期にわたって孤立することも。

性的本能は知性と合わさり、強烈な想像力を生み出します。性的タイプ5は、もうひとつの現実《オルタナティヴ・リアリティ》を創造します。それはさまざまな個人的「世界」であり、親しくなれそうな相手に示すのです。自分の奇妙さに興ざめすることのない、理想的なパートナー、一生の相手を探しています。「この強烈さは怖い？」と相手を試すのです。強いセクシャリティにより、性的タイプ5はリスクを冒して気持ちのつながりを求め、たえざる精神活動から解放されます。セクシャリティは、自分自身を地に足つける方法となるのです。

ただし、健全度がさらに下がって想像力とセクシャリティが合わさると、ダークでフェティシズム的にもなります。不穏な空想や夢の中で自分を見失うことがあるのです。

不健全な段階においては、失った愛への切実な思いと拒絶された感覚により、性的タイプ5は孤立や自己破壊的行動に至ることがあります。往々にして、のぞきの感覚で危険なライフスタイルに引き寄せられます。社会の暗部に惹《ひ》きつけられるかもしれません。

◉成長へのチャレンジ*訳注1

大半のタイプ5は、人生のどこかの時点で以下の課題に遭遇します。これらのパターンに気づき、「その瞬間の自分をキャッチ」し、人生のできごとに対する自分の根底にある習慣的反応をただ理解するだけで、性格タイプのマイナス面から自分を解放するための大きな助けとなるでしょう。

タイプ5にとっての「目覚めの注意信号」：頭の中に退く

タイプ5が人や状況に圧倒されるように感じるときはいつでも、反射的に自分の感覚や感情との直接的かかわりから離れ、頭の中の世界に退いていきます。実際彼らは、より客観的に自分の状況について判断できる、見晴らしのきく地点を見つけようとしているのです。

タイプ5がこのように頭の中の世界に入っていくときは、自分が体験していることと直接的につながることをやめ、その体験について頭の中で解釈することを増やします。体験を概念に変えたうえで、そうした概念がどのように現実についてのこれまでの自分の理解に適合するか、確かめるのです。

たとえば心理学者のタイプ5は、友人と心地のよい会話をしていて、相手の話を聴くよりも、その人の考えや感情について、特定の心理学的構造の観点から分析している自分を突然発見するかもしれません。また別のタイプ5の例としては、休暇中の大半、リラックスしたり旅を楽しんだりするよりも、小説を書くために、その場について頭の中でメモを取っているかもしれません。

エクササイズ　世界と再びつながる

あなたが今いる部屋を見回してください。そしてあなたのインナー・ワーク・ジャーナルに、これまで気づかなかったあらゆることをリストアップしてください。自分が見落としていたことは何でしょうか。その部屋について、どのくらいの数の新しいものや色、不規則なもの、特徴に今、気づくことができますか？　私たちが「今、ここ」にいるとき、あらゆるものに気づきます。けれども頭の中に入ると、あまり気づきません。

あなたが新しい場にいるとき、いつでもこのエクササイズを実践してみることができます。ただしまずは、自分自身や呼吸を感じることで、「今、ここ」にいる必要があります。そのうえで、今まで一度も見たことがないかのように、今いる世界を見てください。もしあなたがタイプ5であれば、このエクササイズを使って世界と再びつながり、あなたの「目覚めの注意信号」を「活用する」ことができます。あなたがタイプ5でないなら、タイプ5であるとはどのようなものか、もっとよくわかるでしょう。

タイプ5の連想や意見、アイディアといったものは、時間の経過とともに、筆者が「内なるティンカートイ（組み立てブロック玩具《がんぐ》）」と呼んでいるものにまとまりはじめます。

このティンカートイは、タイプ5の主要な現実となり得ます。そのフィルターを通じて、彼らは世界を体験するのです。次第に新しい考えを追加し、古い考えを再構築し、こうした知的ワールドのさまざまな部分がどのようにまとまるかを確かめてみることが、タイプ5の気晴らしとなります。

新しい考えを始終見つけることはうまくできるため、そのことは自尊心を支え、自己防衛する強力な方法となります。けれども、自分の関心をより全面的に「内なるティンカートイ」に注ぐことで、タイプ5は世界を直接体験するよりも、抽象化し概念化します。そしてこのことは必然的に、本質的導きとのつながりを喪失することに至ります。

端的にいうならば、考えと戯れることにより、タイプ5は一時的に自信をもつことができますが、リアルな世界におけるリアルな問題への解決を得ることにはならないのです。

社会的役割：専門家

タイプ5がより不安になるにつれ、「専門家《エキスパート》」という役割を通じてでなければ、人とかかわることがよりむずかしくなります。

「根元的恐れ（自分が無力で非力で、無能ではないか）」ゆえに、もっと自信をもちたい、そして自分を活かす所《ニッチ》をつくりたいのです。彼らはそのために、自分がかかわっている人たちの誰も知らないような情報を得ます。たとえばチェスの極意、占星術の神秘的な側面、エニアグラムといったように。彼らはまた、自分独自のクリエイティヴな領域をつくりだすかもしれません。

ただし、チェスについて多くのことを知っていても、自分がかかわっている人たちのうち誰かが同じくらい習得すれば、十分ではありません。通常の段階のタイプ5は、チェスの理解において誰よりも優れていなければならないか、別のゲームを見つけなければいけないのです。もしかしたら、インカ人がしていた無名のゲーム、あるいは非常に複雑なコンピュータ・ゲームかもしれません。

タイプ5は、より多くの時間を自分の関心事に費やしながら、自分が習熟していない多くの人生の領域にも気づいています。頭脳明晰な物理学者やホラー小説の優れた作家であったとしても、料理や車の運転、いい関係を築くといったことができないことを完全に埋め合わせられるわけではありません。身体活動や運動競技は通常、タイプ5にとって恥の感覚を生み出します。自分が習得できなかったものを思い出させるのです。

社会活動などの対人関係も素っ気なく扱うかもしれません。二～三回デートに行って、何らかの傷つく体験をすると、またデートするリスクを冒すまでに、何年もかかるかもしれないのです。このパターンが続くと、タイプ5の世界は、自分にとって安全と感じる数少ない活動に縮小します。

エクササイズ　真に自身を育むものは何か

特定の関心領域に自分が依存する傾向性に気づいてください。そうした専門分野をもつことで、自分自身についてどう感じますか？　この分野について語ることなく、人とかかわるとしたら、どんな感じですか？　自分が関心を払っていない別の領域で、恥や不安の感覚をもたらすものはありますか？　こうしたほかの領域を発達させずに、自分の得意分野《ニッチ》に集中しているのでしょうか？

完了できない：準備モード

「もっと時間が必要だ」

通常の段階のタイプ5は、往々にして「準備モード」に陥ります。より多くの情報を集めるか、延々とシミュレーションしますが、行動に移すだけの準備ができたと感じることはありません。細かい調整や分析によって細部にはまり込み、木を見て森を見ずということになります。スタートラインに立つ十分な準備ができていると感じません。それは、画家が絵を描きつづけるけれども展覧会を開くことに躊躇《ちゅうちょ》する、あるいは学生が次々と学位取得を目指しながら、卒業したくないというようなものです。

タイプ5は、必ずしも自分の水面下の不安に気づいているわけではありません。自分のプロジェクトが終わっておらず、微調整のための空間と時間がもっと必要だとただ感じることのほうが多いのです。自尊心のかなりの部分が自分のプロジェクトにかかっているため、自分の仕事が人に拒絶されたり否定されることが非常に不安です。けれども、もっと準備する必要があるといつも感じることにより、何年も足踏みすることがあります。ある日、自分が準備をするばかりで、実際に人生を生きていないことに目覚めるかもしれません。

基本的にタイプ5は、「何かに熟達したら、大丈夫だ」という繰り返される超自我のメッセージにより、動けなくなるのです。けれども彼らはどれだけの知識を必要とするのでしょう?「熟達した、これから行動に移せる」ということを誰が、何が教えてくれるのでしょう? 熟達したことはどのように維持できるのでしょうか。

エクササイズ　自分の考えを結実させる

概念に磨きをかけるのをやめ、実際に行動に移すとき、あなたはもっとも能力を発揮します。できる限り自分の考えを共有できる人たちを見つけてください。あなたの活動に興味をもっている創造的あるいは知的な仲間のグループが、物事を進めつづけるうえで助けになってくれるでしょう。また、協力して働くことにあなたがあまり乗り気でなかったとしても、「準備モード」に陥るのを防ぐうえで、非常に役立つ可能性があります。

「外に出るのは安全だろうか？」

「超然」と「遊離」

タイプ５はほかのどのタイプよりも独立していて、独特です。もっとも適切な呼び方としては、「孤独が好きな人」、そして「不適応者」ともいえるでしょう。だからといってつねにひとりでいたいわけでも、人と一緒に過ごしているときに素晴らしい話し相手になれないわけでもありません。タイプ５は、知性や関心事ゆえに尊敬できる人を見つけると、つねに話し好きになり、人づきあいがよくなります。なぜなら、自分の意見を評価してくれる相手と、自らの洞察や発見について共有することを楽しむからです。

しかしながら、自分の知識を共有したいということは、自分自身についての情報を共有したいということと同じではありません。自分がアウトサイダーであるように感じながらも人から受け入れられることを切望しているタイプ４とは異なり、タイプ５は人とつながっていないことについて、意識のうえでは、苦悩しているわけではありません。彼らはそれについてはあきらめており、自分の関心をほかに集中します。自らの孤立は避けがたいことだと感じるのです。人生はそんなものだと（ティム・バートン監督の映画、『シザーハンズ』は、タイプ５のこうした内面を見事に描いています）。

彼らの感情面のニーズや欲求は、深く抑圧されているのです。当然ながら自己防衛の奥で、タイプ5は心の痛みを感じますが、自分が機能できるように、孤独であることについての気持ちを切り離すことができるのです。
成功したビジネスマンであるリチャードは、感情を出さないということを、子ども時代にさかのぼって語ってくれました。

僕の超然とした性格の多くは、軍隊にいたために幼少期に不在だったことが多かった父、あるいは四番目の子どもである僕の面倒を見ることよりも社会生活に関心のあった母と、かかわっていなかったことによると思います。家族の中でいわれる話としては、僕は「意図せずしてできた子」。母は、母親らしきことは上の三人の子でもう終えたということなのです。そのため、僕はかなり幼い時期から、自分のことは自分でやっていくことを学びました。気配を消し、自分の存在を気づかれないようにすることがかなり得意になったんです。

タイプ5はタイプ9同様、人といるときに、自己感覚や自分自身のニーズを維持することがむずかしいのです。ただしタイプ9とは異なり、人を避けることによって、自分の優先順位や自己感覚を取り戻そうとします。人と一緒にいることで知的明晰さが鈍り、楽しんでいたとしても、負担に感じます。こうした理由により、通常のタイプ5は、人とのつきあいの大半がエネルギーを消耗するものに思えてきます。人が自分に反応を求めてきても応《こた》えられないように感じるのです。マークはこのテーマに関して、かなり率直です。

人に対応することは時に困難です。しかもそれはいつも、自分に期待がある人たちに対応するということなのです。妻にとってはかなり迷惑なことなのですが、ふさわしい話し方や行動、服装、ふるまい、反応をしなければならない（つまり、社会の期待に応えなければいけない）ということは、自分にとっては得意だった例《ためし》がないのです。社会的に受け入れられるには努力を必要とするけれど、「そもそもなぜ努力しなければいけないのか」と思ってしまいます。

タイプ５は、実際には非常に深い気持ちをもっているかもしれませんが、それは地中に埋められており、あえて手つかずになっています。実際、タイプ５が多くの人間関係を避けるのは、こうした気持ちに圧倒されないためです。

大半のタイプ５は、自分を助けようとする人たちを遠ざけるでしょう（救われるということは、自分の無力さや無能さが際立つことになり、根元的恐れを強めてしまうのです）。救う側が隠れた動機があることをほのめかしたり、何らかの形で操作的である場合、とくにいえることです。タイプ５は、自分自身のニーズもうまく扱えないのに、ましてや人の認識されていないニーズに対処できるとは思いません。

エクササイズ　孤立のルーツ

あなたのインナー・ワーク・ジャーナルに、孤立についての観察を記録しましょう。どのような状況により、あなたの気持ちが離れるでしょうか。このようなとき、どのような態度を人に対して取りますか？　社会生活に対しては？　自分自身に対しては？　子ども時代のできごとで、自分の中のこうした傾向性が強まったと感じることはありましたか？人のニーズに巻き込まれたり、立ち入られたと感じましたか？　今度人といるとき、自分の気持ちが離れたり、孤立しているように感じていることに気づいてください。人とかかわりながら、自分の存在意義を失わないようにするには、何が必要でしょうか。

自分のニーズを最小限に抑える：「体から分離した頭」になる

「あまり多くのことは必要としないが、自分の空間《スペース》は必要だ」

思考タイプは戦略《ストラテジー》を立てることで、内なる導きの喪失を埋め合わせしようとします。タイプ5の戦略は、人生にあまり多くを求めないことによって生き抜くことです。その代わりに人も自分に多くを求めないことを望みます。無意識のうちに、自分は人に提供できるものをあまりもっていないと感じることがよくあります。

彼らは、自分のニーズを最小限に抑えることで独立性を保とうとします。個人的快適さは、原始的なほどにシンプルであり得るのです。彼らは、「体から分離した頭《マインド》」のように生き、頭の中が自分の理屈やヴィジョンで占められています。

ソングライターのモーガンは、自分のタイプの「最小限主義《ミニマリズム》」について率直に語っています。

僕は布団を手に入れる前は、エアマットレスを使うか、それもなしで床に寝る形で、数カ月マンションで暮らしました。何年も、本やLPを収納する棚以外、ほとんど家具もなく。人は気の毒と思うらしく、使い古しの家具をもってきてくれるので、ありがたく受け取りました。どれもぴったりではなかったけど、気にしませんでした。僕は頭の中に住んでいたので。マンションは食べて眠るだけの場所だったんです。

通常の段階のタイプ5は、上の空になり、意識が離れていく場合がありますが、それは人からのみならず、自分自身の体からもなのです。神経が張り詰め、自分自身の心や体のニーズを無視しはじめます。一晩中、コンピュータに向かって作業し、チョコレート菓子しか食べず、炭酸しか飲まないかもしれません。コンピュータを離れるとき、鍵《かぎ》をどこに置いたか、メガネをどうしたか、覚えていないことに気づくかもしれません。上の空というのは、タイプ9の空想にふけることとは異なり、増大する興奮や落ち着きのなさ、頭の中への神経質なエネルギーの流入によるものです。

エクササイズ　地に足をつけたまま留まる

タイプ5は、体とつながる必要があります。ヨガや武道、ワークアウト、ランニング、スポーツ、もしくはただきびきび歩くだけでも、体と感情においてプレゼンス（今、ここに在ること）に再びつながることができます。定期的に行うことをコミットできる活動をひとつ選びましょう。インナー・ワーク・ジャーナルに、選んだ活動を記入してください。また、運動を週に何回行うかについても記入し、署名し、あとで見返しましょう。コミットしたことについての自分の体験について、そして地に足がつくにつれて自分の中で何が起きるかについて、さらに書き込めるように少し余白を残しておいてください。コミットメントを守らないとき、どのような気持ちが湧いてきますか？　その活動を行うとき、自己感覚にどのようなことが起きますか？　それが自分の考えにどのように影響しますか？

この段階におけるタイプ5はまた、自分の活動についてきわめて秘密主義的です。フレンドリーで、友人や愛する人たちと普通に会話しているように見えるかもしれませんが、人生全体の領域については隠していて、親しい人たちでもまったく知るよしもありません。人間関係を自分のそれぞれの関心領域によって分断し、ニーズを最小化し、自分の活動の一部を明かさないことによって、タイプ5は独立性を保ち、自分のプロジェクトを邪魔されずに続けられればと願うのです。

考察と代替《オルタナティヴ》現実《リアリティ》の中に迷い込む

「もしも……だったら」

通常の段階のタイプ5は、外の世界の不安定さから退けるよう、内面の世界を創りだし、それに没頭する傾向があります。さまざまな可能性のある考えを考察し、複雑な空想の世界の詳細を埋めたり、賢明で説得力のある理論を展開します。彼らの考えには、本当に探求したり創造したりしようとするよりも、実際的で感情的な問題を寄せつけないようにするねらいがあります。

自分は強く、力があると感じる能力が傷つけられている限り、タイプ5はパワーやコントロールについての空想に時間を費やすことを必要とします。モンスターとの戦いや世界征服、サディズムやパワーのテクノエロティックな要素といったテーマに基づくコンピュータ・ゲームやボードゲームに惹かれるかもしれません。

ジェフはソフトウェアデザイナーで、この領域についてはよく知っています。

僕はこうした非常に複雑なストラテジー・ボードゲームを以前やっていました。あらゆる種類のゲームがあるんですが、大半はさまざまな戦いや戦争についてです。ルールを解明するのに何日もかかりましたし、たいていの場合、プレイに関心のある人を見つけられませんでした。時にはひとりでプレイしました！　そしてコンピュータ版が出てくると、誰の力も借りる必要がなくなったんです。こうしたゲームはプレイするのに何時間もかかりますが、その魅力はディテールにありますし、本当に戦いに勝っていたり、都市でも何でもつくっているかのように感じさせることにあります。ゲームが終わっても、自分の軍隊が行進し、敵を征服する空想が続きます。こうしたゲームがどれだけの時間を費やすか、そしてこれだけのエネルギーや戦略を自分自身の実際の生活に注げばどれだけましになるかに気づくまでは、夢中になっていました。

不健全な段階のタイプ5は、完全に自分自身がつくりあげた奇妙な「現実」に陥ることがあります。それはまるで、目覚めることができない悪夢に囚《とら》われるかのようです。

エクササイズ

内面の世界と外の世界のバランスをはかる

空想し、理論化し、考察することは、どれもが楽しい時間の過ごし方になり得ます。けれども実生活の厄介な問題を避けるために、いつそうしたことをしているか、正直に見ることを学びましょう。一日のうち、何時間を費やしているでしょうか。こうした頭の活動に費やす時間を減らせば、その時間を使って何ができるでしょうか。

無意識の不安と恐ろしい考え

奇妙に聞こえるかもしれませんが、タイプ5はもっとも恐ろしいと思うものについて、たくさん考えます。怖いものについて研究したり、それについての芸術作品を創りだすことをキャリアにすることさえあるのです。たとえば、病気について恐れていると病理学者になったり、子どものときに「ベッドの下のモンスター」に怖い思いをしたなら、大人になったときにＳＦやホラーの作家、映画監督になるというように。

タイプ5は、怖いもの自体――それについての気持ちではなく――に考えを集中することで、恐れをコントロールしようとします。ただし、そうした考えが気持ちに与える影響を完全に避けることはできません。その結果、意識的にも無意識的にも、頭の中を不安なイメージで満たすのです。そうするうちに切り離された気持ちが戻りはじめ、夢や空想など、思いがけない形でつきまといます。このことが彼らにとってとくに辛《つら》いのは、通常の段階のタイプ5が、自分自身の考えは、現実の中でも完全に信頼できる唯一の側面であると信じているからなのです。

自分自身の考えがコントロール不可能あるいは怖いと思えると、恐ろしい連想を引き起こすかもしれないさらなる活動から切り離されます。たとえば、天文学を楽しんだことがあっても、夜外出することを恐れはじめるかもしれません。虚空が心を完全に乱すのです。ジェーンはアート・ディレクターであり、彫刻家でもありますが、こうした体験について鮮明に語ってくれました。

私は七歳くらいのとき、人体研究にとても興味をもちました。内臓について本を読み、家の百科事典に付いていた透明シートを見るのが大好きでした。また、健康や病気についての本や記事も読みはじめたんです。ある夏の日、喫煙が原因のガンについて、「リーダーズ・ダイジェスト」の記事を読んだことを覚えています。気管切開や人工肺といった根治手術を行ったガン病棟の患者さんについて書かれていました。私は愕然《がくぜん》としました。

突然、七歳にして、死について理解したのです。それは両親の説明とは異なるもので、それからずっと死について考えずにはいられませんでした。私は暗くなり、食べなくなりました。誰もが死ぬんだ。私は一晩中起きていて、死とはどのようなものなんだろう、本当のところ神はいるのだろうかと考えていました。それについて考えれば考えるほど、神の存在に懐疑的になったのです。死んだ動物を見て回ることすらしました。こんなことが数年も続いたのですが、しばらくして死に慣れたのだと思います。

エクササイズ　深淵を見つめる

人生の「暗い側面」について惹かれる自分の傾向性を観察してください。このような指向性は、人間存在のそうした側面について理解するうえで助けになるかもしれませんが、こうした事柄にとりつかれる傾向性に気をつけてください。このような関心事は、あなたの睡眠習慣にどのような影響を与えるでしょうか。また、多くのタイプ5にとり、幼児期や子ども時代のトラウマの可能性について調べてみることが助けになります。こうしたトラウマ的なできごとが往々にして、不穏なテーマに強迫的に関心をもつことにつながるのです。あなたがこうしたテーマに関心をもつことは、日常的に機能する能力を損ねていないでしょうか?

議論好き、ニヒリズム、過激主義

「人は信じられないくらいバカだ」

どのタイプも攻撃性を抱えています。タイプ5は、自分自身の考えというものが、ほぼ唯一の安全の源であるため、熱を込めて主張します。実際には、自分でもその立場を信じていないかもしれませんが。通常の段階の下のレベルにおいてタイプ5は、自分の内面の世界や個人的ヴィジョンを妨害するいかなる人やものに対しても敵対的です。人の見かけ上の心の平和に気分を害し、相手の信念を打ち負かすことを楽しみます。意図的な極論により、人に直面し、挑発し、ショックを与えるかもしれません。こうしたタイプ5は、人を怯《おび》えさせて追い払うことで、自分がひとりになれ、関心事を追求できるようにしたいのです。

また、人の「愚かさ」と「無知」を拒絶することで、自分が知的優位に立っていると感じることができます。そうなるともはや注意深く考えるのではなく、結論に飛びつき、事実を極端に解釈し、人に押しつけるのです。人が異議を唱えようものなら、タイプ5は陰険で辛辣《しんらつ》になることがあります。こうした行動が続くと、みなを自分の人生から追い出すことに成功することもできるでしょう。

タイプ5は自分の居場所を見つけられないと、すぐさまシニカルな無関心《アパシー》に陥る可能性があり、自分自身や人間の全体的状況への信頼を失います。タイプ5はほかのどのタイプよりも、無意味さを感じやすいのです。そして多くのタイプ5が、宇宙に善なる力が存在することに非常に懐疑的になります。

エクササイズ

人を不安にさせる

あなたが人との論争に陥ったり、ほかの理由で興奮しているのに気づいたとき、体はどのように感じているでしょうか。あなたが相手を追いつめようとしている点は、どれだけ重要なものでしょうか。相手にどのような効果を及ぼそうとしているでしょうか。彼らのせいにしている、どのような動機や思い込み《ビリーフ》があるでしょうか？　あなたは何を恐れていますか？

◉警告信号：苦境に陥ったタイプ5

タイプ5が長期にわたって過剰なストレスにさらされ、対応能力をもたず、適切なサポートも受けずに深刻な危機に陥ったり、子ども時代に慢性的な虐待を受けていたとしたら、ショック・ポイントを越え、不健全な段階に突入するかもしれません。

それにより、自分が追求してきたプロジェクトや自分が創り出したライフスタイルが、実際には自分のための本当の居場所を見つける機会を損なっているのではないかという恐ろしい認識に至るかもしれません。

タイプ5がこうした恐れの中に潜む真実に気づくことができれば、人生を変え、健全で解放された状態に向かうかもしれません。もしくは逆に、人とのあらゆるつながりを断とうとし、基本的に世間に背を向けるかもしれません。

自分の思考の展開に沿って「論理的帰結」に至るべく、人から「介入」されないようにさらに自らを孤立させるのです。この論理的帰結は、通常は暗く、自己破壊的なものです（「みんなどうとでもなれ！　もうこれ以上誰にも私を傷つけさせない！」といったように）。

もちろんこうした逃避は、タイプ5にわずかながらも残っている自信を損なうにすぎません。タイプ5がこうした態度に固執しつづければ、不健全な段階に入っていくかもしれません。あなた自身もしくは知っている人が、二〜三週間以上の長きにわたって次のような兆候を示していたら、カウンセリングやセラピーなどのサポートを得ることを強くお勧めします。

警告となる兆候

▼急速な孤立化の傾向
▼慢性的な身体的ネグレクト、自分のケアを怠る
▼慢性的で強度の不眠症、悪夢、睡眠障害
▼エキセントリックな傾向性の増大――社会的スキルへの関心の喪失
▼助けを拒絶するか、それに対して敵対的にすらなる
▼歪んだ知覚、幻覚
▼自殺についての話

考えられる病理：
スキゾイド・パーソナリティ障害
統合失調型パーソナリティ障害
回避性パーソナリティ障害
精神崩壊、解離、うつ病、自殺

◉タイプ5の強みを生かす

タイプ5が世界に提供できるおもな才能《ギフト》には、とてつもない洞察と理解が含まれており、何らかの専門分野が相まっています。健全なタイプ5は理解することにより、同時に多くの視点を把握できます。また、全体と同時に部分を理解することができます。

健全なタイプ5は、さまざまな見方を受け入れることができます。そのいずれにも執着することなく。ある問題に対して、どの見方がもっとも有益であるかを、その状況に即して判断できるのです。タイプ5は並外れて観察力や知覚が鋭く、周囲の環境に敏感で、ほかの人が見過ごしがちな微妙な変化や相違を感知します。

多くのタイプ5の人は、ひとつないし二つの感覚が並外れた程度まで発達しているようです。あるタイプ5は、色に関して並外れた視覚的鋭敏さをもっているかもしれませんし、別のタイプ5は音の感覚に優れ、リズムや音程を把握しやすいかもしれません。

タイプ5は、子ども時代の好奇心を失わず、問いかけつづけます。「なぜ空は青いの?」「なぜものは落ちるけれど上がらないのだろう?」といったように。タイプ5はいかなることも当たり前のこととみなしません。岩の下に何があるかを知りたければ、鋤《すき》で岩を掘り返し、よく見るのです。

タイプ5はまた、とてつもない集中力をもっているようです。それも長い間集中できます。さらに、何であれ自分の心をとらえたものを探求する際、きわめて辛抱強いのです。集中力と辛抱強さにより、タイプ5は金を掘り当てるまで、プロジェクトにじっくり取り組むことができます。

健全なタイプ5は、好奇心とオープンマインドにより、非常に革新的で独創的です。探求し、考えと戯れる能力は、価値ある実際的で独自の業績や発見を生み出すことができます。それは科学や医学のパラダイムからアートにおける驚くべき新しい達成、あるいはガレージで古い箱を保管する新しい方法の発見にまで及びます。チェロの音に満足できず、その音をテープに録音し、逆回転再生してトーンを変えるかもしれません。

科学を志向するタイプ5が発見に至るのは、「ルールに例外があること」に興味をもつからこそです。ルールが通用しない領域や、ほかの人にはささいなことに思えるちょっとした不一致に焦点を合わせます。

タイプ5は、自分が発見したことを人と分かち合うことを楽しみます。また往々にして、人生上の矛盾について観察したことを、一風変わったユーモア感覚で伝えます。次々に明らかになる人生の不思議さを際限なく面白がったり、ゾッとしたりします。そしてこのことを人に伝えるのですが、ごくわずかに構図を変えるだけで、これまで見えていなかった不合理さを明らかにします。

彼らはさまざまなものをいじくることを楽しみます。その表現としては、ブラックユーモアやだじゃれ、軽妙な言葉のやりとりにもなり得ます。いたずら好きで妖精《ようせい》のような資質があります。人生についてもっと深く考えさせるよう人を挑発するのが好きです。ユーモアは多くの場合、相手をあまり脅かすことなく考えを伝える優れた方法として役立ちます。

◉性格（パーソナリティ）から本質（エッセンス）へ

私たちが人生において本当に「今、ここ」にいて、リラックスし、体に根ざしているとき、「内なる知や導き」を体験しはじめます。私たちはまさに知る必要があることに導かれ、自らの選択は、この内なる知恵からもたらされます。けれどもこうした本質的導きが生まれるプレゼンスの基盤を失ってしまうと、性格《パーソナリティ》の構造が取って代わり、どうしたらいいかを解明しようとします。

タイプ5が「間違ってしまうところ」は、自分の体験そのものではなく、体験についての観察と同一化（一体化）してしまうことです。タイプ5はダンスを覚えるのに、踊っている人を脇から観察して学ぼうとするタイプです（「うーん。彼女はステップを左左と踏んで足を蹴《け》り、グルグル回る感じ。それから彼が彼女を一回転」というように）。最終的にダンスを覚えるかもしれませんが、解明できた頃には、ダンスは終わっているでしょう。

タイプ5は人生全般にわたっても、同じジレンマに直面します。人生を実際に生きるよりも、どう生きるかを解明しようとするのです。けれども「今、ここ」で地に足がついていれば、ちょうど知る必要があることを知ることができます。知る必要があるときに。問いへの答えは、頭の中のおしゃべりからではなく、現実に調和したクリアな頭《マインド》からもたらされます。洞察は、個々の状況に応じて自然に発生します。

したがって、タイプ5が特定の自己イメージ——自分が周囲から分離しており、こっそり他人を観察しているにすぎない——を手放し、現実とかかわり出すと、真の内なる導きと支えが再びもたらされます。解放されたタイプ5は、現実を恐れる必要はないことを知っています。なぜなら、自分はその一部だからです。さらに彼らの認識に新しい直接性が生まれ、自分の体験をいつものように頭で解釈することなく理解できるのです。現実の偉大さに畏怖《いふ》の念を抱き、頭がクリアで、宇宙を信頼します。アインシュタインはかつてこのようにいっています。「価値ある唯一の問いは、宇宙はフレンドリーか、ということだ」と。

解放されたタイプ5は、その質問への答えをもっています。自分が目にするものをひどく恐れるのではなく、魅惑されます。そして真にヴィジョナリー（先見の明がある人）となり、自分が取り組んでいる分野で、革新的な変化をもたらす可能性もあります。

◉本質（エッセンス）の浮上

知識や熟達へのタイプ5の衝動は、「明晰さ」や「内なる知」ともいえる本質的資質を再びつくりだそうとする性格構造の試みです。明晰さに伴い、「無執着」という本質的資質が現れます。それは感情的抑圧でも無関心でもなく、特定の見方と同一化しないということです。

タイプ5はどんな立場もアイディアも、非常に制限された状況においてのみ有用であることを理解しています。おそらくは立場やアイディアが生まれた独特の状況においてのみでしょう。内なる導きにより、ひとつのものの見方から別の見方へ流れていくことができます。どちらの見方にも固執することなく。

解放されたタイプ5は、仏教で「空《くう》」と呼ぶ、「神聖な意識《ディヴァイン・マインド》」の広がりと明晰さを覚えています。それは静かで乱されることのない広大さであり、そこからすべての知識と創造性を含む、あらゆるものが生まれてきます。彼らは、空の体験に戻ることを切望しています。なぜなら（仏教的観点からするならば）、世界のあらゆる人やものの起源であるように、かつては自分の家《ホーム》だったからです。

しかしながら、空に戻りたいというこの切望は、適切に理解される必要があります。なぜなら、それは忘却の空ではなく、「一杯の純水」や「完璧《かんぺき》な青空」の「空性」だからです。空であるがゆえに、ほかのすべてが可能なのです。この状態において彼らは、自らがあらゆる人たちやものから分離しているという思いこみから解放されます。その代わりに、周囲のあらゆるものとの根本的なつながりを直接体験します。

さらにこうした空性と無執着は、タイプ5が自分の気持ちから疎外されていることを意味しません。それどころか、夕日やそよ風の感覚、人間の顔の美しさに深く心打たれることもあります。あらゆるものを自由に感じ体験しながらも、自分が見守っているあらゆるもののはかなさを認識しています。無限の豊かさである宇宙からのつかの間の贈り物なのです。人間のありようの真実についてより深く見ていくことで、他者の苦しみへの大きな慈愛を感じ、自らの頭の豊かさのみならず、自分自身の心《ハート》の深さも進んで分かち合います。

訳注1：基礎編229ページ「ためこみと無力感」の項も、成長のためのチャレンジとして、自分のパターンに気づくために重要である。

第九章　タイプ6・忠実な人

◉子ども時代のパターン

タイプ6の根元的恐れ（支えや導きがなく、自力で生存できないこと）は、どの子どもにとっても非常にリアルで普遍的な恐れです。幼児は、ママやパパがいなければ生きていけません。子どもは絶対的に親に依存しているのです。この依存の背後にある恐怖の確かな記憶は、大半の人において抑圧されています。けれどもときには記憶があまりにも強烈であるため、噴出します。五十歳代のコンサルタント、ラルフのように。

私はベビーベッドで目が覚めて立ち上がり、柵《さく》につかまったのを覚えています。両親が居間で近所の人たちとトランプをしながら、笑ったり話したりしている声が聞こえてきました。テーブル周りのカードが立てる音も。私の暗いベッドルームに来てくれるよう何回も母を呼びましたが、その度に私の恐れは増し、必死になって今度は何度も父を呼びました。誰も私が欲していることを確認しにきませんでしたが、結局は眠ってしまいました。十一歳になるまで、家から十マイル（約十六キロ）以上離れたところにいるときは、私は親に必ず目の届くところにいてもらうようにしました。見捨てられることを恐れたんです。

しかしながら、幼児は発達段階のある時点で、目覚ましいことをします。とてつもない依存をしているにもかかわらず、母親から離れ、独立と自立を主張することを始めるのです。児童心理学においては、「分離期」と呼ばれています。

子どもが母親から離れる勇気をもつ助けとなるうえでもっとも重要な要因のひとつは、父親的存在です（多くの場合は生物学的父親ですが、必ずしもそうではありません。家族において規律や枠組み、権威をもたらす人です）。

父親的存在が強く一貫していれば、独立へ向かう子どもの試みに対し、導きや支えを提供できます。子どもに世界のありようについて教えるのです。何が安全で、安全でないかを。そして子ども自身の本質的な内面の導きと支えの鏡となります。むろんのこと、私たちの大半にとってこのプロセスはやや完璧《かんぺき》とはいいがたいものだったのであり、大人になっても不安を抱える結果になったのです。こうしたことは誰もがある程度体験するのですが、タイプ6はとくに固着します。

さらに、独立のための父親のサポートが不十分であるとタイプ6の子どもが感じたら、母親、そして自分にとって母親が意味するすべてのことに圧倒される危険があると感じるかもしれません。

このことは、その子が防衛を維持しつづける必要性を高め、信頼や愛情のこもったケア、親密さについての深い矛盾や不安をもたらします。したがって、タイプ6は承認や親密さを切望するものの、同時にそうしたものから自分を守る必要性も感じます。支えられたいけれど圧倒されたくないのです。ジョゼフは四十歳代のジャーナリストで、こうした課題について心理療法で探求しました。

私にはとてもパワフルで支配的、そしていささかまぶしい母がいました。母は即座に愛情を翻すことができたんです。それは怒りを伴うもので、多くの場合、不可解でした。きわめて条件付きの愛で、何よりも絶対的忠誠――母の価値観や信念、判断に対して――を当てにしたものでした。たとえそれらが一貫性がなく、突拍子もないものであっても。

私がよく感じたのは、母に直面するのは自分の役割だということでした。自分自身の生存をかけて戦うということ。問題は、私のアプローチが否定的だったということなんです。私は母に抵抗し、生き抜きましたが、自分のほうが優っているという自信を得たことはありません。人（とくに母）の承認を得ると同時に自分の独立を維持し、自分自身の自己感覚を発達させるというのは、決して可能ではありませんでした。

このジレンマを解決するため、タイプ6は父親的存在と連携しようとします。けれどもこのことは通常、矛盾に導きます。父親的存在／権威は、あまりにも厳格で支配的か、支えとならず、無関心に見えるのです。多くのタイプ6は、不安定な妥協に至ります。外面では従順を示すものの、内側の抵抗や皮肉な態度、大小の受動的攻撃行為を通じて、独立心を持ちつづけるのです。

◉自己保存的タイプ6

「責任」　通常の段階における自己保存的タイプ6は、一生懸命働き、相互の責任を通じて安全を確立することにより、生存不安を和らげようとします。自分が役に立ったり、責任をもってかかわったりすることには、人から報われるだろうという期待があります。

安心できるパートナーシップを求めますが、ゆっくり友だちになる傾向があります。時間をかけて人を観察し、信頼できるか、本当に「自分の味方」かを確認します。同じタイプ6の中でももっとも家庭を気にかけ、往々にして家庭生活の安定を維持することに関心があります。家庭の中では、支払いや税金、保険といった安全上のニーズの担当をすることがよくあります。

自己保存的タイプ6は、自らの不安や欲求を隠すことが上手ではありません。むしろ実際のところ、協力したり支持してくれたりする人を得るために利用するかもしれません。弱さは、人からの助けを引き出すことができるのです。

ささいなことを懸念する傾向があり、それは破滅や最悪の事態を考えることにつながります（「家賃の支払いが五日間遅れている？　確実に退去させられるね！」といったように）。自己保存的タイプ6は通常倹約家で、財政的なことを非常に気に病みます。資源をめぐっての人との葛藤《かっとう》がよくあります。

不健全な段階における自己保存的タイプ6は、きわめて依存的でパニックに陥りやすくなります。自分を痛めつける状況（不健全な結婚生活や過度にストレスフルな仕事）に留《とど》まります。なぜなら、支えがないことを恐れるからです。強烈な不安により、誰かにすがり、自分が親密な絆《きずな》を結びたい当の相手を遠ざけてしまうかもしれません。

またパラノイアにより、もっと攻撃的になるかもしれません。危険を誇張し、誰も自分を脅かすことができないよう「敵」に打ってかかるかもしれません。皮肉なことに、このことによって多くの場合、自分自身の安全システムを破壊することになってしまいます。

◉社会的タイプ6

「支援を引き出す」　通常の段階において社会的タイプ6は、友人や支援者の励ましや支えを求めることで不安に対応します。フレンドリーな雰囲気で人との絆をつくろうとし、温かさやユーモアで人の構えを解きます。往々にして自分を笑いの種にし、人に支えや愛情を提供します。ときにタイプ2と混同されることがあります。

社会的タイプ6は、同じタイプ6の中でも、自分がその場に適合しているかどうかをもっとも気にします。かなり理想主義的で、自分よりも大きな何かの一部であること――大義や団体、運動、グループなど――を享受します。そして自分が所属しているものの安全のために、大きな犠牲を払うことを厭《いと》いません。

社会的タイプ6はときに、手順や手続きを順守するという点において、タイプ1に似ていることもあります。コミットメントや義務、契約といったものを通じて安心を求めるのです。自らのハードワークが利用されないための保証です。社会的タイプ6がより不安定な場合、同じような考え方の人たちがお互いを助け合う安全な場を求めます。

社会的タイプ6は、人や自分のグループのために相当な努力を払うことができますが、自分自身の成功や成長のために働くのは困難を覚えることがよくあります。不安により、自分が行動したり意思決定したりする前に合意《コンセンサス》を求めることにもなります。また不安ゆえ、人がどう反応する可能性があるかを想像します。ただし、自らの優柔不断さが苦になり、仲間や権威に依存することへの相反する感情をもつことになります。グループや権威のサポートを失うことを恐れながらも、抵抗するのです。フラストレーションを覚えれば、権威や友人たちとの間に、受動的攻撃性の問題を抱えることがあります。ストレス下では、プレッシャーや過労、過小評価されている感じを感じやすくなります。このようなときには否定的になったり、悲観的になる可能性があります。

不健全な段階において社会的タイプ6は、狂信的な考えや大義、グループに惹《ひ》きつけられることがあります。「われわれ対世界」という考え方を発展させ、敵意をもった環境に包囲されているように感じるかもしれません（不健全なタイプ8に少し似ています）。人からは問題があると思われても、自らの思いこみ《ビリーフ》を疑わず、特定の権威にやみくもに従います。そして自分自身の信念体系に一致しない別の権威に対しては、きわめて被害妄想的なのです。

◉ 性的タイプ6

「力とつながりのシンボル」 通常の段階における性的タイプ6は、安心感を得るため、体力や能力、身体的魅力を発達させます。よりアグレッシヴな性的タイプ6であれば、力やタフな態度を頼りにするため、タイプ8に似ることもあります（「私の邪魔をするな」というように）。

一方、恐れが強い性的タイプ6であれば、自分の性的あるいはコケティッシュな魅力を使って人の構えを解き、サポートを得ます。そのやり方は、タイプ4にも似ています。率直な主張や権威への挑戦、もしくは性的魅惑を通じて不安を隠すのです。

性的タイプ6は、自らの身体的特性をかなり意識しています。たとえばジムで時間を過ごすのですが、それは健康上の理由というよりも、自分の強さや魅力を高めるためです。性的タイプ6は、パワフルで能力があるパートナーを惹きつけたいため、頻繁に相手を試します。それは相手が自分のところに留まってくれるかを確認するためであり、また相手の性格や精神力を測る時間をつくるためでもあります。

性的タイプ6はとくに不安を感じているとき、同じタイプ6のほかの本能型よりも、権威に対してあからさまに挑戦的です。また、同じタイプ6の中でも、もっとも人や自分自身を疑います。自分自身の不安が明るみに出されたり、人とのつながりが脅かされると、感情的に爆発する可能性もあります。不安になると、その真の源である誰かに対してよりも、自分をサポートしてくれている人たちや第三者に対して異を唱えるかもしれません。さまざまな形で（とくに噂を広めることで）、人の足を引っ張ったり、評判を落とそうとするのもつねです。

不健全な段階において性的タイプ6はうつ的になり、不安定になり得ます。とくに自分が感情的に反応しやすいことにより、親密なつながりを損なってしまったと感じるときに。衝動的で自己破壊的な行動をしたかと思うと、筋の通らない非難をしたりします。妄想を抱くこともありますが、特定の個人的な敵に向けられるため、通常はかなり意識が集中し、とりつかれたようになります。

◉成長へのチャレンジ*訳注1

大半のタイプ6は、人生のどこかの時点で以下の課題に遭遇します。これらのパターンに気づき、「その瞬間の自分をキャッチ」し、人生のできごとに対する自分の根底にある習慣的反応をただ理解するだけで、性格タイプのマイナス面から自分を解放するための大きな助けとなるでしょう。

タイプ6にとっての「目覚めの注意信号」：確かなもの（自分の外にある導きと支え）を求める

「自分は何を信じられるのだろう？」

通常の段階のタイプ6は、将来のことをよく心配します。自分自身についても世界についても大きな不安をもっているため、自分の安全を保障してくれる「確かなもの」を求めはじめます。結婚や仕事、信念体系、友人のネットワーク、自己啓発本など何でも。大半のタイプ6は、念のために複数の確かなものをもっています。まさかの備えを信じ、いい、そして未来のために投資し、そして年金を確保するために会社に忠実なタイプなのです。

端的にいえば、安心と保険を求め、複数のものに賭《か》けようとします。人生は危険や不確実性を伴うものであるから、注意深く限定的にしか期待せずに取り組む必要があると感じます。もちろんタイプ6にも個人的願望や夢はありますが、安全を損なうかもしれない行動を取ることには恐れを抱きます（「役者になれたらいいんだけど、頼りになるものが必要だ」というように）。真の目標や大志を追求するよりも、セーフティネットを構築し、維持することを気にかけるようになるのです。

問題解決のために、安全な手立てや確かな手順、実証済みの方法に頼ることが増えます。これまでのやり方で物事を行うことが、タイプ6に重みや堅実な感じをもたらします。ほかの人たちや伝統が自分の背後につくことにより、前に進むために必要なバックアップがあるように感じます。

たとえばタイプ6は一般的に、実績のない会社や、有望でもリスクが大きそうな会社に勤めることにはためらいがあります。実績があり、持久力があると思われる雇用主を好むのです。

しかし皮肉なことに、タイプ6が自らの状況に対してよくわからないと感じるとき、ただ不安にピリオドを打ちたいがために衝動的に行動するかもしれません。それがときに功を奏することもあれば、自らの安全を損なってしまうこともあります。

エクササイズ　あえて自分のハートにしたがう

タイプ6は、慎重すぎるほど慎重な傾向があります。それにより、自己啓発や達成の多くの可能性を逃します。あなたのインナー・ワーク・ジャーナルに、人生の特定の時期に成長やチャレンジのための重要な機会を逃した例を記録しましょう。なぜ逃す決定をしたのでしょうか？　自分自身の能力を信じれば、結果は違っていたでしょうか？　それでは、常識に逆らいチャンスをつかんだときのことを思い出してください。衝動的行動のことではなく、意識的に可能性を広げたときのことです。それはどのような結果をもたらしましたか？　そのときどう感じましたか？　今の人生において、恐れや自分自身についての疑いから、あなたの真の欲求に抵抗していることがわかっている領域はありますか？　変えられることはありますか？

社会的役割：頼もしい人

「私を頼りにできます」

通常の段階におけるタイプ6は、自分を支えるシステムを強化し、権威との連携や立場を強固にすることを望みます。その目的に向かって、コミットしたことに自分の時間とエネルギーの大半を注ぎます。自分が貢献したことにより、安心や相互サポートが増えることを願って。同様に、増大する不安や不確実性への防衛として、タイプ6は特定の信念――政治的・哲学的・スピリチュアルのいずれであれ――にエネルギーを注ぎます。

タイプ6は、自らたゆまず「責任をもつ人」の役割を果たします。エネルギーを注いできた人間関係や仕事や信念がさらにうまくいき、自分を支えてくれるように、長時間働きます。このことにより、疑い深い考えとして、不可避的に次の問いが浮かんできます。「自分は利用されているのか？

人が自分にいてほしいと望むのは、一生懸命働き、頼りになるからだけなのか？　これほど働かなくなっても、それでも自分はいてほしいと思われるだろうか？」と。したがって、社会的役割を演じることは皮肉なことに、社会的「不安」を生みはじめます。

タイプ6は、自分がすべきことを全部すれば、神（あるいは会社や家族）が自分の面倒を見てくれるという保証がほしいのです。自分と仲間が自らの環境にうまく対処すれば、あらゆる予測不能で危険になり得るできごとは避けたり、コントロールできるだろうと信じます。けれども国にも盛衰があり、最大級の会社であっても倒産したり、成長と衰退のサイクルがあります。タイプ6が内面で不安であれば、外の世界でできることで安心をもたらしてくれるものはないのです。

エクササイズ

あなたを支えているものは？

自分自身の人生において、自分がつくりだしたいろいろな「社会的安全」システムについて検討してみましょう。それらによって、あなたは本当にもっと安全になりましたか？　そのために払った代償は何でしょう。そのうちのひとつがなければ、何をしますか？　あなたがかけた時間やエネルギーを超えたところで、毎日あなたの人生があらゆる形で支えられていることについて考えてみましょう（ヒント：あなたが今日食べたものは、自分で育て、加工し、包装したのでしょうか？）。

エクササイズ　不安を探求する＊訳注2

あなたのインナー・ワーク・ジャーナルに、恐れや不安、疑いが習慣的に浮上する十個以上の例や領域をリストアップできますか？　不安や緊張が湧いてくるきっかけとなる特定の時や人々、場所などを特定することができますか？　こうした状態には、明らかに否定的な要素がありますが、それだけでなく、あなたが無意識のうちに求めている肯定的な報いも見つけられますか？　たとえば人からの同情や保護を得られるなど。あなたはどのように文句あるいは不満を表現しますか？　このようなふるまいをしなければ、どのようになりますか？　何が得られると思いますか？　何が失われますか？

「持ちつ持たれつ」

自立のためのサポートを求める

タイプ6は、人に支えられていると感じたいのですが、相手が誰であれ、飲み込まれるように感じたくはありません。そして誰かが過剰な関心や親密さによって圧倒してくると、落ち着かない気持ちになります。人から距離を取りつつ、それでも相手が自分のためにいてくれることをわかっていたいのです。

逆説的ですが、自立するために誰かに依存的になるというリスクを冒します。過酷な家庭環境から逃れることに必死なあまり、支配的で独占欲の強い男性と結婚する少女のようなものかもしれません。不安があると、往々にして解決に思えるものに飛びついてしまうものです。仕事をやめて自分自身の事業を始めた起業家が結局のところ、要求の多い投資家や政府の規制と戦うことになり、もっと抑圧を感じるようなものです。

皮肉なことに、タイプ6はより不安で自信がなければないほど、外的なサポートに頼り、自立を失うのです。自信がひどく挫《くじ》かれていれば、人や信念体系への依存はあまりにも深くて広いものとなり得、それなくして生きることを想像しがたいほどです。

ほかの場合には「強迫観念」にとらわれ、人が自分を傷つけようとしているとか、搾取しようとしていると感じます。こうした疑いは、社会的孤立につながる可能性があります。

エクササイズ

「成功健忘症」を治す

あなたは自分が気づいているよりもはるかにできる人です。誰もがときに支援やサポートを必要としますが、自分が人の支えとなることをあなたは過小評価することがあります。少しの間、あなたの人生において重要な人たちをどのように支えてきたか、リストアップしましょう。次に、あなた自身をどう支えてきたかリストアップしてください。二番目のリストには、自分に誇りがもてた重要な達成も必ず含めましょう。これらのリストを検討してください。どちらが長いでしょうか。それぞれのリストについて、どう感じますか？

答えを求める

タイプ6は自分自身の内なる導きを信じられる気がしないため、人が先に提示したアイディアや洞察の中に答えを求めることがよくあります。ただし、ただ時流に乗ることはありません。精査し、試した結果、別のアイディアに変えるかもしれません。もっと不安なタイプ6であれば、人のアイディアをただ受け入れる傾向がありますが、その場合でも抵抗したり、激しく疑問を投げかけるかもしれません。どちらにせよ、彼らの自然な反応というのは、まず自分の外に信じるものを探すことです。そしてそれがうまくいかなければ、抵抗し、ほかのものを探すのです。疑いや疑問、信じること、求めること、懐疑的な態度、抵抗といったものがつねに含まれます。

一般的にタイプ6は、権威者が善意をもち、「わかって話している」と安心できない限り、信用しない傾向があります。ひとたび「よい」権威者に出会えたと感じるならば、強い一体感をもち、相手の価値観や教えを身につけます（上司に気に入られれば、素晴らしい気分になります。そして賢明で助けになる新しい指導者を見つけることができれば、喜びあふれます。信頼できそうな政治的システムや指導者を見つければ、相当かかわるかもしれません）。

ただしタイプ6は、完全に確信をもつことができないのです。疑いの気持ちがつきまとうと、なお一層のこと、取り入れた考えを強く主張し、疑いを抑え込むことがよくあります。

タイプ6は多くの場合、さまざまな権威やシステムと同じ立場に立つことで、「正しい」答えを見つけるという問題を解決しようとします。宗教団体を信じたり、強い政治的信念をもったり、配偶者の意見を聞いたり、フィットネスのトレーナーのレッスンを受けたり、さらなるアドバイスを求めて自己啓発本を読むかもしれません。こうしたさまざまなメッセージや教えが相互に矛盾するなら、タイプ6は最初のスタート地点にすぐ戻ります。つまり、心地悪くも自分自身で決めようとするのです。

このように、タイプ6は新しい考えや関係を受け入れることに対して、慎重で懐疑的です。なぜかというと、タイプ6は自分のコミットメントの強さに気づいているからです。一度コミットしたなら、間違えたくないのです。自分の権威者が不当だったり、愚かであると疑う理由があろうものなら、疑いの気持ちがすぐにも抵抗や拒絶に発展するかもしれません。むろんのこと、つねに完璧な導きや支えを与えてくれる信念体系や関係というものはありません。タイプ6が自分のパターンに気づくまでは、何度も信頼と疑いの間を行ったり来たりするダンスを展開します。

エクササイズ　**自分の信念のルーツを問いかける**

あなたの信念体系の基礎（複数）となるものは何でしょうか。それらはあなた自身の体験に基づくものでしょうか。それとも信頼できる友人や指導者、本、教えといった拠《よ》り所に基づくものでしょうか。信念が真実か誤っているかの評価は、どのように行いますか？

枠組みと指針を求める

タイプ6は選択肢がありすぎることを嫌います。明確に定められた手順や指針、ルールを伴う状況のほうが自信をもてます。たとえば、法律の専門家や経理、学究生活といったように。自分に求められているものが明確であれば、枠組みや組織をつくりだすうえで、きわめて有能になり得ます。多くの場合、コンセンサスによって統治するグループや法人の長を務めます。ただし権威に対して懐疑的であることを考えると、すべてのタイプ6が組織に心地よくいられるわけではありません。多くのタイプ6が、どこからどこまでの範囲かわかっている中での安全において、かなりの柔軟性と創造性を発揮することができます。彼らにとって、物事には自然な秩序があり、通常、その中で働くことに充足できます。秩序を無視するかどうか、ある程度の選択肢をもちつづけることもできる限りにおいて（その選択肢を行使することはないかもしれませんが、それがあることは知っておきたいのです）。アーティストや作家、セラピストなどのクリエイティヴなタイプ6であっても、確立された型（ブルース、カントリー、ソナタ、俳句といったように）を使って取り組むことを好み、その中に自由を見つけます。

タイプ6はある程度見込みが立っているほうが安心です。したがって通常は、突然の変更を嫌います。当てになる予測可能性をもっているほうが、不安な心にとっては気が安らぐのです。

セラピストのアナベルは、次のように語っています。

私は習慣とルーティンの生き物です。あのですね、意識的に習慣をつくることで、考えなければいけないことがひとつ減るんです。そうでなければ、はるかに多くのエネルギーを使って考えなければいけません。私は変化が嫌いです。変化に対しては、反射的に否定的な反応をしてしまいます。変化というのは、将来が異なるということです。よいこととしては、将来が再び予測可能になったとたんに、あるいは自分なりのシステムや説明のひとつが整理されたとたんに、私は適応するということです。たとえば、私はいつも同じガソリンスタンドに行くのですが、同じところに行くという習慣がすでになければ、いつどこで車を止めたらいいいか、頭の中がグルグルするでしょう。

エクササイズ

自分自身の内なる知を信頼する

あなたか誰かが、ある状況においてどうしたらいいかわからないときに、意識を向けてみましょう。たとえば仕事においてある問題にどう取り組んだらいいかわからないかもしれません。もしくは友人が夫婦関係についてアドバイスを求めてくるかもしれません。あなたが問題にどう取り組むか、気づいてください。前例に頼りますか（「それについての会社の方針は……」もしくは「私が学んだスピリチュアルな教えによると、……」など）？　それともあなた自身の知性を頼りにしますか？——とくにあなたの心《ハート》と本能の知性を。

過度なコミットメントと「万全の態勢」

「やってもやらなくてもだめ」

タイプ6は、さまざまな人たちや状況への自分のコミットメントを果たそうとしますが、避けがたいこととして、みんなを満足させることは不可能であることに気づきます。彼らは限度を超え、利用されているように感じることがよくあります。

たとえば、タイプ6の男性がオフィスにいて妻から電話をもらい、金曜日の夜に「二人だけのために」高級レストランに予約を入れたといわれたとします。結婚生活がもたらしてくれる安定を強固なものとしたく、同意し、楽しい夜を待ち望みます。ちょうどその頃、上司がやってきます。そのタイプ6の男性が頼りになり、がんばって働く人だと知っていて、月曜日の朝の締め切りに間に合うように金曜日に残業してくれないかといいます。上司を失望させたくない、もしくはまずい関係になりたくないため、その男性は残業を承諾します。同時に恐れをもちながら、妻にどう話そうかと考えはじめます。その日の午後遅く、親友からの電話がありましたが、それは先週約束した金曜日の夜のトランプゲームの確認でした。そのタイプ6の男性は今や板挟み状態です。過度なコミットをしたために――万全の態勢を取ろうとして――、失望させる人が出ざるを得ません。

タイプ6は、人が自分のことを怒るのではという恐れに苦しみます。実際にそうなるかは確認しないかもしれませんが。不安に満ちた考えにより、恐ろしい投影、そして想像上の文句や非難によって現実を埋めつくすでしょう。ストレスを感じます。「やってもやらなくてもだめ」なのです。人が自分に期待しすぎるとイライラします。彼らが望むことすべてはできないのです！

エクササイズ　みんなのためにいる

あなたの人生の中で、これまでコミットしすぎる傾向があった領域を探してみましょう。そのようにした動機は、何だったのでしょう。過度に約束してしまったとき、断ることを阻んだものは何だったのでしょう。過度な約束は、どのような結果をあなた自身にもたらしたでしょうか。相手には？

「内なる委員会」

タイプ1は頭の中に強力な内なる批判者がいますが、タイプ6には「内なる委員会」があります。タイプ6は委員たちに確認を求め、特定の状況に対してどのような反応が返ってくるだろうと想像することがよくあります。たとえば、「う〜ん、この仕事を受けるべきかわからないなあ。ジュリーはなんていうだろう。彼女だったら間違いなく賛成だろうなあ。でもお父さんは強く反対するなあ。一方であの自己啓発本によれば……」というように。

このようにタイプ6が物事を決めなければいけないとき、異なる立場や責任を訴えるさまざまな内なる声に挟まれるように感じます。時には内なる声のうち、もっとも声の大きいものが勝利を収めますが、別のときにはゆき詰まり、先延ばしします。タイプ6が決着をつけたり、最終決定に至ることがむずかしいと気づくのは、どちらにも決められず、逡巡《しゅんじゅん》することをやめられないからです。その結果、タイプ6は自分が優柔不断であるとよく感じます。物事に強く思うことがあっても、自分が取るべきベストの行動を知っているか、定かでないのです。どの選択も「内なる委員会」の慎重な検討をもたらし、思考が堂々巡りするかもしれません。一方、きわめて重要な事柄（たとえばどこに住むとか、どの宗教を信じるとか）については、タイプ6は通常、強い意見をもち、多少頑固かもしれません。なぜなら過去のどこかで疑いに片をつけており、結論を出した以上、断固としてそれにしたがいたいのです。

それに比して人生上のもっと小さい選択については、あれかこれかと悩みやすく、たえず逡巡します。彼らの終わりのない内なる会話は、頭の中の静けさを乱し、本質の内なる導きを妨げます。内なる委員会を解散させる必要があるのです。

エクササイズ　内なる委員会を解散させる

あなたは内なる委員会に気づいていますか？　誰がその席に座っていますか？　過去に自分の仲間や権威者の反応を想像しようとしたとき、実際の反応は想像したものと同じでしたか？

警戒、疑念、大惨事化

「**彼らは何をしているんだろう？**」

タイプ6は自分が支えられていない感じがするゆえに、危険信号に対して並外れた感受性を発達させます。安全でなく、不安定な環境に育ったのであれば、もしくは何らかのトラウマを負っているのであれば、なおのことそうです。このような気づきは有用であり、人生を救うこともありますが、多くのタイプ6は危険がなくても、過度な警戒や用心深さのままに留まります。リラックスできず、安全と感じないのです。彼らの目はきょろきょろ神経質そうに動き、周囲に潜在的脅威や問題がないか確認します（多くのタイプ6が、自分がいる部屋の出口がどこにあるか、そして自分と出口の間に何があるかに気づいていると述べています）。

こうした世界とのかかわりは、きわめてストレスが多く、時間とともに脳内の化学成分も変えかねません。さらに想像の世界を形成しはじめ、たえず不運や危険を予想することになります。

通常の段階のタイプ6は、非常に悲観的で不機嫌にもなり得ます。きわめて自己評価が低く、過去の成功や達成については「健忘症」ということがあるかもしれません。それはまるで、目の前にある問題に効果的に取り組むことができると納得させてくれるような過去のものが何もないかのようです。彼らは全方位に問題を見出《みいだ》します。

タイプ6は、どんなに小さな不運であっても破滅となり得ると感じます。小さなことを重大に扱い、なぜプロジェクトや試みがうまくいかないか、あらゆる理由を挙げるうえでは頼りになります。当然ながらこうしたことは仕事上の態度のみならず、個人的人間関係にも影響を与えます。

ちょっとした誤解や意見の相違であっても、タイプ6にとっては、ただちに見捨てられることに直面している、あるいは友人や支えてくれる人たちが背を向けたということを意味しかねないのです。こうした傾向性を放っておくと、重要な人間関係を損なったり、自分が不当に扱われたと認識したことに対し、妄想的反応を引き起こします。

エクササイズ

悲観主義を克服する

真の危険と、可能性としての危険を区別することを学びましょう。悪い結果を予期することがどれだけの頻度でありますか？　物事がうまく行くことを信じるのはむずかしいですか？　あなたは問題について意識的に考えているのでしょうか？　それとも反射的にしているのでしょうか？　将来の問題を予測することはある程度有用かもしれませんが、一般的には「今、ここ」の現実に対応することからあなたを遠ざけてしまいます。「今、ここ」は、次の瞬間に移るための安定と導きを見つけることができる唯一の場です。

非難と被害者化

「私は猛烈に怒っているんだ。これ以上我慢しないぞ！」

タイプ6は、自ら建設的なことをする力がないと感じれば感じるほど、不満をいったり人を非難したりすることで、不安を表現するかもしれません。自分の失敗に対して権威的存在から何らかの形で叱責《しっせき》されたり、罰せられたりすることを恐れるなら、なおさらです。非難するというのは、よくある子ども時代のシナリオに始まるのでしょう。そのシナリオでは、親が帰宅すると小物が壊れていて、「誰がしたんだ?」と尋ねると、罪を犯したタイプ6の子どもがいいます。「デビーがやったんだよ！　そしてほかにもね、デビーは二階を散らかしたし、僕に悪い言葉を使ったんだよ！」

と。

大人の世界では、タイプ6は自分がフラストレーションを感じている人たちについて第三者に不満を漏らすことで不安を発散するのが一般的です。多くのタイプ6にとり、仕事で失望した気持ちを発散したり、誰かの無能さに対する鬱憤《うっぷん》を晴らすには、自宅の夕食の席が好みの場所です。同様な動きが、給湯室や仕事帰りのバーで起きます。

端的にいうならば、タイプ6はうまく利用されたように感じ、被害者意識になり、状況を変える確かな行動は取らずに文句をいうという習慣に頻繁に陥ります。時間が経つにつれ、このことは被害者という自己イメージを強めはじめます。それは往々にして、不健全な段階で見られる妄想や破壊的な「問題解決」の方法に至ります。

エクササイズ　なぜみんなが私の人生をだめにするんだ？

あなたの会話のうち、どのくらい文句が含まれていますか？　あなたの仕事や人間関係、子ども、親、スポーツチーム、政治、町についてだけでなく、天気に対しても。あなたが人について文句をいっているとき、そのことについて相手と十分話をしたのでしょうか？　人生における問題について、誰を、あるいは何を責めているのでしょうか。

◉警告信号：苦境に陥ったタイプ6

タイプ6が長期間にわたって過剰なストレスにさらされ、対応能力をもたず、適切なサポートも受けずに深刻な危機に陥ったり、子ども時代に慢性的な虐待を受けていたとしたら、ショック・ポイントを越え、不健全な段階に突入するかもしれません。それにより、自分自身の好戦的な行動や防衛的反応が実際には自分の安全を損なっているという恐ろしい認識に至るかもしれません。

タイプ6がこうした恐れの中に潜む真実に気づくことができれば、人生を変え、健全で解放された状態に向かうかもしれません。もしくは逆に、もっとパニック状態になり、反応的になるかもしれません。「あなたのために何でもするので、見捨てないで！」、もしくは正反対に、「私を傷つけたことを彼らは後悔するだろう！」と。

タイプ6がこうした態度に固執しつづければ、不健全な段階に入っていくかもしれません。あなた自身もしくは知っている人が、二～三週間以上の長きにわたって次のような兆候を示していたら、カウンセリングやセラピーなどのサポートを得ることを強くお勧めします。

警告となる兆候

▼強烈な不安とパニック発作
▼強い劣等感および慢性うつ病

考えられる病理：
妄想性・依存性・境界性パーソナリ

▼人からの支えを失うことへのたえざる恐れ ▼交互に示す、依存心と衝動的な挑戦的態度 ▼「悪い仲間」とのつきあい、虐待的な関係への執着 ▼極端な疑念と妄想 ▼敵と見なした者へのヒステリックな攻撃	ティ障害 解離性障害 受動的攻撃行動、激しい不安発作

◉タイプ6の強みを生かす

「私たちは友だちになれる？」

健全なタイプ6は、とてつもない忍耐力に恵まれ、ゆるぎなく粘り強い努力を通じて目標を達成します。ほかのいくつかのタイプよりも派手さがなく、「成功とは10パーセントのインスピレーションと90パーセントの汗である」という格言を信じています。

彼らは細部に細心の注意を払い、問題に注意深く系統的に取り組む傾向があります。資源を組織し、課題の優先順位をつけ、プロジェクトを最後までやりとおし、自分の個人的価値は、自分が頼りになることと、生みだす成果の質にかかっていると感じます。高度に機能するタイプ6は、信頼性やよい職人技を尊重し、全力を尽くしてそれらを提供します。

潜在する危険信号への警戒と感受性ゆえに、タイプ6は問題を予見し、阻止することもできます。自然なトラブルシューター（問題解決者）であり、不規則性や潜在的問題に気づくことで自分自身や家族、会社を多くの悩みから救うことがよくあります。自分の世界ができるだけ問題なく回るよう、きちんと取り仕切るのが好きです。保険を保持しつづけたり、早めに請求書の支払いをするというのは、典型的なタイプ6の行動です。

タイプ6は学び、物事について考えるのが好きですが、知られた、あるいは知り得ることの範疇《はんちゅう》においてです。彼らは、明確な答えのある法律や経理、エンジニアリング、言語、科学といった確かなシステムに惹かれます。したがって、注意深い分析や変数を記録する能力にかかわる仕事で卓越する傾向があります。彼らの勤勉さによってシステムの食い違いや潜在的問題、人の意見における不正確さや矛盾に注意喚起することができます。たとえばアカデミックな世界は、多くのタイプ6的な価値観を表しています。つまり、よい枠組みや形を守り、引用や脚注を通じて信頼できる情報源を参照すること、注意深い分析や系統的な思考のことです。

タイプ6はスターになることを必要とせず、公益のために働く能力が傑出しています。タイプ6はする必要があることは何かを尋ね、実行します。そこには、自分が個人的利益を超える何かの一部であるという感覚があります。彼らはコミットメントや協力、貢献といったことの恩恵と喜びを私たちに教えてくれます。

健全なタイプ6は、古くからある見解――共通の目的をもって行動する人たちは、ひとりで行動するよりも多くを達成する――を心から信じています。それはとくに人が生存するために結束する必要がある状況においていえることです。食糧や着る物を生産したり、家を建てたり、地域社会や労働条件を改善したり、市や国を守るなど。

高度に機能するタイプ6は、人に対して信義が厚く、深くコミットしますが、自分自身についてもっと学ぶことについてもコミットします。そのプロセスにおいて、豊かで思いもよらなかった創造性や自己表現の才能を見つけます。自分自身の成長にコミットすることは、タイプ6が強い自尊心を育て、自分が人と対等であると見る助けになります。同様に能力があり、尊敬や恩恵を受ける価値があり、責任を引き受けることができ、人生のあらゆる領域においてやっていけるのです。

コニーの成長の道は、自分自身の中心を内側に見出すこととかかわっていました。

おそらく私の性格で一番変化した側面は、自立する力です。今は自分は大丈夫、物事はうまくいくと心の内で知っています。ベストの状態では、自分は強くいられ、自分自身のみならず周囲の人たちのことも気にかけることができます。十五人もの権威者を得るよりも、ひとりか二人の信頼できる友人たちがいます。そして私は自分自身のアドバイスに耳を傾けます。実際のところ、誰にも相談しないこともあります。以前は私の人生について何でもしゃべっていましたが、今は自分自身にも人にも必要な配慮をしています。

高度に機能するタイプ6は自信があり、自己肯定感があります。なぜなら自分自身の内なる導きに気づき、信頼することを学んだからです。自己信頼は往々にして、傑出した勇気やリーダーシップとして表れます。人々の不安や弱さを深く理解してリードすることで、その真摯《しんし》さ、そして自らの弱さについてもあえて率直であることを目にした人たちからの反応が返ってきます。

タイプ6は、平等主義の精神を育てます。それは実際には、リーダーとついていく人というものがあるわけではなく、さまざまな才能をもつさまざまな人たちが公益のために力を合わせる方法を探すという感覚なのです。かかわり、共通の基盤を見つけ、みんなの相互の安全や恩恵のために働きたいという欲求は、私たち人間という種が生存のために必要としている才能です。

◉性格（パーソナリティ）から本質（エッセンス）へ

すべての人間は、繁栄するためということはいうまでもなく、生存するために支えと安全を必要としています。けれども私たちは、自らがどれだけ広範囲に支えられているかに気づいていないのです。友人や愛する人の支えに加え、私たちが今晩食べる食物を育てた人たち、私たちの洋服を製造した知らない工場の人たち、火力や電気を提供する公益事業会社で働いている人たち等々によっても支えられています。本書の読者の中で、真に支えがなかった人はいません。

けれども私たちの性格構造《パーソナリティ》は、恐れや欠陥の感覚から身を守るために、このことに気がつかないのです。「存在《ビイング》」の内なる支えと導き、そして世界を支えているものに気づき、知的に対応する能力は、「今、ここ」のプレゼンスを通じてのみ得ることができます――私たちの本性に根ざすことを通じて。

タイプ6が「道を間違える」のは、恐れや疑いを抱く自我の思考《マインド》を使って、信頼できる導きと支えがどこで見つかるかを解明しようとすることです。皮肉なことに、彼らが疑問をもち、戦略を練れば練るほど、安心感が減るのです。心配な考えと同一化することは、彼らが求めている安心を提供するよりも、自分が取るに足らず、頼りなく、方向性をもたないように感じさせます。恐れをもった思考パターンを見とおすことによってのみ、タイプ6は自らの本質《エッセンス》と再びつながりはじめます。そうすると自分自身の内なる権威を再発見し、自分が求めていた支えはあらゆるところでつねに手に入ることに気づきはじめます。

五十歳代のセラピストであるジェニーは、最近乳腺《にゅうせん》切除を行いましたが、こうした変容について美しく表現しています。

自分が自分自身の拠り所となったのは、乳腺切除の体験をとおしてです。私の家族や友人たちからの愛を受け取ることができました。以前そうすることは安心できなかったんです。なんて美しい贈り物でしょう！　私の生存がかかっていたんですから、自分は自分自身の拠り所でなければいけなかったんです。自分以外に自分にとって何がベストかをよくわかっている人はいません！　自分が健康であると感じるに任せるのは、素晴らしい感じです！
最近は、花を育てることに集中しています。始終、草取りをするのではなく。私の「内なる声」――私の古い超自我というもの――は、私に草取りをさせつづけるんです。

タイプ6は、支えや導きがないという「根元的恐れ」に直面することで、変容を遂げます。そうすることにより、広大な空《くう》である内なる空間《インナー・スペース》を体験します。時には、その中に落ちていくように感じるかもしれません。彼らがこの感覚を許容できれば、この空間は変化し、確かなものに感じたり、強烈に輝いたり、明るくなったりするかもしれません。もしくは無数に変化するかもしれません。

そうするとタイプ6は、自らが体験する内なる空間は、実際には自分が求めていた支えそのものであることに気づきます。それは自由でオープンで、無限に賢明で辛抱強いのです。こうした広がりがあると、タイプ6は自立し、勇気があり、素晴らしく知的であると感じます。つまり、彼らが求めていた資質すべてです。

◉本質（エッセンス）の浮上

深いところでタイプ6は覚えています。宇宙には善意があり、自分を完全に支えてくれることを。彼らは、「存在《ビイング》」に根ざしていること、神性の一部であること、つねに恵みを受けられることを知っています。思考が静かになると、タイプ6は「存在《ビイング》」の基盤である内なる広がりを体験します。本質はリアルなものであって、たんなる考えではないことに気づきます。

実際のところ、それは存在においてもっともリアルなものです。存在そのもののまさに基盤です。人々はこうした内なる平和を神の存在と結びつけました。神の存在は瞬間瞬間に自らを現し、提供します。

タイプ6がこの真実を体験するとき、自らが確かで安定し、支えられていると感じます。まるで巨大な花こう岩の鉱床の上に立っているかのようです。彼らはこの基盤が人生における唯一のリアルな安全であることに気づきます。それがタイプ6に途方もない勇気を与えるのです。

これこそが本当の意味での「信念（faith）」であり、タイプ6の特定の本質的資質です。信念とは信じていることではなく、体験からくるリアルで直接的な「知ること」なのです。体験を伴わない信念は、信じていることです。体験を伴う信念は、信頼できる導きをもたらします。タイプ6の性格構造の多くは、信じていることに関し、「信念」を模倣したり、再創造する試みとして見ることができます。

また、彼らがすでに神聖なるものの表れとして安全であるという確信の代替を見つける試みとしても。しかしながら本質が浮上するとき、タイプ6は変化しない絶対的な方法で「存在《ビイング》」に根ざしているという確信をもっています。「存在《ビイング》」が彼らを支えます。なぜなら、彼らはその一部だからです。彼ら自身の存在が、「存在《ビイング》」をもっています。「存在《ビイング》」をもたないことは不可能だからです。

訳注1：基礎編248ページ「恐れ、不安、疑い」の項も、成長のためのチャレンジとして、自分のパターンに気づくために重要である。

訳注2：基礎編248ページ「恐れ、不安、疑い」の項に関連するエクササイズであるため、この項目を読んでからエクササイズを行うことが推奨される。

第十章　タイプ7・熱中する人

◉子ども時代のパターン

タイプ7の子ども時代は、母親的存在（多くの場合、生物学的母親）とのつながりが断たれているという、おもに無意識の感覚に彩られています。一般的にタイプ7は幼い頃、愛情のこもった母親的ケアから切り離された感覚に由来する、非常に深いフラストレーションを感じやすいのです。それはまるで、あまりにも早くおっぱいから引き離されたかのようです（場合によっては、文字どおりそうなのかもしれません）。

それに対し幼いタイプ7は、無意識に自分で自分のケアをすることを「決めた」のです（「自分のことをかわいそうだと思いながら誰かが面倒を見てくれるのをじっと待つなんてしない。自分のことは自分で面倒を見る！」というように）。

ただし、こうしたパターンがあるからといって、子ども時代にタイプ7が母親と近い関係でなかったということにはなりません。感情的なレベルにおいて、自分自身のニーズは自分で面倒見なければいけないと無意識に決めたということなのです。こうした認識をもつようになった理由には、千差万別の可能性があります。もしかしたらきょうだいが生まれ、幼いタイプ7は突然、母親からの関心がよそに移ったと感じたかもしれません。もしくは幼いときの病気により、タイプ7のケアができなかったということもあるでしょう。タイプ7が病気になって入院する必要があったかもしれませんし、母親のほうが病気になったのかもしれません。

タイプ7はまた、自我の発達において、母親からより自立することを学ぶ「分離期」の影響を強く受けます。子どもがその困難な分離のプロセスに対処するひとつの方法は、心理学者のいう「移行対象」に集中することです。おもちゃやゲーム、遊び友だちなど、気を逸《そ》らすものがあることで、幼児は不安に耐えることができるのです。

タイプ7は、未《いま》だに「移行対象」を探しているように見えます。タイプ7が面白いアイディアや体験、人、おもちゃを見つけ、向かっていける限り、フラストレーションや恐れ、苦痛といった水面下の感情を抑圧することができるのです。けれども理由が何であれ、適当な「移行対象」を見つけることができなければ、不安や感情的葛藤《かっとう》が意識に流れ込んできます。彼らは気を逸らすものをできるだけ迅速に見つけることで、パニックに対処しようとします。当然ながらタイプ7の子どもが実際にケアを受けられず、フラストレーションを感じて苦しんでいたのであればあるほど、大人になってからもさまざまに気を逸らすものによって「頭の中を占める」必要に強く迫られます。

◉自己保存的タイプ7

「自分の分を獲得」　通常の段階における自己保存的タイプ7は、意志がはっきりしていて、エネルギッシュです。自らの基本的ニーズと快適さがつねに確実に満たされるよう駆り立てられます。彼らの態度や関心事は、実際的で物質的なものを重視する傾向があります。いろいろな選択肢が残るよう大きな願望をもち、ハードに働く傾向があります。

自己保存的タイプ7は、典型的消費者でもあります。ショッピングや旅行、勝手気ままにすることを楽しむのです。楽しいことを生み出しそうなもの（ショッピング・カタログ、ムービー・ガイド、旅行やレストランの案内書など）について情報を集めるように心がけます。このようなタイプ7は、とくにセールやバーゲンに目を光らせ、こうしたことについて友人たちと語り合うのを好みます（「ポッタリーバーンで、とても素敵なマグカップを見つけたの」「それは素晴らしいPCモニターだね。いくら払ったの?」というように）。自己保存的タイプ7は人とのつきあいを楽しみますが、人への依存心を生むことを恐れるとともに、人が自分に依存することを避けます。

健全度が下がると、自分のニーズがすぐ満たされないことにイライラしたり、パニックになります。快適さや物質的支援を失うことに不安を覚えたり、必要なものを奪われていると感じることがよくあります。飢える恐れは、珍しいことではありません。フラストレーションを感じているときは、きわめて要求が強く、気むずかしいかもしれません。自分のニーズを表現したらすぐに――もしくは表現する前でさえ――満たすことを人に期待します。

不健全な段階において自己保存的タイプ7は、安全欲求により、きわめて配慮に欠け、容赦ないこともあります。自分をもっと安全だと感じさせてくれたり、不安を払いのけてくれるものを積極的に追い求め、干渉を許しません。資金や資源に対して無謀で、自制心なくお金を使ったり、ギャンブルに手を出しますが、自分自身の健康や心の余裕については、さらに損なう可能性があります。無理をして妥当な制限を超え、飲み食いし、過度に自分を甘やかします。

◉社会的タイプ7

「好機を逃したくない」　通常の段階において社会的タイプ7は、自分と熱意や関心を共有できる友人たちや「相談相手」のグループをつくることがよくあります。この人たちが、新しい可能性について たえず情報を知らせてくれるのです。そしてタイプ7が楽しむような刺激や多様性を提供してくれます。社会的タイプ7は理想家で、社会的交流や大義にかかわることを好みます。こうした活動がエキサイティングなのです。ただし、いったん人とのプロジェクトにかかわると、フラストレーションを感じ、ほかの人の自分より遅いペースに動きが取れないと感じる可能性があります。このようなとき、社会的責任を重荷に感じはじめます。自分がコミットしたことを全うしたいという気持ちと、離れて自分自身のことをしたいという気持ちの間に挟まれるのです。

さらに社会的タイプ7は、もっと刺激的な状況がないか、つねに目を光らせています（「この新年の集まりはなかなかいいなあ。でもテッドのパーティは、夜中すぎたらとてもエキサイティングなはず」

というように)。社会的タイプ7はまた、権威は恣意《しい》的で不要として嫌います。社会的制約のもうひとつの源なのです。

健全度が下がると、自らのエネルギーや資源を拡散させてしまう傾向があります。半分しかコミットしないということでもあります。カレンダーやスケジュール帳に予定を確実に書き込んだとしても、代案も入れておくのです。それにより、特定の行動計画に拘束されないようにします。多くのことに手を広げすぎる傾向がありますが、あまりに気が散漫なため、そのどれにもひたむきになれません。フレンドリーで、人を惹《ひ》きつけ、魅力的でもあります。けれども拘束されたと感じやすく、不安やもっと期待できる社会的かかわりが生じたら、約束やデートの直前、もしくは連絡することすらなく、キャンセルするかもしれません。

不健全な段階において社会的タイプ7は、結論の出ない、際限なく続くミーティングや懇親会、企画会議に自分の力や才能を散逸させる傾向があります。彼らは未決事項や失意の痕跡《こんせき》を残しつつ、どこにおいてもあまり長く落ち着くことはありません。彼らは不安定で、人を不安にもさせます。なぜなら、不安から逃れるために無責任な状態に陥っているからです。

それは、潜在的に危険で破壊的な「社会的修羅場」に向かわせます。

◉性的タイプ7

「新しもの好き」 通常の段階において性的タイプ7は、新しく並外れたものをたえず探し求めます。

タイプ4同様、平凡なものを拒絶する傾向があります。彼らの活動や交流のすべてにおいて、自分が生きている感じを強烈に味わいたいのです。想像をふくらませ、自分自身や対人関係、現実を理想化することを通じて、人生というものをとらえます。往々にして、広範囲に及ぶ好奇心や関心をもち、最先端と思える新しいアイディアやテーマに魅了されます。

性的タイプ7は、興味深かったり、斬新と感じる人たちに惹かれます。こうした人たちに性的本能のレーダーを定めたら、彼らは魅力を発揮し、純粋な興味をもって遠慮なくアプローチします。自分が関心をもった相手に一時的に目を奪われ、魅了されるのです。また、同様の気持ちを相手にも生じさせるかもしれません。

性的タイプ7は、新しい人との将来の冒険や共通の関心事について空想することで得られる興奮を楽しみます。大胆なアイディアや機知、ユーモアを愛します。頭の回転が非常に速い反面、自分自身についても対人関係においても、落ち着きのなさを生むかもしれません。

健全度がさらに下がると、関心事についても愛情についても、気まぐれになる場合があります。コミットすることを恐れ、恋愛関係の初期に起きる、夢中になるという強烈な感情を好みます（恋に落ちることが大好きなのです）。恋愛やお互いを知るプロセスを大いに楽しみますが、その感覚になじむやいなや、ほかの可能性を探しがちです。同様に、落ち着きのなさにより、優れた判断力を欠くことになります。一時しのぎの気晴らしにすぎない、きらびやかなパッケージに包まれた、流行《はや》りだったり扇情的だったりするアイディアにかかわるかもしれませんが、すぐに失望することになります。

不健全な段階において性的タイプ7は、興奮できるものを追いかけるうえで、さらに向こうみずになりかねません。まっとうでない計画や非現実的だったり危険だったりする恋愛に身を投じるかもしれません。スリルを求めるようになり、一層、さまざまな並外れた楽しみを探しつつも、そのいずれに対しても心動かされなくなります。きわどい人生を送ることで鈍感になり、節操がなくなるのです。多くの場合、行きすぎた行為により、何らかの恒久的な形で燃え尽きたり、自分自身を傷つけます。

◉成長へのチャレンジ*訳注1

大半のタイプ7は、人生のどこかの時点で以下の課題に遭遇します。これらのパターンに気づき、「その瞬間の自分をキャッチ」し、人生のできごとに対する自分の根底にある習慣的反応をただ理解するだけで、性格タイプのマイナス面から自分を解放するための大きな助けとなるでしょう。

タイプ7にとっての「目覚めの注意信号」：隣の庭の芝生はいつも青い

「私は見逃したくない」

タイプ7特有の衝動というのは、何であれ、自分がしていることや今、体験していることに不満を感じる傾向性です。隣の庭の芝生がいつも青いため、これからに期待しはじめます。あたかも別のできごとや活動が自分の問題の解決になるかのように（「今、友だちと晩御飯を食べているけど、今晩オープンするあの画廊では何をやっているのかな。もしかしてすぐ食べ終わったら、あそこにも行けるかも」というように）。

タイプ７が自らの目覚めの注意信号――「今、ここ」の瞬間に完全にいるのではなく、次の瞬間のさまざまな可能性に気を逸らすこと――を無視したなら、間違った方向に向かいはじめます。次のように想像してみてください。あなたは混雑したレストランで誰かと話していますが、近くにいる人たちのやりとりが耳に入ってきます。あなたはもともとの会話に没頭しているふりをしながら、もうひとつの会話に注意を移し、聞き耳を立てますか？　そうだとしたら、タイプ７の目覚めの注意信号が喚起していることに陥っていることになります。その結果、あなたはどちらの会話も楽しめず、夕食の席をともにしている人を微妙に侮辱していることになります。相手はおそらくあなたの意識が離れたことを感じとる可能性があるからです。

このように意識がさまようスタイルは、タイプ７にとって人生のあまりにも多くを占めているため、重大な影響をもたらします。考えがこれからへの期待となり、いかなるものについても、深く体験したり、真の充足感を得るまで十分長く留《とど》まるということをしません。タイプ７が目覚めの注意信号を見逃すと、何をしていてもどこかほかに意識をもっていかれます。注意力がさまようと、仕事に取りかからなければいけないのに衝動的に立ち上がってテレビをつけたり、おやつを求めて冷蔵庫を覗《のぞ》いたり、友人に電話したり、メモ帳に落書きをしたり、楽しんでいる小説をそのまま読みつづけたくなったりします。

エクササイズ

落ち着かない頭をトレーニングする

日常的な活動をひとつ選び、それに集中してください。選んだ課題が何であれ、注意を向けるとともに、あなたの注意力がいつほかのものに向かったかに気づいてください。次にあなたの注意力を穏やかに本来の課題に戻してください。再び意識がさまよったら、再度本来の課題に戻してください。集中しつづけるというこの取り組みを繰り返します。一般的にこうしたことを行うのはむずかしいでしょう。とくに初めのうちはそうです。けれども集中しつづけ、課題から意識を逸らすものが何か特定できれば、目覚めの注意信号を引き起こす要因について、はかりしれない価値ある気づきが得られるでしょう。ほかの要因としては、身体的緊張もあるでしょうか？　注意を逸らす原因として、空腹や疲れ、不安があるでしょうか？

社会的役割：元気にさせる人

「みんなおいで！　楽しくいこう」

通常の段階のタイプ7は、自らを「元気にさせる人《エナジャイザー》」とみなします。つまり、みんなが盛り上がり、自分も興奮しつづけられるよう、エネルギーや興奮をある状況に注ぎ込まなければならない人です。タイプ7には多くのエネルギーがあるため、この役割を果たすのはやりやすいことです。

ただし、すべての社会的役割同様、それと同一化しはじめると、そのように行動しないのはますますむずかしくなります。「元気にさせる人」あるいは点火プラグ、触媒、共謀者、「いたずらに誘う人」の役割を演じることで、タイプ7は注意を集めます。元気にしてくれるため、一緒にいたいと思われることがよくあります。

問題が起きるのは、通常の段階のタイプ7が「元気を与える人」としてのみ機能しはじめたときです。それは、率直に物をいい、常識から外れ、始終、刺激的で魅力的でなければいけないということなのです。このことにより、彼らにとてつもない重荷がかかってくることは避けられません。それはほかの人にとっても疲れることになります。大半の人――ほかのタイプ7ですら――は、そのようなたえまのないエネルギーを、結局は表面的でうんざりするものになると感じます。ほかの人たちが自分のペースについてこれなければ、タイプ7は往々にして自分を拒絶した、見捨てたと解釈します。そして怒りやフラストレーションを感じ、今よりもよい環境や自分に興味をもってくれる新しい人たちに向かいます。しかしながら彼らは、どう人にかかわったり、自分のニーズを満たせばいいかわからないまま、次第に自分の役割に囚《とら》われているように感じるかもしれません。

ヴェルマは多才な教育者でありビジネス・コンサルタントですが、こうしたフラストレーションを十代前半に体験しました。

子どものときは抑制されることなく、自分が自由で元気いっぱいであると感じました。そして自分が人を笑わせることに気づいていたんです。私と一緒にいると楽しいため、ほかの子どもたちに人気がありました。ティーンエイジャーの頃は私のことをもっと真面目に受けとめてほしい気持ちがあったのですが、そう感じられたことはありませんでした。とくに家族からは。それで私は彼らの期待のレベルに合わせて反応しました。注意を引くような演技をしたり、（率直であるよりも）馬鹿っぽかったり、おかしかったり、ドラマチックだったりしたんです。

エクササイズ　場を盛り上げる

自分が人を楽しませている――いわば場を盛り上げている――のに気づいたとき、誰のためにやっているかに注意を向けてください。この興奮した状態にあると、自分自身とのつながりはどうなりますか？　ほかの人たちとのつながりは？　この興奮した状態は心満たすものですか？　場を盛り上げなければ、何が起きると思いますか？

刺激を求め、新しい体験を獲得する

タイプを問わず私たちは、自分が選択したものが自分を幸せにする「力《キャパシティ》」があるかを考慮せずに、自分を幸せにしてくれると思うものを追求することがよくあります。どのような状況下で、幸せは生じるのでしょうか？　少しの間だけでなく、幸せを持続させるものは何でしょうか。何らかの形でやりすぎになるリスクを冒さずに、どう幸せを増やすことができるのでしょう。こうした種類の問いは、タイプ７の特別なテーマです。

通常の段階のタイプ7は、典型的には世慣れていて、目利きだったり収集家だったりします。たとえばフレンチ・レストランやコニャックや宝石商だったらどれがベストか、新作映画ではどれが見るに値するか、最新のニュースやトレンドは何かなどを知っています。それは、チャンスを逸したくないからです。

タイプ7の健全な段階と通常の段階を明確に区別するもののひとつは、健全な段階であれば、集中し、生産的であるときにもっとも満たされることを知っているということです。彼らは、新しくて潜在的に価値あることで世界に貢献しているのです。通常の段階のタイプ7は生産性が下がりますが、それは不安により、自分自身を楽しませ、気を逸らす方法に集中することになるからです。彼らの創造性は、獲得し、消費したいという、増大する欲求に取って代わられます。

映像作家のタラは、自分自身の中にあるこうしたパターンに気づいています。

新しいものにとても興奮したかと思うと、飽きてしまって最後までやり遂げないという傾向性が私にあるのは、残念ながら本当です。私にとって、多様性は人生のスパイス。「興味深い」ことをすることについて話すだけで元気になります。実際にはしなくても。私は新しいことを学ぶのが好きです。クラスを取るのが大好きなんです。料理でも社交ダンスでも、インラインスケートでも何でも。家では、少なくとも十種類の雑誌を購読します。私はバーゲンを探すのも好きです。選択肢をすべて調べて一番お買い得だということを確認したいからです。それから私は、誰かとコミットした関係をもつのもむずかしいです。なぜならいつもよりよい選択肢を探しているからです。すべての選択肢をチェックしたことを確認します。

エクササイズ　贈り物を見つける

ほかの体験やものに対する期待や欲求が、どのようにしてたった今体験していることを味わえなくしているかに気づいてください。このことを探求するために、ゲームをしてみましょう。少し時間を取って、あなたが今、体験していることの中にある驚異的なことを見つけてください。たった今、あなたが受け取っている贈り物は何ですか？

退屈、そして選択肢を残しておくこと

タイプ7は、退屈なことについて、そしてどれだけそれを味わいたくないかということについて、たびたび不満をいいます。ただし彼らが退屈と呼んでいるものは、痛みなどの否定的な感情を寄せつけないための十分な刺激を環境が提供していないときに感じる不安のことなのです。同様に、制約され、前へ進めないと感じることは、退屈のみならずパニックすら生み出します。彼らは自分を束縛したり、準備ができないうちにつらい気持ちに直面させたりするような状況において、身動きがとれないと感じたくないのです。

退屈やそれがもたらす気持ちから自分を防衛するために、タイプ7は自分の頭の中を多くの魅力的な可能性でいっぱいにしておくことを欲します。そして新しく、エキサイティングでファッショ

ナブルなものへの供給ラインがつねに開かれていることを確認したいのです。
内なる導きがなければ、タイプ7はすべてを試行錯誤のプロセスで学ばざるを得ません。彼らは人のアドバイスを聞き入れそうにないのですが、それはすべてを自分で体験したいからです。できるだけ多くの体験をすることで、どの選択肢が自分を一番幸せにするかわかると信じています。けれどもすべてを試みるというのは、人間の能力を超えています。たとえば訪れる、食べる、洋服を着る、体験するのいずれにしても、あまりにも多くのものがあります。タイプ7が体験のみによって自分を導くなら、必要とする体験がすべてできる前に、人生が終わってしまうでしょう。どんなものかを見るためにすべてを試そうとすると、いくつもの人生を生きる必要があるでしょう。それでも世界の無限に近い可能性は尽きることがありません。さらにこうした体験の一部は、害を及ぼしたり、危険なものである可能性が高いでしょう。なぜなら人生には、避ける必要があるか、少なくとも非常に注意深くする必要があるものがあるからです。けれどもタイプ7は通常、よくも悪くも、大変な思いをすることで学ぶほかないのです。

エクササイズ　**退屈**

あなたが「退屈」と呼んでいるものについて調べてみましょう。それは体の中でどのように感じますか？　退屈というのは、どういう感覚ですか？　その感覚を感じていると、どのような連想や記憶が浮かんできますか？

「なんでみんな私についてこれないんだろう？」

見境なく、過剰に行動する

通常の段階のタイプ7は、優先順位の感覚を失いやすく、たえまない活動に飛び込み、人生の多くの領域でものごとをやりすぎることがよくあります。状況が許す限り、お金を惜しまない傾向もあります。通常、要求レベルの高い生活を送ろうとしますが、それは小さい町に住んでいて、地元のショッピングセンターやボウリング場に出かけることでよしとしなければいけない場合でも、もっと大きい都市で多くの娯楽や便利なものが手に入る場合でも同じです。

外出することができない場合、見境のないタイプ7は、一日中テレビを見て過ごし、その間タバコを吸いつづけたり、電話したりしているかもしれません。または友人を訪ねたり、地元のバーでブラブラしてひまをつぶすもしれません。

やりすぎるというのは、アイディアについても当てはまります。自分の興味をそそったものに夢中になる傾向があり、あまりにも熱中するあまり消費しつくします。ただしその反対もいえます。健全度が下がるにつれ、集中力が下がり、最後までやりとおせないのです。多くのプロジェクトが一部のみ完成した状態で、彼らのあとに残されています。彼らのいい（もしかしたら優秀ともいえる）アイディアの多くが実現されていないという事実は、彼らにとってさらなる欲求不満の源となります。自分自身から逃げたままの状態に留めている水面下の不安に取り組まなければ、結局のところ最良の機会やインスピレーションの多くを無駄にしてしまいます。頭の回転の速さや話のうまさも、口が達者で軽薄ということに陥る可能性があります。ただタイプ7からすると一般的にこのことは、ものごとを先に進めたり、もっとよいストーリーを生み出すために即興できる能力と考えます。通常の段階のタイプ7はまた、自らのことをさまざまなことに関する即席専門家とみなす傾向がありますが、往々にして収拾がつかなくなり、即興で切り抜けようとします。

エクササイズ

現実的なスケジュール

あなたが物事を行ううえで、実際にどのくらいの時間がかかるか、数日間にわたり記録を取ってください。通勤する、お店に行く、友人と会うなど。計画したスケジュールとどのくらい一致していますか？　一日当たり、ひとつか二つの活動を取り下げ、自分自身に少し息がつける時間をつくったり、自分がコミットした体験を十分楽しめるようにすることは可能でしょうか？

不安や辛い気持ちを避ける

戦時中がそうでしたが、敵が別のもっと強い信号を送ることで無線信号を妨害できるように、タイプ7は頭の中を興味深くエキサイティングな可能性でたえずいっぱいにすることで、自分自身の痛みや喪失、悲しみについての気づきを「妨害」します。だからといって通常の段階のタイプ7が痛みを感じたり、苦しんだり、落ち込んだりしないというわけではありません。自らの苦しみについての気づきが、結局は心の防衛を突き抜けるのです。

ただし、タイプ7はできる限り速やかに、動き回る状態に戻ります。同様にタイプ7は、頭の回転の速さを使って、自分の体験の枠組みを変えることに熟達します。つまり、ポジティヴなところを強調し、たとえ悲惨なできごとについてであっても、深い気持ちを逸らすのです。

タイプ7の輝く資質の多くを体現しているセラピストのジェシーは、人生で起きた大きな喪失体験の枠組みを変えたことについて、次のように思い起こしています。

十一歳のとき、私の父が突然、重度の心臓発作で亡くなりました。「私の選択肢は何だろう？　今できるベストのことは何だろう？」と考えたのを覚えています。母はショック状態で自殺衝動があり、妹は感情をあらわにしています。私は大人になれると思いました。なるべくハッピーで快活で助けになろうと決心しました。心の痛みを長引かせている時間はないのです。落ち込みや絶望から免れるには、これが唯一の方法だと。

エクササイズ

深い気持ちにつながる

インナー・ワークの取り組みとして、立ち止まり、自分が感じていることを深く体験してみましょう。自分が強い気持ちを抱いていることがわかっている人やできごとを思い出してください。気持ちが浮上してくるまで、その人やできごとについて静かに見つめましょう。何が起きるか、そして自分の注意がほかに逸れるまで、どのくらい長く自分の気持ちとともにいられるか気づいていてください。自分の気持ちとともにいることを妨げたのは何かわかりますか？　何があなたの気を逸らしたのでしょう。

「それがほしい。しかも今！」

欲求不満、短気、自己中心性

タイプ7は、きわめて要求が強くなり得ます。不安になればなるほど、人に対しても自分に対しても短気になるのです。何事も十分な速さで起きておらず、何も彼らのニーズを満たしていません。タイプ7は自覚のないままに、水面下の欲求不満《フラストレーション》の気持ちを、自分が体験するあらゆることに投影しながら人生を歩むことができるのです。また、自分自身に対してもひどく不満をもち、いらだちを覚えることがあります。タイプ7は心の痛みに取り組むことを避けるかもしれませんが、概して鋭敏なあまり、自分の才能や資源を無駄にしていることに気づくのを避けることはできません。多くの価値あるアイディアが実現されずに終わるのは、タイプ7が自分自身に対してあまりにもいらだちを感じるようになるため、プロジェクトが十分に発展しないからです。

この水面下の欲求不満により、人の弱点に対してきわめて不寛容になります。そんな中、自分に課せられた期待に対しても、人が自分の期待に応《こた》えられないことに対しても、我慢しようとは思いません。彼らの短気は、憤慨や相手の感情を傷つける素っ気ない態度として表れることもあります。

欲求不満という感情をベースとする三つのタイプ（タイプ4、タイプ1、タイプ7）のうち、不満をもっとも明白に表現するのはおそらくタイプ7でしょう。自己主張タイプでもあるからです。何であれ、気に入らないものに対して不快感や欲求不満を率直に発散できます。彼らの潜在意識にある考えは、「自分が大きな癇癪《かんしゃく》を起こしたら、ママが来て、面倒を見てくれるだろう」です。このように強く要求する行動に出ることで、自分が欲しているものを得られることが多いのです。

人はタイプ7の短気を、抑えられない自己中心性として体験します。タイプ7は注目を集めるかもしれませんが、フィーリング・タイプに典型的な自己愛的動機である、高く評価され称賛されたいということではありません。事実、特定の状況においては、タイプ7は愚かに見えても構いません。それによって場が盛り上がり、水面下の不安を感じないようにできるのであれば。一方、タイプ3であれば、タイプ7がよくやっているような、進んで自らの弱さや欠陥をさらすようなことはしないでしょう。

エクササイズ

欲求不満について明らかにする

自分自身の中にある欲求不満のエネルギーを観察してください。自分が不満を抱いていることに気づいたら、立ち止まって二～三回、深呼吸してください。欲求不満は、実際にはどのように感じますか？　欲求不満につき動かされるのではなく、ただ感じたら、何が起きますか？

「それは私の問題じゃない」

無神経と衝動性

人生の勢いを維持することが第一の価値をもつものであるため、タイプ7はある種「ヒット・エンド・ラン」の対応をし、相手が傷つき、混乱したままの状態で去ってしまうことがあります。活動しつづけることは、自分の行動についての罪悪感や後悔を抑圧することを意味します。タイプ7は概して人を傷つけたいわけではなく、自己防衛により、自分が引き起こした痛みを認めるのがむずかしいのです――それに気づくことすらも。また、不安を避けることによって、タイプ7の衝動性が高まります。見る前に跳ぶのです。過度の飲酒や不適切な食物、喫煙、あるいはただ刺激をたえず求めて無理をしすぎることで、重大な身体的問題が起き得ます。最悪の状態では、言葉の暴力を使う可能性があります。きわめて要求が強く、強引で、かなり辛辣《しんらつ》です。

エクササイズ　わだかまりを解消する

あなたを知っている人たちは、あなたに傷つける意図がないことに気づいていますが、ストレスの多い時期にあなたは、うっかり傷つけたかもしれません。適切な時があれば、あなたが傷つけたかもしれないと懸念している友人や愛する人と話してみてください。まずはそのことについて話してもよいという許可を得、謝ったあとに、相手のいい分を聞いてください。相手との関係でまだ未解決になっている部分について、あなたの気持ちを分かち合いましょう。あなたにとってはやりやすいことではないかもしれませんが、このようにわだかまりをなくすことは、あなた自身の水面下にある傷や不安、そして過度なことをしたり、活動する中でそれらを埋もれさせたいというニーズを軽減するうえで、とても価値あることです。

現実逃避、過度、嗜癖

「一晩もちこたえさせてくれるものなら何でも」

通常の段階のタイプ7は自分自身のことを、のびのびしていて楽しいことが好きで、今日を生きるという信条をもっていると考えます。けれども彼らが必ずしも気づいていないのは、こうした態度がどれだけ、人生に対して増大していく現実逃避的なアプローチを覆い隠し得るかということです。タイプ7が恐れや不安に駆り立てられるにしたがい、自分が信じるほど自由や自然体でなくなります。即時の満足を約束するものであれば何であれ、やみくもに追求するかもしれません。そうした衝動の代償に思い至ることなく。彼らの哲学は、「今、楽しみ、あとで代価を払う」というものです。

また、辛《つら》く否定的な体験であっても、エキサイティングなものとなり得、より深い痛みを覆い隠す可能性があります。たとえばアルコール依存症や薬物依存症の苦痛は怖ろしいものとなり得ますが、状態が悪化していくタイプ7にとっては、より深い喪失の悲しみやパニックに圧倒されるよりはよいのです。

タイプ7は、「期待し、渇望し、過剰にする」というサイクルに囚われます。筆者はそれを「チョコレート症候群」と呼んでいます。高価なチョコレート・ボックスを手に入れる際、もっともエキサイティングなことのひとつは、最初の一口に対する期待です。これと同様に、体験そのものというよりも、体験に対する期待こそが、タイプ7をもっとも興奮させるのです。そして誰もが（タイプ7を除いて）知っているように、度を越すことは、速やかに不満の種となるのです。いくつかチョコレートを食べたあとは、喜びの反対を体験しはじめます。おなかの痛みと不快感です。タイプ7の満足の追求は、依存症の性質を帯びる可能性があります。つまり何であれ、刺激と強い高揚感の状態に留まるために、満足を覚えたものの量をもっともっと増やす必要があります。危険な体験ですら、影響を及ぼさなくなるのです。タラはこの点から、過去について率直に語っています。

物事を避けることは、不安を増大させます。そして不安が耐えがたくなるにつれ、気を逸らす必要性はどんどん大きくなります。そして不安を抑えるためには、気を逸らすものの方が「音量が大きく」なければなりません。だからこそ私は、人生のさまざまな時期にあまりにも自制心をなくしたんだと思います。恐れや痛みとともにあるよりも、逃げてしまった。これ以上逃げられないとなるまでは、何としてでも避けたのです。薬物を過剰摂取したり、二百二十五キロのスピードで交通事故死していたとしてもおかしくなかったんです。

エクササイズ

最後までやり遂げる力にアクセスする

あなたのインナー・ワーク・ジャーナルに、二つのリストを作成してください。ひとつは、大人になってから始めたことで、最後まで完了しなかったおもなプロジェクトのリストです。次に、あなたが実際に完了したプロジェクトをリストアップしてください。両方のリストの中に、何らかのパターンがありますか？　あなたにとっては、新しい計画や可能性をもっているという興奮のほうが、それらを完成させるプロセスと満足よりも大事でしょうか。あなた自身にとって重要な何かを実際に達成することをなおざりにして、どの程度動きつづけることに「中毒」しているでしょうか。あなたは何に向かって走っていると思いますか？　そして何から逃走しているのでしょうか。

◉警告信号：苦境に陥ったタイプ7

タイプ7が長期にわたって過剰なストレスにさらされ、対応能力をもたず、適切なサポートも受けずに深刻な危機に陥ったり、子ども時代に慢性的な虐待を受けていたとしたら、ショック・ポイントを越え、不健全な段階に突入するかもしれません。それにより、人生が手に負えなくなりつつあり、自分の選択や行動が実際には苦悩を増大させているという恐ろしい認識に至るかもしれません。

タイプ7がこうした恐れの中に潜む真実に気づくことができれば、人生を変え、健全で解放された状態に向かうかもしれません。もしくはさらに散漫になり、衝動的で躁《そう》になり、何としても苦悩を避けようとして、必死で向こう見ずな活動に身を投じるかもしれません（「一晩もちこたえさせてくれるものなら何でもいい」というように）。タイプ7がこうした態度に固執しつづければ、不健全な段階に入っていくかもしれません。あなた自身もしくは知っている人が、二〜三週間以上の長きにわたって次のような兆候を示していたら、カウンセリングやセラピーなどのサポートを得ることを強くお勧めします。

警告となる兆候

▼極端な放縦と、不安から逃れようとする試み
▼深刻で、長期にわたり衰弱させる依存症
▼衝動性、攻撃性、幼稚な反応
▼強迫的な活動ときわめて高揚した気分
▼自制心がきかない時期
▼躁病、うつ病、激しい気分の変動
▼パニックと身がすくむような恐怖の期間

考えられる病理：

双極性障害
ボーダーライン状態
演技性パーソナリティ障害の部分的要素
強迫性障害
薬物乱用

◉タイプ7の強みを生かす

「世界は私のもの」

タイプ7は通常の段階でもクリエイティヴな傾向がありますが、さらにバランスがとれ、地に足が着いていると、卓越していて多面的で、自らの多様な領域を総合し、相互に影響を与え合うことができます。彼らのさまざまな能力や関心、仕事をする楽しみ、外向的な資質は、往々にして社会的成功につながります。

タイプ7はよくいわれるように、実際的です。彼らは空想に耽《ふけ》ったり、怠けたりはしません。現実や生活の実務にかかわります。自分の多くの夢を支えるだけの財政手段をもつには、現実的で生産的でハードに働かなければならないことを理解しています。

したがって健全なタイプ7は、人の労力の結果――ハンバーガーであろうが有名デザイナーの服であろうが――をたんに消費することでは満足できません。自分の人生のおもな楽しみは、世界に何かを貢献することからくると知っています。健全なタイプ7は、ドレスを買うよりもデザインしたいのです。誰かの映画を見るよりも、自分で制作したいと思います。そうすることで結局、自分が望むとおりのものが手に入るのです。

タイプ7が自らの多才さおよびさまざまな体験への欲求に建設的に取り組むひとつの方法は、マルチタスクを通じてです。つねにいくつかの仕事を維持することで、ひとつの仕事から次の仕事へとシフトし、多様なスキルを使い、どのようにさまざまなスキルや関心が相互に関連するかを理解できます。こうしたことはみな、タイプ7にとっては満足できることです。そして優先順位をつけ、制限を設けることができる限り、こうした働き方に優れています。

同様にタイプ7は、アイディアを自発的に速やかに生み出す才能をもっています。大局的見地に立ち、プロジェクトを立ち上げることを好み、問題に対する斬新な取り組みをブレインストーミングすることが得意です。彼らの頭の中は、創造的なコンセプトや可能性であふれそうです。そして、ほかの人が思いつかないような選択肢を考えることに優れています。健全なタイプ7はまた、自分のアイディアを実現させるために必要な自制心を保持します。

おそらくタイプ7の素晴らしい才能は、肯定的な見方や豊かさの感覚を維持する力でしょう。こうした物の見方と現実主義、そして辛い気持ちに対応する意欲が一体となれば、目の前のいかなる状況に対しても、人に伝染する熱情を生み出すことができます。彼らはフルに生き、ほかの人も同様にするよう励まします（「人生は一回切り」と）。さらに、探求し、新しい体験に対してオープンでいたいという意欲により、多才で博識になります。彼らは世界のどこにいても真にくつろぐことができ、自らの旅の途上で見つける豊かさを人と分かち合うことを楽しみます。

タラは、次のように続けています。

人生は大きな遊び場。あらゆるものが面白い。私には、人生に対して自然に湧いてくる喜びと好奇心のようなものがあります。宇宙に支えられているように感じますし、あらゆるものが結局は大丈夫だと感じます。物事が陰うつで悪い状態のときでも、自分の中にある何かが、結局は大丈夫だということを本当に信じているのです。世界は残酷でひどくもなるけれど、自分の感覚としては、自分個人に敵意が向けられているわけではないのです。このような基本的な安心感のおかげで、物事に対してさらにオープンで好奇心をもっていたいと思います。

◉性格（パーソナリティ）から本質（エッセンス）へ

タイプ7が自分自身について理解すべき重要な点は、幸せと満足を直接求めている限り、決して手に入れることはできないということです。充足感は、何かを「得る」ことの結果ではありません。「今、ここ」の瞬間の豊かさが私たちの心に触れるのに任せれば自然に生起する、存在の状態なのです。タイプ7がこのことを理解し、幸せへの条件を手放すことができれば、内面の広がりが生まれ、ただ存在していることの喜びが彼らの中に生まれます。「存在《ビイング》」自体、つまり純粋存在が満足を与えるものであることを理解しているのです。したがって、人生そのものに深く感謝するようになります。何年もインナー・ワークに費やしたタラも、自分でこのことに気づきました。

私は、人生はいつも楽しいわけではないことを理解しはじめました。何が楽しくて、何が楽しくないかということを再定義したうえで、こうした考えは一般的に誤っていることに気づきました。皿洗いのように、自分にとって楽しくないと思ったことの多くは、実際には問題なく、自分が楽しいと思っていたほかの活動と差はないのです。

明らかに、将来について考えることは悪いことではありませんが、タイプ7にとってそれは、プレゼンスとのつながりを失うおもな道すじです。タイプ7にとって変容のプロセスのもっともチャレンジを要する部分は、今の現実につながりつづける力とかかわります。このことがむずかしいのは、より目覚め、「今、ここ」にいることは結局、タイプ7が逃げつづけてきた当の痛みと喪失を意識に上らせるからです。このようなとき、自分が真に恐れている苦しみはすでに起き、そして自分は乗り切ったことを思い出すことができるでしょう。そうすればプレゼンスの支えにより、タイプ7は自らの痛みとともに十分いられ、それをエネルギーに変えることができます。深い悲しみには、ほかの有機的プロセス同様サイクルがあり、一定の時間を要します。急がせることはできないのです。さらに、私たちは痛みとともにいることができなければ、喜びとともにいることはできません。

こうした取り組みがなされれば、高度に機能するタイプ7は、わずかなもので満ち足りることができます。なぜなら、自分にとっても誰にとっても、つねにこと足りることに気づくからです。おそらく彼らの最大の才能は、物質世界においてスピリチュアルなものを見ることができる力です。ありふれたことの中に神聖なものを見るのです。

前述したセラピストのジェシーは、この力が役立ったときについて語っています。

夫の連れ子、グレゴリーがエイズで死に瀕《ひん》していたとき、私は彼を抱きしめ、自分自身に尋ねました。たった今のベストの選択肢は何だろう。この瞬間、彼が体験できるもっとも素晴らしいことは何？と。それで私は向こうの世界の平和と癒《いや》しに向け、彼を導きました。彼は人生の身体的側面を穏やかに解放し、自分の人生が終わったことを感じ、最後の呼吸の瞬間を実際に選択できました。すべてが整っていて、完璧《かんぺき》でした。そして私たちは彼とともにいたのです。

◉本質（エッセンス）の浮上

ヒンドゥー教徒によれば、神は宇宙を踊りとしてつくりました。神が自らの創造の喜びを味わえるように。タイプ7を完全に満たすのは、人生の美しさに対する、この驚異と畏敬《いけい》の感覚です。この本質的な見方からするならば、タイプ7は「喜び」の資質を体現します。この「喜び」というのは、人間がいるべき最終の状態です。喜びというのは、私たちが自らを「存在《ビイング》」として体験するとき――自我意識の延々と続くおしゃべりや計画、プロジェクトから解放されているとき――、自発的に浮上してくる自然な体験です。キリスト教の視点においては、人は天に召され、「至福直観」――まったくの至福の中で神を観想しながら、永遠のときを過ごす――を楽しむために創造されました。したがって「忘我《エクスタシー》」というのが、私たちの最終的で正当な状態です。タイプ7がこの真実を想起すれば、自らの本質的状態である喜びに引き戻されます。そしてそれを体現し、ほかの人たちにも広げます。ジェシーは次のように続けます。

私は、観想や内省といった静かな時間を通じて、自分自身の中心を取り戻すことを学びました。自分自身の中に別の全世界があることを発見したんです。私のスピリットは自由で、たくさんの豊かさを楽しめることがわかりました。私の内面の世界は外で行っていることを超えますが、その世界はまた、あらゆるものを満たし、彩るのです。その喜びはときに湧いてきますし、人生は喜びなのです。多くのものを必要としなくても、人生は満たされています。私がベストの状態のとき、畏怖の念と感謝に圧倒される思いです。

瞬間瞬間を生き、私のすべてのニーズが満たされることを信頼します。

何よりもタイプ7は、意識のもっとも深いレベルにおいて、人生は本当に贈り物であることに気づきます。タイプ7が提供してくれる大きな教訓のひとつは、人生に間違いはなく、物質世界にも間違いはないということです。創造主の贈り物なのです。何ごとも当たり前とみなさなければ、私たちは始終、喜びと感謝にあふれるでしょう。人生に要求をもたなければ、あらゆるものが神聖な贈り物となり、私たちを忘我《エクスタシー》の中に連れ去ってくれます。すべてのタイプの中で、とくにこのこと――喜びの真の源を想起すること、その真実から生きること――がタイプ7のチャレンジです。

訳注1：基礎編270ページ「貪欲《どんよく》、そして決して満たされることがないこと」の項も、成長のためのチャレンジとして、自分のパターンに気づくために重要である。

第十一章　タイプ8・挑戦する人

◉子ども時代のパターン

大半のタイプ8は、幼い頃から「大人」にならざるを得ないと感じたと語っています。父親がいなかったか、何らかの災難により、きょうだいを養育するためのお金を稼ぐ助けとなったのかもしれません。危険な環境に対処しなければならなかった場合もあります。もしくは不安定だったり、暴力的な大人が家にいたかもしれません。

きわめて一般的な家庭に育ったとしても、ほかの理由で自分の気持ちを守る必要を感じたかもしれません。つまり、タイプ8は早く大人になる傾向があり、「生存にかかわる問題」はもっとも重要なのです。それはあたかも、「どうしたら自分（と自分が大事にしている少数の人たち）は、非情で思いやりのない世界に生きていけるのか？」と問いかけているようなものです。

タイプ8のロザンナは、子ども時代の状況によって引き起こされた途方もないプレッシャーについて、次のように思い起こしています。

タフな父親に対してタフに接することは、私が大きくなるにつれ、母親とのある関係を築くことになりました。母はよく私に、家族の外出や映画といったようなことに関して父に頼みごとをしてくるようにといったのです。「お父さんに頼んで。お母さんではだめといわれるから」と。一方では、父に交渉できるだけ強くてタフだと思われたことを誇りに思いましたが、他方では嫌でした。なぜなら、父と私はお互いに、怒りやすい傾向性を尊重しているようでしたが、私はいつも父のことを恐れていたからです。結局のところ、私はただの女の子にすぎなかったのですが、恐れていることを表に出してはいけないし、決して認めてもいけないとわかっていました。

幼いタイプ8は、優しかったり寛大であったりすることは安全ではないことをすぐに理解します。こうした態度は「やわ」で「弱く」、ただ拒絶や裏切り、痛みを招くだけであると考えたのです。ガードを弱めないことがベストであると感じます。したがって、人生において何らかのケアや温かさがあるとしたら、ほかの誰かが提供しなければいけないのです。

タイプ8は子どものとき、拒絶された、あるいは裏切られたという強い感情と闘ったと語ることがよくあります。通常、自己主張的で冒険好きであるため、しばしば罰を受けるような状況に陥ったのです。若いタイプ8は、罰する者から距離を置くよりも、拒絶されたという気持ちから自分を守るために、次のような態度を取りました。「あいつらが何だ。誰があいつらを必要とする？　私にああしろこうしろというな！」と。もちろんほかの人と同じように、タイプ8は愛されたいのですが、拒絶され、不適応者のように扱われた度合いが大きいほど、心が頑《かたく》なになったのです。

アーリーンは修道会のメンバーで、ほかのメンバーにたえず力やサポートを与えてきました。彼女は、自らのタイプ8的な防衛を引き出した、幼い頃の不幸なできごとについて述懐しています。

私が二歳半だった頃、妹が生まれました。母がベッドで授乳していると、私は母のそばにいたくて、繰り返しベッドに潜り込んだものです。母は何回も私に、叔母《おば》と一緒にいるようにいいました。叔母はよく私を膝《ひざ》に乗せてくれたんです。母は、私が妹に害を与えるのではと心配していました。でも私はあきらめず、叔母の膝から下りてはベッドの母のところに戻りつづけました。母はついに私をただベッドから押しのけることになったのですが、そういうことが起きると、自分の気持ちとしては「仕返しするから！」という感じでした。もう少し年齢が上がったとき、八年生が終わったら、家を出て修道院に行こうと決めました。両親がかなり傷つくことになりましたが、それでも彼らの望みを考慮せず、実行しました。

幼いタイプ8は、スケープゴート（厄介者や問題児）の役割を演じることを学ぶかもしれません。家族システム論において「スケープゴート」は通常、言葉あるいは行為を通じて、家族の中の隠れた問題を明らかにするのです。大人としてのタイプ8は一匹狼《いっぴきおおかみ》となり、可能な限り制約に反抗したり、システムに抵抗したりします。

ときに子どものタイプ8が、親や自分にとって重要な大人に裏切られたと感じたとき、覚悟を決めるという「決断」がなされます。その子は、親に全寮制の学校に入れられたのかもしれませんし、親戚《しんせき》に預けられたのかもしれません。もしくは、貯金などの貴重品を不当に取られたのかもしれません。身体的・性的虐待の被害を受けた可能性もあります。けれども幼いタイプ８は、彼らを不当に扱った者たちと比べて、力の圧倒的な差があるため、不当に扱われたことに対して、ほとんど何もできませんでした。こんなことは二度と自分に起こらないようにすると心に決める以外は。

キットはファッション業界における優れた起業家です。彼女は少女のときの重大な決断について、次のようにくわしく語っています。

私が七歳のとき、黒人の乳母が急死したことは、自分にとって重要なターニング・ポイントになりました。私が親から罰を受けたとき、彼女は密《ひそ》かに支え、いろいろと慰めてくれたんです。でも彼女が思いがけず亡くなったとき、私は本当にひとりぼっちだと感じました。お葬式に参加させてくれない親に激怒し、きょうだいの無関心な様子に腹を立て、私を置いていった乳母に憤りを感じました。それでも私は涙を流したことはありません。本当に自分でやっていかなければいけないのであって、誰も必要としないと決めたのです。

タイプ８は、裏切りを人生の重要なポイントと考えます。なぜなら、自分の無邪気さ《イノセンス》と善良さの終焉《しゅうえん》を示したからです。心の核となっているものが、重要な誰かによって裏切られたとき、自分が二度と弱かったり、無邪気であってはいけないと心に決めました。気を緩めないようにするのです。一時の間、タイプ８は密かに自分が失った無邪気さを嘆くかもしれませんが、人生がつきつけてくるものに対応するには、こうしたあり方しかないと結局、受け入れるのです。無情なほど脅威的な背景をもっているなら、タイプ8は自分自身にも人にも同じくらい無情になる傾向があります。心《ハート》をひとたび葬りさったなら、失った無邪気さへの悲嘆ですら、忘れ去られる可能性があるのです。

◉自己保存的タイプ8

「サバイバー」　通常の段階における自己保存的タイプ8は、タイプ8の中でももっとも現実的です。実際的なことや生活費を稼ぐことにひたすら集中します。それにより、自分の幸せだけでなく、愛する者たちの幸せを保証するのに十分なお金とパワーを手に入れることができるのです。タイプ8の中でももっとも家庭的で、家庭生活のプライバシーを享受します。けれども男女を問わず、確実に自分が取り仕切ることを求めるのは確かです。自己保存的タイプ8は、ほかのタイプ8よりも物質主義的な傾向があります。つまり、力を与えてくれるがゆえにお金を欲するのですが、大事なもの（車や家など）を自らの影響や重要性のシンボルとして獲得しようとするのです。

彼らはタイプ8の中でも、もっとも仕事中毒に陥りやすい傾向があります。満足感を感じ、守られていると感じるのに十分な収入を稼ぐために、いくつもの仕事をかけ持ちしたり、非常に長い時間働くかもしれません。

自己保存的タイプ8は、自分の財産や投資を守ることを気にする傾向があります。実際、家の中ですら、自分の所有物についてきわめて縄張り意識が強いこともあり得ます（「誰も私の許可なくして、ガレージに入るな！」というように）。自分の所有物がどこにあるか、それらが安全であるかが明確であれば、安心できます。したがって、自分の財政や個人的・職業的立場、所有物が決して脅かされることがないようたえず確認しています。

不健全な段階における自己保存的タイプ８は、人を脅したり、盗みを働く可能性もあります。「人を鍛えている」という思いこみ《ビリーフ》により、自らの破壊的行為を正当化するのです。結局のところ、弱肉強食の世界なのだと。少なくとも、与える影響や人の気持ちを顧みず、自己中心的に行動したり、自分の（往々にして財政的・性的）ニーズを追求することを正当化することがよくあります。自らの資源を守り、自分の物質的安定を揺るがす力は誰にもないことを確認するためであれば、人の足を引っ張ったり、攻撃することもためらいません。

◉ 社会的タイプ８

「仲間との飲み食い」　通常の段階において社会的タイプ８は、人と結ぶ絆《きずな》を通じて、強烈さを表現します。尊重と信頼が大きなことであり、信頼に足る人間であると示すことができた人たちと関係を結ぶことを楽しみます。タイプ８は、友情が確かで安泰と感じられるよう、自分が気にかける人たちを試します。社会的な居心地の悪さや拒絶感は、予測可能で自分をそのままに受け入れてくれる友人に囲まれることによって、軽減されます（誰もが彼らの内輪に入れてもらえるわけではなく、忠誠心や信頼性を証明して合格した者には、果てしない可能性があるのです）。夜遊びしたり、週末に大旅行したり、内輪で飲み食いしたりというのが、社会的タイプ8のリラックスのしかたです。そして自分が大切にしている少数の者のためには、何でもします。社交行事を主催したり、友人と飲食したり、「本気の人たち」とともに冒険したり。彼らはまた、政治やスポーツ、宗教などについて議論することも楽しみます――白熱すればするほどよいのです。

健全度がさらに下がると、社会的タイプ8は友人を当たり前の存在としたり、意見の不一致により拒絶するかもしれません。裏切られたと感じやすく、大半の人よりも長く恨みをもちます。誰かが内輪からいったん追いやられたならば、タイプ8はその人がまた自分に近づいてくることをかなり渋ります。また、ストーリーを話す傾向性は、節度のない誇張や人を「信じ込ませる」ことに陥ることがあります。魅力的な悪漢や詐欺師になることがあるのです。多くの約束をしますが、人に提供する実際の助けというのはわずかです。不健全な段階においては、拒絶され、裏切られたという気持ちにより、きわめて反社会的な一匹狼になる可能性があります。往々にして無謀で自己破壊的であり、とくに薬物乱用の傾向があります。酩酊《めいてい》と激怒の組み合わせは、彼らの人生のよいことの多くを急速に破壊する可能性があります。社会的タイプ8は一般的にこの状態において、自分自身や人に対して及ぼしている損害を理解することができません。

◉性的タイプ8

「保護」　通常の段階における性的タイプ8は、タイプ8の中でももっとも静かな強烈さをもち、カリスマ的です。大切にしている者には誰であれ熱心で、自分の影響が及ぶ範囲の人たちの人生に大きな影響を与えていると感じたいのです（この影響は当然ながら、肯定的・否定的の両方の可能性があります。健全度によります）。社会的タイプ8のように、騒いで楽しい時間を過ごすことを満喫しますが、性的タイプ8には、もっと反抗的な性質があります。いたずらっぽいユーモア感覚があり、「悪」を楽しみます。きわめて愛情深く、献身的にもなりますが、親密さを主導権争いや自尊心を築く機会としても見る可能性があります。親しい人たちとは荒っぽいかかわり方をし、説得力ある議論に刺激を受け、善良さにはイライラする場合があります。自己保存的タイプ8のように競争心が強くなることもありますが、それは安全のためというよりは、競争のスリルを求めてのことです。実際、性的タイプ8は、たやすい勝利には関心を失います。このことは、親密な関係にも及びます。

健全度がさらに下がると、忠誠心や一貫性、関心を要求します。そして相手の関心が移ろうことへの寛容性があまりありません。実際、自らのことを親や指導者の役割とみなします。そして自分のニーズや計画によりよく合致した型に、人をはめこもうとするのです。彼らは、相手の人生のあらゆる側面について意見をもっています。いうまでもなく、このことは対等な関係を維持することをむずかしくします。

不健全な段階において性的タイプ8は、パートナーを完全にコントロールし、支配しようとする可能性があります。きわめて嫉妬《しっと》心が強く、相手を自分の所有物として見、大切な人を友人やほかのつながりから孤立させようとするかもしれません。最悪の場合、配偶者の虐待や衝動的報復行為、激情犯罪もあり得ます。

◉成長へのチャレンジ*訳注1

大半のタイプ8は、人生のどこかの時点で以下の課題に遭遇します。これらのパターンに気づき、「その瞬間の自分をキャッチ」し、人生のできごとに対する自分の根底にある習慣的反応をただ理解するだけで、性格タイプのマイナス面から自分を解放するための大きな助けとなるでしょう。

タイプ8にとっての「目覚めの注意信号」：自己充足のために闘う

タイプ8は、自分自身を守る必要性を感じますが、それはあらゆる種類の依存に対する恐れともなり得ます（「私は安全と感じないから、タフにふるまい、自分自身を守る手立てをもっと得る必要がある」というように）。タイプ8は、自らの自立を失わずして、人からの支えや助けを期待することはできないと感じるため、世界と戦っているように感じる傾向があります。人生のあらゆるものが困難であり、闘いなのです。タイプ8は非協力的だったり、敵対的とすら思えるものに対して、たえず力を尽くして自己主張します（「自分が今もっているものはすべて、勝ち取らなければならなかった」「タフでなければ、食い物にされるよ」というように）。

タイプ8は一般的に、人の下で働くよりも自分自身の活動を運営するというリスクと冒険を好みます。多くのタイプ8は進取の気性に富んだ「やり手」であり、新しいプロジェクトを軌道に乗せることをいつも考えています。彼らはまた、競争心を露《あら》わにすることもあります。優越感を感じるためというよりも、自分の幸せと安全を維持するために必要な資源をもっていることを確認するためです。自分が周囲の状況をコントロールしていると感じる限り、リラックスすることができます。

当然ながら、人生において真に自己充足している人はいません。タイプ8も含めた誰もが、助けてもらったり、支えてもらったりしながら、共通の目標を達成するために人を必要とするのです。タイプ8が自分の人生を客観的に調べるならば、自らのヴィジョンを実現し、目標を達成するために、実際のところ人に頼っていることがわかるでしょう。しかしながら依存や裏切りを恐れるあまり、このことを認めたり、人と栄光を分かち合うことはしたくありません。自分だけが一生懸命働いていて、自分にしたがうように人にプレッシャーをかけなければいけないと思い込むのです。

こうした見方が習慣的になり、自らの注意信号を無視するなら、タイプ8は自分の性格にさらに囚《とら》われる危険があります。他者はコントロールしなければならない、人生は打ち勝たなければいけないと感じていたら、間違った方向に行っていることになります。このことは、仕事中の態度や愛する者たちとの確執、あるいはなかなか開かないピーナッツ・バターの瓶を罵《ののし》る行為などに表れます。

エクササイズ　世界に抵抗する

どんな課題や活動であれ、必要以上にエネルギーを使っている自分に気づくことを始めましょう。ドアを開けたり、何かをつかんでいるとき、どれだけきつく握っているか。仕事をするとき、そして掃き掃除をしたり、こすったり、道具を使っているとき、力をそれだけ使わなくても効果を発揮できますか？　あなたが誰かに話しているとき、自分の声を聴いてください。自分がいいたいことを表現するために必要とする、無駄のないちょうどいい量のエネルギーはどのくらいですか？

社会的役割：岩

通常の段階におけるタイプ8は、自らを「岩《ロック》」のようにみなしはじめます。強くて動じない人、家族や仕事関係における、他者のための礎（「私はタフだ。誰もが頼りにしないではいられない人間だ」ということように）。意識的にせよ無意識的にせよ、自分自身を岩のような力と不動性に同一化することには恩恵があり、自信と「なせばなる」という態度を強化しますが、それはまた、タイプ8が自らの弱さや自信喪失、恐れといったものを抑圧しなければいけないことにもなります。また、ほかのタイプ同様、通常の段階のタイプ8は、社会的役割からかかわるのでなければ、人と一緒にいるのが心地よくない気がしてきます。自分が岩のようであれば、自分を守ることができ、傷つくことを避けられると信じるのです。不運なことに、岩のようであることは、人生で現れるよいこと——思いやり、親密さ、優しさ、献身——の多くからも自分を防御することになります。人の中にも自分の中にもある困難なことや苦しみに対し、無感情で心を動かされないことになってしまうのです。

タイプ8は、脅かされ、ストレスを受けていればいるほど、タフで攻撃的になります。通常の段階の下のレベルになると、タイプ8は人に対して強硬になることを完全に正当化します。「私はこんなもんだ」と布告しているかのように。自らを、厳しくて冷たい世界においてただ生存しようとしている人間だと見ています。

エクササイズ

親密さを回復する

あなたの人生の中で、タフである必要を感じない、少なくともひとつの領域――人間関係、場所、時間など――を見つけてください。この状況における自分、あるいは特定の人といる自分を観察しましょう。それはどんな感じですか？　あなたの人生のほかの領域とどう違いますか？

エクササイズ

感情が高まる＊訳注2

あなたが競争に入ったり、リスクを負いたくなる理由の一部は、こうした活動から得られる生き生きした感覚のためです。これは、リラックスすることから得られる生き生きとした感じとどう異なりますか？　たった今、意識的にもっとリラックスすることができますか？　それにより、あなたの自己感覚はどうなりますか？

物事を動かす代償

「私が生計を支えなければ」

通常の段階のタイプ8は実際的で、何らかの自分のための夢をもっていることがよくあります。

たいてい利益を生む構想やビジネス・ベンチャー、株取引などです。定期的に州の宝くじを買うといったシンプルなものから、事業を立ち上げ、運営するといったように複雑なものまで。必ずしもすべてのタイプ8が多くのお金をもっているわけではありませんが、自分に独立や尊敬の念、交渉力を与えてくれるような何らかの「大きなチャンス」を求めている人が大半です。セラピストのエドは、幼い年齢でどのようにして起業家精神が発達したかについて、次のように述懐しています。

私が五歳のとき、近くの空き地に行って、雑草から種を集めたことを思い出します。その後、通りの反対側に住んでいる大家さんのところに行って、素晴らしい鳥の餌だといって、種を五セントで売りました。そのお金を地元のお惣菜屋《そうざい》さんにもっていってカップケーキを二つ買いました。それから地元のテニスコートに行って、そのカップケーキを一個五セントで売ったんです。十セントをもって再びお惣菜屋さんに行き、カップケーキを四個買いました。そこで話は終わるんですが、なぜかというとテニスコートに戻ったら、お菓子を販売している人が怒鳴ってきて、私を追い出したからなんです。

タイプ8は人に頼ることを恐れる限り、自分が統括していることを確認したいのです。自分がコントロールすることに満足感を覚えますが、すべてを回すために重荷を背負います。彼らが親であれば、実際的な生き延びるための課題に焦点を当てます。たとえば、自分の子どもに食べるものや住まい、まともな服があること。よい教育を受けられること。さらにお金があれば、子どもに車や家を与え、給料のよい仕事やキャリアを用意するのが自分の責任であると感じるかもしれません

（「親父が全部面倒見る」ということになるのです）。彼らは多くのエネルギーを費やしてヴィジョンを抱き、イニシアチブをとり、たえずすべての意思決定を行い、人が実行するように促します。タイプ８はある種の力の場をたえず醸し出していて、その力は相手によってはエネルギーをもらえたり、保護してもらえたりするものですが、ほかの人には威圧的に感じられます。そしてタイプ８自身にとっても、微妙ながらも確かに、エネルギーが奪われることなのです。

したがって親密さは、通常の段階のタイプ８にとっても問題となります。多くの場合、人と親しくし、自分の強い気持ちを表現したいにもかかわらず、どのようにして構え――とくにコントロールの必要性――を解けばいいかがわからないのです。より直接的な気持ちのつながりを維持することができないため、タイプ８は競争やチャレンジ、体を使うことを通じて、人とつながりはじめます。彼らは確執によって刺激を受けますが、そのことが往々にして、人に誤解される原因のひとつとなります。タイプ８は、激しい議論――口論ですら――をすることを好みます。そして熱烈に自分の論点を主張します。そして自分の強さにより、人が傷つくことに驚くのです。多くのタイプ８は、人とのつながりをセクシャリティやスキンシップを通じて表現します。もしくはタフなじゃれあいや言葉の応酬をすることで愛情を表現するかもしれません。

ただし通常の段階のタイプ８は、自分がどれだけストレスを抱えているか、人に知ってほしくありません。誰にもいうことなく、もしくは少なくともどの程度かを伝えることなく、あらゆる問題に自力で対処しようとします。働きすぎの傾向があり、アドレナリンとストレスを糧に生活し、健康の悪化によって追い込まれない限り、ストレスに対処するための手段を講じようとしません。タイプ8は極度に疲労するまで、たえずエネルギーを使い果たすことで、心臓発作や高血圧、脳卒中、がんなどを患うことがよくあります。

エクサザイズ

自分の優しさを否定する

タイプ8は人を養い、その人たちのために強くあり、決して泣いたり、弱さや疑い、優柔不断さを見せたりしないようにするため、とてつもなく大きなプレッシャーを抱えています。あなたがこのようなプレッシャーを抱えているさまざまな状況を探求してみましょう。あなたは誰のためにそうしているのでしょう。結果は、そうした努力に値するものでしょうか。自分自身に対して少し優しくしていたら、何が起きたと思いますか?

「私とかかわらざるを得ないよ」

尊大さと誇張

物事を進めるために自分がどれだけエネルギーを費やしているか、人は気づいていないのではと通常の段階のタイプ8が危惧《きぐ》するとき、誰が統括しているかを知らしめます。たくさんの主張――その多くは大言壮語や虚勢なのですが――をすることで、誰がもっとも重要かをみんなに知らしめるのです。動物の世界でトップに立つオスが優位性を誇示するように。

通常の段階のタイプ8は、自分が「大物」であり、物事を成し遂げられることを人に知ってもらいたいのです（「あなたのことを本当に助けることができる人を知っているよ。あなたのために彼女に話をしておくから」というように）。自分に協力してほしいがゆえに、表面上は気前のよさを見せるかもしれませんが、それはよく知られたアメとムチの手法です。彼らはまた、人と取引します。「あなたが私のためにこれをやってくれたら、私はあなたの面倒を見ます」というように。通常の段階のタイプ8は、自分の計画に同調してもらえるように、説得や報奨を用いることを好みます。ただし抵抗に遭えば、通常はより積極的に優位に立とうとします。人のために役立つ手段をもつことは、不可欠となります。何らかの交渉の切り札がなければ、不利な立場から相手に対応しなければならないと感じます。もっと悪いこととしては、返す手段がないのに誰かに借りができることになるかもしれません。それは、彼らの根元的恐れを引き起こしかねない状況です。

彼らはまた、自分が及ぼす影響を拡大しつづけようとします。それはある意味で、自我の境界を拡大することでもあります。彼らは自分自身の延長として、自らのプロジェクトや所有物と同一化します（「これは私のものだ。私の城、私の財産、私の事業、私の配偶者、私の子どもたち。すべてが私を反映している」）。プロジェクトを構想し、完成を見届けるということは、幾分かの不死性を獲得する方法なのです。それは世界に対して、「私はここに存在してきた」と知らせているようなものです。彼らの帝国の規模は、それが彼らのものであり、彼らが物事を動かしているという事実ほど重要ではありません。彼らが経済的に成功していれば、側近がいて王族のように旅行し、尊敬や服従を期待するかもしれません。命令したら、疑問を抱くことなく、すぐさま実行してほしいのです。

エクササイズ　**大物からの引退**

あなたは、率直で裏表がないことに誇りをもっています。あなたが人によい印象をもってもらおうとしたり、相手を圧倒させようとしたりしているとき、どれだけ真実性があるでしょうか。このように人に同調してもらうことによって、自分にいい感じがしますか？　逆でしょうか？　人から支えや協力を得るために、もっと効果的な方法はないでしょうか。

「自己主張」vs.「攻撃性」

「底力を見せろ」

タイプ8は、率直な話を好みます。人が遠回しないい方をしているように見えるとき、懐疑的になります。したがって、いくつかの性格タイプのコミュニケーション・スタイルが、タイプ8にとっては問題となり得ます。なぜ人が自分のように率直でないかが理解しにくいのです。一方、タイプ8がいかに大胆で強引になり得るかに当惑するタイプもいます。

その理由としては、タイプ8が明確な境界を必要とするということです。つまり、自分と人がどういう関係かを知りたい、そして本能的レベルで、自分と相手との境界を感じたいのです。人が何を許容し、何を許容しないかも。タイプ8は相手を試すことによって、境界を見つけます。タイプ8とつきあっている人が反応してくれなければ、反応が返ってくるまで、相手の限界に挑戦しつづけるでしょう。ときにこのことは、とげのあるいい方をしたり、からかったりという形をとります。また別のときには、プレッシャーのかけ方は性的なものであるか、たんに会話中の相手がすぐ返事をするよう要求するようなものかもしれません。

タイプ８は自己主張と率直さにより、相手を脅かす傾向があります。相手はタイプ８の挑戦的なコミュニケーションのしかたを、怒りや批判として解釈することが多いですが、タイプ８によれば、ただ人の注意を引き、自分の立場を伝えようとしているだけだということになります。問題の一部は、タイプ８が自分自身の力を知らないということになります。前述したように、彼らは自分の活動の多くに関し、必要以上のエネルギーを使う傾向があります。タイプ８が不安であればあるほど、より攻撃的に自己主張する可能性が高くなります。それは皮肉なことにさらなる抵抗を生むとともに、人からの協力を得にくくします。アーリーンは、彼女の大いにタイプ８的なスタイルについて、次のように話しています。

私は傷つくことがないという印象を与えています。そのようにいわれましたし。私は概して自分に自信があり、リスクを負うのにあまり抵抗がありません。くわしい状況を知らずに「出たとこ勝負」でやったことが何度もあります。ほとんどいつもトップで成功します。ただ内側では、必ずしもいつも見た目ほど安心しているわけではありません。トップであることは私にとってかなり大変です。人に対して「脅威」であるという問題をつくりだすからです。

タイプ8が脅威を感じ不安になると、激しやすく予測不能になります。周囲の人たちにとっては、何が逆鱗《げきりん》に触れるかがわかりにくいのです。時間どおりに食事が用意されていないといったささいなことかもしれませんし、望んだとおりに部屋がセッティングされていない、あるいはたんなる声のトーンかもしれません。より問題を抱えたタイプ8は、人が自分に逆らったり、優位に立つことを恐れ、見境なく自分の意志を押しつけはじめます（「嫌でもどうしようもない」「私がいったとおりにしろ！」というように）。

あからさまな攻撃性によらずに思いどおりにするためのほかの典型的な方法には、人の自信をくじくこと、そして「分割統治」*訳注3の戦略があります。タイプ8はまた、言葉の暴力を用いるかもしれません。怒っていたりフラストレーションを感じていたら、相手の面前で怒鳴りちらすのです。当然ながらこのようなことを長い間続けていたら、往々にして、人が結束して対抗することになります。それはまさにタイプ8がもっとも恐れていることのひとつです。ひとたび侵害され、拒絶される恐れに囚《とら》われたなら、タイプ8は過去に実際に自分を傷つけた人たちと、現在対応している相手を区別できないようです。彼らは、人が自分を不当に扱うことはあたかもほぼ確実であると感じ、自分がもっている力を駆使して、そのようなことが起きないようにすると心に決めています。

エクササイズ　本能的エネルギーを感じる

今度ある状況において自分が反応的だと感じたら、ちょっと実験してみてください。衝動のままに行動するのではなく、立ち止まり、深呼吸し、衝動のエネルギーが自分の中でどのように動くかを見てください。そのエネルギーをたどっていくことができるでしょうか。それはどのくらいの間続きますか？　時間が経つにつれ、変化しますか？　それに注意を向けていると、ほかの気持ちも浮かんできますか？　あなたの片方の手でこのエネルギーを一番感じるところに優しく触れてください。何が起きますか？

「嫌ならやめれば？」

コントロールと対人関係

タイプ8のコントロールされることへの恐れは、たやすく引き起こされます。そのため、通常外のものは求められていなくても、コントロールされるように感じるかもしれません。当然ながらこのことは、タイプ8のキャリアや人間関係に重大な問題を引き起こす可能性があります。たとえば人からの指示を受けることは非常にむずかしいのですが、命令であればなおさらです（「誰も私にどうしろというな！」というように）。タイプ8のおもな資質やあり余るエネルギー、意志の力は、不要な確執に浪費されることが多いのです。子ども時代の家庭環境が機能不全であればあるほど、自分が守られていると感じるためにはより多くのコントロールを必要とします。機能不全のタイプ8にとり、自分が強く、自らの状況をコントロールしていると感じるには、確かにそうであるという「証明」がますます必要になります。

タイプ8のコントロールを求める闘いは、相手が自分に対して不当な優位性を得たと感じたら、あからさまな確執にエスカレートする可能性があります。彼らは自らのパワフルな本能的エネルギーと断固たる決意を用い、越えてはならない一線を相手にはっきり示しつつ、越えられるものなら越えてみろとけしかけます（「昇給はない。嫌なら今すぐやめてもいいんだよ」と）。不運なことに、タイプ8がひとたび最後通告をしたなら、それがたとえ衝動的に発せられたことであっても、最後までやり遂げなければいけないように感じるのです。引き下がったり態度を和らげたりすることは、弱さに感じます。そして独立やコントロールを失う可能性も。

抑制が効かないと、コントロール欲求により、タイプ8は大切な人を所有物と見なす可能性があります。自分に依存する人たちを、非実際的で弱いため、尊敬したり対等に扱うに値しないという見方をしはじめます。自分自身の感情的反応や繊細さをかえりみず、人の痛みや感情的ニーズを冷やかしたり、取り合わないこともあります。より問題を抱えたタイプ8はまた、強さを示す部下に脅かされると、相手の自信をくじき、恣《し》意《い》的な命令によって不安定なままに留《とど》めることで、弱体化しようとするかもしれません。それでもだめなら、相手をひるませる言葉の攻撃を始めるのです。

エクササイズ　これを誰かが自分にしたらどうなんだろう？

あなたが誰かにプレッシャーをかけ、意志に反することをさせたできごとを思い出してください。今考えて、あなたが必要としていたり欲したりしていたことを、別のやり方で手に入れることは可能だったでしょうか。あなたが追い求めていたのは、正当なものだったでしょうか。求めていたものを、あなたがプレッシャーをかける必要がなく、相手がただ与えてくれていたら、それはどのような感じだったでしょうか。同様に、誰かがあなたにプレッシャーをかけようとしたときのことを思い出してください。相手のやり方は、協力したいというあなたの欲求にどのように影響を与えましたか？

挑戦的な態度と反抗

タイプ８は自己主張し、権威に反抗するひとつの方法として、若くして結婚したり、あるいは家族がよしとしない配偶者を選んだり、学校に行くのを拒否したりするかもしれません。ほかにも多くの挑戦的行為があります。幼いときから、タイプ８は権威に対して並外れた抵抗を示すことがあります。エドは次のように思い返しています。

「誰も私にああしろこうしろというな！」

私の子どものときの問題のひとつは、激怒する気質でした。私を激怒させるのは、誰かが私に偉そうにふるまおうとするときでした。八歳ぐらいのとき、学校から帰宅中、道路が何かの工事中だったのを覚えています。私は好奇心に駆られ、現場に向かって歩いて行きました。警官が近寄らないでといったとき、私は「絶対嫌だ」と答えたんです。彼は私を家まで連れて行き、私の両親に、「これほど生意気な子どもに会ったことはない」といいました。

より問題を抱えたタイプ８はけんか腰で、自分の思いどおりにするために人に直面し、威圧する傾向があります。威圧の高まりとともに、無理強いしようとするかもしれません。拒絶や非協力的な態度を予期して、以前は仲間や友人だった相手に対してすらも敵対的な関係をつくります。そしてうっかり家族も敵に回してしまうかもしれません。そして自分はなぜ抵抗され、嫌われるのだろうと思うのです。タイプ８の視点からすると、自らの行動はおもに人のためだと感じるのです。人は恩恵を受けるだろう——最終的に——と。自らの傷や怒りの気持ちにより、人を傷つけたり、協力を得ようと脅かしたりすることを正当化します。

彼らは通常、争いを好みませんが、相手を引き下がらせるためにぎりぎりまで対決することを厭《いと》いません。相手が折れなければ、「もっと悪いことが起きる」と脅します（「お前は本当に甘く見ているなあ。私を怒らせないほうがいいよ」というように）。

エクササイズ　高くつく勝利

タイプ８の健康上、人間関係上の問題の多くは、引き下がりたくない、降参したくない、恐れを見せたくないということに根ざしています。あなたのインナー・ワーク・ジャーナルに、次の質問に対する答えを書き込んでください。

どのような幼いときのできごとにおいて、自分は人に屈したくない、譲れないと思いましたか？　学校時代、そしてもっと最近のできごとを思い出しますか？　こうしたできごとにより、身体的にどう感じましたか？　感情的には？　心理的には？（できるだけ具体的に）。どのようにして、その争いに自分が「勝った」とわかりましたか？　そのためには、まず最初に相手が何をする必要がありましたか？　相手がしたことにより、あなたはどう感じましたか？　どのくらい長く？

◉警告信号：苦境に陥ったタイプ8

タイプ8が対応能力をもたず、適切なサポートも受けずに深刻な危機に陥ったり、子ども時代に慢性的な虐待を受けていたとしたら、ショック・ポイントを越え、不健全な段階に突入するかもしれません。それにより、彼らの挑戦的な反応や人をコントロールしようとする試みが、実際には自分にとってもっと危険を招いている――彼らの安全は高まるよりも低くなっている――という恐ろしい認識に至るかもしれません。タイプ8はこのことを、信頼できる愛する人を含む他者が実際に自分を離れる、あるいは自分に敵対さえしてくるという恐れとして体験するかもしれません。実際、こうした恐れの一部は、事実に基づいているかもしれないのです。

このような気づきは恐ろしいものであっても、タイプ8の人生においてターニング・ポイントになり得ます。こうした恐れの中に潜む真実にタイプ8が気づくことができれば、人生を転換しはじめ、健全で解放された状態に向かうかもしれません。もしくは逆に、より好戦的になったり、挑戦的になったり、威圧的になったり、何としてでもコントロールする立場を必死に保とうとしたりするかもしれません（「自分対世界」「私に干渉することを誰も考えもするな。叩《たた》きつぶすよ！」）。タイプ8がこうした態度に固執しつづければ、不健全な段階に入っていくかもしれません。あなた自身もしくは知っている人が、二～三週間以上の長きにわたって次のような兆候を示していたら、カウンセリングやセラピーなどのサポートを得ることを強くお勧めします。

警告となる兆候

▼「身内」に裏切られるという妄想に基づく感情
▼社会的孤立と苦痛の増加
▼良心と共感の欠如：無情な冷酷さ
▼激怒、暴力、物理的破壊の発現
▼「敵」に対する復讐《ふくしゅう》と報復の企て
▼「無法者」という自己認識。犯罪行為へのかかわり
▼社会に対する反撃の発現（社会病質）

考えられる病理：
反社会性パーソナリティ障害
サディスト的行動
肉体的暴力
妄想
社会的孤立

◉タイプ8の強みを生かす

「あなたの面倒を見てあげられるよ」

タイプ8は、行動と「実際的な直観」の人です。ヴィジョンがあり、建設的であることから大きな充足感を得ます。彼らのリーダーシップに対する重要な要素は、実際的な創造性です。物事を一から築くこと、期待できない材料を素晴らしいものに変えることを楽しみます。タイプ8は、人や状況の中にある可能性を見ることができます。ガラクタだらけのガレージに、ビジネスの可能性を見つけることができるのです。人の力を引き出すために、報奨や挑戦を与えることを好みます（「全優取ったら、あの車をあげるよ」というように）。このようにして、人が自分で気づいていない資質や力に気づけるよう助けます。

したがってタイプ8のキーワードは、「エンパワーメント（自信を与え、力をつけること）」なのです。健全なタイプ8は、「人に魚を与えると一日で食べてしまう。しかし人に釣りを教えれば、一生食べていくことができる」ということわざに賛同します。これが本当であることをタイプ8が知っているのは、往々にして自分で「釣り方」を覚えたからです。

「名誉」も健全なタイプ8にとって重要です。自分の言葉は約束なのです。彼らが「それは保証します」というときは本気です。ごまかしなく率直に話をします。健全なタイプ8は、似たような資質を人に求めます。そして彼らは、そうした資質が自分の中にあることを人が気づいてくれたら満足です。ただし人が自分の誠実さを評価してくれなくても、変わらず約束を守ります。

さらに、タイプ8は尊重されたいのです。健全なタイプ8は人、そしてあらゆる生き物の尊厳を尊重します。人のニーズや権利が侵害されることは、自分個人が傷ついたように感じます。そして不正が起きると、健全なタイプ8は本能的に反応し、行動します。介入し、弱い者や恵まれない者を守るため、もしくは不当な扱いを受けたと思われる人たちの状態を正すために、争いをやめさせます。勇気があり、強いと同時に優しく謙虚で、正義や公正のために自らを危険にさらすことを厭いません。非常に高度に機能するタイプ8は、ヴィジョンや思いやり、力があり、世界のよきことへ多大な影響を及ぼします。

健全なタイプ8におけるコントロールは、自制心という形を取ります。毎日世界に勝とうとすることは、実際は逆効果であることを理解しています。より深いレベルにおいて、コントロールはあまり最終目標ではありません。むしろそれは、人や世界によい影響を及ぼしたいという欲求です。バランスのとれたタイプ8であれば、こうした影響というのは、真の内面の力からくるのであって、外面の力の誇示や力強さ、物事を自分の意志に従わせようとすることではないと理解しています。状況や人をコントロールすることは、実際には拘束のひとつであることに気づいているのです。真の自由や独立は、世界とのはるかにシンプルでリラックスしたかかわりを通じて生まれます。

最後になりますが、健全なタイプ8は度量が大きかったり、心が広く利己心を超えることができる寛大さをもっています。彼らは十分な自信があるため、ある程度の弱さを自分に許すことができるのです。それにより、自分が人のことを気にかけ、思いやっていることを感じることができます。

彼らは人を守るときにこのことを表現します。学校のいじめっ子から友だちを守ったり、同僚のために不当な方針に対して立ち上がったり。健全なタイプ8は批判に耐えることを厭わず、自分の責任下にあると見る人たちを守るために、必要とあらば何でもします。

これが起きるとき、タイプ8は自分が活動している規模――家族、国家、世界――に応じて、一定の「偉大さ」を実現します。そしてその結果として、高く評価され、尊敬されます。彼らを英雄のレベルにまで引き上げる、ある種の不死性を得るのです。彼らは自然の力のようなもので、人は直観的に大切にし、敬意を表します。歴史には多くの健全なタイプ8が刻まれています。彼らは、自分自身を超えた何かのために進んで立ち上がりました――時には、すぐに理解できないことでも。そして私たちの世界で永続する善きものの多くは、彼らの決意と奮闘を通じて達成されたのです。

◉性格（パーソナリティ）から本質（エッセンス）へ

自らの弱さが浮上することを許せれば、タイプ8はプレゼンスに幾度も戻ることを学びます。そして徐々に、いつも強くあり、コントロールする必要があるという自己イメージを手放します。これを続ければ、彼らは最終的に、人から傷つけられコントロールされるという、自らの根元的恐れに直接触れることになります。そして自分史におけるこの恐れの起源を理解するのです。かなり前の恐れや傷に取り組むにつれ、つねに自分自身を守りたいという根元的欲求への執着が薄れます。

人が自らの根元的恐れや根元的欲求から解放されると、健全度のレベルの下のほうで起きたことすべての逆が起きます。タイプ8の性格構造である自力と自己主張が消失し、真の本質的力が浮上するスペースが生まれます。このことにより、タイプ8は自分自身のためにもっているよりも大きな計画に身を委《ゆだ》ねることができます。そのようにするタイプ8は、とてつもなく英雄的になり得ます。

たとえばマーティン・ルーサー・キング牧師やフランクリン・ルーズベルトといったように。これらの人々は、高次の目的のためのうつわとなるべく、自分個人の生存についての懸念を手放したのです（「彼らが私を殺すのであれば、殺すでしょう。私は自分の人生を差し出します。ヴィジョンは生きつづけます」）。根元的恐れを乗り越えられたときに生み出される自由から、インスピレーションや、崇高さを与えるものが生まれてきます。

◉本質（エッセンス）の浮上

自己のもっとも深いところで、タイプ8は存在のシンプルな喜びを覚えています。とくに原始的で本能的なレベルにおいて、生きていることのこの上ない充足感を。彼らは本能的反応がもつ純粋さやパワーとまだある程度のつながりをもっているため、こうした反応もまた神の秩序の一部であることを私たちに思い出させてくれます。私たちが生まれつきもっている本能の源との真のつながりがなければ、私たちが変容するために必要とする基本の燃料から切り離されることになります。

タイプ8の本質的核心は、性格構造の欺瞞《ぎまん》やとり繕いを切り裂き、シンプルで自己を意識しない、真実の体現をもたらします。オスカー・イチャーソはこの資質を、「無垢《イノセンス》」と呼びました。そしてある意味では、タイプ8もまた、子ども時代に知っていた「無垢」を切望しています。この「無垢」は、彼らが強くなるために置き去りにしなければいけなかったと感じたものです。

タイプ8はまた、自然の秩序がもつ「無垢」を表現しています。この「無垢」においては、世界のあらゆる生き物がその本性を表すのです。猫は獲物に忍び寄っているときも、無邪気に猫として機能します。鳥も無邪気に鳥をしていますし、魚もそうです。この本来備わった能力とのかかわりを失ってしまったように思えるのは、人間だけです。タイプ8の本質は、広大で完璧にバランスのとれた自然の秩序の一部として機能している完全な人間であり、生き物であるとはどういうことかを、私たちに思い出させてくれるといえるでしょう。

タイプ8が自分自身の意志の強さを手放すと、「神の意志」を見つけます。自我の主張を通じて力をもとうとする代わりに、「神の力」と同調します。「自分対世界」という態度よりも、世界で果たす役割があることがわかります。それを心から追求していけば、歴史上の偉大な英雄や聖人に並ぶ不死の立場を獲得するかもしれません。解放されたタイプ8には、ほかの人たちも英雄的になるようなインスピレーションを与える力があります。もしかしたら何世紀にもわたって、人に影響を与えるかもしれません。

タイプ8はまた、聖なるリアリティの一部であることからくる全能と力を覚えています。「聖なる意志」は、「意志の強さ」とは異なります。タイプ8がこのことを理解すると、世界との戦いを終え、彼らが求めてきた確かさや力、独立といったものはすでにここにあることを発見します。それらはすべての人間の本性の一部であるから、彼らの本性の一部なのです。彼らがこのことを十分深く体験するとき、「存在《ビイング》」の中へ完全にリラックスしていくことができます。苦もなく、世界および人生の神秘的な展開とひとつになることを感じるのです。

訳注1：基礎編288ページ「欲望と『強烈さ』」の項も、成長のためのチャレンジとして、自分のパターンに気づくために重要である。

訳注2：基礎編288ページ「欲望と『強烈さ』」の項に関連するエクササイズであるため、この項目を読んでからエクササイズを行うことが望ましい。

訳注3：支配者が被支配者の民族・宗教・利害などの相違を利用し、統一的な反対勢力の形成を困難にして支配の安定をはかる方法（『大辞林』三省堂）。

第十二章　タイプ9・平和をもたらす人

◉子ども時代のパターン

多くのタイプ9は、幸せな子ども時代を送ったと報告していますが、必ずしも実際にそうだったとはいえません。子ども時代に問題を抱えていたとしたら、脅威を感じるトラウマ的な周囲のできごとから解離*訳注1することで、また家族の確執があるときは「平和をもたらす人」や「調停者」の役割を担うことで対処することを学びました。また、家族の中で調和を保つ最良の方法は「姿を消し」、誰にも何の迷惑もかけないことだと学んだのです。自分が多くを求めず、あまり期待をもたなければ——つまり、手のかからない子どもであれば——、うまく自分自身を守りつつ、ママとパパを落ち着かせることができると（機能不全の家族システムにおいては、「ロスト・チャイルド」と呼ばれます）。どういう気持ちかというと、「自分が前に出て自己主張すれば、さらに問題をつくってしまう。だから自分が邪魔をしなければ、家族は分裂しないだろう」ということなのです。

よく知られたセラピストであるジョージアは、何年もインナー・ワークに取り組んできました。

私の母はアルコール依存症で、すぐカッとなる気性でした。そのため子どものときの私は、端っこにいるようにすること、波風を立てないことにかなり気を遣いました。このように人生を傍観し、人のニーズに合わせることを学んだんです。自己主張したら愛されないことを恐れました。人生をもっと内向きに生きることを選択したんです。それは実際には私にとってとても豊かな世界で、人に直面することはありませんでした。

タイプ9は、自分のニーズをもつこと、自己主張すること、怒ったり親にとって大変な状況をつくりだすことは許されないと感じながら育ちました。その結果、タイプ9の子どもは適切に自己主張することを学ばなかったか、その延長で、自分の親や重要な他者から自立して自己実現することを学びませんでした。幼いタイプ9は、物事がふりかかってこない後方にいることを学びました。大人になってからは、自分が合わせようとする相手の事柄や計画でこころの中がいっぱいになって精神的余裕があまりなく、往々にして自分自身のニーズや欲求の声を聞くことができません。

彼らはまた、怒りと自分自身の意志を徹底して抑圧することを学んだため、怒りや自分自身の意志をもっていることすら気づかなくなったのです。彼らは適応し、人生や人がもたらすことには何であれ、同調することを学びました。何を欲し、考え、感じるかを自らに問いかけることはめったに思いつきませんでした。その結果、タイプ9が自分自身のために欲していることを感じるためには、通常ある程度の掘り起こしが必要となります。

レッドは何年も、自らの控えめさと抑圧した怒りに取り組んでいます。

私は「よい子」であったために放っておかれたという、はっきりした感覚をもっています。何時間もひとりにすることができ、ひとり遊びができたため、どんなに「天使」だったかと母はいつも人に語ります。母はタイプ9だと思いますが、私は彼女の人生哲学の多くを身につけました……。母と父の間で確執が生じたとき、母は「波風立てないで」とか「いい話でなければ、何もいわないで」という表現を使っていたものです。ほかに母が気に入っていた表現は、「片方だけの問題ではない」でしたが、それは彼女なりに、「自分から口論をやめることで、終わらせることができる」ということを私に伝えていたのです。

かなり機能不全の家族の場合、幼いタイプ9は感情的にも身体的にも性的にもトラウマを受けているかもしれません。このようなタイプ9は、解離したり心を閉ざすことで、耐えがたい気持ちから自分を守ることを学びます。ひとつの観点からいうと、タイプ9が自らのトラウマ的記憶や激怒に気づいていないのは、幸いなことです。他方、現実《リアリティ》が深みや鮮やかさをもって心に触れることを許容する力が広範囲に弱まってしまいます。こうした人たちは、空想《ファンタジー》の中に迷い込んでしまうか、自分がいる環境の中で、何であれ肯定的で平和なものにひたすら焦点を絞るかもしれません。このことが、のちにどれだけ錯覚と化すにしても。

アンドレは主要大都市圏において成功を収めた、不動産のセールスマンです。彼の成功の多くは、自然体で素直なことからきています。よくあるタイプ9の特徴です。ただしこうした特徴は、高い代価を払って習得されたのです。

母は僕の子ども時代の大半、ひどいうつ状態でした。母にとって僕が悩みの種でないほうが、僕は安全であることを知っていました。なのでできるだけ周囲に溶け込もうとしました。祖母の裏庭によく逃げ込んだものですが、そこにある高い木々や動物たちが大好きでした。

◉自己保存的タイプ9

「快適さを求める」　通常の段階における自己保存的タイプ9は、好感がもて、気楽で、人生に多くを求めません。手に入りやすいシンプルな楽しみが好きです。最寄りのファストフードのレストランで食べるとか、お気に入りのテレビ番組の再放送を見るとか、快適な椅子でボーッと過ごすとか。かなり才能があるかもしれませんが、通常は大望を抱きません。概して、ウロウロしたりルーティンをこなしたりすることで、不安に対処します。そして大きなプロジェクトに対処することを避けるために、細々したことにかまけるかもしれません。真の欲求を追求できない代償として、次第に小さなご褒美に魅《ひ》かれるようになるのです。ただし、自分の真のニーズに応《こた》えていないことに関し、いつもいくらかの抑圧された不安があります。

タイプ9の「慣性の法則」は、自己保存的タイプ9においてもっとも明確に現れます。無気力《アパシー》や自己軽視により、本当に欲しているものを得たり、真の自己保存的ニーズを満たしたりするために自分を動かすことがむずかしくなります。次第に、不安や怒りの気持ちを抑圧するために飲食するようになり、しばしば旺盛《おうせい》な食欲や嗜癖《しへき》傾向をもつようになります。いい気分を人に邪魔されたくないのです。そしてただ反応せず、頑《かたく》なに黙ることによって、人に抵抗することがよくあります。

不健全な段階においては、人生について深い無気力《アパシー》に陥ります。そして疲れきったり、無力になったりする可能性があります。慢性的なカウチポテト（座ってばかりいる怠け者）となり、感情を遮断します。そして徐々に健康や対人関係、可能性を蝕《むしば》みます。依存症になることがよくあります。

◉社会的タイプ９

「幸せなひとつの家族」　通常の段階において、人々を結びつけ、平和をもたらすことにもっとも関心があるのが、社会的タイプ９です。人とかかわり、何であれ起きていることの一部であることを好みます。ただ、自分にあまりにも期待がかかることには抵抗します。彼らは身を置いていても、頭と心はその場から離れていることがあります。一般的に多くのエネルギーをもっており、活動的でありつづけたいのですが、明確でなじみのある枠の中でです。人のために働いたり、助けることを厭《いと》いませんが、自分に何が期待されるかをはっきりわかっておきたいのです。所属している社会的集団の期待に応えるという意味において、驚くほど慣習的で順応する人になり得ますが、アイデンティティを失い、誰かの「クローン」や添え物になることも不安です。また、自分の価値についての不安感に加え、人を喜ばせたり、溶け込みたいという欲求により、人に「ノー」というのがむずかしくなります。ただし結局は人に受動的攻撃（暗黙の抵抗）をすることがよくあります。さまざまな人たちやグループを喜ばせようとすることで、通常の段階のタイプ７のように散漫になったり、幻滅したりすることも。往々にして、独自の目標を設定したうえで、意志をもって最後までやりとおすことが困難です。不健全な段階において社会的タイプ9は、自分が成長していないことに対して諦《あきら》めに陥り、うつ状態になる可能性があります。彼らの欲求や強い不安は通常、感情の平板さに覆い隠されます。憤りを見せることは人を遠ざけるかもしれないため、社会的孤立感が高まります。

◉ 性的タイプ9

「融合」 通常の段階において性的タイプ9は、相手のエネルギッシュな資質を取り込みたく、アグレッシヴなタイプに惹《ひ》きつけられることがよくあります。自分自身もちょっとした積極的な特徴を示すかもしれません。ほかのタイプ9よりも気が強く、人とのつながりが脅かされたと感じると、怒りがすぐに湧くかもしれません。完全なパートナーシップを求め、「自分の人生」よりも「私たちの人生」として考えます。それはまるで、相手が自分と融合してほしいかのようです。性的タイプ9は往々にして、相手を理想化し、欠点は見たくないのですが、批判的で要求が強くなることもあります。とくにウィングが1の場合はそうです。そして相手への賛辞は、自分への賛辞となります。侮辱や失望についても同じです。相手のことが性的タイプ9のおもな関心事となり、アイデンティティの軸となります。その結果、性的タイプ9は、自分自身のアイデンティティや真の自立心を育てることができないかもしれません。性的タイプ9はきわめてロマンティックで、タイプ4に似ているところがあります。非現実的な「救われる」空想や「シンデレラ・コンプレックス」、願望的思考、愛する人への執着といったすべてが、こうした特徴の要素となり得ます。不健全な段階においては、きわめて現実からの解離が進み、うつ状態になり、自己の核が欠如しているように見えます。相手と十分に融合できず、自分を見失ったように感じます。相手に対する空想が、怒りや仕返しの空想と混じり合います。ただし後者については、それにしたがって行動することはめったにありません。こうしたタイプは、きわめて依存的な関係に陥るか、自分だけでもがき、誰かが現れるのを待っています。もしくは自己が、過去の関係に依存することで機能するかもしれません（「メグと僕は、とても愛情あふれるカップルだったんだ。彼女が亡くなって、とても寂しい」というように）。

◉成長へのチャレンジ*訳注2

大半のタイプ9は、人生のどこかの時点で以下の課題に遭遇します。これらのパターンに気づき、「その瞬間の自分をキャッチ」し、人生のできごとに対する自分の根底にある習慣的反応をただ理解するだけで、性格タイプのマイナス面から自分を解放するための大きな助けとなるでしょう。

タイプ9にとっての「目覚めの注意信号」：人に合わせる

「何でもいいです。私は構いません」

タイプ9は通常の段階以下になると、過剰に人に合わせようとする誘惑に駆られます。人と確執が起きると、相手とのつながりを失うのではと恐れるからです。たとえば夕食にどこに行きたいかと配偶者から聞かれると、タイプ９は「何でもいいよ。あなたが行きたいところでいい」と答えるかもしれません。

簡潔にいうならば、タイプ９は自分が本当はやりたくないことに同意する習慣が身についているのです。この戦略は短期的には不和を避けられるかもしれませんが、双方ともに憤りを感じるようになるのは、ほぼ避けられません。さらにタイプ９の憤りは通常、受動的攻撃としての行動――何かをすることに同意しながらも、実際にはやらない――を引き起こします。それは最終的にははるかに大きな確執や誤解を人との間に生み出すことになるのです。また、人に順応することは、利用される危険にさらされます。彼らは、平和を守るために大きな代償を払うことを厭わないからです。

才能あるセラピストであるホープは、自分の中にあるこうしたパターンに気づきました。

私はあまりに穏便にすませようとしてはっきりいわず、いいなりになりやすいんです。行動したり、自分や人のために立ち上がる必要があったことが何度もありましたが、そうできませんでした。多くの場合、それは確執への恐れ、状況が悪くなるのではという恐れ、そしてみんな「お互いにうまくやってほしい」という欲求の組み合わせからきたものでした。私は人生の大部分、自分の能力を控えめに見せていました。スポーツでも仕事でも。それは、目立たず、注目を浴びないようにするためだったんです。自分ではなく、人が前に出るのを助けるのが大事でした。

順応と控えめというのが、タイプ9の「姿を消す」ことの始まりとなります。自己主張し、人を遠ざけるリスクを冒すよりも、慣習的役割の中に消えていったり、決まり文句やモットーの陰に隠れるのです。不安と葛藤《かっとう》が増えれば、タイプ9はほとんど見えない存在となります。こういうことが起きるのは、タイプ9が「自分が問題とならないように」周囲の状況に適応しようとするからですが、そのプロセスの中で自分を見失ってしまいます。

エクササイズ

「ノー」というつもりで「イエス」という

人の計画や好み、選択に合わせ、自分自身の選択を没にしたときのことを思い浮かべてください。このことは、相手やその状況とのかかわり方の感覚にどのような影響を与えたでしょうか。自分自身や自分の気持ちとのつながりに対しては？　相手に合わせなければならないことが嫌でしたか？　どのようにして自分自身の選択を省きましたか？　そうすることによって、何を得たかったのですか？

社会的役割：特別でない人

通常の段階のタイプ9は、自らを「特別でない人」と見なすことによって、特定の社会的役割をつくりだします。それは後方に留《とど》まることに甘んじ、他者に迷惑をかけない謙虚な人です（「私に誕生日プレゼントを買わないで。あなたが私を愛しているのは知っているから」というように）。自らの存在や意見、かかわりはあまり重要ではなく、特別な影響はないと感じます。ひとつの見方からすると可能性を制約するものですが、タイプ９はこうした自己認識に慰めを見出《みいだ》します。フラストレーションや拒絶された感じ、怒り、失望を感じないよう、自分自身の期待や希望を最小限にすることができるのです。

タイプ９の社会的役割は把握しにくいものですが、ひとたび体験したなら明白です。タイプ９のアイデンティティは、宝石をのせた指輪あるいは絵画の額縁のようなものです。タイプ９の関心は自分自身ではなく、宝石や絵に注がれており、もっと価値をもっていそうな人たちと関係をもつことによって（想像上だけであったとしても）、彼らのアイデンティティや自尊心が生じるのです。

また、自分自身を「特別でない人」に同一化することは、タイプ９に一定のカモフラージュを提供します。それは、立ち入られることのない後方に溶け込む力です。彼らの社会的役割は、希望も提供します。それは、自分自身のニーズを満たさなくても、自分が表に立たない謙虚さに人が気づき、自分の側に駆けつけてくれるだろうということです。彼らはまた、自分は謙虚で表に立たないから、人生が悲しみや悲劇をもたらすことはないだろうと信じるかもしれません。不運なことに、物事は必ずしもそのようになるわけではありません。そして自分を列の最後にすることにより、ある程度の孤独や落ち込みを自ら招く傾向があります。好機が通り過ぎ、人は彼らを重要視してくれなくなるのです。フィリップは優れた大学教授ですが、彼の活発な学究生活は、内面の自己感覚を表すものではありません。

私は、自分が重要ではないという感覚とともに生きてきました。つねに人のほうが自分よりも価値がある、彼らのことを優先的に考慮すべきだ、彼らのニーズは私のよりも重大だと思い込んできたんです。このことについてのよい例は、健康問題に対する自分の対応のしかたです。私に何らかの症状があるとしたら、私は結構長くそのままにしておきます。その一方で、私の子どもたちが小さかったとき、誰かが病気になったら、私はすぐに予約を入れて医師に連れて行ったものです。

「特別でない人」の役割がそのままであれば、人生に対処するための能力において、限られたエネルギーとわずかな自信しか残されません。彼らはうつ状態になり、疲れやすく、頻繁なうたた寝と何時間もの睡眠を取る必要があります。自分自身のために肯定的な行動を取ることは何であれ、より一層むずかしくなります。

エクササイズ

私にはその価値がある

人生においてあなたを興奮させる物事のリストを作成してください。編集しないでそのまま書くようにしてください。そのリストの内容を踏まえ、可能だとしたらどのような人になりたいですか？　もっとそういう人になるために、今日できるステップは何ですか？　今週は？　今年は？

自己を意識せず、麻痺する

逆説的に聞こえるかもしれませんが、タイプ９は自己を意識せず、自分自身を個人としてあまり認識しないことにより、自らのアイデンティティの感覚をつくりだし、維持します。ほかのタイプはすべて、自己感覚をつくりだし、維持するために何かをします。たとえば、タイプ４はたえず自分の気持ちや内面の状態にこだわり、タイプ８はつねにさまざまな方法で自己主張をします。一方、タイプ９は、自分自身について直接的に意識しないことによって、自らのアイデンティティを形成するのです。自分自身よりもむしろ人との関係に焦点を合わせます。それはあたかも彼らが、人が集まる部屋もしくは、人の写真が貼られるフォトアルバムのページのようです。彼らの自己感覚はこのように「消極的能力」、すなわち自分ではなく、人を支えるうつわなのです。

このことにより、健全なタイプ９はとてつもなく人を支えることができます。ただしタイプ９の根本的過ちというのは、人とつながりつづけるには自分自身とつながってはいけないと信じることです。それはまた、タイプ９に問題を引き起こすことにもなります。消極的能力を維持するには、自分の調和とつながりの感覚を妨げるものは何であれ、ますます抵抗しなければいけなくなるからです。彼らの自己感覚は、多くの印象を締め出すことを頼りにしています。とくに、自らの激しい怒りや痛み、フラストレーションなどの否定的感情に気づかせるものは何であれ、抵抗しなければならないのです。外見上、タイプ９はたくさんのことを行うかもしれませんが、その多くはウロウロしたり雑用をこなすことで、より重大な問題に対処することを引き延ばすのです。この状態においてタイプ９は、なぜ人が自分にフラストレーションを感じるのか理解できません。自分は誰も困らせていないのに、なぜ自分に腹を立てているのだろうと。彼らが理解していないのは、適切な反応を返さないことが、人にどれだけのフラストレーションを引き起こし得るかということです。彼らはまた、「自己成就預言（恐れていることを自ら実現してしまうこと）」の下地をつくっていることを理解していません。つまり、通常から不健全な段階のタイプ9は、本気でかかわらないことにより、結局は彼らがまさにもっとも恐れていること――喪失と別離――を引き出してしまうのです。

タイプ9は、「麻痺《まひ》することはリラックスすることではない」と理解することが重要です。実際、麻痺することは、身体的緊張を維持することに頼っています。私たちはリラックスしていると、自分の呼吸や身体感覚、周囲の環境を深く意識しています。真の平和には、生気やエネルギーといった性質があります。ここで述べている無反応な遊離感とは異なります。

アンドレは続けて、次のように語っています。

僕は一番悪いときは、麻痺したように感じます。落ち込んでいるというよりも、ただ麻痺したような感じです。ささいなことがとてつもない努力のように感じるときもあります。ただ窓の外を眺め、物思いに耽《ふけ》ったり、テレビの前で寝っころがってチャンネル・サーフィンをしていると、長い時間が過ぎさっていくことがあります。時間がただ止まるんです。ゾンビになるようなものです。仕事に行き、フレンドリーにも見えるという意味では、まだ機能できるんですが。でも心の中では、完全に閉じているように感じます。人生の方向性を見つけることについて、絶望感があります。

エクササイズ **意識が離れる**

かなりの間、自分の「意識が離れ」、自分を意識していないことに気づいたときはいつでも、その前にどのような状況があったかを思い返してください。その場から離れたいと思わせたものとして、何が脅威に感じられたでしょうか。脅かしていたものは、その環境の中にのみあったように思えたでしょうか？　もしくは、自分自身の中にある状態や反応のようだったでしょうか？　自分の気づきを、今後心を閉ざすことを防ぐ助けとなる早期警報システムとして使ってください。

「私は気にしないようにしています」

内なる聖域に入っていく

タイプ9は見た目とは異なり、実際にはすべてのタイプの中でもっとも遊離しています。ただし、身体的に人から遊離しているわけではないため、ほかのタイプに見られるほど明白ではありません。タイプ9はその場にいつづけても、世界との積極的なかかわりへの関心が薄れていきます。そして「内なる聖域」をつくり、維持しようとします。それは頭の中の私的な場所で、誰も干渉することができません（「この中で私は安心。そして誰も私にこうしろといわない」と）。

タイプ9は不安や動揺を感じるとき、あるいはただ確執の恐れがあるだけで、この「内なる聖域」

に退いていきます。彼らの「内なる聖域」に、美化された記憶や空想を入れるのです。実際の問題を抱えた実際の人や実際の世界は、侵入を許されません。タイプ9の「内なる聖域」は、人の要求から自由になれると感じられる唯一の場所なのです。肯定的に考えると、これにより彼らは危機においても落ち着いていることができますが、対人関係の問題や自己啓発の欠如に至る可能性もあります。アンドレがくわしく述べているように、このことはより高次のレベルにおいて、内面の平穏の蓄えとしても現れます。

大半の時間、僕は平穏で静かな感じです。落ち着いていて安全な感じ。タイプ9のそういう面が好きです。たとえば最近の地震の際も、家が裂けるんじゃないかという音がしましたが、とくに怖がることはありませんでした。ニューヨークからお客さんたちが来ていて、居間で叫び声を上げているのが聞こえましたが、自分は別の次元から地震を観察しているようでした。実際、興味深かったんです。動揺するのは意味がないように思えました。地球がやっていることを自分はコントロールできないんだから、どうして気を揉《も》む必要があるかと。

タイプ9は「内なる聖域」に住めば住むほど、ぼんやりした空想の中に自分を見失います。周囲で起きていることに気づかないことは、平和と調和の幻想を与えますが、次第に上の空になります。それは人をイライラさせ、タイプ9の生産性や能力を低下させるだけです。タイプ9がこうしたトランスに深く入り込むと、愛する者たちだけでなく、苦しんでいる見知らぬ人や動物にさえ思いがあっても、彼らの気持ちは意味ある行動につながりません。徐々に彼らの人間関係は、おもに想像の世界で展開することになります。

エクササイズ 「内なる聖域」を探求する

あなたの「内なる聖域」は穏やかで平和で安全ですが、おそらくあなたが理解しはじめているように、そこに住むことは高い代償を払うことになります。あなたが「内なる聖域」に関心をシフトする瞬間を特定できますか？　「内なる聖域」のどのような要素や資質が、あなたにとっての安全な避難先になっているのでしょうか？　「内なる聖域」の非現実的な要素とは何でしょうか？　「内なる聖域」に安らぎの場所を求めるよりも現実の世界にかかわりつづけることが増えたらどれだけのものを得るか、あなた自身の頭の中でもっとクリアにしましょう。

対人関係において相手を理想化する

タイプ9は人を理想化し、通常は家族および親しい友人たちなど、少数との「一次的同一視」*訳注3を通じて生きます。あるタイプ9の人が述べたように、「私は誰かといつもつながっている必要はありません。いてくれるのを知っているだけでいいのです」ということになります。こうしたことが続くと、タイプ9は実際の相手よりも、相手についての考えとかかわりはじめます。たとえば、タイプ9は自分の家族を理想化するかもしれませんが、自分の子どものひとりが実際には薬物問題あるいはほかの深刻な危機を抱えていたら、一般的にはそうした現実に対処するのが大変でしょう。理想化というものにより、タイプ9は自分自身よりも誰かほかの人に焦点を合わせることができます。また、人に対して前向きな感情的反応をすることができ、自らの超自我のメッセージ、「周りの人が大丈夫であれば、あなたも大丈夫」を満たすことができます。理想化するタイプ9は、より強く、積極的な人たちに惹かれることがよくあります。自分との関係において、活気をもたらしてくれることを期待するのです。自分よりもエネルギッシュでダイナミックな友人たちや親しい人たちが、自分自身の中で抑圧しがちな活力を提供してくれます。往々にしてこの暗黙の取引は、比較的うまくいきます。なぜなら、より自己主張的なタイプは一般的に、自分の計画や冒険についてきてくれる人を求めているからです。他者を理想化することはまた、間接的に彼らの自尊心を維持（もしくは高めることさえ）します。優れた人が何らかのかかわりをもってくれれば、自己価値感が高まるのです。

けれども、この取り決めには、おもに三つの危険性があります。まず、タイプ9はこうしたもっと自己主張的で自立していて積極的なタイプに利用される可能性があるのです。二番目に、より自由きままな自立したタイプは多くの場合、より現状に甘んじ、冒険心がないタイプ9に興味を失うでしょう。そして最後にもっとも重要なこととして、タイプ9は相手の活力と融合することによって自分を満たそうとする限り、自分自身の活力を取り戻すのに必要な取り組みをする可能性が低くなるということです。

エクササイズ　**自分の隠れた力を見つける**

かかわりのある誰かを理想化するときはいつでも、相手のどのような資質にあなたが焦点を合わせる傾向があるか気づいてください。こうした資質は、あなた自身の中に欠落していると感じるでしょうか？　あなたの本質的な性質において、あなたはすでにこうした資質をもっていることを思い出してください。そしてこの見方からすると、相手はたんにあなた自身の中で何が阻害されているかを思い出させようとしているだけだということも。したがってあなたが相手を理想化することは、あなた自身のインナー・ワークのために信頼できるガイドとして機能することができます。それはあなた自身の肯定的資質をもっと見出し、自分のものと認めるワークです。

「いつか自分の時代がくる」

標語や「人生哲学」によって生きる

通常の段階のタイプ9は、「人生哲学」に次第に頼ります。それは通常、気楽な格言や常識、経典、ことわざ、民俗的いい習わし、あらゆる種類の引用句などが混合したものです。こうした引用句は、通常の段階のタイプ9が、人や、不穏だったり困難となり得る状況に対応する方法を与えてくれます。これらは人生の問題に対してすでに答えをもっているわけですが、こうした「答え」は状況によっては当てはまるものの単純すぎ、微妙な差異や個々のケースを考慮に入れない傾向があります。問題としては、タイプ9はこのような完璧《かんぺき》な哲学を、より深い真実や本当の理解に向かう導きとしてではなく、自分を精神的動揺から守るために使うのです。さらに通常の段階のタイプ9が信じる哲学の多くは、慰めを与えるものです（「私は神」「すべてはひとつ」「すべては愛」といったように）。何らの努力も必要としないまま、そうした言葉はさらなる遊離と受動性のいいわけとなる可能性があります。

健全度がさらに下がると、精神性《スピリチュアリティ》を使って、ある種の運命論を擁護するかもしれません。否定的だったり、有害でさえある状況を受け入れるのです。そうした状況についてできることは何もないかのように（「神の意志」）。防衛の強いタイプ9はまた、本当であってほしいと願うものにしがみつくため、自分自身の直観や常識的判断、感覚による認識、そして個人的体験や専門分野であっても退けてしまいます。それはまるで、自分自身や人に対しての影響がなく、彼らが内なる警鐘を無視できるかのようです。彼らは諦めが早く、自分自身にも人にも、何も心配することはない、怒ってはいけないと説得しようとします。結局のところ、天使が何とかしてくれるのだと。

エクササイズ

完璧な哲学

何らかの格言やことわざについて考えたり、いっている「瞬間の自分をキャッチ」したときはいつも、二つのことに気づいてください。まず、そうした表現を使って、どのような不快ないし否定的感情を和らげようとしているかに注意しましょう。あなたの注意を自分の体の中にもっていき、何であれ自分が感じている感覚に気づくことができますか？二番目に、そのことわざがいかに本当でないかを理解するエクササイズを始めましょう。もしかしたら、その正反対のことが必要とされているかもしれません。おそらく本当の真実は、中間のどこかにあるのでしょう。

頑固さと内なる抵抗

「もうちょっとあとで対応するから」

タイプ9は、自らの関心やエネルギーが自己啓発や問題への取り組み、人との有意義なかかわりのために必要であることをよく知っているかもしれません。けれども彼らは、説明できないためらいを感じます。それはまるで、自分自身の人生にもっとフルに参加するには、途方もない努力が必要であるかのようです。すべてがあまりに面倒な感じがします。私たちの大半は、心地のよい夢を見ていたところでベッドから出て、その日困難な課題に直面しなければいけない朝を思い出すことができるでしょう。多くの場合、スヌーズボタンを押して、あと数分心地よい夢を見つづけたくなります。スヌーズボタンを何回も押し、結局は遅れてしまうかもしれません。通常の段階のタイプ9は、同様の心のメカニズムをもっており、それによって目覚めを先送りにすることになってしまうのです。

人が通常の段階のタイプ9に対し、目覚め、反応するようプレッシャーをかければかけるほど、彼らは引いてしまいます。自分を放っておいてほしいため、人をとりなし、何としてでも平和を求めます。

タイプ9は人がよい傾向がありますが、内面の核としての頑固さと抵抗があります。それは、自らの平和を脅かすように見える誰からも何の影響も受けたくないという欲求です。

人はこのようなタイプ9を受動的であると見なすかもしれませんが、放っておいてほしいために、内側ではとてつもない力と意志の強さをもっているのです。通常の段階のタイプ9は、穏やかな外見の下にレンガ壁があるようなものです。度を越すと、てこでも動きません。

多くのタイプ9が、人に変えられたり影響されたくありませんが、健全度がさらに下がると、できごとに対する自分自身の反応にも影響を受けたくありません。波風を立てそうなことは何であれ、脅威を感じます。それには否定的感情だけでなく、皮肉なことに肯定的感情も含まれます。自分自身が何かに興奮しすぎてしまうと、本当の厄介な事態と同じくらい、自らの情緒的安定が脅かされる可能性があるのです。

奇妙なことに、彼らの人生の状況がいかに不快なものであっても、健全度がさらに下がったタイプ9は、その状況から抜け出るための助けとなろうとするいかなる努力にも大いに抵抗します。彼らの辛抱強さは、断固とした我慢強さとなります。人生は生きるものではなく、乗り切るものとなるのです。確実にいえることは、実際に楽しむものではないということです。自分自身に許す喜びは、増大していく内面の生気のなさから自分の気を逸《そ》らすために使われます。けれどもスナックを食べながらテレビの再放送を見たり、友人とブラブラしたり、人を通じて生きることは、自分の人生が行き詰まっていることに気づく痛みを完全に覆い隠すことはできません。

エクササイズ

人生をあと回しにすることをやめる

少しの間、インナー・ワーク・ジャーナルを使って、あなたが人生において現実にもっとフルにかかわることをどのようにあと回しにするか、そのさまざまな方法を探求してみましょう。あなたが通常、スヌーズボタンを押すのは、どこでどのようにしてでしょうか。この行動の引き金となる特定の状態はありますか？　家にいるときでしょうか？　仕事場にいるときでしょうか？　特定の人といるとき？　特定の状況で？　目覚めるために、あなたはどのような状態を必要とするでしょうか。

抑圧された怒りと激怒

「その話を持ち出せば持ち出すほど、私はしたくなくなります」

通常の段階の下のレベルにおいて、タイプ9は攻撃的（どころか積極的）傾向はないように思われます。しかしながら充足感や中立性という外見の下には、往々にしてタイプ9が認めたくない、ましてや取り組みたくないかなりの怒りや憤慨が隠れているのがわかります。

怒りは本能的反応であり、取り組まなければ、最終的には激怒となります。彼らの激怒が抑圧されたままであれば、ほかの多くのパワフルな人間的感情や能力――愛を体験する能力ですら――も抑圧されたままになります。通常の段階のタイプ9は、激怒が表に出るのに任せたら、人生でもっとも重要な二つを失うだろうと恐れます。それは心の平和であり、人とのつながりです。けれども実際には、その反対が真実なのです。タイプ9がそのことに気づいたなら、抑圧された激怒は、内なる「慣性の法則」から自由になるのにまさに必要な燃料となってくれます。

タイプ9は多くの理由から怒り、激怒し、否定的になります。必ずしもすべての理由が明らかではありません。彼らは無意識のうちに怒っています。なぜなら自分自身の人生を生きる「余白《スペース》」がないと感じるからです。ほかのみなに合わせ、調和的関係を維持しようとあまりにも忙しいため、かなりの憤慨が蓄積します。彼らはまた、人がたえず自分を困らせ、放っておいてほしいのに行動を迫ろうとする、もしくは考えたくないときに問題や困難なことを思い出させると感じて怒っています。タイプ9が怒っている最後の理由は、人が何らかの形で自分をひどく扱ったり、自分を利用してきた可能性があるからであり、それについて何もできないという無力感を感じてきたからです。

健全度がさらに下がったタイプ9は、人のなすがままになり、されることを何でも受動的に耐える傾向があります。通常の段階のタイプ9は、自らの本能的自己防衛反応が必要とされる度に、固まってしまいます。適切に自分を守れない、自分を主張できない、自分自身の関心事を進めるためにタイムリーな行動が取れないと感じます。無力感を感じるというのが、抑圧された激怒を生じさせるもっとも強力な原因のひとつです。

私たちは怒りを否定的なものとして考えることが多いのですが、さほど理解されていない、その肯定的側面というのは、私たちを古いパターンに留めている妨害物を一掃する力です。怒りには有益な側面があり、「聖なる怒り」とも呼べます。断固とした態度を取り、境界線を引き、自分自身を守る力なのです。タイプ9にとって自分を取り戻す取り組みの多くが、自分のエネルギーがいかに抑圧されているかを感じ、自分の怒りを感じることを許容することにかかわっています。

エクササイズ　怒りを統合する

あなたは怒りを感じること、また怒りを正当に体験したり、行使してもよいはずの力とみなすことをよしとする経験を積み重ねることを必要としています。スピリチュアルな視点からするならば、怒りは「ノー」をいう力を与えてくれます。人生で欲していない何かから自分自身を守るために。したがって、あなたが本当に望んでいない事柄にまず「ノー」をいうことを自分に許すことが助けになります。「ノー」をいうことで罪悪感や恐れを感じるなら、そうした反応にただ気づき、穏やかで落ち着いた状態のままでいてください。ただし、意味ある筋のとおった状況で「ノー」をいうことを学ぶよう意識してください。失敗したとしても、「ノー」をいいすぎて失敗するほうに取り組んでみましょう。少なくとも慣れるまでしばらくの間、「ノー」をいってみてください。

◉警告信号：苦境に陥ったタイプ9

タイプ9が対応能力をもたず、適切なサポートも受けずに深刻な危機に陥ったり、子ども時代に慢性的な虐待を受けていたとしたら、ショック・ポイントを越え、不健全な段階に突入するかもしれません。そのことにより、自分の人生における問題や葛藤はなくなるどころか、悪化するかもしれない——とくに自分自身が行動しないことで——という恐ろしい認識に至るかもしれません。また、自分自身の問題に対処するよう現実がつきつけてくるかもしれません（タイプ9の否認にもかかわらず、警察が子どもを保護して家に連れ戻すとか、「ちょっとしたアルコールの問題がある」とみなしていた配偶者が酒癖を原因として解雇されるとか、胸のしこりが望んだように消えてくれないとか）。

こうした気づきは恐ろしいものであったとしても、タイプ9の人生のターニング・ポイントになり得ます。人生を変え、健全で解放された状態に向かうかもしれません。もしくはさらに頑固になり、すべてはうまくいっているという心地のよい幻想を断固として維持しようとするかもしれません（「なぜみんな私を困らせようとするのだろう？」「その話を持ち出せば持ち出すほど、私は何もしたくなくなりますよ！」というように）。タイプ9がこうした態度に固執しつづければ、不健全な段階に入っていくかもしれません。あなた自身もしくは知っている人が、二〜三週間以上の長きにわたって次のような兆候を示していたら、カウンセリングやセラピーなどのサポートを得ることを強くお勧めします。

警告となる兆候

▼重大な健康上・経済上・個人的な問題の否認
▼助けを受けることに対しての頑固さと長期的抵抗
▼一般的な気づきと活力の低下および抑圧
▼不全感と一般的怠慢
▼人への依存と搾取されるままになること
▼慢性的うつ病と感情的平板さ（アンヘドニア）
▼極度の解離（自分を見失う、混乱、現実との深刻な断絶）

考えられる病理：
解離性障害
依存性・スキゾイド障害
うつ症状のアンヘドニア（無快感症）
極度の否認
長期にわたる重度の離人症

◉タイプ9の強みを生かす

「みんな仲良くやっていける」

タイプ9の力に関し、そのもっとも素晴らしい源のひとつは、彼らのはかりしれない辛抱強さです。人をそのまま深く受容することで、相手は自分なりに成長していけます。これはよい親が示す資質です。自分の子どもを尊重しながらも注意を怠らずに距離を取りつつ、新しいスキルを辛抱強く教えるのです。

タイプ9の辛抱強さは、静かな力と途方もない忍耐力によって支えられています。苦難や困難な体験にくじけずにがんばることができるのです。タイプ9はよく、仕事の状況や対人関係において、華々しい競争を乗り切る力が自分にあることについて報告しています。それはカメとウサギの寓話《ぐうわ》にかなり似ています。タイプ9は健全であれば、自らの目標に向かって着実かつ持続的に働くことができ、多くの場合、達成します。意志の力が解放され、彼らは驚くべき気概とスタミナを見出します。本能センターの中心にあるタイプにふさわしく。

健全なタイプ9はまた、危機に対処するうえできわめて有能です。なぜなら、並外れた心の安定を得ているからです。人生のちょっとした浮き沈みによって、バランスを失うことがありません。大きな問題や挫折《ざせつ》、最悪の事態があっても。ほかの誰もが不安で過剰反応していても、タイプ9は静かで穏やかな中心となり、前進して物事を成し遂げるのです。

アンドレは、このことがいかにシンプルかつ挑戦しがいのあることになり得るかを知っています。

沈滞と麻痺の時期から脱出するのはシンプルです。何か問題があるということを自分自身に認めること。それから信頼できる人に自分の気持ちを伝えること。面倒な感情につながることは辛《つら》いですが、そうすることで発散できるようです。ほかに助けになる方法としては、ジムに行ったり、マッサージを受けるなどして、自分の体とのつながりを取り戻すことです。犬を飼うことも私にはかなりよかったです。私の犬はとても「瞬間瞬間を生きている」のと、私がフルに意識を集中することを要求するため、ゾンビ・モードに入っていきにくいんです。

健全なタイプ9は並外れて人を受け入れる力がありますが、今日の多様なグローバル社会においてはとくに重要な才能です（このことは排他的な傾向があり、人を「内」と「外」のグループに分けるタイプ6が、なぜタイプ9に統合する必要があるかを示唆しています）。タイプ9は人の中に「善」（ならびにその人と同化したい欲求）を見出しますが、真に健全なタイプ9は、自分自身の中にも善（ならびにより自立し、自分の周囲の世界と個人的にかかわりたいという欲求）を見出します。

タイプ9は明らかに人をサポートすることに興味をもっていますが、「救う人」や「助ける人」という役割に一体化していません。彼らが評価されるのは、善し悪しなく話を聴き、共生の哲学の自由と尊厳を人に示すからです。彼らは寛大であり、人をまず信頼し、状況についてもつねに好意的解釈を探します。人が自分らしくいられる雰囲気をつくり、みんなの話を公平に聴く力があるため、人から求められます。さまざまな視点を受け入れることができますが、必要であれば毅然《きぜん》とした態度を取ることもできます。彼らのシンプルなあり方や純粋さ、率直さ、正直さといったものは、人を安心させ信頼させます。

健全な状態のタイプ9においては、意見の違いや確執、緊張は許容されるどころか尊重されます。彼らは往々にして、矛盾や葛藤を別のレベルで解消する新しい統合に至る力があります。したがってタイプ9は、自分の才能に謙虚である傾向がありますが、きわめて創造的です。さらにタイプ9

は通常、非言語的に自己表現することを好みます。たとえば音楽、アート、ダンスを通じて。きわめて想像力に富む場合があり、夢やシンボルの世界を探求することを楽しみます。タイプ９は全体的視点から考え、宇宙との一体感を維持することを切望します。神話というのは、人間の本質という大きなテーマ、そして生きていくうえでの道徳的秩序について語る方法です。結局のところ、すべては善きもので、本来そうあるべきであるように、うまくいくのです。

◉性格（パーソナリティ）から本質（エッセンス）へ

最終的にタイプ９は、つながりを失うことへの自らの根元的恐れに直面し、彼らの世界へのかかわりは重要ではない、すなわち彼らはかかわらなくてもよいというビリーフを手放すことにより、自らの本質的性質を取り戻します。彼らは、自分が求めている一体性や全体性を真に達成する唯一の方法は、想像の領域に「立ち去る」ことによってではなく、「今、ここ」の瞬間にフルにかかわることによってであることに気づくのです。そうするために彼らは、自らの本能的性質や身体性と直接的につながり直す必要があります。往々にしてこのことは、抑圧された怒りや激怒の感情に直面することを必要とします。それは彼らの通常の自己感覚には、非常に脅威となる可能性がありまず。けれどもタイプ９が自分自身とともにあり、自らの怒りを統合できるとき、求めてきた安定感を感じはじめます。自己実現するタイプ９は、こうした内なる力の基盤によって不屈の力となり、潔くパワフルで、「神の意志」とつながっています。私たちはこうした資質を、並外れたタイプ９

に見出すことができます。

真のつながりや全体性を得るために、こうした人間の体験領域こそ、タイプ9が受け入れ、大切にすることを学ぶ必要があります。目に見える世界を超えたところに現実《リアリティ》の多くの側面があることは確かですが、私たちはその世界を否定・否認することによっては、目覚めることができません。いい換えるならば、私たちは実のところ、人間のありようを超越することはできないのです。人間のありようを十分に受け入れてこそ、私たちの本性の豊かさに至ることができるのです。

タイプ9がこの真実に気づき、受け入れたとき、並外れるほど自分に気づき、自立します。彼らはもっと自由に自己主張すること、そしてより大きな平和や落ち着き、充足感を体験することを学びます。自分についての気づきは、人との間に深い充足感をつくりだすことを可能にしますが、それは彼らが真に自分自身とともにある――生き生きとし、目覚め、喜びあふれ、注意力がある――からです。彼らはダイナミックで嬉々《きき》とするようになり、平和のために働き、世界を癒《いや》します。分離し、抑制しているどころか、自分が人生にかかわることを楽しみ、自分自身のために驚くような発見をすることがわかります。レッドが次のとおり、述べているように。

私は、自分が何をいったりしたりする必要があるか、よくわかります。そして実行するための力と確信もあります。人を喜ばせるのをやめ、自分自身を喜ばせることに集中します。不思議なことに、このように自分自身のニーズを満たす取り組みは、グループのニーズを満たすことにもなることがよくあります。自分自身のニーズに集中することで、直感的にグループのニーズがわかるかのようです。

◉本質（エッセンス）の浮上

タイプ9は、全体性と完結という本質的資質を覚えています。あらゆるものの相互関連性——宇宙のいかなるものも、ほかから分離して存在していない——も。こうした自覚は、大きな内なる平和をもたらします。そしてタイプ9の人生の目的は、本質的視点からするならば、現実のスピリチュアルな側面、またその必然として私たちの本性の根本的一体性を体現することなのです。

解放されたタイプ9は、存在の全体性および一体性と完全にともにあり、それらを意識していますが、同時に自己感覚も保っています。より健全度が低いと、現実の無限の資質の一部を認識する能力はありますが、周囲に埋没し、融合する傾向があります。解放されたタイプ9は、こうした状態において自分を見失ったり、理想的な空想に埋没することはありません。いかに善と悪が混じり合うかを理解しています（「神は正しい者の上にも、正しくない者の上にも雨を降らせる」というように）。彼らは、対極の逆説的合一を受け入れます。たとえば苦と楽、悲しみと喜び、結合と喪失、善と悪、生と死、明確さと謎、健康と病気、徳と弱点、知恵と愚かさ、平和と不安といったものは、すべて密接不可分なのです。これこそ、ビジネス・コンサルタントのマーティンが自分で得た教訓です。

私の妻が昨年亡くなったとき、打ちのめされましたが、それから気づいたんです。彼女の生も死もすべて、より大きなできごとの一部であることを。そのより大きなできごとというのは、頭では理解できないながらも、すべてがひとつであるものに思えました。

彼女の人生の全体性を受け入れたら、彼女の死は、そのより大きな全体の一部にすぎない。それで私は彼女の死を受け入れることができたんです。

タイプ9のもうひとつの本質的資質は、オスカー・イチャーソが「聖なる愛」と呼んだものです。ただしこのことは、正しく理解しなければなりません。筆者が言及している本質的愛とは、「存在《ビイング》」のダイナミックな資質であり、流れ、変容し、あらゆる障壁を崩します。それは自我の境界線の中で本能タイプを悩ます課題である分離感や孤立感を乗り越えます。だからこそ、境界の解消と自我の死を伴う真の愛は恐ろしいのです。けれども私たちは、「聖なる愛」の動きに身を任せるにつれ、「存在《ビイング》」の海に再びつながり、自らの中心において私たちはこの愛なのだということに気づきます。私たちはこの終わりのない、ダイナミックで変容を起こす「愛ある意識のプレゼンス」であり、つねにそうだったのです。

訳注1：「解離」とは、心の防衛システム。辛すぎる体験があると、体験している自分自身から感情を切り離す。その結果、外傷体験から心理的に逃避できても、自己の統一性を犠牲にする場合があり、意識や記憶の連続性に問題が生じる（参考：『知恵蔵』朝日新聞出版）。

訳注2：基礎編308ページ「怠惰と自己軽視」の項も、成長のためのチャレンジとして、自分のパターンに気づくために重要である。

訳注3：精神分析の用語。精神発達において、自己と対象が未分化な段階で起きる同一視。

第三部
こころの成長（トランスフォメーション）のための方法

Tools for Transformation

第十三章　エニアグラムとこころの実践

エニアグラム自体はスピリチュアルな道ではありませんが、それは私たちが歩んでいるいかなる道のためにも並外れた方法であり、途方もない助けとなってくれます。とはいっても、エニアグラムから得られた気づき《アウエアネス》は、何らかの日常的実践と組み合わせる必要があります。実践により、エニアグラムが提供する知識が日常の体験において根づくのです。また、実践することは、エニアグラムが明らかにしている根本的真実に私たちが戻る助けとなってくれます。エニアグラムの知識をこころの実践と組み合わせることは、次のようなことから成り立っています。

1. 一日を通して、できるだけ「今、ここ」にいて気づきをもっていること
2. 自分の性格の動きを見ること
3. 自分の衝動のままに行動化しないこと

これら三つの要素は、本書のほかのすべての方法や実践の根底にあります。自分の性格の一面に

気づいたらいつでも、できるだけ深呼吸し、リラックスすることを思い出すことができます。同時に、引き続き自分の衝動を観察し、それとともに在ります。そのうちに何かがシフトし、自分の状態が変化します。自分の発見を分析するよりも、気づきや体をリラックスさせること、行動化しないことのほうが重要です。

エニアグラム自体がすべてそろったこころ《スピリチュアル》の道というわけではありませんが、何らかのこころの道、あるいは癒《いや》しの道を歩んでいる誰にとっても、はかりしれない気づきを与えてくれます。エニアグラムが提供する人間の本質についての洞察は、とりわけ「成長のレベル」の具体性を考慮に入れるときわめて的確であるため、私たちの成長を促進せざるを得ません。

◉実践方法を選択する

世界の偉大な宗教は、個人の変容《トランスフオメーション》のために多数の実践方法を提供してきました。現代の心理学や自己啓発の潮流、スピリチュアルな思想家たちも同様です。どの実践方法を選択するにせよ——瞑想《めいそう》、祈り、ヨガ、インスピレーションをもたらす書籍を読むなど——変容の助けになるかを見きわめるには、次の三つの基準があります。

まず、その実践は、私たちがより意識《マインドフル》を向け、目覚め、自分の人生に開かれる助けとなるか。それとも実際には、自分自身について大事にしてきた幻想——否定的なものでさえ——を支えるものか。その実践は、「在ること《プレゼンス》」の感覚を育て、「今、ここ」の自分の人生とつながっていることの重要性を重視するものか。

二番目に、その実践方法は、自分の性格構造《パーソナリティ》の厄介な側面や限界の一部を探求することを支えてくれるか。多くの道が、ある種の「スピリチュアルな魅力」を提供し、何らかの理由で大多数の人々とは違って信奉者が優れていること、近いうちに壮大な宇宙のパワーを受けられることを確約します。並外れた力を得ることはつねに可能とはいえ、宇宙のパワーは真の気づきの表れというよりも、注意を逸《そ》らす脱線であることが多いのです（一方、たえず私たちを辱め、善い悪いを決めつけるいかなる道もまた、バランスを欠いているでしょう）。

三番目として、その道は自分で考えることを促すか。成長というのは、自分自身の特性や現実《リアリティ》の本質をもっと深く見ていきたいという欲求からもたらされます。指導者や硬直した教義がいかなるものであれ、すでに与えられている答えはこうしたプロセスを妨げます。そのような「答え」は、私たちの性格にしばらく慰めを与え、深いところにある不安や傷を覆い隠すかもしれませんが、その限界は、真の危機が訪れたときに明らかになります。

実のところ、人生が私たちの最大の先生なのです。何であれ、私たちがしていることは、教えとなります。オフィスにいても、配偶者と話していても、高速道路で車を走らせていても。自分が体験していることとともに在れば、その印象は新鮮で生き生きしたものです。そして私たちはその体験から、つねに何か新しいことを学ぶでしょう。けれども私たちが体験していることの「今、ここ」にいなければ、どの瞬間も似たり寄ったりです。そして生きることのかけがえのなさが私たちの心に響くことはないでしょう。

ただひとつの心理学的方法やこころの実践《スピリチュアル・プラクティス》がつねに誰にとっても正しいわけではありません。私たちの状態や状況によって、異なる選択が必要となることがよくあります。ときには頭《マインド》や心《ハート》が静かで、瞑想や観想、イメージ法に入りやすいかもしれません。また別のときには、疲れていて、瞑想できないと感じるかもしれません。そのようなときには、祈りや詠唱《チャンティング》、歩く瞑想がより助けになるかもしれません。

自分がどのタイプかということも、どの実践法に惹《ひ》かれるかにおそらく影響するでしょう。たとえば遊離タイプ（タイプ4、5、9）は体とつながっていないため、歩く瞑想やヨガ、ストレッチング、さらにはジョギングからも大きな恩恵を得るでしょう。ただし彼らは往々にしてあまり運動を伴わない実践を好むため、こうしたアプローチは価値がないと主張するかもしれません。自己主張タイプであるタイプ3、7、8の場合、ラヴィング・カインドネス・メディテーション[*訳注1]やチャリティ活動を通じて自分の心につながるというのは、こころの実践についての自分なりの考えと一致しないかもしれませんが、はかりしれない価値をもつ可能性があります。同様にこうした行動志向のタイプは瞑想のことを、「ただボーッと座って何もしないこと」と考えるかもしれません。

融和タイプであるタイプ1、2、6は、サイレント・リトリート（静かな環境での合宿形式の沈黙による実践）に行ったりマッサージを受けたりすることは、スピリチュアルであると見なさないかもしれません。良心につき動かされるこれらのタイプにとり、座って観想することは、忠実に人の幸せを気にかけることとは逆に思えます。

体に根ざし、頭を静め、心を開くことを可能にしてくれるのであれば何であれ、注意力とともに行われることは、こころの実践の基礎となり得ます。筆者がここで説明している実践やアプローチは、自分自身のバランスを整えるうえで助けになります。

◉変容のための七つの方法

エニアグラムを自己発見の旅において役立てたいのであれば、九つのタイプについての興味深い情報以上のことを必要とするでしょう。エニアグラムという魂の地図は、いくつかのほかの重要な要素と組み合わせる場合にのみ、効果的となります。この目的で、こころの旅に欠かせないことがわかった「七つの方法」を紹介します。

1. 真実を求めること

私たちが変容に関心をもつのなら、真実への愛を育てる以上に重要な要素はありません。「真実を求める」とは、私たちの性格構造が与える自動的な答えに妥協せず、自分の内面や周囲で何が起きているかに好奇心をもつことを意味します。自己観察すれば、自分や人の行動に関して自分自身にずっと提供してきた説明の多くが、ある種の「抵抗」であることがわかるでしょう。それは、自分の今の状態をより深く見ていくことを避ける方法なのです。たとえば一つの答えは、「私はお父さんに対して本当に怒っている」ということかもしれません。けれどもより深い真実というのは、「本当はお父さんを愛していて、お父さんから愛されることを必死で求めている」ということかもしれません。どちらのレベルの真実も、私たちの性格構造が受け入れるのはむずかしいかもしれません。自分が父親に対して怒っていることを認めるには時間がかかるかもしれませんし、怒りの奥に愛があることを認めるには、さらに長くかかるかもしれません。

今、この瞬間にあるリアルなものを受け入れることを学ぶにつれ、自分の中で浮上してくるものが何であっても、受け入れやすくなります。なぜなら、それが自分のすべてではないことを知っているからです。真実というのは、恐れている自分の反応と同時に、より大きな自分の魂の力を包含するのです。私たちの自動的反応は、真実の探求を脱線させる可能性もありますが、そうした反応が存在することを認めることにより、私たちは真実に近づくことができます。私たちが真実全体――それが何であれ――とともにあろうとすることによって、いかなることに直面しようとも、対応する力をよりもつことができるのです。

2. 無為（Not Doing）

変容のプロセスは、時に矛盾しているように思えます。なぜなら努力するということと、赦《ゆる》し、受け入れ、手放すということを同時に語っているからです。こうした見かけ上、相反するものの解決は、「無為」（not doing）という概念の中にあります。ひとたび「無為」ということを理解したなら、真の努力というのは、大きな気づきの中にリラックスしていくことにより、自分の性格構造の動きが見えることだとわかります。私たちは自動的衝動を行動化することも抑圧することもなく、そうした衝動を引き起こしているものを理解しはじめます（そのひとつの例は、序のドン・リソの話の中にあります）。衝動のままに行動化しないことにより、自分が実際に何をしているかをかいま見ることのできる隙間ができるのです。そのようにかいま見ることは多くの場合、もっとも重要な教えの一部となります。

3．オープンであることへの意欲

性格構造のおもな機能のひとつは、自分自身の本性のさまざまな側面を自分から切り離してしまうことです。自己イメージに合わない自分の側面に気づきにくくすることで、私たちは自分自身についての体験を限定してしまいます。体をリラックスさせ、頭の中のおしゃべりを静かにし、自分の状況に対して心が繊細になるのに任せれば、私たちの成長をまさに助けてくれる内面の資質や力に開かれていきます。

自分が目を向けさえすれば、一瞬一瞬が私たちを喜ばせ、大切にし、支えてくれる可能性をもっていることがわかります。人生はとてつもない贈り物ですが、大半の人は見逃しています。なぜなら頭の中で、自分の人生についての映画を見ているからです。一瞬一瞬を信頼し、気づきを大切にすることを学ぶにつれ、私たちは頭の中にある映画のプロジェクターのスイッチの切り方を覚え、実際に私たちが主演している、はるかに興味深い人生を生きはじめます。

4．適切なサポートを得ること

内面の取り組み《インナー・ワーク》のためにサポートを得ることができればできるほど、そのプロセスはやりやすくなります。機能不全の環境で生活したり働いていたりすれば、内面の取り組みは不可能でないにしても、よりむずかしくなります。私たちの大半は、仕事や家族に対して問題を抱えていたとしても、容易に離れることはできません。けれども私たちを励まし、成長を見守ってくれる人を探し出すことはできます。さらに、グループを見つけたり、ワークショップに参加したり、私たちの真の発達を促してくれる状況に身を置いたりすることができるのです。サポートを得るということはまた、自分の魂を育《はぐく》む実践を行う余裕をもてるように日々の予定を組むことを、必然的に伴います。

5．あらゆるものから学ぶこと

変容のプロセスに自分が取り組みはじめたら、どんなことであれ、この瞬間に起きていることが今、対応する必要のあることだということが理解できます。そして何であれ、心と頭の中で起きてくることとは、私たちの成長のために使える原材料なのです。実際に直面していることから想像の世界に逃げ込み、自らの状況を理想化したり、ドラマ化したり、自己正当化したり、「精神性《スピリチュアリティ》」に逃げ込んだりさえすることは、きわめてよくある傾向です。自分自身や自分の状況について今、本当に体験していることとともに在ることは、成長のために何を知る必要があるかを正確に教えてくれるでしょう。

6．自分を本当の意味で愛せるようになること

自分自身を愛することができなければ人を愛することもできない、とこれまでよくいわれてきま

したが、それは一体どういうことなのでしょうか？　私たちは通常、自尊心をもつとか、欠陥を埋め合わせるために自分を甘やかすといったことと、かかわりがあると考えます。そうかもしれませんが、自分自身への成熟した愛の中心的側面のひとつは、私たちの実際の状態の不快さや痛みから逃げだすことがないくらい十分、自分の成長を大切にするということです。私たちは自分自身を見捨てることがないくらい十分、自分自身を愛する必要があります。私たちが自分自身の人生において、「今、ここ」の瞬間にいなければいないほど、自分自身を見捨てることになります。心配や空想、緊張、不安にとらわれると、体や気持ち、そして最終的には自分の本性から離れてしまうのです。

自分を真に愛することとは、自分自身を深く受け入れることも必然的に伴います。「今、ここ」の「在ること《プレゼンス》」に戻り、自分が体験している気持ちを変えようとせず、あるがままの自分に落ち着くのです。ある程度こうした資質をもっている人を求め、一緒にいることも助けとなります。

7．自分に取り組む実践を行うこと

大半のスピリチュアルな教えは、何らかの実践の重要性を強調しています。瞑想や祈り、ヨガ、リラクセーション、ボディ・ムーブメントなどのいずれにせよ。重要なことは、毎日、自分の本性との深いつながりを取り戻す時間を確保することです。定期的な実践とともに、何らかの教えやグループに参加することで、自分が性格という催眠状態に入っていることに繰り返し気づかされます。

こころの実践は、深く根づいた習慣に介入し、トランス状態からもっと頻繁に、そして長く目覚める機会を与えてくれます。最終的に私たちは実践を行う度に新しいことを学び、実践を怠る度に、人生を変容させる機会を失うということを理解します。

定期的な実践の障害となるおもなものは、特定の結果に達することへの期待です。皮肉なことにこの障害は、実践していて重要な突破口《ブレークスルー》が開けたとき、とくに問題となるのです。性格構造が突破口に飛びつき、必要に応じて再現したくなります。それが不可能なのは、突破口というのは、私たちが完全に「今、ここ」の瞬間に開かれているときだけに現れるものだからです。特定の見返りを期待することは、こうした体験から気を逸らせてしまいます。今この瞬間、新しい贈り物や気づきが得られるのです。おそらく先週得られたものとは違うでしょう。さらに性格構造《パーソナリティ》は実践をやめる口実として、突破口を利用するかもしれません。「素晴らしい！　突破した！　性格の問題は解決したから、もう実践しなくていい」というように。

定期的な日々の実践に加え、人生は私たちに多くの機会を与えてくれます。それは、性格構造の動きを見ることができ、私たちの本質的性質が現れて性格構造を変容させるのに任せる機会です。けれども変容についてただ考えたり、話したり、本で読んだりするだけでは十分ではありません。先延ばしするということは、性格構造の大きな防衛です。変容のための方法を利用するときというのは、唯一、「今」なのです。

エクササイズ　歩みを歩む

私たちがこころの道にいることについて誠実であるならば、自分が理解している真実を毎日、体現しなければいけません。実際のところ、毎日、毎瞬。私たちの人生のあらゆる領域において「歩みを歩む」ことを学ばなければいけないのです。ではどのようにすればよいのでしょうか？（とくに私たちのワークの初めにおいて）ほかの誰もがそうであるように、私たちは悪習慣や以前からの心の傷、未解決の葛藤《かっとう》にまみれています。こころの道にいようとする意志のみでは、あまり変化を起こせません。

この問題により、精神的指導者は歴史を通じて、教えにしたがう者たちにガイドラインを与えてきました。仏陀《ぶっだ》は、「八正道《はっしょうどう》」を守ることを推奨しています。それは「正しい理解（正見《しょうけん》）、正しい思考（正思惟《しょうしゆい》）、正しい言葉（正語《しょうご》）、正しい行い（正業《しょうごう》）、正しい生活（正命《しょうみょう》）、正しい努力（正精進《しょうしょうじん》）、正しい気づき（正念《しょうねん》）、正しい集中（正定《しょうじょう》）」です。モーセは、ユダヤ人が神の意志に沿って生きられるよう、十戒をもたらしました。キリストは十戒を支持しましたが、信者が彼の二つのおもな戒律にしたがって生きることも求めました。それらは、「心を尽くして、あなたの神である主を愛せよ」「あなたの隣人をあなた自身のように愛せよ」ということです。エニアグラムは特定の宗教とは無関係であり、有神論の戒律や倫理規定は付随していませんが、次のような問いは残ります。「私たちがこころの道を歩んでいるというとき、それはどのような意味か」ということです。

インナー・ワーク・ジャーナルを使って、この問いかけがあなたにどのような意味をもっているか探求してください。あなたのこころの取り組みについて本気であるために、個人的《スピリチュアル》に「日々、最低限必要なもの」は何でしょうか。それに関して、あなたの個人的理想はどのようなものですか？　あなた自身に真摯《しんし》に課しているものは、何ですか？　あなたが変容と解放の「歩みを歩む」とき、実際に何に対してあなた自身をコミットしているのでしょうか？

◉いい訳――そしてさらなるいい訳

この旅を始める人たちにとってよくあるいい訳は、日常生活を営みながら同時に変容《トランスフォメーショ》の取り組み《ナル・ワーク》に携わるには、十分なエネルギーがないということです。実際には毎日、自分自身を変容させるのに十分すぎるぐらいの時間が与えられていますが、その98パーセントを、実際に起きていることにかかわりのない緊張や感情的反応、そして夢想や頭の中のおしゃべりに浪費しています。事実としては、私たちのエネルギーが行けるのは、二つの場所のうちどちらかです。性格構造を維持することに注ぎ込まれるか、そうした構造から脱同一化し、私たちの発達や成長のために放出されるか。私たちはこのことの真実性を直接的に体験しはじめるにつれ、変容が起きるようにスピリチュアルなうつわをつくり、そこにある程度の生命力を蓄える必要性を理解します。

内面の取り組みを先延ばしにするもうひとつのおもないい訳があります。私たちの性格構造は、定期的な実践を妨げるあらゆる「条件」や「要件」をつきつけるという事実によるものです（「人生のほかの問題にすべて片をつけたら、室温がちょうどよかったら、雑音がなければ、みんながそっとしておいてくれたら、すぐにも瞑想に真剣になるよ」というように）。

こうした内なる声を聞いていたら、長く待つことになるかもしれません。なぜなら私たちの人生の状況は決して完璧《かんぺき》になることがないからです。自分が望んでも、外的状況のすべてをコントロールすることはできません。ただし、ひとつ私たちができることは、定期的に「在ること」と気づきをもって現実とかかわることです――まさに私たちがもっとも抵抗することなのですが。

おそらくおわかりのように、「在ること」への条件の大半が満たされることはありません。少なくとも私たちが満足するようには。皮肉なことに、私たちが実際に「今、ここ」に存在するとき、まさに自分が求めていた資質を見つけるのです。なぜなら、そうした資質は性格ではなく本質の世界のものであって、本質は私たちが「今、ここ」に存在するときのみ、体験できるからです。

最後になりますが、私たちの多くは、生きることにもっと心を開くことに抵抗します。なぜなら私たちは、あまりに健全になれば、自分がどれだけ傷ついているかをわかってもらえないと恐れるからです。私たちが健全になれば、自分を苦しませたことで親（ならびにほかの過去の重要な人物）を罰しつづけることができません。自分が親や配偶者に対して怒っていたら、自分がどれだけ不幸せかを示すために過食したり、飲みすぎたり、喫煙したりするのです。こうした感情が私たちの人生に影響を与えるままにしたら、自分をひどく扱う役目を引き継ぐのに成功しただけになります。

◉実践の恩恵

エニアグラムの図上に示した資質は、自分自身に取り組むことで得られる、いわば重要な恩恵の一部です。自我はこうした資質（エニアグラムの伝統的な言葉では「美徳」）のいずれも、自然にもっていることはありません。事実それらは、性格構造と同一化しているときに私たちが通常陥っている状態の逆なのです。けれども私たちが自らの本質への妨げとなっているものとともに在ることを学ぶと、こうした資質が自然に浮上しはじめ、必要に応じて得られるのです。私たちの自我は、そうした浮上を指図できません。何が妨げになっているかに気づく以外に、私たちがする必要のあることはないのです（実際、何もできません）。

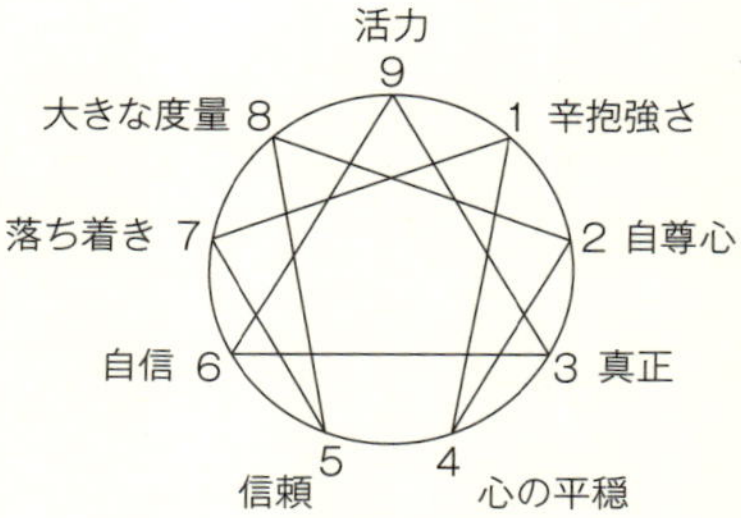

実践の恩恵

◉依存症に直面する

もし、薬剤やアルコール、規制薬物を乱用しているならば、ここで話している変容の取り組みは不可能です。薬物乱用の問題があるのなら、私たちの本性への深い探求を持続させるのに先んじて、日頃から「しらふ」になる必要があります。乱用や自己放棄により、体を機能しにくい状態にしていると、明晰《めいせき》さをもって自己観察するために必要な繊細さや注意力を育てることはほとんど不可能でしょう。

幸いなことに、さまざまな依存症から抜け出すうえで支えとなる多くのリソースがあります。本やワークショップ、サポート・グループ、セラピー、それに入院治療さえも。エニアグラムはこうしたリソースの代わりとなるものではありませんが、それらと組み合わせることにより、依存的パターンの根源を理解するうえできわめて有益となる可能性があります。

九つのタイプすべてが、どんな種類の依存症にもなる可能性があります。また、すべてのタイプが共依存*訳注2になる可能性もあります。ただし、タイプによって特定の依存症の傾向性がある程度見られるのは確かです。左の表では手始めのガイドラインとして、タイプとの相互関係を示しています。すべてを包括しているわけではなく、この複雑な問題についての完全な考察を意図したものでもありません（自分のタイプのストレスの方向に当たるタイプの摂食障害や依存症にもなりやすいでしょう）。

◉超自我に取り組む

超自我というのは内面の声で、つねに特定の基準に沿っていなければ私たちをけなし、その要求に応《こた》えていれば自我をほめます。私たちが超自我にしたがえば、「いい子だ！　そうしたのは正しい！」とほめてくれますが、超自我が同意しないことを私たちがすると、非難してきます。今回は一人称で（「私は何てことをしたんだろう！　あの人たちが私のことをどう思うか、想像できる」「そんなことをしたら、私はまた失敗するに決まっている」というように）。

こうした内面の批判を書き換え、「私」を「あなた」にしたら、最初は子ども時代に自分に向け

各タイプの摂食障害と依存症

＊訳注3

1	過度の食事制限やビタミン摂取、浄化法（断食、ダイエット薬、腸洗浄）。セルフコントロールのための少食：極端な場合、神経性無食欲症と神経性大食症。緊張を和らげるためのアルコール。
2	食べ過ぎや市販薬の乱用。とくに甘い物や炭水化物。「愛に飢えた」感情からの過食。同情を求めての心気症。
3	評価を求めて体に過度の負担をかける。疲れ果てるまでワークアウトする。飢餓療法。仕事中毒。コーヒーや興奮剤、アンフェタミン、ステロイドの過剰摂取、美容整形手術のやりすぎ。
4	カロリーが高い食べ物や甘い物を過剰にほしいだけ食べる。気分を変えたり、人とつきあったり、感情を和らげるためのアルコール摂取。運動不足。神経性大食症。抑制剤。社会不安に対処するためのタバコ、処方薬。気に入らない特徴を消すための美容整形。
5	ニーズを最低限にすることによる食事と睡眠の不適切な習慣。衛生状態や栄養を顧みない。運動不足。精神的刺激と逃避のための向精神薬。不安に対処するための薬物とアルコール。
6	柔軟性を欠く食習慣により、栄養上のバランスを崩す（「私は野菜が好きじゃないんです」というように）。過度な仕事。スタミナのためのカフェインとアンフェタミン。ただし不安を和らげるためのアルコールや抑制剤も。ほかの多くのタイプよりもアルコール依存になりやすい。
7	依存症の傾向がもっとも強いタイプ。興奮剤（カフェイン、アンフェタミン）、向精神薬、薬物、アルコール。ほかの抑制剤を避ける傾向。興奮状態に留《とど》まろうとして、体を疲弊させる。過剰な美容整形、鎮痛薬。
8	身体的ニーズや問題を無視。医療機関や検診に行かない。ほしいだけカロリーの高い食べ物、アルコール、タバコを摂《と》る。一方でかなり無理をしすぎ、高ストレスや脳卒中、心臓の異常に至る。コントロールしすぎる課題が中心だが、アルコールや薬物への依存の可能性もある。
9	自覚の欠如ならびに抑圧された怒りによる過食ないしは少食。運動不足。孤独感や不安を和らげるための抑制剤や向精神薬、アルコール、薬物。

られた厳しい言葉だったことがわかるかもしれません。事実、超自我というのは、親やほかの権威的人物の新旧の「内面化した声」なのです。そのもともとの役割は、こうしたら親が私たちを愛し、守ってくれるだろうと私たちが信じるふるまい方をさせるためのものでした。私たちは、親の愛と支えを失うリスクを冒さないよう、無意識にこうした声と一体化し、自分自身の中に取り入れたのです。親に処罰される（そしてそれがもたらす苦しみに対応しなければいけない）よりも、私たちは自らを罰することを学んだのです。

問題は、私たちが二歳だったときに有用だったかもしれない超自我の一部でさえ、現在ではおそらくあまり役立たないということです。それにもかかわらず、こうした声は当時と同じくらいパワフルで、通常は益よりも害となり、私たちを幾度も本性から疎外します。事実、私たちの超自我は、性格構造のもっともパワフルな要素のひとつです。私たちの可能性を限定しつづけているのは、「内なる批判者」なのです。

私たちの最初の変容への取り組みの大部分は、超自我からの肯定的・否定的両方を含むさまざまな「声」にもっと気づくことが中心です。その声はたえず私たちが性格構造と一体化すること、そして自滅的に行動化することに引き戻します。私たちが「今、ここ」にいるとき、超自我の声を一体化することなく聴くことができます。超自我のスタンスや役割を理解することができます。それはまるでそうした声が劇中のキャラクターであり、舞台の袖《そで》に控えていて、いつでも飛び出してきた私たちをコントロールしたり、攻撃したりできるかのようです。私たちが「今、ここ」にいると、超自我の声は聴こえますが、それにエネルギーを費やすことはしません。そうすると「全能の」声は、一瞬の現象にすぎなくなります。

ただし私たちは、自らの心理的な、そしてスピリチュアルな取り組みからくる、超自我の新しい層の形成に注意しなければなりません。それは「スピリチュアルな超自我」あるいは「セラピー超自我」ともいえるものです。親の声を使って自分自身を叱りつける代わりに、仏陀やイエスやムハンマドやフロイトや自分のセラピストの声を使って、自分を叱りつけるのです！　実際のところ、エニアグラムを使うことにおいて私たちが直面するもっとも大きな危険のひとつは、私たちの学びを「乗っ取り」、私たちを批判しはじめる超自我の傾向性です。たとえば成長のレベルを上がっていったり、成長の方向性に進むのに時間がかかりすぎている、といったような批判です。けれども私たちが「今、ここ」にいられればいられるほど、こうした声が的外れであることに気づき、それにエネルギーを与えることがありません。最終的にそうした声は力を失い、私たちは自分の中にあるほかのもっと活気に満ちた力を受け取るのに必要な心の余白《スペース》と静けさを取り戻すことができます。

◉超自我の「行進命令」

私たちは心の余白《スペース》と静けさを取り戻す前の段階として、超自我の「行進命令」に気づく必要があります。こうした行進命令は、私たちの思考の基本的なもので、日常の活動の大半を指示しています。当初、こうしたメッセージのいくつかはかなり妥当に聞こえます（超自我のメッセージの特徴のひとつは、「ノーマル」ながら抑制的と感じさせることです）。しかしながらもっとよく聴くと、それらは恣意《しい》的で主観的のみならず、強制的で有害でもあることがわかるかもしれません。沿うことが次第に不可能になる基準をつきつけられ、私たちはそのためにつねに重い代償を払うのです。不安や落ち込み、戸惑い、絶望、恐れ、惨めさ、弱さを感じたら、超自我が働いていることは確実です。

◉癒しの態度

私たちが超自我から自分を解放することを始められる別の方法は、問題や葛藤に対する自らの自動的反応にもっと気づき、「癒しの態度」を観想することです。九つのタイプそれぞれに対して、いくつかの「癒しの態度」を358ページの表のようにリストアップしてみました。一週間にわたり、あなた自身のタイプの「癒しの態度」を探求してみてください。対人関係や職場、家庭などにおいて、その言葉が何をもたらすか見てみましょう。インナー・ワーク・ジャーナルに気がついたことを書き留めると助けになるかもしれません。あとで、ほかのタイプの癒しの態度を探求してもよいでしょう。

◉体に取り組む

体は、内面の取り組みのためにきわめて重要です。なぜなら、思考と感情（ほかの二つのセンター）には不可能な方法で、頼れる「現実確認《リアリティ・チェック》」となるからです。その理由としては、前述したように、

９つのタイプの「行進命令」

1	「あなたは正しいことをすれば、大丈夫だ」	妥当に聞こえるが、どうしたら何が「正しい」かわかるのだろう？　誰がそういうのか？　あなたの一連の基準は客観的か主観的か？　こうした考えはどこからきたのか？　タイプ1はよき存在であろうと奮闘するが、自分自身の超自我にとっては、十分よいということは決してない。
2	「人から愛され、その人たちと親しければ、大丈夫だ」	なぜあなたの価値は、誰かがあなたを愛することにかかっているのだろう？　そして相手が愛しているかどうか、どのようにわかるのだろう？　愛していないとしても、それがあなたとどうかかわるだろう？　タイプ2は人に近づこうと奮闘するが、それでも愛されていないと感じる。
3	「価値あることをすれば、大丈夫だ」	なぜ特定の活動があなたを価値ある存在にすると考えるのか？　自分が価値ある存在と感じるために、なぜ何かをする必要があるのだろうか？　価値あると感じるために、どれだけ達成しなければいけないのだろう？　タイプ3は多くの場合、必要以上の達成をするが、内面では空虚感を感じる。
4	「自分に正直であれば、大丈夫だ」	「自分に正直」とはどういう意味だろうか？　自分のほかの部分が「正直」であろうとするこの自己とは何だろうか？　以前からの反応や気持ちにしがみつくことだろうか？　タイプ4は個性的であろうとするあまり、人生の選択肢の多くを切り捨ててしまう。
5	「何かに熟達したら、大丈夫だ」	何かに熟達したときは、どのようにわかるのだろう？　それはいつ？　あなたが習得していることは、人生の真のニーズとどのように関連しているか？　タイプ5は長年にわたってひとつのテーマやスキルに取り組むが、なお十分な自信がない。
6	「万全の準備をし、期待されることをすれば、大丈夫だ」	どうしたら万全の準備をすることが可能なのだろうか？　あちこち動き回って心配することで、本当にもっと安心するだろうか？　自分に期待されたことをするのは、あなたにとって本当に意味があることだろうか？　タイプ6は、自分が安心できる状況を築き上げるのに奮闘するが、それでも不安で恐れを感じる。
7	「気分がよく、ほしいものを手に入れていたら、大丈夫だ」	あなたは必要なものと欲しいものの区別ができるだろうか？　特定のニーズが満たされなくても大丈夫だろうか？　そうだとしたら、それは本当にニーズなのだろうか？　タイプ7は、自分に満足をもたらしてくれると信じるものを追い求めるが、それでも満たされず不満を抱く。
8	「強くて、自分の状況をコントロールしている限り、大丈夫だ」	自分が強くて、守られているとわかるのはいつか？　どのくらいのコントロールを必要とするか？　コントロールへの意欲は、本当にあなたの幸せを強めているか？　タイプ8は、より多くのコントロールを追い求めるが、それでも安心だと感じない。
9	「周りの人が大丈夫であれば、大丈夫だ」	どうしたらみんなが本当に大丈夫だと保証することができるのだろう？　彼らが大丈夫だと、どうしてわかるのだろう？　なぜあなたの幸せは、まず前提となる人の幸せにかかっているのだろうか？　こうした役目そのものが不可能であることにより、タイプ9は問題に「耳を塞《ふさ》ぐ」ことになる。

各タイプにとっての癒しの態度

1	もしかしたら、人のいっていることが正しいかもしれない。もしかしたら、もっといい考えをもっている人がいるかもしれない。もしかしたら、人は自力で学ぶことができるかもしれない。もしかしたら私は、できることはすべてやったのかもしれない。
2	もしかしたら、これは誰かほかの人にやってもらえるかもしれない。もしかしたら、この人は本当はすでに自分なりに愛を示してくれているのかもしれない。もしかしたら私は、自分自身にも何かいいことができるかもしれない。
3	もしかしたら私は、ベストにならなくてもいいかもしれない。もしかしたら人は、私のあるがままを受け入れてくれるかもしれない。もしかしたら、私についての人の意見は、そんなに重要ではないかもしれない。
4	もしかしたら、私には問題がないかもしれない。もしかしたら人は、私のことを理解してくれ、支えてくれているかもしれない。もしかしたら、私のように感じる人がほかにいるかもしれない。
5	もしかしたら私は、人を信頼し、自分が必要とすることを伝えることができるかもしれない。もしかしたら私は、この世の中で幸せに生きていくことができるかもしれない。もしかしたら私の将来は、大丈夫かもしれない。
6	もしかしたら、これはうまくいくかもしれない。もしかしたら私は、起こり得るあらゆる問題を予測しなくてもいいかもしれない。もしかしたら私は、自分自身や自分の判断を信じることができるかもしれない。
7	もしかしたら私は、自分がすでにもっているもので十分かもしれない。もしかしたらたった今、自分がいる必要のある場所はここ以外にはないのかもしれない。もしかしたら、価値あるものを何も逃していないかもしれない。
8	もしかしたらこの人は、私を利用しようとしていないのかもしれない。もしかしたら私は、もうちょっと心の構えを解いてもいいのかもしれない。もしかしたら私は、心でもっと深く感じてもいいのかもしれない。
9	もしかしたら私は、変化をもたらすことができるかもしれない。もしかしたら私は活性化し、積極的にかかわる必要があるのかもしれない。もしかしたら私は、自分で気づいている以上にパワフルなのかもしれない。

体はつねに「ここ」にいるからです。今、この瞬間に。私たちの思考や感情は、どこにでもいることができます――将来について想像し、過去についてくよくよ悩んだり、空想に思いを巡らしたり。けれども私たちの体はつねに「今、ここ」です。ほかのどこにもいることはできません。したがって、私たちの体の感覚に気づいていれば、私たちが「今、ここ」にいるという確かな証拠になるのです。

エクササイズ　**体に取り組む**

体に取り組むには、多くのやりがいのあるアプローチがあります。マッサージ、鍼《はり》、ヨガ、ダンス、太極拳《たいきょくけん》、武道など。これらのいずれも助けになり得ますが、長期にわたって効果を発揮するためには、次の二つのことを考慮に入れる必要があります。

▼あなたの体はこの治療や実践に対して、どのように反応しますか？　体がより心地よい状態ですか？　柔軟性を高めますか？　自分自身や周囲に対して、「今、ここ」にいられやすくなりますか？

▼この治療や実践は、しばらくコミットして続けられるものですか？　何らかの持続的な恩恵を得られるまで、続けられますか？

◉意識的に食べる

大半の人々は、よい食事と頻繁で定期的な運動が健康な生活には必須であるという考えに親しんでいます。けれども私たちは、こころの成長について語る際、こうしたシンプルな真実を忘れがちです。理にかなった食事をし、十分な運動をし、休息を取ると、感情が安定し、頭がよりクリアになり、私たちの変容のプロセスがはるかにスムーズに進みます。

自分の食習慣を意識し、気づきを向けるのはむずかしいことが多く、事実、私たちの食べ方は、自らの性格構造において、もっとも習慣性が強く、無意識な側面のひとつです。ただし食べ方をもっと意識するにつれ、私たちの性格構造は、体が必要とするよりもはるかに多く（もしくは少なく）食べる方向に導くことにしばしば気づきます。早く食べすぎてどの食べ物も味わっていないか、もしくはダラダラ食べているかもしれません。また、実際には自分の体質と合わない多くの物を食べ、健康のためにならない食べ物に惹かれているかもしれません。多くの有益な食事計画や食事療法がありますが、明らかに人により、食事において重視する必要があるものは異なります。人によっては、菜食やマクロビオティック食が体調や充足感を高めます。また別の人にとっては、高タンパク食が必要となります。ほかのすべてにおいてと同様、気づきは私たちの食べ方のパターンに、知性と繊細さをもたらすことができます。

◉リラクセーション

おそらく体とそのエネルギーにつながるためにもっとも重要な方法は、いかにして十分リラックスし、瞬間瞬間と深いつながりをもつかを学ぶことです。リラクセーションというのは、ただヨガのクラスや瞑想の際に行うことではありません。自分がいかなることをしていてももたらすことができる資質なのです。私たちは日常の中で、どんなことも、自分の中心《センター》にいてリラックスした状態から行うことができます。もしくは必死で内面に緊張を抱えた状態から行うこともできます。基本的に、意識的なリラクセーションというのは、「今、ここ」に何度も戻ってきて、現実の受けとめ方を深くしていく方法を学ぶということになります。

私たちの多くは、リラクセーションと無感覚を混同しますが、実際には正反対です。私たちは、痛みや緊張を感じなければリラックスしているはずだと考えるかもしれません。しかしながら、私たちの筋肉の緊張が強く長く続けば、体は問題となっている筋肉を麻痺《まひ》させることで対応します。私たちの大半においては、緊張があまりに長く続くため、体のかなりの部分は無感覚になっていて、もはや自分の体を感じることができません。私たちは、あらゆる種類の痛みを伴うこわばりとともに、文字どおり歩き回っていますが、無感覚というものは、痛みが引き起こす不快感を覆い隠します。私たちがこうした緊張を感じない限りは、解放されることもありません。そして結局、私たちの健康と活力を損なってしまうのです。

逆説的ですが、私たちがリラックスすればするほど、自分が本当はどれだけ緊張しているかに気づくでしょう。これが紛らわしいのは、リラクセーションを体験しはじめたばかりのときには、もっと心地悪くなるからです。したがって私たちの最初の反応は、もう一度無感覚になりたいというものです。けれども私たちが解放されるには、何であれ見つけたこと——自分の緊張も含め——とともに在ることを必要とします。私たちが粘り強くそうすることができれば、緊張が奇跡的に解消しはじめ、私たちの性格構造は軽やかでもっと柔軟になることがわかります。

私たちがどれだけ無感覚になりやすいか知ったうえで、どうしたら自分が真にリラックスしているかがわかるのでしょう。答えは驚くほどシンプルです。今、この瞬間に、体のあらゆる部分の感覚をどれだけ感じられるかに応じて、リラックスしているのです。体の感覚を感じられない度合いに応じて、私たちは緊張し、「今、ここ」にいないのです。リラックスしているということは、頭のてっぺんからつま先まで、体全体に流れる自由な感覚が感じられるということです。リラクセーションというのは、自己と周囲への最大限の気づきを必然的に伴います。「在ること」と「存在《ビイング》」の川の中にいるのです。私たちは、完全に自分の体に根を下ろします。つまり、体の前と後ろ、そしてその間にあるすべてを体験するのです。けれども間違えてほしくないのですが、こうした自由やリラクセーション、流れというのは、長年に及ぶ一貫した実践の結果なのです。

◉頭の中の静けさを育てる

私たちが自分自身についてもう少し気づきをもつことができれば、不変の現実を見つけるでしょう。それは、頭の中でひっきりなしにしゃべっているということです！　昼間起きている間に、何らかの内なる対話や解釈、判断が進行していないときは、ほとんどありません。それにしても誰が誰に話しているのでしょう。そしてなぜ？

私たちが自分自身に話しかける有力な理由のひとつは、次に何をすべきかを解明するためです。自分自身に話しかけるのは、自分がいる状況を評価し、今後のできごとに対する自分の反応を予行演習するか、過去のできごとを再演するためです。ただし私たちの注意力がこのたえまない頭の中のおしゃべりに取り込まれたなら、自分自身の内なる知恵に耳を貸すことができません。性格構造がかき消してしまうのです。それは、必死になって家のあちこちで鍵《かぎ》を探していて、急にポケットの中にあることを思い出すことと少し似ています。

ただし、頭の中を静かにするという考えは当初、大半の私たちにとって奇妙な印象を与えます。たえまなく流れる連想を止めれば、退屈を覚える、すなわちすべてが類似し、つまらなくなるのではと考えるのかもしれません。けれどもここでも実際にはその反対が本当です。

つまり世界を味気なく退屈で活気がないようにしているのは、私たちの通常の思考パターンや没頭しがちな関心事の反復的性質なのです。より重要なことに、継続的な頭の中のおしゃべりは、私たちが自分の成長や目覚めのためにまさに必要とする、生きることから得る印象を遮ってしまうのです。そうした理由で、「落ち着かない頭《モンキー・マインド》」――内なるおしゃべり、心配、あてどもない想像、将来のシナリオのイメージ化、過去のストーリーの再体験――と「静かな頭《マインド》」、すなわち「知る」ということが生まれてくる神秘的なスペースを区別することが重要です。

私たちがよりリラックスし、気づきをもつにつれ、思考の「ノーマル」な働き方は、トランス状態のように散漫で混沌《こんとん》としているのに対し、「静かな頭」にはしらふや明晰さ、安定といった資質があることがわかります。つまり、思考がより落ち着き、静かであると、知性は、状況を客観的に理解し、私たちがする必要があることないことを的確に知っている大きな知性とつながるということです。私たちは注意を怠らず、周囲のあらゆるものに気を配っています。私たちの感覚は鋭く、色や音が鮮明です。すべてが永遠に新鮮で生き生きとしているように見えます。

多くの瞑想法は、頭の中のおしゃべりを静め、より静かで広がりのある状態をもたらします。何世紀も前、仏教の瞑想修行者は、頭の中を静める二種類の瞑想法を発見しました。最初のものは「ヴィパッサナー」ないしは「洞察瞑想」というものです。それは何であれ自分が体験していることに対し価値判断を下すことなく、シンプルに心を開いて気づきを向ける力を育てます。執着することなく、考えや印象が意識《アウエアネス》の中を通っていくのに任せます。二番目の瞑想は「サマタ瞑想」というもので、集中力を育てます。実践においては、反復する音や音節（マントラ）、あるいは内面の想像《ヴィジュアリゼーション》や聖なるイメージや図形（マンダラ）に集中することを学びます。瞑想者は、音やイメージに集中することで、ほかのあらゆる思考を閉め出し、頭を鍛錬することを学びます。「静かな頭」を育てるうえで、こうしたアプローチはどちらもきわめて有益なものになり得ますが、筆者としては、「ヴィパッサナー」ないしは「洞察瞑想」は、性格構造が働いているのを価値判断を下さずに観察する方法として、エニアグラムとの組み合わせでとくに効果を発揮すると感じています。

エクササイズ

センタリング瞑想

これは洞察瞑想のやり方を使ったマインドフルネス瞑想で、シンプルなガイドラインを基にしています。瞬間瞬間の印象や感覚とともに在り、呼吸を意識し、沈黙を保ちながら周囲の環境とつながりつづけます。自分なりに実験し、自分にとってベストなやり方を見つけてください。

自分がリラックスし、オープンで心地よくいられる場所を選んで座ってください。どういう姿勢でスタートするかが重要です。なぜなら、静かに注意力を保っていたいからです。緊張した姿勢だとそれはむずかしくなります。足を床に着け、首と背中を緊張させない程度に伸ばして座ることが、多くの場合助けになります。腕が楽にぶらさがるように、肩をゆるめたほうがよいかもしれません。目を閉じてもよいです。世界のあらゆる宗教的な道からきている瞑想の長く豊かな伝統、そしてこの旅を始めたすべての偉大な魂にとって瞑想が占める中心的な位置を尊重するように座りましょう。

自分がオープンでリラックスし、注意力を保てる姿勢を見つけたら、二、三回深呼吸します。吸う息で空気をおなかのところまで深く入れてください。そしてゆっくり吐きます。息を吸う度に胸からおなかまで空気でいっぱいにします。それから息を吐き、体から緊張を解放してください。数回繰り返します。そうしているうちに、どんなストレスや不安を感じていても、解放されていきます。そしてあなたの内側は、もっと静かになっていきます。

あなたがもっと静かになり、頭の中の声が少し弱まるにつれ、自分自身や周囲についてさまざまなことに気づきはじめるかもしれません。「今、ここ」にいることに、もっと気づきをもつかもしれません。周囲の音や匂い、温度に気づくかもしれません。また、座りながら自分の実際の存在、そしてその存在が特定の資質をもっていることにも気づきはじめるかもしれません。自分自身の体験を、より深く「確認」してみるだけです。どこかに行こうとする必要はなく、ゴールも、自分がとくにこうあるはずということもなく、インスピレーションや「スピリチュアルな感覚」をもつ必要もありません。ただ、あるがままの自分に気づいていてください。疲れていたら、疲れに気づきをもつことができます。気が高ぶっていたら、その高ぶりに気づきをもつことができます。

たった今、どのような印象や感覚が、あなたの体で感じられますか？　自分が椅子に座っているのを感じられますか？　床についている両足を意識できますか？　今、両足はどんな感じですか？　冷たいですか？　温かいですか？　緊張していますか？　リラックスしていますか？　じんじんしていますか？　何の感覚もないですか？　たった今、あなたの存在感はどのような感じですか？　速くて活力がみなぎっていますか？　静かで広がっている感じですか？　厚みがあって、重い感じですか？　軽くて流れていますか？　続けてリラックスするにつれ、体の中に抱えている特定の緊張が明らかになってきます。顔の表情の保ち方、頭や首の傾け方かもしれません。肩がすぼまっているかもしれませんし、左右のバランスが取れていないかもしれません。体の一部が凝っていたり、無感覚かもしれません。こうしたことに気づくとき、反応したり、それらの状態をいかなる形でも変えたりしないでください。ただ、気づきをさらに深く向けてください。

　引き続き、静かに座って自分自身や自分の考えを観察し、自分自身の中に落ち着いていく力を深めてください。この瞬間にしっかり根づき、自分の存在をフルに味わい、自分自身の中でより深く、本質的な何かが浮上するのに任せましょう。

　あなたが瞑想の初心者であれば、一日約十分の実践から始めましょう。理想的には朝、一日を始める前がいいです。プロセスに慣れるにつれ、瞑想の時間を長くしてもよいでしょう。実際のところ、毎日の瞑想の習慣を身につけるにつれ、おそらくは瞑想の時間を増やしたくなるはずです。なぜなら、自らの本質的性質と密接につながっていることは、私たちを深く取り戻すからです。それはまた同時に、以前より大きな個人的突破口を準備することにもなります。瞑想は、私たちがしなければいけないものというよりも、訪れたい休息の場やオアシスとなるのです。

◉「知らない（Not Knowing）」という技

「静かな頭」の生き生きとした直接性に入っていくおもな手段のひとつは、「知らない（not knowing）」ということです。通常、私たちの頭は、自分が何者であるか、何をしているか、何が重要で何が重要でないか、何が正しくて何が間違っているか、物事はどうなるべきかといったことについてのあらゆる意見でいっぱいです。私たちの頭は、意見や以前からの考えで満ちているため、周囲のリアルな世界について新鮮な印象をもつ内面の余白《スペース》がありません。私たちは何も新しいことを学ばないのです。このことはまた、私たちが人——とくに愛する人たち——を本当の意味で見ることを妨げます。私たちは、人のことを、そして彼らが何を考えているかすら、本当に知っていると思っています。ただし、自分が知っている誰かと新鮮に出会うことは、即座にお互いの状態を変えることを、私たちの多くは体験的にわかっています。場合によっては、破綻《はたん》しかけた関係を救うこともあるのです。

「知らない」ということは、自分の意見を留保し、「静かな頭」の領域にある好奇心が主導するに任せることを含みます。私たちは、自分自身の中にある深い知恵を信じはじめます。好奇心をもち、受容的でありつづければ、私たちが知る必要があることは現れることを知っているのです。問題を解決しようとしていても、さらに考えることによってでは解決に達しないことを私たちはみな、知っています。結局あきらめ、ほかのことをします。そしてリラックスしてもう頭を悩ませていないとき、急に答えがひらめくのです。創造的なインスピレーションについても同じことがいえます。

こうした気づきは、どこからくるのでしょうか？「静かな頭」からくるのです。私たちの自我が生存のために選んだ思考の戦略に頼るのをやめると、「知らない」ということが誘いとなります。それは、私たちを急速に変容させる形で高次の知識を引きつける磁石のようなものです。

◉心を開く

変化や変容は、感情の変容、心《ハート》が影響を受けることなしに起きません。私たちは心の中で、変容への呼びかけを感じます。そして自分の心のみが応じられるのです。私たちを動かすのは、私たちの本質の動き、愛の動きです。私たちの心が閉じていたら、どれだけのスピリチュアルな知識を蓄積しても、その呼びかけに応えられないでしょう。また、私たちの知識は、人生において真の変化を起こすことができないでしょう。オープンハートは、私たちが自分の体験にフルに参加し、日常で人とリアルにつながることを可能にしてくれます。心を通じて私たちは体験を「味わい」、何が真実で価値あるものかを見定めることができるのです。この点において、知るのは頭ではなく、心であるといえるかもしれません。

◉悲嘆を癒す

心を変容させるプロセスは、困難なものになり得ます。なぜなら心を開くと、不可避的に自分自身の痛みと遭遇し、人の痛みにより気づくからです。事実、私たちの性格構造の大部分は、私たちがこうした苦しみを体験しないようにできているのです。私たちは痛みを抑え、物事を進めていけるように心の繊細さを閉じ込めてしまいますが、痛みを避けることに完全に成功することはありません。自分自身や周囲のみなを惨めに感じさせるのに十分なだけ自分の苦しみに気づいていることはよくありますが。自分自身の心の傷や悲嘆を感じようとしなければ、癒すことはできません。本当の痛みを閉め出すことはまた、喜びや思いやり《コンパッション》、愛などの心の力を感じなくさせます。

　重要な点としては、悲しみにひたることではないのです。苦しみを変容させることであって、長引かせることではありません。さらなる苦しみを引き受けるよりも、私たちがすでにもっている苦しみの根源を探求する必要があるのです。性格構造の防衛反応の奥にあるものを見、私たちをつき動かしている恐れや心の傷を探求する必要があります。前述したように、過去からの苦しみを背負っていればいるほど、私たちの性格構造はより厳格で支配的になるでしょう。ただし無敵ではありません。私たちが何を信じるかにかかわらず、心の痛みが強くとも、探求する意欲があれば、少しずつ和らげることができるのです。

　幸運なことに、性格構造の水面下にある痛みと恐れを探求するというこの困難なプロセスを、私たちの本質《エッセンス》は支えてくれます。条件や価値判断なしに、私たちの直接体験の真実を探求することを厭《いと》わなければいつでも、「慈愛《コンパッション》」という本質的資質が自然に浮上し、癒しがあとに続きます。「慈愛」というのは、感傷的なことや同情や自己憐憫《れんびん》と同じではありません。むしろ「神の愛」の一側面で、誰かの苦しみを本当に見てとることができれば、あらゆる防衛や抵抗を解かすものです。

慈愛をつくりだすのに性格構造ができることはありません。けれども私たちが真に感じているものが何であれ、それに対して完全にオープンで正直である意欲があれば、慈愛が自然に現れ、私たちの心の傷を癒してくれます（慈愛がない真実はあまり真実とはいえず、真実のない慈愛は、あまり慈愛とはいえないともいえます）。

私たちを通じて世界に現れようとしている神の愛は、パワフルな力により、私たちの中でこれまで蓄積された古い障壁や偽りをすべて打ち破ることができます。内面の取り組みのプロセスにおいて、かなりの悲しみや痛みと出会うことになるのは確かですが、そのすべての背後に愛があることを覚えておくことがはかりしれないほど大切です。この愛は、私たちの動機であり、私たちを惹きつける目的なのです。

◉赦しについて

こころの成長において、もっとも重要な要素のひとつは、過去を手放す意欲と力です。そしてこのことが必然的に意味するのは、私たちをさまざまに傷つけた人たちを赦すという問題に取り組むことになります。けれども私たちはどのようにしたら、自分を古いアイデンティティに縛りつけ、人生を進むことを妨げる心の傷や怒りを手放すことができるのでしょうか？　ここでもそうですが、私たちはただ赦すと「決める」ことはできません。愛すると「決める」ことができないように。それよりも赦しというのは、私たちの本質的資質から生まれ、自分の状況の真実について深く理解するところからくるのです。自分自身や人の中で何が起きているかを、以前よりも深く気づくことを必然的に伴います。私たちが自らの怒りや憎しみ、執念深さの深み、そして報復への欲求をフルに体験することを必要とします。こうした衝動のままに行動化することなく。自分が怒りを感じている相手に対する気持ちの背景を探求し、今、こうした気持ちが自分の中でどのように表れているかを正確に見ることにより、私たちは怒りを保っている構造を緩めはじめます。「在ること」が私たちを満たし、過去への囚《とら》われから解放してくれます。

エクササイズ

赦しの肯定的宣言（アファメーション）

私は自分の間違いに対して、自分を進んで赦すことに意欲的です。
私は自分の間違いに対して、自分を進んで赦します。
私は自分の間違いに対して、自分を赦します。
私は自分の間違いを、判断力と辛抱強さを学ぶ機会として見ます。
私は人生が、もっと賢明で受容的になる機会を与えてくれたことに、感謝します。
私は親を進んで赦すことに意欲的です。
私は親を進んで赦します。
私は親を赦します。

私は親を、自分の先生であり、導く人として見ます。
私は人生が、自分の成長のためにこんなにいい先生を与えてくれたことに感謝します。

私は自分を傷つけた人たちを進んで赦すことに意欲的です。
私は自分を傷つけた人たちを進んで赦します。
私は自分を傷つけた人たちを赦します。
私は自分が受けた傷を、慈愛を学ぶ機会として見ます。
私は人生が、赦しと慈愛の精神を与えてくれたことに感謝します。

私は自分の痛みと苦しみを進んで手放すことに意欲的です。
私は自分の痛みと苦しみを進んで手放します。
私は自分の痛みと苦しみを手放します。
私は自分の痛みと苦しみを、私の心《ハート》が開き、生きている場として見ます。
私は人生が、繊細でオープンな心《ハート》を与えてくれたことに感謝します。

私は自分の過去の限界を進んで手放すことに意欲的です。
私は自分の過去の限界を進んで手放します。
私は自分の過去の限界を手放します。

私は自分の過去を、私が私になるために起きる必要があったこととして見ます。
私は人生が、過去を経て私が私であるようにさせてくれたことに感謝します。

※この一節の中の特定の対象は、もちろん置き換えていただいて結構です。たとえば、「私は～を進んで赦すことに意欲的です」など。必要に応じて、この形式で自分なりの肯定的宣言を書いていただくこともできます。各項目の最初の文章は、「私は、～進んで～ことに意欲的です」という形式にしてください。それから続く文章の前提条件を限定していき、三番目の文章では、あなたを前に進めないようにしていたものを手放してください。四番目の文章では、その状況における肯定的資質を表明し、五番目の文章では、自分に起きたことを感謝してください。物事のより大きな計画においては、形を変えた祝福、もしくは人生でもっとも重要な成長の体験のひとつなのかもしれません。

◉「手放す」ためのエニアグラム

筆者二人は、変容のプロセスについて何年も熟考した結果、私たちが防衛反応や制約となるパターンをうまく観察し、手放したときはいつでも、自然に特定の順序をたどっていたことを理解するようになりました。そして「手放す」プロセスは、たんに厄介な習慣を断とうという意志だけでは生じないことがわかりました。それは意志力の問題ではありません。とはいえ、特定の習慣や反応が自然になくなった——少なくともそのように見えた——ということが過去に何度もありました。それで私たちは、どのような要因があれば手放しやすいのかを突きとめたかったのです。グルジェフのおかげで、エニアグラムがプロセス・モデルとしても使えることを知っていましたので、自分たちが発見したことをエニアグラム図に沿って並べ、「『手放す』ためのエニアグラム」というものをつくりました。

「『手放す』ためのエニアグラム」は、いつでも使える実践法です。エニアグラム図の円周上の九つのポイントに対応する形で、九つのステップに沿って進んでいきます。ただしこれらのステップは、性格タイプと直接かかわりがあるわけではありません。左の図は、九つのステップのプロセスを示しています。

このプロセスは、つねにポイント9から始まります。このポイントに「プレゼンス」（今、ここに在ること）の資質を割り当てました。ある程度のプレゼンスがなければ、最初のステップに進むことすらできないでしょう。プレゼンスにより、私たちはまず第一に性格との同一化の状態にあることを理解できます。

次のステップに行くためには、それぞれのポイントを完了しなければならないこと、このプロセスは累積していくことに留意してください。つまり私たちは新しい段階に進む際に、前のステップの資

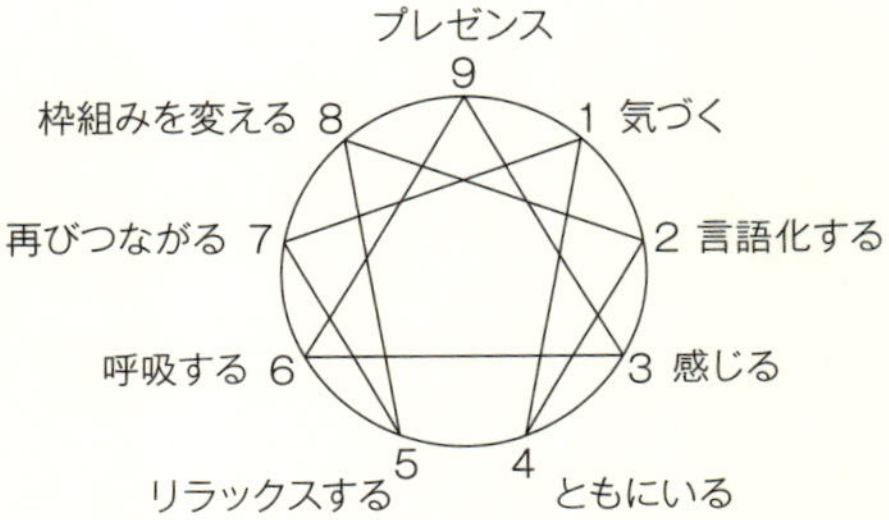

「手放す」ためのエニアグラム

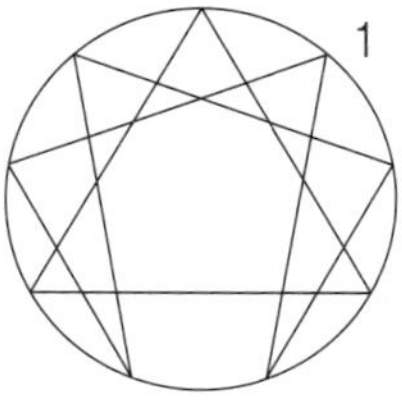

1　気づく

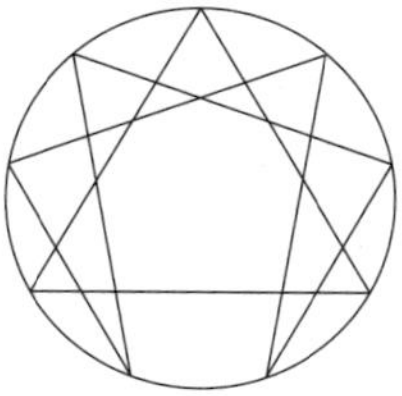

2
言語化する

質も伴うのです。実践を積み、最初の二、三のポイントを通過するにつれ、手放すプロセスは加速します。したがって、まずは私たちが何らかの否定的あるいは望ましくない状態と同一化していることがわかるだけの十分なプレゼンスをもつことにより、ポイント1に進むことができるのです。

ポイント1においては、プレゼンスの支えにより「気づく」ことができます。私たちは何かに同一化していることに気づくのです。何かというのは、ものの見方や反応、自分が正しい必要があること、心地よい空想、痛みを伴う気持ち、姿勢などほとんど何でもです。私たちは性格構造の何らかのメカニズムにはまりこんでいること、トランス状態にいることに気づきます。これが第一章で前述した「その瞬間の自分をキャッチする」ということです。それはいつも、目覚めて「我に返る」ように感じます。

ポイント2においては、気づいたばかりの状態に意識的に名前を与えます。「言語化する」のです。たとえば、「私は怒っている」「私はイライラしている」「私はおなかが空いている」「私は退屈している」「私は～にうんざりしている」「私はこれが好きではない」というように。分析したり価値判断を下したりせずに、シンプルに正直に私たちがいかな

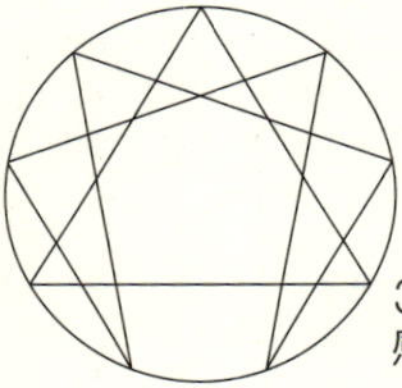

3
感じる

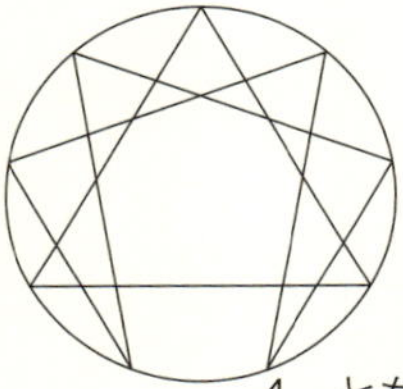

4　ともにいる

る状態でも言語化します。

　ポイント3において、プロセスが私たちの頭から体へとシフトします。「感じる」のです。強い感情や精神の状態は、私たちの体の中に何らかの身体的反応、何らかの緊張を引き起こします。たとえばある人は、配偶者に怒る度に歯を食いしばり、肩が緊張することに気づくかもしれません。別の人は、自分が怒っているときに、腹の中に燃えるような感覚があることに気づくかもしれません。さらに別の人の場合、ひとりごとをいっているときには、目を細めていることを発見するかもしれません。恐れにより、私たちは「電気が走っている」ように感じるかもしれませんし、かたずをのむかもしれません。ポイント3において、私たちはこの緊張を感じます。考えたり、イメージしたりするのではなく。今、どんな感じがするかをただ感じるのです。

　ポイント4においては、「ともにいる」のです。体の中に見つけた緊張やエネルギーの感覚とともにいます。このポイントにおける誘惑は、次のようにいうことです。「ええっと私は怒っていて、歯をくいしばっている。話はわかった！」と。しかしながら、緊張とともにいなければ、その状態は解消されません。さらに、私たちが緊張とともにいられるなら、水面下の心の痛みや不安が浮上してくるかもしれません。それが起きたら、私たちはこのような気持ちとともにいることができるように、自分自身に思いやりをもつ必要があります。

このように自分自身を体験するシンプルさに興味がもてるようになるには、しばらく時間がかかります。私たちは、成長のプロセスがもっと興味深く、ドラマティックなものであってほしいのです。そして自分の緊張の痛みとともに過ごしたくないのです。けれどもそうしないことには、どんなに非凡な体験をしても、私たちの生き方に真の影響はあまりないでしょう。

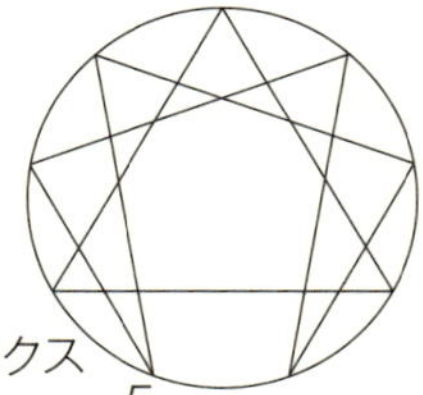

リラックスする 5

ポイント5において、最初の4つのステップを通過したとしたら、私たちは自分の中で何かが開きつつあり、緊張がなくなったのを感じるでしょう。「リラックス」するのです。私たちは軽やかに、そしてもっと目覚めているように感じます。自分にリラックスすることを強いるのではありません。ポイント4で体験したように自分自身の緊張や感覚とともにいることにより、リラクセーションのプロセスが私たちの中で展開するのに任せるのです。

リラクセーションは、無感覚になったり、だらりとすることではありません。自分の体や気持ちをより生き生きと深く感じるとき、自分がリラックスしていることがわかります。また、リラックスするにつれ、自分自身の中により深い層があることを発見するかもしれません。多くの場合、不安が浮上するでしょう。この不安により、私たちはまた緊張するかもしれませんが、私たちがリラクセーションと不安感の両方を許容できる度合いに応じて、自分を支配してきた状態が緩みつづけ

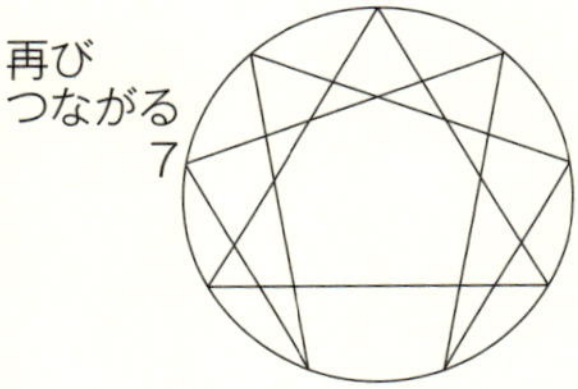

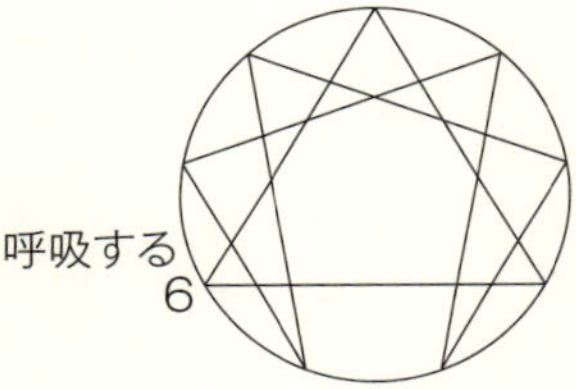

るのです。

私たちが身体的緊張を感じるとそれが消失するように、身体的緊張とともにいてリラックスすれば、それをつくりだしていた感情的パターンも何であれ、消失します。緊張と感情的パターンの両方を気づきの光の中にもち込むことで、それらは解けていきます。

ポイント6において、私たちは呼吸することを思い出します。「呼吸する」のです。ただ、自分の呼吸をもっと意識するということです。私たちはポイント5のリラクセーションが呼吸もリラックスさせるのに任せます。これが重要なのは、私たちが性格構造の関心事にかかわっていればいるほど、呼吸も抑制され、浅くなるということです（たとえば私たちがちょっとしたストレスのある状況にいるとき――車を運転していたり、仕事でプレッシャーに対応していたりなど――、呼吸が浅くなることに気づくかもしれません）。呼吸は私たちを落ち着かせ、封じ込められた感情的エネルギーを解放する助けとなってくれます。呼吸がより深くなり、リラックスするにつれ、私たちの緊張のパターンが変わりつづけます。私たちは何であれ、感情面で浮上してくるものから逃げようとしません。呼吸しつづけて通過するのです。そのようにしていると、自己感覚の広がりを感じはじめるかもしれません。自分がもっと「リアル」で落ち着いているように感じられるかもしれません。
ポイント7において、私たちは自分自身および周囲の世界についてのより充実した感覚と「再びつながる」ことになります。ほかの感覚的印象が、私たちの気づきの意識《アウェアネス》に入ってくるのに任せます。壁に当たっている日の光や温度、空気の質といったものに気づきはじめるかもしれません。自分が着ている服の肌触りや色にも気づくかもしれません。

「再びつながる」というのは、何であれ自分が前に意識していなかった体験の一部に感覚を広げるということです。自分の体験と本当につながるとき、それに伴う通常の連想が浮かんでこないことを発見します。私たちの習慣的目標、計画、内面の台本が消え去ります。私たちは突然、かなりの明晰さをもって自分の内側でも外側でも、見、聴き、感じます。

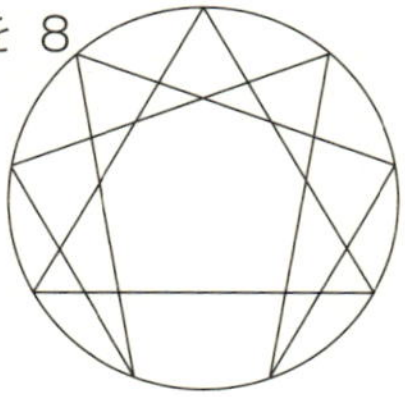

もし私たちの問題が誰かとの関係であれば、以前のような習慣的衝動によって相手に反応することはありません。性格構造のトランスに入っているとき、私たちは相手が「いつもこう」であり、何をするか、自分は知っていると思い込んでいます。けれども相手と「再びつながる」と、自分が相手についていかに知らないかに気づきます。相手の存在の神秘をありがたく思い、尊重します。なぜなら、私たちは自分自身の存在にもっとつながっているからです。相手が何をするか、いうか、考えているか、自分は「知らない」ということを許容できれば、相手とのはるかにリアルで直接的な関係が可能となります。

ポイント8において、私たちは自分の問題を引き起こしていると信じている状況の「枠組みを変える」ことになります。自分の全体的状況をより客観的な観点から見、このバランスのとれた明晰な立場から、その状況にもっと効果的に対応する方法を見つけます。

たとえば私たちが誰かに対して怒っている場合、その人の心の傷や恐れを見てとることができれば、より思いやりと受容性をもって相手に話しかけることができます。もし私たちが何らかの問題に圧倒されるように感じたら、自分の中にあるよりリアルなものと再びつながることで、実際はその課題に対応できることがわかるのです。もしくは、自分が背伸びしていたこと、助けを求める必要があることに気づくかもしれません。どちらにせよ、枠組みを変えることで、自分自身と問題をはるかに広い視野で眺めることができます。

9 プレゼンス

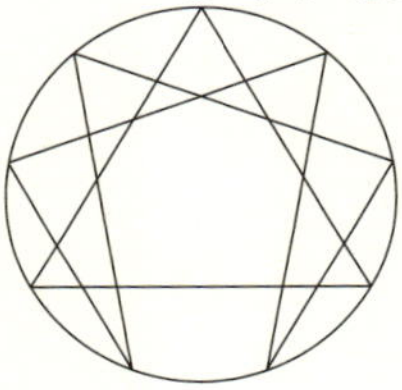

私たちは最後に、ポイント9に戻ります。そこで私たちはさらなるプレゼンスに開かれます。そしてプレゼンスとともに、気づきも増しています。このように力《キャパシティ》が高まった状態であれば、必要に応じてこれら九つのステップをもう一度行うことがはるかにしやすくなります。

「手放す」ためのエニアグラムを使いはじめたら、そのプロセスにおいて何度も同じ場所（ポイント）で行き詰まることに気づくかもしれません。たとえば何かに「気づき」、「言語化」しますが、その先に行けません。自分が緊張していることに気づいたとしても、横道に逸れてしまい、その緊張が解消されるくらい十分長くともにいるということにはならないのです。私たちがどのポイントでプロセスから離れてしまうかに気づくのは、非常に有益なことになり得ます。そのポイントについて、さらに注意を向けてもよいでしょう。

この実践法を使いつづけると、ステップを進むにつれ勢いがつき、よりやりやすく素早くなります。また先に進むほど、ステップの順番を区別することはむずかしくなります。プロセスの最初はもっと頑張らなければならないかもしれませんが、プレゼンスに向かいはじめたら、プレゼンスがその取り組みをどんどんサポートしてくれます。

「手放す」ためのエニアグラムを実践することにより、自分自身についての根本的な体験が深まり、広がります。私たちはよりリラックスし、生き生きとし、自分自身の存在や周囲とつながり、より恩寵《おんちょう》に開かれているのです。このプロセスを通過する前に自分がいた状態と比べて、いかに自分についての感じ方が違うか驚くでしょう。私たちは性格構造の不純物を活用し、自分自身を超えた何かと協力しながら、それを金へと変えたのです。

訳注1：仏教の伝統からきたもので、「慈悲の瞑想」ともいわれる。「慈愛《コンパッション》」を育てることに重点が置かれ、宗派を超えて利用されている。

訳注2：特定の人間関係に依存する状態。もともとは、アルコールなどの依存症を抱える家族がいた場合に、相手の面倒を見、必要とされる関係自体に無意識に依存する状態についての研究から始まった考え。

訳注3：各タイプについて、摂食障害や依存症になった場合、こうした事例があるという意味。すべての人に当てはまるわけではない。

第十四章　こころの旅――いつも今

こうした取り組みをしばらく続けると、ほかの人たち同様、自分自身の中に変化が生じているのがきっとわかるでしょう。自分自身を受け入れ、地に足がついていて、自分自身や人に対してより寛容になるでしょう。とはいえ、私たちは時に自分の体験の現実性に疑問を投げかけるかもしれません。自分の成長は大体において錯覚、すなわち自己欺瞞《ぎまん》の産物ないしは希望的観測にすぎないのではと。「私は自分の道において、本当に前に進んでいるのか?」と思うときがあるでしょう。「健全度のレベル」は、こうした問いに答えるひとつの有効な方法を提供してくれます。

私たちがかつてのような行動を示していない、態度をとっていない、そしてより健全なレベルの生き方と一致したふるまいをしていることがわかれば、正しい方向に向かっているといってもよいでしょう。たとえば自分がタイプ4だとしたら、遊離し、自意識が強く、批判に過敏で、気まぐれです（すべてレベル5の行動）。今は一貫してもっと外向的で、物事をあまり個人的に受けとめず、自分の外にあるがままの自分をさらけだすとしたら、そしてもっとエネルギーに満ち、創造的で、自分の外にあるものに集中できたとしたら（すべてレベル3の行動）、健全度における自分の重心*訳注1が上がり、確かな成長を遂げたといってもよいでしょう。同じように、タイプ7が以前のように散漫でも衝動的でもなくなった、また、以前よりも集中し、自分自身の体験に深く実感をもち、選択を精選することで人生がもっと楽しめるものになったということであれば、確かな真の成長があったのです。

ただし、より微妙な問いがまだ残るかもしれません。自分は以前よりも幸せで、人生の浮き沈みにもっとうまく対応できていると考えるかもしれませんが、もしかしたら現実離れし、自分の体験を「スピリチュアル化」するのがうまくなっただけなのでは、と。何が真実なのだろう？　自分は今、よい状態になったのだろうか、そうでないのか。

答えは、さまざまな状況における自分の自動的反応を見ることにあります。とくに以前、自分の否定的反応を誘発した状況において。自分の中の最悪の部分を引き出していた人や状況が誘発しなくなったとしたら、確かに成長したといえるでしょう。特定の人や状況に対応しているときはいつも、辛抱強さや思いやりをなくしていたのに、もはやそうではないとしたら、やはり確かに成長したといえるでしょう。人生がより生きやすくなり、広がり、生き生きとしたものになり、最後がくるまで乗り切らなければならないものというよりも、終わりのない冒険になったとしたら、それもまた確かに成長したといえるでしょう。地に足がつき、心を開き、好奇心のある子どものかかわりと、公平無私な立会人の無執着をもって自らの「存在《ビイング》」の全力をその日の課題に向けることができるとわかれば、やはり確かに成長したといえるのです。

さらにエニアグラム自体が、真の成長の確かな標識を指し示しています。各タイプのレベル1において見られる、高度に機能するさまざまな資質――実のところエニアグラムでいう「美徳」――

は、こころの道において私たちのために扉を開く鍵《かぎ》です。そうした資質のいずれでも十分ですが、すべての資質につながるということは、あらゆる状況のあらゆる瞬間において本質《エッセンス》につながることになります。したがって、私たちが次のようであれば、自分の道において確かに成長したといえるのです。自分と人の限界を受け入れ（タイプ1）、自分をケアし、無条件にあらゆるものの価値を肯定し（タイプ2）、誠実さと謙虚さをもって、真に自分であり（タイプ3）、自分自身を刷新し、自分と人のために生きることの質を高め（タイプ4）、自分の考えや行動すべての深い意味や背景を理解し（タイプ5）、現実にしっかりと根を下ろし、何が起ころうとも勇気をもって対応し（タイプ6）、死や喪失、変化を前にしても、喜びと感謝にあふれ（タイプ7）、心《ハート》が大きく、寛容で（タイプ8）、人生で何があってもすべてを受け入れ、確固として平和である（タイプ9）。

◉自分の苦しみを手放す

グルジェフは、奇妙で逆説的なことを語っています。人間がもっとも手放さないのは、自分の苦しみだろうと。一体、これが正しい可能性はあるのでしょうか。そうだとしたら、なぜ？

まず、自分の苦しみにはなじみがあります。自分が知っていることであるため、未知の状態よりも安心感があります。もしかすると、自分独自の苦しみを手放したら、何らかの新しく、より悪いものがとって代わるのではと恐れるからなのかもしれません。二番目の理由はおそらくもっと重要で、過小評価してはなりません。私たちのアイデンティティの大半は、自分の苦しみにしがみつくことからきます。そしてあらゆる文句や緊張、葛藤《かっとう》、非難、ドラマ、合理化、投影、正当化、そして苦しみにしがみつくことが許容する「エネルギー」からきます。苦しみにしがみつくことこそが、私たちの性格構造《パーソナリティ》の根源であるとさえいえます。もしも私たちの苦しみが――そしてそれにまつわるあらゆるものが――消えたとしたら、私たちはどうなるのでしょうか？

私たちに何も問題がないとしたら、「今、ここ」の瞬間にひとり立つことの恐れに直面しなければいけないでしょう。そして自分自身に責任を取る必要があります。進んで物事を選択し、それを最後まで見届けなければいけないでしょう。もう非難も、過去についてのストーリーも、将来についての計画もないのです。私たちはただ、存在の広大な神秘に直面する生きた人間となるのです。実際のところ、私たちはすでに自分であるものになるのです。今こそ、私たちはすでに自分であるものを認め、その真実から生きるのです。

完全な目覚めに至るまで、性格構造は私たちをある程度限定します。そのことを予期しておくことが重要です。そうでなければ私たちは気落ちし、あきらめることもあります。けれども粘って「今、ここ」にありつづければ、幾度もふだんの自分に眠りこけてしまうことを知っていたとしても、状況が変化します。やがて私たちの本質は、より頻繁に現れるでしょう。目覚める度に、何か新しいものが明らかになります。そして全体像が根本的にシフトするのです。グルジェフの教えによれば、そのプロセスはグラスの水に塩を入れることに似ています。長い間、何も起こらないようですが、突然、飽和点に達し、水の中に新しい結晶ができるのです。

自らの性格構造のメカニズムに対して受身的であることを拒否するのであれば、私たちは自らを神の恩寵《おんちょう》に開いていきます。その恩寵は、私たちの中で活発になることを切望しているのです。私たちの「存在《ビイング》」が力を増すにつれ、私たちは進んで不要な苦しみを手放すようになります。そしてこれまで以上に、人生の驚くべき贈り物に深く気づくようになります。つまり、私たちが執着やそれに付随する苦しみを手放すことができる分だけ、喜びや人生そのもののために自分の力を解放できることになるのです。

ひとたびこの状態に入ったなら、神秘家の素晴らしい詩が理解できます。それは、私たちの旅は苦闘であると感じることが少なくなり、愛の中にいるようだということです。実際、スーフィ*訳注2は その旅を「愛する人への帰還」と呼んでいます。私たちが自分の心《ハート》を自らの本性に開いていなければ、人生のいかなるものも私たちを満たすことができません。けれども心を開いたら、すべてが私たちを満たすのです。そして私たちは世界を無限の愛の表現として体験します。

初めてラブストーリーを聞いたとたん、
私はあなたを探しはじめた。
自分がどれだけ盲目かを知らずに。
恋人たちはようやくどこかで出会うのではなく、
最初からずっとお互いの中にいた。

ルーミー*訳注3

◉人生は私たちを支えてくれる

　大まかにいって、人生は時間でいうと99パーセント優しく、支えとなってくれます。自我は辛《つら》く、陰うつで悲惨な残りの1パーセントに固執させるように導くのです。ただしこうしたときでさえ、通常は本人たちに対してのみ、辛く悲惨なのです（私たちにとって悲惨なことは、ほかの人にとっては幸運かもしれません）。思考《マインド》は、最悪のシナリオ――自動車事故のように――を想像しますが、私たちの生活の大半は、こうしたできごとから成り立っているわけではありません。私たちの人生をもっと客観的に見たら、実際には現実はきわめて支えとなってくれています。現実をあるがままに見たら、奇跡です。宇宙は、大半の私たちが気づいたり、認めているよりもはるかに寛大です。そしてこの圧倒的な豊かさを面前にするならば、この寛容さに目覚め、自分を開くことが、単純に理にかなっています。

　世界の偉大な宗教はすべて、私たちはひとりではない、目に見えない形で、そして想像すらできない深さで支えられていると教えています。キリスト教の伝統の多くにおいては、「聖徒の交わり」への信仰が見られます。それは、天国にいる人々全体が、まだこの地上にいる人たちのためにたえず「執り成し」をしていると見なす教えです。ヒンドゥー教徒は、神の現れを木々や湖、山々など、至るところに見ます。嵐や火山にも。仏教徒が仏性の無限の形態を見るように。キリスト教の聖人や無数の菩薩《ぼさつ》の像は、次のような深いスピリチュアルな真実を想起させてくれるものです。それは、「私たちはひとりではない。私たちの道においては、数限りないほど多様な方法で支えられている」

ということです。

日本にあるもっとも有名な仏堂のひとつは三十三間堂《さんじゅうさんげんどう》であり、慈悲の菩薩である観音を祀《まつ》っています。このお寺が独特のインパクトを与えている点は、本堂内の百二十メートルもの長さにわたり、奥行き十段で配された、千一体の金箔《きんぱく》の観音像です。それは静かに圧倒的な迫力をもつ場所で、絶妙な繊細さと力にあふれています。そこを訪れる者に、絶対なる存在ないし神が、無数の助けになる存在と、次々とくる波のような恩寵を、一人ひとりの人間に途切れなく送り出していることを想起させます。慈悲の無限の深みからくるたえざる恵みに加えて。訪れた者は、通常の認識外の世界からの恩寵と善意を伝える、この金色の大量の像に圧倒されます。

私たちはこうした慈愛の存在にゆっくりと揺るぎなく気づくことになります。私たちが「今、ここ」の瞬間に自らを開いていくと、すべてが自分の先生になります。なぜなら人生のすべてが私たちの存在と成長を支えているからです。エニアグラムは、私たちがいかに人生に「ノー」をいうか、身の回りにつねにある豊かさからずっと目を背けているかを教えてくれます。けれども千一体の観音像が私たちに想起させてくれるように、私たちが真に望むもの、そしてつねに外に探しているものは、いつも「今、ここ」にあるのです。

◉真の自己を掘り下げ、回復する

筆者二人はあるとき、トレーニング・プログラムを実施するため、カリフォルニア行きの夜行便

性格を手放すことへの潜在的恐れ

私たちの多くが「今、ここ」にいることを恐れる根本的原因は、特定の自我の計画への執着が薄れることを必然的に伴うと直感的に理解しているからです。したがってそれぞれのセンターは、その自我のプロジェクトを継続する必要性について、独特の偽りの信念《ビリーフ》をもっています。また、こうしたプロジェクトが止まったら、何が起きるのだろうという潜在的恐れもあります。このような恐れをもった信念《ビリーフ》は、「今、ここ」に「在ること《プレゼンス》」への障害として繰り返し現れるでしょう。何であれ、私たちが同一化しているものを手放さない「理由」として。下記は、各センターに関連する潜在的恐れのいくつかです。

本能センター（タイプ8、9、1）	「私が構えを解き、人生の流れにリラックスしていったら、自分が消えてしまう。なじみのある『自分』は存在しなくなる。自分が真にオープンであれば、自己感覚は守れない。自分が本当に世界を自分の中に入れて影響を受けたら、自分は圧倒され、自由と独立を失ってしまう。自分は消滅させられる」
フィーリング・センター（タイプ2、3、4）	「私が自分自身についてのこのイメージと同一化することをやめたら、自分に価値がないことが明らかになり、愛を体験する可能性を失う。深いところで、自分はひどい、愛されない人間だと思っている。だからこの自我のプロジェクトを維持することによってのみ、世界に歓迎される、あるいは自分に自信がもてるという希望がある」
思考センター（タイプ5、6、7）	「もし私がこの戦略をやめたら、もし自分が何をする必要があるかを解明するのをやめたら、『基盤』が私を支えてくれない。世界は信頼できない――自分の思考の働きがなければ、自分は無防備なままに残される。すべてが崩壊する――自分は破綻《はたん》し、自分を見失うだろう。私の思考が『泳ぎ』つづけなければ、私は沈む」

に乗っていました。そして自分たち自身の内なる取り組み《インナー・ワーク》で体験していたさまざまな成長の段階について検討しはじめたのです。私たちのディスカッションの一部は、よくいわれるような「トンネルの先の光」を見ることがあるのかということでした。なぜかというと私たちはそれぞれが、心の中の何層もの過去に由来する否定的な習慣や未解決の課題を見つけるにつれ、たえずかなりの痛みを体験していたからです。私たちはまた、自分自身のこころ《サイキ》の「玉ねぎ」の皮をむくようなプロセスは、私たちに独特のものなのか、ほかの人にも一般化できるのだろうかと考えました。飛行機の座席に座りながら数時間も気づいたことを書き留めたり、体験を比較したりしたのです。飛行機が着陸する頃には、以下で説明するモデルがまとまっていました。その後も継続的に何年も熟考し、磨いています。

私たちがあの飛行機に乗っていた夜、最終的に行き着いた答えは、きっぱりとした「イエス！」でした。「真の自己を掘り下げる」は、変容のプロセスについての正確な説明であるという私たちの確信は、時が経つにつれて揺るぎないものになっています。こころのさまざまな層を掘り下げることは、何層もの痛みや否定的なことを通過することを意味したとしても、自分が対応したくなかった、昔から蓄積しているこころの中のがらくたを意識化することは、価値あることです。私たちをずっと待っていただけでなく、最初から応援していた私たちの本質的存在、「金の核」を見出《みいだ》すことは可能でした。

内面の取り組みは、ひとつの層から次の層へと進む必要がありました。性格構造の表面から掘り下げて、私たちの本性のより深い中心的資質へ。筆者がこのプロセスに自分たち自身で何年も取り組む中で、自分を取り戻すプロセスにおける九つの確かな層を見つけました。これら九つの層は、九つの性格タイプにも、その九つの健全度のレベルにも関係ありません。本質的側面をさらに深く探求していったときに出会う「異なる世界」として考えてください——玉ねぎの九つの層として。

こうした層をさらに熟考し、数年教えてみて、その真実と有用性を確信したのみならず、その一部はほかの伝統の中で探求してきた人たちによって発見されていたことがわかりました。この変容のプロセスについての地図は、内なる取り組みに対する普遍的障壁に直面した際に誰もが出会う気づきをまとめたものです。

【第1の層：自分の習慣的自己イメージ】

この最初の層は、自分がどういう人間でありたいか、そして自分をどう自動的に見ているかについての考えやイメージからなっています。通常はある程度の誇張や錯覚を含みます。たとえば、自分は決して嘘をつかない、あるいは約束に遅れない、いつも人のことを優先するなどと考えているのです。私たちはまた、自分自身について否定的な見方を習慣的にしているかもしれません。自分は魅力がないとか、頭が悪いとか、運動能力がないとか。性格構造のトランス状態の中にいると、自分自身に関するこうした根深い思い込みに疑問をもつことはあまりありません。そして自分自身についての（幻想である）見方を人が疑問視したり、支持しなかったりすると、すぐに強く反応します。

この最初の層では、人は通常から不健全な段階にいます（健全度のレベル4以下）。その人が何らかの目覚める方法を（通常は外部から）与えられなければ、変化することにほとんど希望がもてません。なぜなら、その人はあまりにも性格構造に同一化したトランス状態に深くはまりこんでいて、自分では目覚めることができないからです。自分のタイプを誤認していたら（たとえば自分はタイプ5だと信じていたのに、実際にはタイプ9だとしたら）、私たちは習慣的自己イメージの範囲で自動的に動いていることになります。そして、エニアグラムを使っての意味ある変容の取り組みはほとんど不可能です。それゆえに自分の性格タイプを正確に知り、その心理構造を明確に理解することがきわめて重要なのです。

【第2の層：自分の実際行動】

私たちが内なる取り組みの道に入り、自己観察のプロセスに留《とど》まるなら、自分の行動の多くが、習慣的自己イメージと矛盾していることに気づきはじめます。この気づきにより、私たちは第2の層に至ることができます。ここにおいて「その瞬間の自分をキャッチする」ことを始めます。私たちの自己イメージは、自分がいつも本当のことをいっているということかもしれませんが、対立を避けたり、相手を喜ばせるために、どれだけたわいのない嘘をいっているかに気づきはじめるかもしれません。

幸いなことに私たちはみな、自分の状態についての真実やより大きな可能性に自然に目覚める瞬間を体験したことがあります。けれどもこうした瞬間を増やすには、その瞬間を十分大切にし、より目覚める方法を求める必要があります。ということは、自分の内なる取り組みのためのサポートを求めることになります。本や実践、友人、もしくはより公式なガイドであるセラピストや指導者などによって。この層に留まることは――ましてやさらなる深層に進むことは――、「今、ここ」にいる力を一層、育てることを必要とします。深層に進めば進むほど、私たちはより「今、ここ」に「在ること《プレゼンス》」を必要とします。

【第3の層：自分の内面の態度と動機】

私たちがその道を続けていれば、自分の行動の背後にある態度と動機に気づきはじめるでしょう。自分がやっていることを引き起こしているのは何か？　自分は関心を得るために物事を行っているのか？　もしくは、母親に怒っているからなのか？　それとも自分自身の痛みや恥を発散させたいからなのか？　精神分析や大半の心理療法は、自己のこの層を意識に上らせることをねらいとしています。それにより、自分の行動が無意識の衝動に自動的に支配されないようにするのです。より深くこうした問いかけに入っていけばいくほど、答えはより曖昧《あいまい》になります。なぜなら特定の行動を何が「引き起こしているか」を正確にいうことは不可能であることが多いからです。

この層においては、自分が学習した行動と習慣の深さ、そしてそのうちのどのくらいが自分の家族や文化において何世代もさかのぼることができるかに気づきます。自分のタイプの動機の核心（とくに根元的恐れと根元的欲求）は、自動的な性格の習慣と反応を留めておく重要な要素です。自分の動機を理解する中、私たちは自分の魂が真に切望しているものもかいま見るようになります。自分の動機は、自分に何が欠けていると考え、それゆえに何らかの形で何をつねに求めているのかを明らかにします。

【第4の層：自分の水面下の感情のトーンと緊張】

「今、ここ」の瞬間、自分自身についての気づきが深まるにつれ、そのとき、自分の身体感覚がどのようなものかを理解しはじめます。たとえば第2の層においては、パーティでの会話に興味をもっているふりをしている自分に気づくかもしれません。第3の層では、実際には自分はパーティの場から離れたいのだということに気づくかもしれません。そして第4の層では、自分の胃の中にたえずある落ち着かない感じや肩や首の緊張に気づくかもしれません。

私たちが十分自己観察できる力を育てれば、筋肉およびエネルギーの緊張の微妙な層、そしてエネルギーが滞っていたり、欠けている個所に気づくでしょう。ここでは、リラクセーションと呼吸がより重要になります。第4の層では、身体感覚とともにある力が、これまでの層よりもはるかに必要となります。

【第5の層：自分の激怒、恥、恐れ、リビドー的[*訳注4]エネルギー】

私たちが第4の層で発見したプロセスとともにいることができれば、深く進むにつれ、さらに根源的な——おそらくはさらに不安になる——感情に出会います。その中には、自我の三つの「おもな感情」が含まれます。怒り、恥、恐れであり、その順番にそれぞれ本能センター、フィーリング・センター、思考センターに影響を与えています。

私たちがなまの根源的な本能エネルギー（三つの本能型の基礎）に出会うのも、この層においてです。つまり、自己保存への衝動、仲間との社会的つながりへの衝動、性的衝動です。原初的な執着、フラストレーション、拒絶という感情もここにおいて認められます。この層は通常、私たちをかなり不快にさせます。だからこそ私たちはリラクセーションも実践する必要がありますし、何よりも自分が明らかにした課題に取り組む際、自分自身の中に見つけることに対して、善し悪しの価値判断をくださないようにする必要があります。従来の心理療法は、この層で終わる傾向がありま す。

［第6の層：自分の悲嘆、自責の念、自我の欠陥］

この層は、日常生活で体験するような通常の罪悪感や悲しみ、喪失感とは関係がありません。私たちがここで出会う、胸が張り裂けるような悲しみや自然な自責の念は、私たちがどれだけ深く、完全に自らの本質的性質から切り離されてきたかを明確に認識することからきています。

したがってこの層は、かなりの「意識的苦しみ」を必然的に伴います。この苦しみは、探求する者が成長のためだけでなく、真実のために進んで許容するものです。この層で体験する苦しみは、言葉のもっとも純粋な意味において浄化のためです。本質と真実の光の中で明確になる、自我の最後に残っている幻想を焼き尽くすのです。よい人と悪い人というのはおらず、それゆえ、自分の状態について誰かのせいにすることはできません。結局のところ、この層は人間のありようについての深い悲しみとして体験されるのです。とくに心において、強烈に焼けつくような感覚として感じられます。スピリチュアルな伝統においてこの層は、「魂の闇夜《やみよ》」*訳注5と関連しています。

［第7の層：空、虚空］

この層は、東洋の宗教的伝統の多く、とくに仏教において説明されてきました。この段階において、私たちは自分の性格構造が一時的につくられたもの、すなわち長い間、自分自身に語ってきたストーリーにすぎないことに完全に気づきます。それでも自我のアイデンティティの親しみやすさから離れることは、無に足を踏み出すように感じます。まるで世界の端から踏み出すかのようです。したがって、通常、この層の特徴となる恐怖と絶望を和らげるには、何らかの信頼が必要です。

この層は性格構造にとり、終焉《しゅうえん》、死として体験されます。けれども私たちが辛抱し、跳躍するだけの十分な支えと信頼があれば、見つけるのは、まったく予期しなかったものです。性格構造が予測するような苦悩を体験するのではなく、性格構造にとって「無」と見えるものは、「あらゆるもの」として姿を現します。「輝く空《くう》」（禅では「シュンニャータ」）として。この空からあらゆるものが生まれるのです。存在していると私たちが知っているすべてが、この空から生まれます。それは完全に空でありながら、可能性に満ちています。それは私たちの自由であり、いのちの源です。観察する者と観察される者の区別はもはやありません。体験と体験する人はひとつなのです。

［第8の層：真の自己の存在］

この空の状態において、逆説的ですが、私たちはなお自らを個人的存在として体験します。社会でうまく機能していますが、自らのアイデンティティは本質を中心においています。また私たちの行動は、性格構造のプロジェクトや関心事よりも、神の意識《アウエアネス》に導かれます。いまだ個人としての意識もありながら、個人的愛や感謝、畏怖《いふ》の念、魂の高揚といったものの大きなほとばしりが、「存在《ビイング》」とその無限の現れに向かうのです。私たちが完全に個人的な本質的存在を体現するのがこの層においてです。いくつかの聖なる伝統においては、「私は在る（"I am."）」という状態として言及されます。スーフィズムにおいてこの層は、神の個人的表現として、個人の「真珠」ないし本質的自己との同一化が特徴とされています。キリスト教においてこの層は、「至福直観」を得はじめたしるしです。この「至福直観」においては、個人の自己が神の恍惚《こうこつ》的現れを体験するのです。

[第9の層：非自己的、普遍的存在]

この状態については、あまり語ることができません。言葉では説明できないからです。すべての現象は、いかに微妙であっても、気高いものであっても、この状態から生じるのです。神を求める探求を幸運にもやりとおせるなら、魂は最終的にその目的地を神ないしはいくつかの伝統で「至高」や「絶対」と呼ばれているものとの神秘的合一において発見するでしょう。それは完全な非二元的意識の実現であり、個人の意識が神と一体化することです。それにより、神の意識のみとなるのです。つまり、個人の自己と神はひとつとなります。こうした意識の状態は、個人的存在という感覚を超え、非個人的な本質的意識、無限の「存在《ビイング》」として現れます。この「存在《ビイング》」から、顕在化している宇宙が展開するのです。

これが、偉大な神秘的伝統によって約束された最終の目的地です。けれどもこの意識状態を継続的に得ることは、きわめて稀《まれ》です。歴史に残る何人かの並外れた神秘家たちや聖人たちのみが、真にこうした深い意識の状態から生きたのです。けれども私たちの大半は、少なくとも少し味わってみることはできます。多くの場合、それで十分です。こうした現実を一度でも味わったなら、私たちの人生は根底から変わる可能性があります。宇宙の一体感をリアルな体験として知ったなら、私たちは二度と人や自分自身、あるいは人生の贈り物を同じように見なすことはできません。

◉意識の連続体

こうした九つの層を振り返ってみると、いかにしてそれらが連続体を形成しているかがわかります。現実とあまりつながりのない想像の領域から、まったく心理学的な領域、そしてスピリチュアルな領域まで。第1～3の層は、おもに心理学的なものです。第4～6の層は、心理学的要素（とくに深層心理学）を含みますが、私たちがより一般的にはスピリチュアルな範疇《はんちゅう》に入れる要素もあります。こうした層を進んでゆく際の私たちの成長には、心理学とスピリチュアリティの両方を使った統合的アプローチが必要です。第7～9の層は、おもにスピリチュアルな領域にかかわっていることがわかるでしょう。

エニアグラムはおもに、第1～5の領域で助けになるでしょう。そして初期の層（第1～3の領域）においてもっとも効果を発揮します。第1～3の層は、健全度の段階でいうと、健全な段階に移行する助けとなります。第4～6の層は、健全な性格構造を確立し、私たちのアイデンティティの感覚を性格構造から本質に移すプロセスを始めることを助けます。

第7～9の層は、本質的自己の気づきと成熟にかかわり、健全度でいうとレベル1以上の課題に対応します。

私たちの旅では、いくつかの困難な時期も通過するでしょう。けれども私たちは覚えていなければなりません。私たちの心が本当に切望しているすべてが、旅の終わりに待ち受けていることを。

◉ 性格を超えて

本質はすぐ目の前に

変容《トランスフォメーション》のプロセスにおいて、私たちは辛抱強く、粘り強くなる必要があることは確かですが、自らの本質を体験することは、私たちが通常信じるほどむずかしくありません。実際、そうすることに対する自我のおもな防衛のひとつは、スピリチュアリティというものが高尚で非実際的で、非常に遠くにあるという信念《ビリーフ》です。事実として、それは私たちが考えるよりも身近にあります。神秘家は次のように保証しています。「私たちはどこかに行ったり、何かを達成する必要がない」と。私たちが学ばなければいけないのは、自分自身から逃げだすことをやめることなのです。自分自身を本当にあるがまま――自分の真実と偽り――に見るとき、私たちは自分自身を見捨て、幻想や反応、防衛の中に生きるという習慣から脱するプロセスを始めます。

よいこととしては、あなたはすでにここにいるということです。あなたの本質は、すでに完全に完璧《かんぺき》に存在しています。このページを読んでいる読者は、自分をリアルにしたり、「スピリチュアル」にするために何かをする必要はありません。なぜ自分自身を見捨て、「今、ここ」の瞬間から離れたのかを理解しはじめたなら、そうしつづける理由はもうありません。自分の性格タイプを理解することは、こうした「理由」に気づく助けになります。私たちが、自分でないものになろうとすることをやめると、自らの本性が浮上します。つまり、私たちは「観察して手放す」のです。そして自分のプロセスの自然な展開を妨げることをやめます。特定の自己認識を守ることをやめるのです。

私たちは自らの本性たるために、新しいことを学んだり、何かを付け加える必要はありません。スピリチュアルな成長は、すぐ目の前のことを見ることを伴います。実は、私たちの性格構造の層のすぐ下に何があるかということです。したがってこころ《スピリチュアル》の取り組みは、すでにあるものに何かを追加するというよりも、「引き算」であり、手放すことなのです。ひとつの見方からするならば、これはきわめて大きなチャレンジになり得ます。なぜなら、私たちの性格構造のパターンがあまりにも私たちの存在《ビイング》に深く根ざしているからです。ただしほかの見方をするならば、この取り組みにおいて、私たちは全宇宙の支えを得ているのです。したがって内面の取り組み《インナー・ワーク》は、自分自身や人の中での展開が見られる、継続的な神秘であり、驚異です。ただし、つねに覚えていてください。私たちはひとりではできませんが、逆に自分がいなければ始まらないのです。

生きている瞬間

仏教徒は、次のようにいっています。「聖なる人や聖なる場所があるわけではない。聖なる瞬間があるだけだ」と。恩寵の瞬間です。私たちはみな、こうした瞬間を体験しています。私たちがフルに生き生きし、目覚めているとき、恩寵の真の瞬間は、記憶の中でさえ、自分が思い起こすかもしれないほかのできごとに比べ、まったく異なる質をもちます。本質的瞬間は、はるかに鮮明でリアルです。なぜなら、まだ私たちとともにあるからです。そうした瞬間は、直接性をもっています。なぜなら、人生のインパクトが私たちの意識の鈍さを突き抜け、私たちを目覚めさせたからです。私たちは恐れや抵抗、自己イメージを手放すことを学ぶにつれ、自分がこうした変容の瞬間に心を開き、その瞬間が私たちのスピリット*訳注6を育《はぐく》むことに気づきます。したがって、私たちはこうした瞬間を思いのままにつくりだすことはできないかもしれませんが、そうした瞬間が得られやすくなるような状況を自分の中につくりだすことはできます。

こうした「生きている瞬間」についてもっとも顕著なのは、そうした瞬間をもたらすのに、特別なできごとを必要としないということです。ひそやかに、そして多くの場合、不意に訪れるのです。朝食の席や通勤電車の中、通りを歩いているとき、友人と話しているときなど。私たち筆者としても、ただドアの取っ手を見ていたり、実際の話として、知り合いの顔を深く見ていたときに、非常に満たされたスピリチュアルな体験をしたことがあります。

こうした種類の体験の美しさは圧倒的で、人生を変えるものです。したがって、そうした違いを生むのは、私たちが何をするかではなく、その瞬間にもたらす気づき《アウエアネス》の質です。

人生において、誰かと向かい合っている生き生きとした瞬間よりも並外れたものは、そうそうありません。真にオープンでもうひとりの人間とともにいることは畏怖の念を抱かせ、時に圧倒されるほどです。誰かと真にともにいることは、私たちがつねに神の前にいることを思い出す助けとなってくれます。

エクササイズ　生きている瞬間

あなたのインナー・ワーク・ジャーナルに、三十分ぐらいかけて、自分にとってもっともリアリティのあった人生の瞬間について書いてください。それはどのようなものでしたか？　このような瞬間に、あなたはどういう感じでしたか？　そうした瞬間は、重要なできごとでしたか？　それともふだんのできごとでしたか？　それはほかの記憶とどう違いますか？

こころの成熟へ向けて

私たちの多くにとり、こころの旅《スピリチュアル》の初期段階は、深く、魅力的な体験を求めることを含みます。私たちは神の暗示を欲するのです。それは私たちが願ってきたこと、もしくは教わってきたことすべての証《あかし》です。そして自らの実践において真摯《しんし》であれば、私たちはこうした体験の多くを得るでしょう。私たちは直接的に慈愛や喜び、内なる平和、力、意志など、魂の真の資質を知ります。私たちは、仏教徒が空について語っているときに何を意味しているか、もしくはスーフィの詩人が愛し《いと》い者について書いているとき何を意味しているか、理解するようになるかもしれません。私たちはキリストの復活をまったく新しく、個人的に理解するかもしれません。ただし、こうした体験が私たちの日常生活の一部として統合されなければ、曖昧な記憶と大差ないままです。話の種か、もっと悪いことに自分が「成長した」状態として友人に好印象を与えるのに使われます。

けれども私たちが実践を続け、自分がいる状況の真実を求めつづければ、こうした荘厳な体験が特別なものではないことがわかります。また、自分が人よりも「特別」であるということにもなりません。むしろ私たちは現実をかいま見ているだけであることを理解しはじめます。現実は空や海と同じくらい、根本的なことです。人生から切り離せないものなのです。私たちのヴィジョンが明確になり、今、現実を真にあるがままに体験していることに気づきます。この現実が私たちに愛や価値、知恵、力を直接的に体験することを可能にするため、私たちはもはやこうしたものを追い求めなくてもよいことがわかります。したがって私たちはもう特定の所有物や結果に執着していないのです。ここまで連れてきてくれたことに関し、感謝の念をもって私たちの自我のプロジェクトを終わらせることができます。この段階においては、私たちは成熟した人間として自由に生き、世界で責任感と慈愛をもって行動することができます。これこそが、「私たちは世界の中にいながら、そこに属さない」という言葉*訳注7の真の意味です。

最近、私、ラスはスピリチュアル・リトリートの最中に、この真実について深い気づきの体験をしました。そのとき私たちは作業の時間でした。本書の冒頭でドンが触れたことに近いものです。

ある日の午後、私は窓の掃除を担当していました。この段階で私はすでにこうした作業時間を多数、体験していたので、このような状況でかつては私を支配していた内面の抵抗はもはやおもな問題ではありませんでした。これまでと同様、困難でありながらも、こうした作業の時間を自分自身についての気づきを得、より大きな内面のバランスを回復するための非常に実り多い機会として楽しむことを学んでいたのです。

私は寮の二階で働いていました。じっくり注意を向けながら窓を掃除していたのです。

この動作は通常の自我の計画と何も関係がなかったため、自分の務めとともにあろうとしつつ、性格構造のメカニズムがあちこち動き回るのを自由に観察することができました。自分はうまくやれているだろうかと思い、師が私の努力に気づいてくれることを願い、その作業の瞬間の重要性に思いを巡らせたほか、多くの考えや空想が頭の中で展開したのです。やがて自分は、より根本的なことに気づきました。自分の中にある何かが、あらゆるものを「記録」しなければと感じたことに気づいたのです。

私の頭の中は、起きていたことを監督し、出来事を記録し、あとで使うために重要な観察結果を覚え、そしてより深いレベルでは、自分の体験に対する志向性を維持することに忙しくしていることに気づきました。この志向性は、なじみがあるのみならず、必要な感覚だったのです。事実、自分というアイデンティティは、この志向性そのものでした。

その瞬間、驚異的なことが起きました。私は実際にはその注意深い志向性を維持する必要がないことに気づいたのです。リラックスして手放すことができ、それでも窓はきれいになるのです。緊張がゆるみ、突然自分の体験が直接的になって、自分の思考の働きによる介在がなくなりました。私はただ、「今、ここ」に「在ること《プレゼンス》」としてそこにいました。つまり、窓の掃除が進行し、私の体は動いて呼吸し、木々の葉が外でそよぎ、すべてが流れます。けれども分離の感覚がないのです。自分を含む世界は、華麗な美しさをもつひとつの開花ないしは展開でした。それが延々と続きます。けれどもこうしたことはすべて広大で平和な静けさの中で起き、この流れて変容するリアリティの遊びに乱されることはありません。私が通常、現実の基盤——日常の世界——とみなすものは確かにリアルでしたが、むしろ海面に差し込む日の光の戯れのようなものでした。波にキラキラした反射が見えるのですが、海の深さにも気づいていました。そして私自身がその深さだったのです。

自分の務めを終えても、現実のこの側面とのつながりは継続し、さらに深まりました。そのため、この広がった自己感覚から人と交流することができたのです。この「達成」によって人に好印象を与える必要は感じませんでした。なぜなら、それは達成というよりも、ただ世界の本質についての体験であることがわかったからです。さらに、ほかの誰もがこの同じ性質の一側面にすぎないことがわかりました。そうであれば、私は誰に好印象をもってもらおうというのでしょう?

この体験のもっとも際立っていた点は、自分自身を「存在《ビイング》」のはかりしれない深みとして自覚しつつ、この世界できわめて日常的に機能することはまったく可能だとわかったということです。たとえば食べたり、会話したり、休むなど。人を尊重したり愛したりすることが自然にできたのは、自分が体験した状況の本質に実際に触れたからです。いい換えるなら、私たちの本性に気づくことは、私たちを性格構造の渇望と幻想から解放してくれるということです。それにより、私たちは瞬間瞬間、シンプルに優しさと揺るぎない心の平和をもって、人とかかわることができます。私たちは自分が何者か、どういう状態かわかります。そしてあの果てしない内面の落ち着きのなさがやみます。私たちはもっとも素晴らしく、かけがえのない贈り物を自由に受け取ることができます。それは、私たちの「存在《ビイング》」、私たちのまさに存在のはかりしれない神秘なのです。

ワークという英雄的行為

私たちの習慣や反応、内面の声を探求する中で発見するもっとも驚くべきことのひとつは、その内のいかに多くが自分の親から引き継がれているかということです。私たちの多くは自分自身のことを、母親や父親とはまったく異なると思いたがりますが、自分の態度や行動を注意深く調べれば調べるほど、親の心理学的課題や「解決」のどれだけ多くが自分に引き継がれてきたかがさらにわかります。私たちの親もまた、その親からの課題や反応の多くを受け継いでいたのです。さらにその先へと、何世代にもさかのぼれます。

この視点からするならば、私たちが自分の習慣的性格構造に気づきを向けると、自分自身の問題だけでなく、何世代にもわたる家系で、もしかすると何世紀にもわたって、否定的影響を与えてきた破壊的パターンをも癒《いや》すということがわかります。したがって、自分自身に取り組むということは、自分自身の苦しみや奮闘だけでなく、あらゆる祖先の苦しみや奮闘にも報いることになるのです。こうした祖先の苦しみや奮闘が、それらから解放される私たちを生み出すことに至ったのです。何世代もの奴隷制から人が解放され、自らの解放がそれまでのすべての世代の苦闘に対して意味と尊厳を与えることに気づいたことと同様です。

このワークを行う、さらなる、そしておそらくはより説得力のある理由は、破壊的パターンが次の世代に引き継がれることを防ぐことです。たとえば私たちは、環境や人種差別についての自らの無意識の習慣や態度の多くが臨界点に達したことに気づくようになっています。その結果、多くの若い親たちがベストを尽くし、社会的にも環境的にも意識の高い新しい価値観を体現しています。それにより自分の子どもたちが、同じ破壊的方法を続けないようにするのです。したがって個人的・世代的視点からすると、自分自身に取り組むことは崇高な行為であり、子育ては、目覚めへの呼びかけです。つまり理解し、対応し、心から与えることです。子どもを育てることは、大半の人がスピリチュアルな学校に入るようなものです。なぜなら子育ては、自分自身の子ども時代の課題のすべてを提示することになるからです。多くの場合、こうした課題は反復されるか、それに反応することによって引き継がれます——私たちがその機会を利用して自分自身に取り組み、自らの課題を乗り越え、過去をあがなわない限り。

実際、過去の習慣を手放すことは、英雄的な取り組みです。自らの心の傷や喪失、怒り、フラストレーションに向き合うことには、とてつもない勇気が必要なのです。自分の苦しみから逃げないようにするには、真の思いやり《コンパッション》が必要です。さらに性格構造のパターンの世代的性質を理解することで、私たちの個人的変容が必ずしも予測できない広範囲に及ぶ影響を与えることが、きわめて明確になります。きわめて現実的な意味で、自分自身に取り組むとき、私たちは人間の意識の進化に参加していることになります。

誰もが今日の世界において、何か重要なことが起こりつつあることに気づいています。私たちの多くは、こうした暗示が根本的なもの――私たちの集合意識の目覚め――を反映していると感じます。種として、私たちはこれまでのような生き方でもうあまり生存することはできないことを知っています。蔓延《まんえん》している利己主義や無頓着《むとんじゃく》な消費主義、貪欲《どんよく》な個人主義の時代は終わりました。それらは進展してきましたが、私たちはその破壊的な結果を地球規模で目にしています。エニアグラムは私たちの時代に、個人の自我の変容を加速する道具として、人類に与えられたのかもしれません。また、世界の精神的指導者は、地球上で意識のシフトが必要であると話しています。この二つのことは関連しているのかもしれません。

人類がどこに向かっているのか、まだ知ることはできないかもしれませんが、エニアグラムが私たちの目覚めを加速するのであれば、それは深く広範囲な影響を及ぼすでしょう。数百人の人たちが目覚め、フルに意識的な人生を生きはじめるだけでも、世界の歴史は明らかに変わるでしょう。

変容は、私たちの通常の視点がシフトし、自分は何者かということについて新しい理解を得たときに起きます。ただし私たちは覚えていなければなりません。私たちが本当は何者かということについての気づきは、すべての恩寵の瞬間同様、つねに今だけに起きるということを。結局のところ、それこそがエニアグラムの知恵なのです。

訳注1：健全度における「重心」については、基礎編の108～110ページ参照。

訳注2：「スーフィ」とは、スーフィズムないしイスラム神秘主義（体験を重視する流れ）の実践者。精神修養を通

じ、神を愛することで神と一体化する。

訳注3：十三世紀のペルシャ語文学史上、最高峰ともいわれる神秘主義詩人。スーフィズムの重要人物のひとりとされる。

訳注4：精神分析用語で、フロイトが性的衝動の基になるエネルギーを意味する言葉として用いた。のちには、死の本能に対する生の本能の原動力にまで広げた。またユングは、あらゆる行動の根底にある心的エネルギーを広く意味する言葉とした（参考：『ブリタニカ国際大百科事典 小項目事典』、『デジタル大辞泉』小学館）。

訳注5：十六世紀のスペインの神秘家であり詩人である「十字架の聖ヨハネ」が詩の中で叙述した、神との神秘的合一に至る旅のプロセスで体験する「闇夜」のこと。

訳注6：「基礎編」では、本質（Essence）という言葉と同等に使われている。くわしくは、「基礎編」の52～53ページ参照。

訳注7：キリスト教由来の言葉とされるが、その枠を超えて使われている。

ワークの段階

私たちが本当に自分自身を観察するなら、
自分の緊張や習慣に気づくでしょう。
自分の緊張や習慣に気づくなら、
手放してリラックスするでしょう。
手放してリラックスするなら、
感覚に気づくでしょう。
感覚に気づくなら、
印象を受け取るでしょう。
印象を受け取ったら、
この瞬間に目覚めるでしょう。
この瞬間に目覚めるなら、
現実《リアリティ》を体験するでしょう。
現実《リアリティ》を体験するなら、
私たちは性格そのものではないことを知るでしょう。

私たちが性格そのものではないことを知ったら、
私たちは本来の自分を思い出すでしょう。

私たちが本来の自分を思い出したら、
自分の恐れと執着を手放すでしょう。

自分の恐れと執着を手放したら、
神の領域に触れるでしょう。

神の領域に触れたら、
神との合一を求めるでしょう。

神との合一を求めたら、
神の意志を自分の意志とするでしょう。

神の意志を自分の意志としたら、
私たちは変容するでしょう。

私たちが変容したら、
世界は変容するでしょう。

世界が変容したら、
すべては神に還《かえ》ってくるでしょう。

装丁　國枝達也
イラスト原案　みやもとあきこ
イラスト　横井智美
DTP　フォレスト

本書は訳し下ろしです。

［著　者］
ドン・リチャード・リソ（Don Richard Riso）
スタンフォード大学大学院修士課程修了。エニアグラム研究所共同創設者。共著に『新版 エニアグラム【基礎編】』（KADOKAWA）、『性格のタイプ』、著書に『自分を変える本』（共に春秋社）など。2012年8月逝去。

ラス・ハドソン（Russ Hudson）
コロンビア大学卒業。エニアグラム研究所共同創設者であり、現代表。エニアグラム・パーソナリティ・タイプ社取締役。共著に『新版 エニアグラム【基礎編】』（KADOKAWA）、『性格のタイプ』（春秋社）など。

［訳　者］
高岡よし子（たかおか　よしこ）
国際基督教大学卒業。有限会社シープラスエフ研究所取締役。エニアグラム研究所認定ファシリテーター。共訳に『新版 エニアグラム【基礎編】』（KADOKAWA）、共著に『エニアグラムで分かる9つの性格』（マガジンハウス）など。

ティム・マクリーン（Timothy McLean）
テンプル大学大学院修士課程修了。有限会社シープラスエフ研究所代表取締役。エニアグラム研究所公認講師。共訳に『新版 エニアグラム【基礎編】』（KADOKAWA）、共著に『エニアグラムで分かる9つの性格』（マガジンハウス）など。

エニアグラム【実践編《じっせんへん》】
人生《じんせい》を変《か》える9つのタイプ活用法《かつようほう》

2019年 5 月17日　初版発行

著者／ドン・リチャード・リソ　ラス・ハドソン
訳者／高岡《たかおか》よし子《こ》　ティム・マクリーン
発行者／郡司 聡
発行／株式会社KADOKAWA
〒102-8177　東京都千代田区富士見2-13-3
電話　0570-002-301(ナビダイヤル)
印刷・製本／大日本印刷株式会社

●お問い合わせ
https://www.kadokawa.co.jp/（「お問い合わせ」へお進みください）
※内容によっては、お答えできない場合があります。
※サポートは日本国内のみとさせていただきます。
※Japanese text only

定価はカバーに表示してあります。

ISBN 978-4-04-107318-6　C0098